MUJERES
QUE CUENTAN

ALMA CLÁSICOS ILUSTRADOS

MUJERES
QUE CUENTAN

BREVES RELATOS DE GRANDES ESCRITORAS

Selección y prólogo de
Susana Picos

Ilustrado por
Iratxe López de Munáin

Títulos originales: *Jack and Alice, The Trial of Love, The Brothers, The Old House in Vauxhall Walk, The White Heron, A New England Nun, Desiree's Baby, The Warlike Seven, The Other Two, The Stones of The Village, The Mark On The Wall, The Garden Party*

© de esta edición:
Editorial Alma
Anders Producciones S.L., 2022
www.editorialalma.com

 @almaeditorial

© de la selección y prólogo: Susana Picos

© de la traducción:
Los siete guerreros, Las piedras del pueblo, La mancha en la pared, Fiesta en el jardín: Eugenia Vázquez Nacarino
Jack y Alice, La prueba de amor, La vieja casa de Vauxhall Walk, La garza blanca, Una monja de Nueva Inglaterra: Laura Fernández
Los hermanos: Concha Cardeñoso
El hijo de Desireé: E. Cotro, M. Fernández Estañán, E. Gallud y J. C. García. Traducción cedida por Páginas de Espuma
Los otros dos: E. Cotro, M. Fernández Estañán, E. Gallud y J. C. García. Traducción cedida por Páginas de Espuma

© de las ilustraciones: Iratxe López de Munáin

Diseño de la colección: lookatcia.com
Diseño de cubierta: lookatcia.com
Maquetación y revisión: LocTeam, S.L.

ISBN: 978-84-18933-27-1
Depósito legal: B-10150-2022

Impreso en España
Printed in Spain

El papel de este libro proviene de bosques gestionados de manera sostenible.

ÍNDICE

MIRADAS LITERARIAS DE MUJER

Esta antología recoge relatos que fueron escritos por mujeres antes de la Segunda Guerra Mundial, en tiempos muy difíciles para que una mujer pudiera desarrollar sus capacidades creativas. Se ha buscado escoger relatos que sean potentes narrativamente porque el primer mandamiento de la literatura es seducir al lector y que en ellos esté la huella de la personalidad y las inquietudes de las autoras. Por ese motivo en la mayoría de los relatos hay una voz en primera persona o una protagonista mujer que ha de resolver algún conflicto que tiene mucho que ver con los prejuicios de la sociedad que las rodea.

Hemos querido ofrecer una panorámica amplia del excelente trabajo literario de las mujeres entre el siglo XIX y XX, siempre a contracorriente, e incluso hemos hecho una visita al siglo XVII, con estos 22 relatos ordenados según fecha de publicación. Por eso encontraremos en estas páginas a autoras célebres como Mary Shelley, Emilia Pardo Bazán, Katherine Mansfield o Virginia Woolf, pero también hemos querido reivindicar a otras autoras más olvidadas que fueron grandes escritoras y grandes luchadoras por los derechos de la mujer, como Alice Dunbar-Nelson, María de Zayas o Rosario de Acuña. De hecho, absolutamente todas las autoras de esta antología tuvieron que luchar públicamente por sus derechos más básicos.

Hemos querido rendir homenaje a una de las pioneras del feminismo en España y en Europa: María de Zayas, nacida en 1590, que coincidió en el tiempo con Cervantes y Lope de Vega. Se sabe poco de su vida, pero ahí están sus escritos de mujer avanzada a su época. Tiene cuatrocientos años, pero no se pierdan el ritmo y la pegada de la historia *El juez de su causa*, donde una mujer cegada de amor complica la vida a otra más discreta y se la acaba complicando ella misma. Más allá de la peripecia de aventura y desventura, vemos la posición social de las mujeres y cómo han de andar siempre sometidas al poder de los hombres, sean maridos o secuestradores.

El camino que ella abrió lo han seguido otras mujeres que han convertido la ficción en una forma de hacer oír su voz de manera muy eficaz. Un camino en el que nos encontramos a todas estas autoras. Concepción Gimeno vivió un tiempo en México y allí fundó en 1885 la publicación *El Álbum de la Mujer: Ilustración Hispano-americana.* Ella era una vitalista y afirmaba una y otra vez que «El siglo xix, siglo de las aspiraciones generosas, ha preparado el triunfo de la causa de la mujer; el siglo xx coronará la obra de su predecesor». Se sigue haciendo camino al andar. Ya en el siglo xx y también muy relevante en el mundo de las publicaciones, encontramos a Carmen de Burgos, conocida en los ambientes culturales como Colombine, considerada la primera mujer periodista profesional de España. En 1907 fue admitida en la asociación de la prensa y en los diarios publicó crónicas excelentes, defendió el sufragio femenino y fue pionera en defender la objeción de conciencia al servicio militar. También tuvo una importante carrera como narradora y ahí va como muestra *La muerte del recuerdo,* que nos habla de las oportunidades perdidas por un egoísmo estéril, en esta ocasión metiéndose en la cabeza de un hombre en el ocaso de la vida.

Rosalía de Castro (1838-1885) no solo subió la cuesta de ser mujer sino la de escribir en gallego en una época en que se consideraba una lengua de labriegos y gente de baja condición. Y lo hizo dejándonos algunas de las mejores poesías y narraciones de la historia de la literatura española. La poeta que lleva dentro está presente también en su prosa. Déjense llevar por la paleta impresionista de Rosalía de Castro en un texto singular como *El cadiceño,* donde no manda la acción sino los cambios de lenguaje y la flexibilidad de la prosa, adelantándose a las vanguardias del siglo xx que están por venir.

Y sin movernos de Galicia, topamos con la gran Emilia Pardo Bazán. Aunque era hija de una adinerada familia coruñesa, fue rebelde desde bien pequeña y se negó a recibir una formación de mujer florero en música y costura. Se le vetó el acceso a la universidad por ser mujer, pero ella siguió formándose a través de libros e instructores y llegó a ser una influyente intelectual de su tiempo que hablaba, además de castellano y gallego, francés, inglés y alemán. Tuvo que soportar todo tipo de críticas por ser una mujer que escribía libros ásperos, pero ella jamás dio un paso atrás. En el cuento de esta antología, *Un destripador de antaño,* realiza una fuerte crítica social al atraso en la formación en el mundo rural, donde predomina la superstición. Naturalmente, no todas las mujeres son santas o heroínas: aquí también nos muestra a una mujer cruel, pero al final será otra mujer más vulnerable la que más sufra su ignorancia maliciosa. «Entrad conmigo valerosamente en la zona de sombra del alma» nos dice en la introducción de este cuento.

La cuestión de la formación de las mujeres en España es un asunto del que hablan las dos primas, Luisa y Mercedes, en el relato *Una Eva moderna,* de Concepción Gimeno (1850-1919), otra de las combativas. Podemos ver en este relato cómo la presión social era una apisonadora para las mujeres del final del siglo xix y principio del xx.

«—Pienso que mi tío te perjudicó; familiarizado con la instrucción de la mujer francesa, no calculó que en España debía adaptarse al medio ambiente. Ya sabes que cuando aquí adquiere una joven fama de instruida, dificúltase su casamiento.

»—¡Qué tal serán los que buscan mujer ignorante!

»—Déjate de filosofías, hay que aceptar los hechos como son».

Una fina escritora y activista política muy respetada fue la estadounidense Alice Ruth Moore Dunbar-Nelson (1875-1935). No solo era mujer en un imperio de hombres sino que además era negra en una república de blancos intolerantes. Formó parte de la primera generación de negros nacidos libres en el Sur de Estados Unidos tras acabar la Guerra Civil. *Las piedras del pueblo* es un interesantísimo relato que pone los dedos en las llagas de los dilemas de la identidad racial.

Y no se pierdan *El hijo de Desirée* de Kate Chopin (1850-1904), un relato breve al que no le falta ni le sobra una palabra que van a llevar mucho tiempo en su cabeza, tal vez la vida entera, porque en muy pocas páginas pone no un dedo sino la mano entera en la llaga del racismo. Algo sabía del tema porque se casó con un miembro de la comunidad criolla de Misuri con el que tuvo cinco hijos y vivió de cerca los actos de terrorismo organizados contra la comunidad negra.

Y en este viaje literario nos detendremos también en algunos de los tótems literarios de los últimos ciento cincuenta años. Ahí está, absolutamente vigente y más considerada que nunca, Virginia Woolf, con un cuento de 1921, *La mancha en la pared*. De Katherine Mansfield proponemos uno de esos relatos suyos escritos con mano de terciopelo y tinta ácida: *Fiesta en el jardín,* publicado también en 1921, donde la joven Laura cree que la muerte de un vecino, carretero de profesión, hará que se anule la fiesta programada en su bonita casa. Virginia Woolf y Katherine Mansfield fueron amigas en ese inicio del siglo xx; se leían y se admiraban mutuamente. Las dos con un talento descomunal, muy seguras de sí mismas como escritoras pero muy inestables interiormente, atacadas por ansiedad y depresión. Woolf decía de Katherine Mansfield que «era como un gato, extraña y reservada». Otra autora inolvidable es Louisa May Alcott, que ha pasado a la historia de la literatura por *Mujercitas,* pero que tiene cuentos excelentes, y *Los hermanos* es una muestra; lo dice su personaje pero podría haberlo dicho ella: «Lo que tenía era un arma: la lengua, que a menudo es la mejor defensa de la mujer. Una comprensión más poderosa que el miedo me dio valor para ponerla en acción».

Se une al festival de las grandes una de las veteranas, Jane Austen (1775-1817), con *Jack y Alice,* donde aparece un personaje inusual en el universo de la autora de *Orgullo y prejuicio:* una mujer con problemas con el alcohol en un relato extraño que es toda una curiosidad en la obra de la escritora británica.

También nos asomaremos al mundo de la neoyorquina Edith Wharton (1862-1937): bisexual, divorciada y desengañada del matrimonio, utilizó el divorcio, que todavía generaba resistencias sociales, como eje de algunos de sus relatos más vitriólicos. En *Los otros dos,* un irónico relato que lleva la situación hasta lo cómico, nos muestra cómo Alice se casa por tercera vez, pero la aparición de sus dos ex maridos va a complicar muchísimo el arranque de su nuevo matrimonio y poner al borde del ataque de nervios a su nuevo esposo. Se publicó hace ciento veinte años pero parece escrito la semana pasada.

También rabiosamente moderna en su época fue la escritora argentina Alfonsina Storni, abanderada del modernismo con su exuberante estilo de mil colores narrativos. Fue una feminista combativa y en sus textos habló de temas difíciles a principio del siglo xx como la sexualidad femenina o la subordinación de la mujer, además de participar activamente en la campaña de defensa del derecho al voto de la mujer argentina y en favor de la educación sexual con igualdad de roles de género en las escuelas. Aunque es más conocida por su poesía, nos vamos a adentrar aquí en su mundo gótico pero socialmente contestatario con *Cuca,* un relato de 1926 protagonizado por dos mujeres. Una de ellas tiene un gran éxito social, pero tal vez a costa de ser lo que la sociedad quiere que sean las mujeres, y la metáfora que utiliza Storni es sobrecogedora.

Otra escritora que tuvo que luchar mucho por su reconocimiento por ser mujer en su época, actualmente con gran prestigio pero, paradójicamente, poco leída, es Mary Shelley. Todo el mundo conoce *Frankenstein,* una novela canónica, pero el resto de su obra, con docenas de relatos, ha tenido en nuestro país escasa difusión. *La prueba de amor* (publicado en 1834) tiene el especial interés de poderse leer como un reflejo de la propia relación que vivió la autora cuando su matrimonio se convirtió en un tres en raya con su hermanastra Claire, que vivió un tiempo con ella y su marido, y, según parece, Percy Shelley le tomó más afecto del necesario.

En estas páginas van a saltar de los retratos en la encorsetada sociedad española del siglo xix a relatos llenos de magia como el de Zitcala-Sa, la escritora, violinista y activista *sioux* que nos regaló algunas maravillosas leyendas indias. Podrán apreciar la prosa nítida de Fernán Caballero, que en realidad era Cecilia Böhl de Faber, y dejarse llevar por la intrigada trama de *La vieja casa de Vauxhall Walk* de la gran escritora de misterio Charlotte Riddell, que fue la primera pensionista de la Sociedad de Autores de su país en 1901, con una pensión de sesenta libras al año. Y en esa combinación de estrellas del firmamento literario con autoras menos conocidas, no se pierdan hallazgos como *La garza blanca* de la escritora de Nueva Inglaterra Sarah Orne Jewett, pionera en el relato medioambientalista que aquí nos deja una pequeña joya, sencilla y llena de emoción, al relatarnos la historia del apuesto cazador que llega a casa de una niña de condición humilde en su búsqueda del nido de la garza.

Por si quedase alguna duda, ojo al dato: los relatos de esta antología están llenos de mirada reivindicativa de mujer y crítica social pero, sobre todo, son literatura con mayúscula.

Susana Picos

María de Zayas Sotomayor

EL JUEZ DE SU CAUSA

(1637)

Tuvo entre sus grandezas la nobilísima ciudad de Valencia, por nueva y milagrosa maravilla de tan celebrado asiento, la sin par belleza de Estela, dama ilustre, rica y de tantas prendas, gracias y virtudes que, cuando no tuviera otra cosa de qué preciarse sino de tenerla por hija, pudiera alabarse entre todas las ciudades del mundo de su dichosa suerte. Era Estela única en casa de sus padres y heredera de mucha riqueza, que para sola ella les dio el cielo, a quien agradecidos alababan por haberles dado tal prenda.

Entre los muchos caballeros que deseaban honrar con la hermosura de Estela su nobleza fue don Carlos, mozo noble, rico y de las prendas que pudiera Estela elegir un noble marido: si bien Estela, atada su voluntad a la de sus padres, como de quien sabía que procuraban su acrecentamiento, aunque entre todos se agradaba más de las virtudes y gentileza de don Carlos, era con tanta cordura y recato que ni ellos ni él conocían en ella ese deseo, pues ni despreciaba cruel sus pretensiones ni admitía liviana sus deseos, favoreciéndole con un mirar honesto y un agrado cuerdo, de lo cual el galán, satisfecho y contento, seguía sus pasos, adoraba sus ojos y estimaba su hermosura, procurando con su presencia y continuos paseos dar a entender a la dama lo mucho que la estimaba.

Había en Valencia una dama de más libres costumbres que a una mujer noble y medianamente rica convenía, la cual viendo a don Carlos pasar a menudo por su calle, por ser camino para ir a la de Estela, se aficionó de suerte que, sin mirar en más inconvenientes que a su gusto, se determinó a dárselo a entender del modo que pudiese.

Poníasele delante en todas ocasiones, procurando despertar con su hermosura su cuidado; mas como los de don Carlos estuviesen ocupados y cautivos de la belleza de Estela, jamás reparaba en la solicitud con que Claudia (que este era el nombre de la dama) vivía; pues como se aconsejase con su amor y el descuido de su amante, y viese que nacía de alguna voluntad, procuró saberlo de cierto, y a pocos lances descubrió lo mismo que quisiera encubrir a su misma alma, por no atormentarla con el rabioso mal de los celos. Y conociendo el poco remedio que su amor tenía, viendo al galán don Carlos tan bien empleado, procuró por la vía que pudiese estorbarlo, o ya que no pudiese más, vivir con quien adoraba, para que su vista aumentase su amor o su descuido apresurase su muerte.

Para lo cual, sabiendo que a don Carlos se le había muerto un paje que de ordinario le iba acompañando y le servía de fiel consejero de su honesta afición, aconsejándose con un antiguo criado que tenía, más codicioso de su hacienda que de su hermosura y quietud, le pidió que diese traza como ella ocupase la plaza del muerto siervo, dándole a entender que lo hacía por procurar apartarle de la voluntad de Estela y traerle a la suya, ofreciéndole, si lo conseguía, gran parte de su hacienda.

El codicioso viejo, que vio por este camino gozaría de la hacienda de Claudia, se dio tal maña en negociarlo que el tiempo que pudiera gastar en aconsejarla lo contrario ocupó en negociar lo de su traje en el de varón, y en servicio de don Carlos y su criado con la gobernación de su hacienda y comisión de hacer y deshacer en ella; venció la industria de los imposibles y en pocos días se halló Claudia paje de su amante, granjeando su voluntad de suerte que ya era archivo de los más encendidos pensamientos de don Carlos, y tan valido suyo que solo a él encomendaba la solicitud de sus deseos.

Ya en este tiempo se daba don Carlos por tan favorecido de Estela, habiendo vencido su amor los imposibles del recato de la dama, que a pesar de los ojos de Claudia, que con lágrimas solemnizaba esta dicha de los dos amantes, le hablaba algunas noches por un balcón, recibiendo con agrado sus papeles y oyendo con gusto algunas músicas que le daba su amante algunas veces.

Pues una noche que, entre otras muchas, quiso don Carlos dar una música a su querida Estela, y Claudia con su instrumento había de ser el tono de ella, en lugar de cantar el amor de su dueño, quiso con este soneto desahogar el suyo, que con el lazo al cuello estaba para precipitarse:

> Goce su libertad el que ha tenido
> voluntad y sentidos en cadena;
> y el condenado en amorosa pena,
> el dudoso favor que ha prevenido.
> En dulces lazos (pues leal ha sido)
> de mil gustos de amor el alma llena,
> el que tuvo su bien en tierra ajena
> triunfe de ausencia sin temor de olvido.
> Viva el amado sin favor celoso;
> y venza su desdén el despreciado,
> logre sus esperanzas el que espera.
> Con su dicha alegre el venturoso,
> y con su prenda el victorioso amado,
> y el que amare imposibles, cual yo muera.

En este estado estaban estos amantes, aguardando don Carlos licencia de Estela para pedirla a sus padres por esposa, cuando vino a Valencia un conde italiano, mozo y galán, pues como su posada estaba cerca de la de Estela y su hermosura tuviese jurisdicción sobre todos cuantos la llegasen a ver, cautivó de suerte la voluntad del conde, que le vino a poner en puntos de procurar remedio, y el más conveniente que halló, fiado en ser quien era, demás de sus muchas prendas y gentileza, fue pedirla a sus padres, juntándose este mismo día con la suya la misma petición por parte de don Carlos, que, acosado de los amorosos deseos de su dama y quizá de los celos que le daba el conde viéndole pasear la calle, quiso darles alegre fin.

Oyeron sus padres los unos y los otros terceros, y viendo que aunque don Carlos era digno de ser dueño de Estela, codiciosos de verla condesa, despreciando la pretensión de don Carlos se la prometieron al conde; y quedó asentado que de allí a un mes fuesen las bodas.

Sintió la dama, como era razón, esta desdicha y procuró desbaratar estas bodas, mas todo fue cansarse en vano; y más cuando ella supo por un papel de don Carlos cómo había sido despedido de ser suyo.

Mas como amor, cuando no hace imposibles, le parece que no cumple con su poder, dispuso de suerte los ánimos de estos amantes que, viéndose aquella noche por la parte que solían, concertaron que de allí a ocho días previniese don Carlos lo necesario, la sacase y llevase a Barcelona, donde se casarían, de suerte que cuando sus padres la hallasen, fuese con su marido, tan noble y rico como pudieran desear, a no haberse puesto de por medio tan fuerte competidor como el conde, y su codicia.

Todo esto oyó Claudia, y como le llegasen tan al alma estas nuevas, recogiose en su aposento y pensando estar sola, soltando las corrientes de sus ojos, empezó a decir:

—Ya, desdichada Claudia, ¿qué tienes que esperar? Carlos y Estela se casan, amor está de su parte y tiene pronunciada contra mí cruel sentencia de perderle. ¿Podrán mis ojos ver a mi ingrato en brazos de su esposa? No por cierto, pues lo mejor será decirle quién soy y luego quitarme la vida.

Estas y otras muchas razones decía Claudia, quejándose de su desdicha, cuando sintió llamar a la puerta de su estancia, y levantándose a ver quién era, vio que el que llamaba a la puerta era un gentil y gallardo moro que había sido del padre de don Carlos, y habiéndose rescatado, no aguardaba sino pasaje para ir a Fez, de donde era natural, que como le vio, le dijo:

—¿Para qué, Hamete, vienes a inquietar ni estorbar mis quejas si las has oído, y por ellas conoces mi grande desdicha y aflicción? Déjamelas padecer, que ni tú eres capaz de consolarme ni ellas admiten ningún consuelo.

Era el moro discreto, y en su tierra, noble, que su padre era un bajá muy rico; y como hubiese oído quejar a Claudia, y conocido quién era, le dijo:

—Oído he, Claudia, cuanto has dicho, y como, aunque moro, soy en algún modo cuerdo, quizá el consuelo que te daré será mejor que el que tú tomas, porque en quitarte la vida, ¿qué agravio haces a tus enemigos, sino darles lugar a que se gocen sin estorbo? Mejor sería quitar a Carlos y Estela, y esto será fácil si tú quieres. Para animarte a ello te quiero decir un secreto que hasta hoy no me ha salido del pecho. Óyeme, y si lo que quiero decirte no te pareciere a propósito, no lo admitas; mujer eres y dispuesta a cualquier acción, como lo juzgo en haber dejado tu traje y opinión por seguir tu gusto.

»Algunas veces vi a Estela, y su hermosura cautivó mi voluntad; mira qué de cosas te he dicho en estas dos palabras. Quéjaste que por Carlos dejaste tu reposo, dasle nombre de ingrato, y no andas acertada porque si tú le hubieras dicho tu amor, quizá Estela no triunfara del suyo ni yo estuviera muriendo. Dices que no hay remedio porque tienen concertado robarla y llevarla a Barcelona, y te engañas, porque en eso mismo, si tú quieres, está tu ventura y la mía.

»Mi rescate ya está dado, mañana he de partir de Valencia, porque para ello tengo prevenida una galeota que anoche dio fondo en un escollo cerca del Grao, de quien yo solo tengo noticia.

»Si tú quieres quitarle a don Carlos su dama y hacerme a mí dichoso, pues ella te da crédito a cuanto le dices, fiada en que eres la privanza de su amante, ve a ella y dile que tu señor tiene prevenida una nave en que pasar a Barcelona, como tiene concertado; y que por ser segura no quiere aguardar el plazo que entre los dos se puso, que para mañana en la noche se prevenga; señala la hora misma y dándola a entender que don Carlos la aguardará en la marina, la traerás donde yo te señalaré, y llevándomela yo a Fez, tú quedarás sin embarazo, donde podrás persuadir y obligarle a amarte, y yo iré rico de tanta hermosura.

Atónita oyó Claudia el discurso del moro, y como no mirase en más que en verse sin Estela y con don Carlos, aceptó luego el partido, dando al moro las gracias, quedando de concierto en efectuar otro día esta traición, que no fue difícil; porque Estela, dando crédito, pensando que se ponía en poder del que había de ser su esposo, cargada de joyas y dineros, antes de las doce de la siguiente noche ya estaba embarcada en la galeota, y con ella Claudia, que Hamete la pagó de esta suerte la traición.

Tanto sintió Estela su desdicha que, así como se vio rodeada de moros, y entre ellos el esclavo de don Carlos, y que él no parecía, vio que a toda priesa se hacían a la vela, y considerando su desdicha, aunque ignoraba la causa, se dejó vencer de un mortal desmayo que le duró hasta otro día; tal fue la pasión de ver esto, y más cuando, volviendo en sí, oyó lo que entre Claudia y Hamete pasaba; porque creyendo el moro ser muerta Estela, teniéndola Claudia en sus brazos, le decía al alevoso moro:

—¿Para qué, Hamete, me aconsejaste que pusiese esta pobre dama en el estado en que está, si no me habéis de conceder la amada compañía de don Carlos, cuyo amor me obligó a hacer tal traición como hice en ponerla en tu poder? ¿Cómo te precias de noble si has usado conmigo este rigor?

—Al traidor, Claudia —respondió Hamete—, pagarle en lo mismo que ofende es el mejor acuerdo del mundo, demás que no es razón que ninguno se fíe del que no es leal a su misma nación y patria. Tú quieres a don Carlos, y él a Estela; por conseguir tu amor quitas a tu amante la vida, quitándole la presencia de su dama; pues a quien tal traición hace como dármela a mí por un vano antojo, ¿cómo quieres que yo me asegure de que luego no avisarás a la ciudad y saldrán tras mí, y me darán la muerte? Pues con quitar este inconveniente, llevándote yo conmigo aseguro mi vida y la de Estela, a quien adoro.

Estas, y otras razones como estas, pasaban entre los dos cuando Estela, vuelta en sí, habiendo oído estas razones o las más, pidió a Claudia que le dijese qué enigmas eran aquellos que pasaban por ella; la cual se lo contó todo como pasaba, dando larga cuenta de quién era y por la ocasión que se veían cautivas.

Solemnizaba Estela su desdicha vertiendo de sus ojos dos mil mares de hermosas lágrimas, y Hamete su ventura consolando a la dama en cuanto podía y dándola a entender que iba a ser señora de cuanto él poseía, y más en propiedad si quisiese dejar su ley; consuelos que la dama tenía por tormentos y no por remedio, a los cuales respondió con las corrientes de sus hermosos ojos. Dio orden Hamete a Claudia para que, mudando traje, sirviese y regalase a Estela, y con esto, haciéndose a lo largo, se engolfaron en alta mar la vuelta de Fez.

Dejémoslos ahora hasta su tiempo y volvamos a Valencia, donde siendo echada de menos Estela de sus padres, locos de pena, procuraron saber qué se había hecho buscando los más secretos rincones de su casa con un llanto sordo y semblante muy triste.

Hallaron una carta dentro de un escritorio suyo, cuya llave estaba sobre un bufete, que abierta decía así:

> Mal se compadece amor e interés por ser muy contrario el uno del otro, y por esta causa, amados padres míos, al paso que me alejo del uno, me entrego al otro; la poca estimación que hago de las riquezas del conde me lleva a poder de don Carlos, a quien solo reconozco por legítimo esposo: su nobleza es tan conocida que, a no haberse puesto de por medio tan fuerte competidor, no se pudiera para darme estado pedir más ni desear más. Si el yerro de haberlo hecho de este modo mereciere perdón, juntos volveremos a pedirle, y en tanto pediré al cielo las vidas de todos.
>
> Estela

El susto y pesar que causó esta carta podrá sentir quien considerare la prenda que era Estela y cuánto la estimaban sus padres, los cuales, dando orden a su gente para que no hiciesen alboroto alguno, creyendo que aún no habrían salido de Valencia, porque la mayor seguridad era estarse quedos, y que haciendo algunas diligencias secretas sabrían de ellos, dando aviso al virrey del caso, la primera que se hizo fue visitar la casa de don Carlos, que descuidado del suceso le trasladaron a un castillo a título de robador de la hermosa Estela y escalador de la nobleza de sus padres, siendo el consuelo de ellos y su esposo, que así se intitulaba el conde.

Estaba don Carlos inocente de la causa de su prisión y hacía mil instancias para saberla; y como le dijesen que Estela faltaba y que, conforme a una carta que se había hallado de la dama, él era el autor de este robo y el Júpiter de esta bella Europa, y que él había de dar cuenta de ella, viva o muerta, pensó acabar la vida a manos de su pesar; y cuando se vio puesto en el aprieto que el caso requería, porque ya le amenazaba la garganta el cuchillo, y a su inocente vida la muerte, si bien su padre, como tan rico y noble, defendía, como era razón, la inocencia de su hijo.

Quédese así hasta su tiempo, que la historia dirá el suceso; y vamos a Estela y Claudia, que en compañía del cruel Hamete navegaban con próspero viento la vuelta de Fez, que como llegasen a ella, fueron llevadas las damas en casa del padre del moro, donde la hermosa Estela empezó de nuevo a llorar su cautiverio y la ausencia de don Carlos; porque, como Hamete viese que ni con ruegos ni caricias podía vencerla, empezó a usar de la fuerza, procurando con malos tratamientos obligarla a consentir con sus deseos por no padecer, tratándola como a una miserable esclava, mal comida y peor vestida, y sirviendo en la casa de criada, en la cual tenía el padre de Hamete cuatro mujeres, con quien estaba casado, y otros dos hijos menores.

De estos dos el mayor se aficionó con grandes veras de Claudia, la cual, segura de que si como Estela no le admitiese la tratarían como a ella, y viéndose también excluida de tener libertad ni de volver a ver a Carlos, cerrando los ojos a Dios, renegó de su santísima fe y se casó con Zaide, que este era el nombre de su hermano.

Con lo cual la pobre dama pasaba triste y desesperada vida, y así pasó un año, y en él mil desventuras, si bien lo que más le atormentaba eran las persecuciones de Hamete, quien continuamente la molestaba con sus importunaciones.

Desesperado pues de remedio, pidió a Claudia con muchas lástimas diese orden de que por lo menos, usando de la fuerza, pudiese gozarla; prometióselo Claudia; y así un día que estaban solas, porque las demás eran idas al baño, le dijo la traidora Claudia estas razones:

—No sé, hermosa Estela, cómo te diga la tristeza y congoja que padece mi corazón en verme en esta tierra y en tan mala vida como estoy; yo, amiga Estela, estoy determinada a huirme, que no soy tan mora que no me tire más el ser cristiana, pues el haberme sujetado a esto fue más de temor que de voluntad; cincuenta cristianos tienen prevenido un bajel en que hemos de partir esta noche a Valencia; si tú quieres, pues vinimos juntas, que nos volvamos juntas, no hay sino que te dispongas y que nos volvamos con Dios; que yo espero en él que nos llevará en salvamento; y si no, mira qué quieres que le diga a Carlos, que de hoy en un mes pienso verle; y en lo que mejor puedes conocer la voluntad que te tengo es en que, estando sin ti, puede ser ocasión de que Carlos me quiera, y para lo contrario me ha de ser estorbo tu presencia; mas con todo eso me obliga más tu miseria que mi gusto.

Arrojose Estela a los pies de Claudia, y la suplicó, que pues era esta su determinación, que no la dejase, y vería con las veras que la servía. Finalmente, quedaron concertadas en salir juntas esta noche, después de todos recogidos, para lo cual juntaron sus cosas, por no ir desapercibidas.

Las doce serían de la noche cuando Estela y Claudia, cargadas de dos pequeños líos en que llevaban sus vestidos y camisas, y otras cosas necesarias a su viaje, se salieron de casa y caminaron hacia la marina, donde decía Claudia que estaba el bergantín o bajel en que había de escapar, y en su seguimiento Hamete, que desde que salieron de casa las seguía.

Y como llegasen hacia unas peñas en donde decía que habían de aguardar a los demás, tomando un lugar, el más acomodado y seguro que a la cautelosa Claudia le pareció más a propósito para el caso, se sentó animando a la temerosa dama, que cada pequeño rumor le parecía que era Hamete. De esta suerte estuvieron más de una hora, pues Hamete, aunque estaba cerca de ellas, no se había querido dejar ver porque estuviese más segura.

Al cabo de esto llegó, y como las viese, fingiendo una furia infernal les dijo:

—¡Ah, perras mal nacidas, qué fuga es esta! Ya no os escaparéis con las traiciones que tenéis concertadas.

—No es traición, Hamete —dijo Estela—, procurar cada uno su libertad, que lo mismo hicieras tú si te vieras de la suerte que yo, maltratada y abatida de ti y de todos los de tu casa; demás que si Claudia no me animara, no hubiera en mí atrevimiento para emprender esto; sino que ya mi suerte tiene puesta mi perdición en sus manos, y así me ha de suceder siempre que fiare de ella.

—No lo digas burlando, perra —dijo a esta ocasión la renegada Claudia—, porque quiero que sepas que el traerte esta noche no fue con ánimo de salvarte sino con deseo de ponerte en poder del gallardo Hamete, para que por fuerza o por grado te goce, advirtiendo que le has de dar gusto, y con él posesión de tu persona, o has de quedar aquí hecha pedazos.

Dicho esto se apartó algún tanto, dándole lugar al moro, que tomando el último acento de sus palabras, prosiguió con ellas, pensando persuadirla ya con ternezas, ya con amenazas, ya con regalos, ya con rigores. A todo lo cual Estela, bañada en lágrimas, no respondía más sino que se cansaba en vano, porque pensaba dejar la vida antes que perder la honra.

Acabose de enojar Hamete, y trocando la terneza en saña, empezó a maltratarla, dándola muchos golpes en su hermoso rostro, amenazándola con muchos géneros de muerte si no se rendía a su gusto. Y viendo que nada bastaba, quiso usar de la fuerza, batallando con ella hasta rendirla.

El ánimo de Estela en esta ocasión era mayor que de una flaca doncella se podía pensar; mas como a brazo partido anduviese luchando con ella, rendidas ya las débiles fuerzas de Estela, se dejó caer en el suelo, y no teniendo facultad para defenderse, acudió al último remedio, y al más ordinario y común de las mujeres, que fue dar gritos, a los cuales Jacimín, hijo del rey de Fez, que venía de caza, movido de ellos, acudió a la parte donde le pareció que los oía, dejando atrás muchos criados que traía; y como llegase a la parte donde las voces se daban, vio patente la fuerza que a la hermosa dama hacía el fiero moro.

Era el príncipe de hasta veinte años; y demás de ser muy galán, tan noble de condición y tan agradable en las palabras que, por esto y por ser muy valiente y dadivoso, era muy amado de todos sus vasallos; siendo asimismo tan aficionado a favorecer a los cristianos que, si sabía que alguno los maltrataba, lo castigaba severamente.

Pues como viese lo que pasaba entre el cruel moro y aquella hermosa esclava, que ya a este tiempo se podía ver a causa de que empezaba a romper el alba, y la mirase tendida en tierra y con una liga atadas las manos, y que con un lienzo la quería tapar la boca el traidor Hamete, con airada voz le dijo:

—¿Qué haces, perro? ¿En la corte del rey de Fez se ha de atrever ninguno a forzar las mujeres? Déjala al punto, si no, por vida del rey que te mato.

Decir esto y sacar la espada todo fue uno. A estas palabras se levantó Hamete y metió mano a la suya, y cerrando con él le diera la muerte, si el príncipe, dando un salto, no le hurtara el golpe y reparara con la espada; mas no fue con tanta presteza que no quedase herido en la cabeza.

Conociendo pues el valiente Jacimín que aquel moro no le quería guardar el respeto que justamente debía a su príncipe, se retiró un poco, y tocando una cornetilla que traía al cuello, todos sus caballeros se juntaron con él al mismo tiempo que Hamete con otro golpe quería dar fin a su vida.

Mas siendo, como digo, socorrido de los suyos, fue preso el traidor Hamete, dando lugar a la afligida Estela, con quien ya se había juntado la alevosa y renegada Claudia, a que se echase a los pies del príncipe Jacimín, a quien como el gallardo moro viese más despacio, no agradado de su hermosura sino compasivo de sus trabajos, la preguntó quién era y la causa de estar en tal lugar.

A lo cual Estela, después de haberle dicho que era cristiana, con las más breves razones que pudo contó su historia y la causa de estar donde la veía, de lo cual el piadoso Jacimín, enojado, mandó que a todos tres los trajesen a su palacio donde, antes de curarse, dio cuenta al rey su padre del suceso pidiéndole venganza del atrevimiento de Hamete, quien juntamente con Claudia fue condenado a muerte, y este mismo día fueron los dos empalados.

Hecha esta justicia, mandó el príncipe traer a su presencia a Estela, y después de haberla acariciado y consolado, la preguntó qué quería hacer de sí. A lo cual la dama, arrodillada ante él, le suplicó que la enviase entre cristianos para que pudiese volver a su patria. Concediole el príncipe esta petición, y habiéndola dado dineros y joyas, y un esclavo cristiano que la acompañase, mandó a dos criados suyos la pusiesen donde ella gustase.

Sucedió el caso referido en Fez a tiempo que el césar Carlos V, emperador y rey de España, estaba sobre Túnez contra Barbarroja. Sabiendo pues Estela esto, mudando su traje mujeril en el de varón, cortándose los cabellos, acompañada solo de su cautivo español que el príncipe de Fez le mandó dar, juramentándole que no había de decir quién era, y habiéndose despedido de los dos caballeros moros que la acompañaban, se fue a Túnez, hallándose en servicio del emperador y siempre a su lado en todas ocasiones, granjeando no solo la fama de valiente soldado sino la gracia del emperador, y con ella el honroso cargo de capitán de caballos.

Hallose, como digo, no solo en esta ocasión sino en otras muchas que el emperador tuvo en Italia y Francia, quien hallándose en una refriega a pie, por haberle muerto el caballo, nuestra valiente dama, que con nombre de don Fernando era tenida en diferente opinión, le dio el suyo, y le acompañó y defendió hasta ponerle en salvo. Quedó el emperador tan obligado que empezó con muchas mercedes a honrar y favorecer a don Fernando; y fue la una un hábito de Santiago y la segunda una gran renta y título.

No había sabido Estela en todo este tiempo nuevas ningunas de su patria y padres, hasta que un día vio entre los soldados del ejército a su querido don Carlos, que como le conoció, todas las llagas amorosas se la renovaron, si acaso estaban adormecidas, y empezaron de nuevo a verter sangre; mandole llamar, y disimulando la turbación que le causó su vista, le preguntó de dónde era y cómo se llamaba. Satisfizo don Carlos a Estela con mucho gusto, obligado de las caricias que le hacía, o por mejor decir, al rostro que, con ser tan parecido a Estela, traía cartas de favor, y así la dijo su nombre y patria, y la causa por que estaba en la guerra, sin encubrirla sus amores y la prisión que había tenido, diciéndola como cuando pensó sacarla de casa de sus padres y casarse con ella, se había desaparecido de los ojos de todos ella y un paje, de quien fiaba mucho sus secretos, poniendo en opinión su crédito, porque tenía para sí que por querer más que a él al paje, habían hecho aquella vil acción, dándole a él motivo a no quererla tanto y desestimarla; si bien en una carta que se había hallado escrita de la misma dama para su padre, decía que se iba con don Carlos, que era su legítimo esposo, cosa que le tenía más espantado que lo demás; porque irse con Claudio y decir que se iba con él, le daba que sospechar, y en lo que paraban sus sospechas era en creer que Estela no le trataba verdad con su amor, pues le había dejado expuesto a perder la vida por justicia, porque después de haber estado por estos indicios preso dos años, pidiéndole no solo el robo y el escalamiento de una casa tan noble como la de sus padres, viendo que muerta ni viva no parecía, le achacaban que después de haberla gozado la había muerto, con lo cual le pusieron en grande aprieto, tanto que muriera por ello si no se hubiera valido de la industria, la cual le enseñó lo que había de hacer, que fue romper las prisiones y quebrantar la cárcel, fiándose más de la fuga que de la justicia que tenía de su parte, que el otro año había gastado en buscarla por muchas partes, mas que había sido en vano, porque no parecía sino que la había tragado la tierra.

Con grande admiración escuchaba Estela a don Carlos, como si no supiera mejor que nadie la historia; y a lo que respondió más apresuradamente fue a la sospecha que tenía de ella y del paje, diciéndole:

—No creas, Carlos, que Estela sería tan liviana que se fuese con Claudio por tenerle amor, ni engañarte a ti, que en las mujeres nobles no hay esos tratos; lo más cierto sería que ella fue engañada, y después quizá la habrán sucedido ocasiones en que no haya podido volver por sí; y algún día querrá Dios volver por su inocencia y tú quedarás desengañado.

»Lo que yo te pido es que mientras estuvieres en la guerra acudas a mi casa, que si bien quiero que seas en ella mi secretario, de mí serás tratado como amigo, y por tal te recibo desde hoy, que yo sé que con mi amparo, pues todos saben la merced que me hace el césar, tus contrarios no te perseguirán, y acabada esta ocasión daremos orden para que quedes libre de sus persecuciones; y no quiero que me agradezcas esto con otra cosa sino con que tengas a Estela en mejor opinión que hasta aquí, siquiera por haber sido tú la causa de su perdición; y no me mueve a esto más de que soy muy amigo de que los caballeros estimen y hablen bien de las damas.

Atento oyó Carlos a don Fernando, que por tal tenía a Estela, pareciéndole no haber visto en su vida cosa más parecida a su dama, mas no llegó su imaginación a pensar que fuese ella, y viendo que había dado fin a sus razones, se le humilló, pidiéndole las manos y ofreciéndose por su esclavo. Alzole Estela con sus brazos, quedando desde este día en su servicio, y tan privado con ella que ya los demás criados estaban envidiosos.

De esta suerte pasaron algunos meses, acudiendo Carlos a servir a su dama, no solo en el oficio de secretario sino en la cámara y mesa, donde en todas ocasiones recibía de ella muchas y muy grandes mercedes, tratando siempre de Estela, tanto que algunas veces llegó a pensar que el duque la amaba, porque siempre le preguntaba si la quería como antes, y si viera a Estela si se holgaría con su vista, y otras cosas que más aumentaban la sospecha de don Carlos, satisfaciendo a ellas unas veces a gusto de Estela y otras veces a su descontento.

En este tiempo vinieron al emperador nuevas cómo el virrey de Valencia era muerto repentinamente, y habiendo de enviar quien le sucediese en aquel cargo, por no ser bien que aquel reino estuviese sin quien le gobernase, puso los ojos en don Fernando, de quien se hallaba tan bien servido.

Supo Estela la muerte del virrey y, no queriendo perder de las manos esta ocasión, se fue al emperador y puesta de rodillas le suplicó le honrase con este cargo. No le pesó al emperador que don Fernando le pidiese esta merced, si bien sentía apartarle de sí, pues por esto no se había determinado; pero viendo que con aquello le premiaba, se lo otorgó y le mandó que partiese luego, dándole la patente y los despachos.

Ve aquí a nuestra Estela virrey de Valencia, y a don Carlos su secretario y el más contento del mundo, pareciéndole que con el padre alcalde no tenía que temer a su enemigo, y así se lo dio a entender su señor.

Satisfecho iba don Carlos de que el virrey lo estaba de su inocencia en la causa de Estela, con lo cual ya se tenía por libre y muy seguro de sus promesas. Partieron, en fin, con mucho gusto y llegaron a Valencia, donde fue recibido el virrey con muestras de grande alegría.

Tomó su posesión, y el primer negocio que le pusieron para hacer justicia fue el suyo mismo, dando querella contra su secretario. Prometió el virrey de hacerla. Para esto mandó se hiciese información de nuevo, examinando por segunda vez los testigos.

Bien quisieran las partes que don Carlos estuviera más seguro, y que el virrey le mandara poner en prisión. Mas a esto los satisfizo con decir que él le fiaba, porque para él no había más prisión que su gusto.

Tomó, como digo, este caso tan a pechos que en breves días estaba de suerte que no faltaba sino sentenciarle. En fin, quedó para verse otro día. La noche antes entró don Carlos a la misma cámara donde el virrey estaba en la cama y, arrodillado ante él, le dijo:

—Para mañana tiene vuestra excelencia determinado ver mi pleito y declarar mi inocencia; demás de los testigos que he dado en mi descargo y han jurado en mi abono, sea el mejor y más verdadero un juramento que en sus manos hago, pena de ser tenido por perjuro, de que no solo no llevé a Estela, mas que desde el día antes no la vi, ni sé qué se hizo, ni dónde está; porque si bien yo había de ser su robador, no tuve lugar de serlo con la grande priesa con que mi desdicha me la quitó, o para mi perdición o la suya.

—Basta, Carlos —dijo Estela—, vete a tu casa y duerme seguro; soy tu dueño, causa para que no temas; más seguridad tengo de ti de lo que piensas, y cuando no la tuviera, el haberte traído conmigo y estar en mi casa fuera razón que te valiera. Tu causa está en mis manos, tu inocencia ya la sé, mi amigo eres, no tienes que encargarme más esto, que yo estoy bien encargado de ello.

Besole las manos don Carlos, y así se fue dejando al virrey, y pensando en lo que había de hacer.

¿Quién duda qué desearía don Carlos el día que había de ser el de su libertad? Por lo cual se puede creer que apenas el padre universal de cuanto vive descubría la encrespada madeja por los balcones del alba, cuando se levantó y adornó de las más ricas galas que tenía, y fue a dar de vestir al virrey para tornarle a asegurar su inocencia.

A poco rato salió el virrey de su cámara a medio vestir; mas cubierto el rostro con un gracioso ceño, con el cual, y con una risa a lo falso, dijo, mirando a su secretario:

—Madrugado has, amigo Carlos, algo hace sospechosa tu inocencia y tu cuidado, porque el libre duerme seguro de cualquiera pena, y no hay más cruel acusador que la culpa.

Turbose don Carlos con estas razones, mas disimulando cuanto pudo, le respondió:

—Es tan amada la libertad, señor excelentísimo, que cuando no tuviera tan fuertes enemigos como tengo, el alborozo de que me he de ver con ella por mano de vuestra excelencia era bastante a quitarme el sueño; porque de la misma manera que mata un gran pesar lo suele hacer un contento; de suerte que el temor del mal y la esperanza del bien hacen un mismo efecto.

—Galán vienes —replicó el virrey—, pues el día en que has de ver representada tu tragedia en la boca de tantos testigos como tienes contra ti, ¿te adornas de las más lucidas galas que tienes? Parece que no van fuera de camino los padres y esposo de Estela en decir que debiste de gozarla y matarla, fiado en los pocos o ninguno que te lo vieron hacer; a fe que si pareciera Claudio, vil tercero de tus travesuras, que no sé si probaras inocencia; y si va a decir verdad, todas las veces que tratamos de Estela muestras tan poco sentimiento y tanta vileza que siento que me debe más a mí tu dama que no a ti, pues su pérdida me cuesta cuidado, y a ti no.

¡Oh, qué pesados golpes eran estos para el corazón de Carlos! Ya desmayado y desesperado de ningún buen suceso, le iba a dar por disculpa el tiempo, pues con él se olvida cualquiera pasión amorosa, cuando el virrey, con un severo semblante y airado rostro, le dijo:

—Calla, Carlos, no respondas. Carlos, yo he mirado bien estas cosas y hallo por cuenta que no estás muy libre en ellas, y el mayor indicio de todos es las veras con que deseas tu libertad.

Diciendo esto, hizo señas a un paje, el cual, saliendo fuera, volvió con una escuadra de soldados, los cuales quitaron a don Carlos las armas, poniéndose como en custodia de su persona.

Quien viera en esa ocasión a don Carlos no pudiera dejar de tenerle lástima; tenía mudada la color, los ojos bajos, el semblante triste, y tan arrepentido de haberse fiado de la varia condición de los señores que solo a sí se daba la culpa de todo.

Acabose de vestir el virrey, y sabiendo que ya los jueces y las partes estaban aguardando, salió a la sala en que se había de juzgar este negocio, trayendo consigo a Carlos cercado de soldados. Sentose en su asiento y los demás jueces en los suyos; luego el relator empezó a decir el pleito, declarando las causas e indicios que había de que don Carlos era el robador de Estela, confirmándolo los papeles que en los escritorios del uno y del otro se habían hallado, las criadas que sabían su amor, los vecinos que los veían hablarse por las rejas, y quien más le condenaba era la carta de Estela, en que rematadamente decía que se iba con él.

A todo esto los más eficaces testigos en favor de don Carlos eran los criados de su casa, que decían haberle visto acostar la noche que faltó Estela, aún más temprano que otras veces, y su confesión que declaraba debajo de juramento que no la habían visto; mas nada de esto aligeraba el descargo; porque a eso alegaba la parte que pudo acostarse a vista de sus criados, y después volver a vestirse y sacarla, y que los había muerto aseguraba el no parecer ella ni el paje, secretario de todo, y que sería cierto que por lo mismo le había también muerto, y que en lo tocante al juramento, claro es que no se había de condenar a sí mismo.

Viendo el virrey que hasta aquí estaba condenado Carlos en el robo de Estela, en el quebrantamiento de su casa, en su muerte y la de Claudio, y que solo él podía sacarle de tal aprieto, determinado pues a hacerlo, quiso ver primero a Carlos más apretado, para que la pasión le hiciese confesar su amor y para que después estimase en más el bien, y así Estela le llamó, y como llegase en presencia de todos, le dijo:

—Amigo Carlos, si supiera la poca justicia que tenías de tu parte en este caso, doyte mi palabra y te juro por vida del césar que no te hubiera traído conmigo, porque no puedo negar que me pesa; y pues lo solemnizo con estas lágrimas, bien puedes creerme siento en el alma ver tu vida en el peligro en que está, pues si por los presentes cargos he de juzgar esta causa, fuerza es que por mi ocasión la pierdas, sin que yo halle remedio para ello; porque siendo las partes tan calificadas, tratarles de concierto en tan gran pérdida como la de Estela es cosa terrible y no acertada, y muy sin fruto; el remedio que aquí hay es que parezca Estela, y con esto ellos quedarán satisfechos y yo podré ayudarte; mas de otra manera, ni a mí está bien ni puedo dejar de condenarte a muerte.

Pasmose con esto el afligido don Carlos, mas como ya desesperado, arrodillado como estaba, le dijo:

—Bien sabe vuestra excelencia que desde que en Italia me conoció, siempre que trataba de esto lo he contado y dicho de una misma suerte, y que si aquí como a juez se lo pudiera negar, allí como a señor y amigo le dije la verdad, y de la misma manera lo digo y confieso ahora. Digo que adoré a Estela.

—Di que la adoro —replicó el virrey algo bajo—, que te haces sospechoso en hablar de pretérito, y no sentir de presente.

—Digo que la adoro —respondió don Carlos, admirado de lo que en el virrey veía—, y que la escribía, que la hablaba, que la prometía ser su esposo, que concerté sacarla y llevarla a la ciudad de Barcelona; mas ni la saqué, ni la vi, y si así no es, aquí donde estoy me parta un rayo del cielo. Bien puedo morir, mas moriré sin culpa alguna, si no es que acaso lo sea haber querido una mudable, inconstante y falsa mujer, sirena engañosa que en la mitad del canto dulce me ha traído a esta amarga y afrentosa muerte. Por amarla muero, no por saber de ella.

—¿Pues qué se pudieron hacer esta mujer y este paje? —dijo el virrey—. ¿Subiéronse al cielo? ¿Bajáronse al abismo?

—¿Qué sé yo? —replicó el afligido don Carlos—. El paje era galán y Estela hermosa, ella mujer y él hombre; quizá…

—¡Ah, traidor! —respondió el virrey—, ¡y cómo en ese quizá traes encubiertas tus traidoras y falsas sospechas! ¡Qué presto te has dejado llevar de tus malos pensamientos! Maldita sea la mujer que con tanta facilidad os da motivo para ser tenida en menos; porque pensáis que lo que hacen obligadas de vuestra asistencia y perseguidas de vuestra falsa perseverancia hacen con otro cualquiera que pasa por la calle; ni Estela era mujer ni Claudio hombre; porque Estela es noble y virtuosa, y Claudio un hombre vil, criado tuyo y heredero de tus falsedades. Estela te amaba y respetaba como a esposo, y Claudio la aborrecía porque te amaba a ti; y digo segunda vez que Estela no era mujer porque la que es honesta, recatada y virtuosa no es mujer sino ángel; ni Claudio hombre sino mujer, que enamorada de ti quiso privarte de ella, quitándola delante de tus ojos. Yo soy la misma Estela, que se ha visto en un millón de trabajos por tu causa, y tú me lo gratificas en tener de mí la falsa sospecha que tienes.

Entonces contó cuanto le había sucedido desde el día que faltó de su casa, dejando a todos admirados del suceso, y más a don Carlos que, corrido de no haberla conocido y haber puesto dolo en su honor, como estaba arrodillado, asido de sus hermosas manos, se las besaba, bañándoselas con sus lágrimas, pidiéndola perdón de sus desaciertos; lo mismo hacía su padre y el de Carlos, y unos con otros se embarazaban por llegar a darla abrazos, diciéndola amorosas ternezas.

Llegó el conde a darla la enhorabuena y pedirla se sirviese cumplir la palabra que su padre le había dado de que sería su esposa; de cuya respuesta, colgado el ánimo y corazón de don Carlos, puso la mano en la daga que le había quedado en la cinta, para que si no saliese en su favor, matar al conde y a cuantos se lo defendiesen, o matarse a sí antes que verla en poder ajeno.

Mas la dama, que amaba y estimaba a don Carlos más que a su misma vida, con muy corteses razones suplicó al conde la perdonase, porque ella era mujer de Carlos, por quien y para quien quería cuanto poseía, y que le pesaba no ser señora del mundo para entregárselo todo; pues sus valerosos hechos nacían todos del valor que el ser suya le daba, suplicando tras esto a su padre lo tuviese por bien.

Y bajándose del asiento, después de abrazarlos a todos se fue a Carlos, y enlazándole al cuello los valientes y hermosos brazos, le dio en ellos la posesión de su persona. Y de esta suerte se entraron juntos en una carroza y fueron a la casa de su madre, que ya tenía nuevas del suceso y estaba ayudando al regocijo con piadoso llanto.

Salió la fama publicando aquesta maravilla por toda la ciudad, causando a todos notable novedad por oír decir que el virrey era mujer y Estela. Todos acudían, unos al palacio y otros a su casa.

Despachose luego un correo al emperador, que estaba ya en Valladolid, dándole cuenta del caso, el cual más admirado que todos los demás, como quien la había visto hacer valerosas hazañas, no acababa de creer que fuese así, y respondió a las cartas con la enhorabuena y muchas joyas. Confirmó a Estela el estado que la dio, añadiéndole el de princesa de Buñol, y a don Carlos el hábito y renta de Estela, y el cargo de virrey de Valencia.

Conque los nuevos amantes, ricos y honrados, hechas todas las ceremonias y cosas acostumbradas de la Iglesia, celebraron sus bodas, dando a la ciudad nuevo contento, a su estado hermosos herederos y a los historiadores motivo para escribir esta maravilla, con nuevas alabanzas al valor de la hermosa Estela, cuya prudencia y disimulación la hizo severo juez, siéndolo de su misma causa; que no es menos maravilla que las demás, que haya quien sepa juzgarse a sí mismo en mal ni bien; porque todos juzgamos faltas ajenas y no las nuestras propias.

JACK Y ALICE

(1787)

CAPÍTULO PRIMERO

El señor Johnson tendría unos cincuenta y tres años. Doce meses después cumplió cincuenta y cuatro, cosa que le complació tanto que tomó la decisión de celebrar su siguiente cumpleaños ofreciendo una mascarada para sus familiares y amigos. Y así, el día que cumplió los cincuenta y cinco se enviaron invitaciones a todos sus amigos. Lo cierto es que no tenía muchos conocidos en aquella parte del mundo, pues solo se trataba de lady Williams, el señor y la señora Jones, Charles Adams y las tres señoritas Simpson, que conformaban el vecindario de Pammydiddle y el grupo de invitados a la mascarada.

Antes de proceder a relatar lo transcurrido durante la velada, sería apropiado describir para mi lector a las personas y personajes que acudieron a la fiesta para que pueda conocerlos.

El señor y la señora Jones eran los dos bastante altos y muy apasionados, pero en otros aspectos eran personas tranquilas y con saber estar. Charles Adams era un joven amable, realizado y arrebatador; era tan apuesto que solo las águilas se atrevían a mirarlo a los ojos.

La señorita Simpson era una muchacha encantadora, tanto por su aspecto físico como por sus modales y su disposición, y quizá pecase únicamente de una ambición desmedida. Su hermana mediana, Sukey, era envidiosa, rencorosa y maliciosa. Era una muchacha bajita, gorda y desagradable. Cecilia, la pequeña, era perfectamente hermosa, pero demasiado afectada como para resultar agradable.

En lady Williams se reunían todas las virtudes. Era una viuda que poseía una estupenda comisión y lo que quedaba de lo que había sido un rostro hermoso. A pesar de ser benevolente y cándida, era generosa y sincera; a pesar de ser piadosa y buena, era religiosa y amable; a pesar de ser elegante y agradable, era refinada y divertida.

Los Johnson eran una familia entrañable, y, a pesar de su ligera adicción a la bebida y los dados, poseían numerosas cualidades.

Tal era el grupo de personas que estaba reunido en el salón de Johnson Court, entre las cuales la máscara de sultana era la máscara femenina más destacable. Entre los hombres, la máscara que representaba al sol era la más admirada por todos. Los rayos de luz que brotaban de sus ojos eran idénticos a los del brillante astro, incluso infinitamente superiores. Eran tan potentes que nadie se atrevía a acercarse a menos de medio kilómetro, por lo que este disponía de la mayor parte del salón para él solo, cuyas medidas no superaban el kilómetro doscientos de largo y los ochocientos metros de ancho. Finalmente el caballero concluyó que sus rayos eran muy inconvenientes para la concurrencia, pues se vieron obligados a reunirse en una esquina de la estancia, y entornó los ojos, gesto que hizo que los invitados descubrieran que se trataba de Charles Adams, ataviado con su sencillo traje verde y sin máscara alguna.

Cuando disminuyó el asombro, todos prestaron atención a dos máscaras colombinas que avanzaban con un gran pasión; ambos eran muy altos, pero parecían tener muchas cualidades en otros aspectos. «Son el señor y la señora Jones», dijo el ingenioso Charles; y sin duda eran ellos.

Nadie podía imaginar quién era la sultana. Hasta que, finalmente, cuando se dirigió a una hermosa Flora que se hallaba reclinada con una estudiada actitud en el sofá diciendo: «Ay, Cecilia, cuánto me gustaría ser quien finjo ser», fue descubierta por el ingenio infinito de Charles Adams, que advirtió que se trataba de la elegante pero ambiciosa Caroline Simpson, y que la persona a la que se había dirigido debía de ser su encantadora pero afectada hermana Cecilia.

Los invitados se acercaron a una mesa de juego ocupada por tres figuras con dominó (cada una con una botella en la mano) y concentradas en el juego; pero una dama disfrazada de Virtud huyó corriendo de la impactante escena, mientras que una mujer ligeramente rellena, que representaba la Envidia, se fue sentando alternativamente sobre la frente de los tres jugadores. Charles Adams, que seguía tan lúcido como siempre, enseguida descubrió que los jugadores eran los tres miembros de la familia Johnson, que la Envidia era Sukey Simpson y la Virtud era lady Williams.

Entonces todos se quitaron las máscaras y los invitados se retiraron a otra estancia para disfrutar de un entretenimiento elegante y bien conducido, tras el que, dado que los tres Johnson se habían ocupado de mantener la botella en circulación, todos los invitados (ni siquiera a excepción de la Virtud) fueron llevados a sus casas, completamente borrachos.

CAPÍTULO SEGUNDO

La mascarada estuvo dando conversación a los habitantes de Pammydiddle durante tres meses, pero nadie dio tanto que hablar como Charles Adams. Su singular apariencia, los rayos que lanzaba con los ojos, el brillo de su ingenio y la totalidad de su persona habían conquistado los corazones de tantas jovencitas que de las seis muchachas que habían asistido a la mascarada cinco volvieron sin ser cautivadas. Alice Johnson era la infeliz sexta cuyo corazón no había conseguido escapar del poder de sus encantos. Pero aunque a mis lectores pueda parecer extraño que tanto valor y excelencia como poseía el joven solo consiguiera conquistar el corazón de una joven, es necesario que sepan que las señoritas Simpson estaban defendidas de su poder por la ambición, la envidia y la vanidad.

Caroline solo deseaba conseguir un marido con título, mientras que en Sukey dicha excelencia tan superior solo podía suscitar envidia, no amor;

y Cecilia estaba demasiado endiosada consigo misma como para que otra persona pudiera complacerla. En cuanto a lady Williams y la señora Jones, la primera era demasiado sensata como para enamorarse de un hombre mucho más joven que ella, y la otra, a pesar de ser tan alta y apasionada, estaba demasiado enamorada de su marido como para planteárselo siquiera.

Y a pesar de todos los esfuerzos de la señorita Johnson para encontrar alguna atracción de él hacia ella, el frío e indiferente corazón de Charles Adams seguía conservando, según parecía, toda su libertad; se mostraba amable con todos pero sin decantarse por nadie, y así seguía siendo el encantador, vivaz, pero insensible Charles Adams.

Una noche, Alice, un poco achispada a causa del vino (cosa que no era extraordinaria), decidió ir en busca de consuelo para su corazón herido de amor conversando con la inteligente lady Williams.

Encontró a su señoría en casa, como solía ocurrir, pues no le gustaba mucho salir, y como le ocurriera al gran sir Charles Grandison nunca negaba encontrarse en casa, pues despreciaba tanto esa forma tan habitual de deshacerse de las visitas desagradables como las confesiones de bigamia.

A pesar del vino que había tomado, la pobre Alice estaba extrañamente desanimada: era incapaz de apartar el pensamiento de Charles Adams, él era su único tema de conversación, y hablaba con tanta sinceridad con lady Williams que esta enseguida descubrió el afecto no correspondido, cosa que despertó tanta piedad y compasión en ella que le dijo lo siguiente:

—Me parece evidente, mi querida señorita Johnson, que tu corazón no ha sido capaz de resistirse a los fascinantes encantos de ese joven, y te compadezco sinceramente. ¿Es tu primer amor?

—Sí.

—Todavía me apena más escuchar eso. Yo misma soy un triste ejemplo de las calamidades que suele provocar un primer amor y estoy decidida a evitar esa desgracia en adelante. Espero que no sea demasiado tarde para que tú hagas lo mismo; y si no es así, jovencita, te animo a protegerte de ese gran peligro. El segundo amor no suele acarrear consecuencias tan espantosas, por lo que en ese sentido no tengo nada que decir. Protégete del primer amor y no tendrás nada que temer al segundo.

—Ha mencionado que usted misma ha sufrido las desgracias que tanto desea evitarme. ¿Sería tan amable de compartir conmigo su vida y sus aventuras?

—Con mucho gusto, querida.

CAPÍTULO TERCERO

—Mi padre era un caballero de considerable fortuna en Berkshire; yo y algunos más éramos sus únicos hijos. Yo tenía solo seis años cuando sufrí la desgracia de perder a mi madre y, como en esa época era un niña pequeña y tierna, mi padre, en lugar de mandarme a la escuela, me procuró una hábil institutriz que supervisó mi educación en casa. A mis hermanos los mandó a escuelas adecuadas para sus respectivas edades, y mis hermanas, como eran más pequeñas que yo, siguieron bajo el cuidado de la niñera.

»La señora Dickins era una institutriz excelente. Ella me instruyó en los caminos de la virtud y bajo su tutela me fui convirtiendo en una persona cada vez más afable, y quizá hubiera llegado casi a alcanzar la perfección, de no ser porque me arrancaron de los brazos de mi preceptora cuando yo todavía tenía diecisiete años. Nunca olvidaré sus últimas palabras: «Querida Kitty. Buenas noches», dijo. Y ya no volví a verla —dijo lady Williams enjugándose las lágrimas—. Se fugó con el mayordomo esa misma noche.

»El año siguiente, una pariente lejana de mi padre me invitó a pasar el invierno con ella en Londres. La señora Watkins era una mujer de moda, familia y fortuna. En general todo el mundo la consideraba una mujer hermosa, pero a mí nunca me lo pareció. Tenía la frente demasiado alta, los ojos muy pequeños y la tez demasiado coloreada.

—¿Cómo es posible? —la interrumpió la señorita Johnson enrojeciendo enfadada—. ¿Piensa usted que alguien pueda tener demasiado color?

—Claro que sí, y te diré por qué, querida Alice: cuando una persona tiene un grado de colorado demasiado elevado en la tez, pienso que se le ve la cara demasiado roja.

—¿Pero cree usted que un rostro puede parecer demasiado rojo?

—Desde luego, querida señorita Johnson, y te diré por qué. Cuando un rostro se ve demasiado rojo no se ve tan hermoso como luciría si estuviera un poco más pálido.

—Le ruego que continúe con su historia, señora.

—Como decía, dicha dama me invitó a pasar algunas semanas con ella en la ciudad. Muchos caballeros la consideraban hermosa, pero a mí nunca me lo pareció. Tenía la frente demasiado alta, los ojos muy pequeños y la tez demasiado coloreada.

—Como ya le he dicho antes, en eso su señoría debió de equivocarse. Es imposible que la señora Watkins tuviera demasiado color, pues nadie puede tener la tez demasiado coloreada.

—Disculpa, querida, en eso no estoy de acuerdo contigo. Deja que me explique mejor; lo que yo pienso es lo siguiente: cuando una dama tiene las mejillas demasiado rojas, tiene demasiado color.

—Pero, señora, yo creo que es imposible que alguien tenga las mejillas demasiado rojas.

—Pero no si las tienen demasiado coloreadas, querida.

La señorita Johnson estaba perdiendo la paciencia, más aún, si cabe, porque lady Williams seguía mostrándose inflexiblemente serena. Sin embargo, cabe recordar que su señoría tenía cierta ventaja respecto a Alice, me refiero a lo de no estar bebida, pues de haber estado acalorada por el vino y la pasión, no habría tenido mucho control sobre su temperamento.

Al final, la disputa se acaloró tanto por parte de Alice que de las palabras casi llega a las manos, pero por suerte el señor Johnson entró y, con cierta dificultad, la separó de lady Williams, la señora Watkins y sus mejillas rojas.

CAPÍTULO CUARTO

Quizá mis lectores imaginen que, tras tamaño alboroto, ya no podría existir ninguna relación entre los Johnson y lady Williams, pero se equivocan. Pues su señoría era demasiado sensata como para guardar rencor por una conducta que no podía dejar de percibir como una consecuencia natural de la embriaguez, y Alice sentía demasiado respeto por lady Williams y

disfrutaba demasiado de su clarete como para no hacer todas las concesiones a su alcance.

Algunos días después de la reconciliación, lady Williams visitó a la señorita Johnson para proponerle dar un paseo por una arboleda de cítricos, que conducía del chiquero de su señoría a uno de los abrevaderos para caballos de Charles Adams. Alice agradecía mucho que lady Williams le hubiera propuesto dicho paseo y estaba demasiado encantada con la perspectiva de poder ver uno de los abrevaderos de Charles como para no aceptar con agrado. No habían avanzado mucho antes de que la joven despertara de su ensoñación respecto a su inminente dicha, cuando lady Williams le dijo:

—Ya he abandonado la idea de proseguir con la narración de mi vida, mi querida Alice, pues no querría traer a tu memoria un episodio que (dado que refleja más tu desgracia que un motivo de orgullo) es mejor olvidar que recordar.

Alice había empezado a acalorarse y estaba a punto de contestar cuando su señoría, al percibir su desagrado, añadió:

—Me temo que te he ofendido con lo que acabo de decir, querida. Te aseguro que no pretendo afligirte al recordar algo que ya no se puede cambiar y, teniendo todo en consideración, no creo que pueda culparte, como opinan otros, pues cuando una persona está bajo los efectos del licor, no puede responder de sus actos.

—Señora, esto es intolerable; le ruego que...

—Querida muchacha, no te aflijas. Te aseguro que ya lo he perdonado todo; en realidad tampoco me enfadé en ese momento, pues ya me di cuenta de que estabas completamente borracha. Sabía que no podías evitar decir esas cosas tan raras. Pero veo que te estoy ofendiendo, así que cambiaré de tema de conversación y espero que no vuelva a mencionarse, recuerda que ya está olvidado. Así que continuaré con mi historia, pero no te brindaré ninguna descripción de la señora Watkins, pues solo serviría para revivir situaciones pasadas y, como tú no la has visto nunca, no tiene ninguna importancia para ti si la dama tenía la frente demasiado alta, los ojos muy pequeños y la tez demasiado coloreada.

—¡Ya está otra vez con eso! Lady Williams, esto ya es demasiado.

Tanto se alteró la pobre Alice cuando la dama retomó su historia que no sé qué consecuencias hubiera tenido de no haber sido porque algo llamó la atención de ambas en ese preciso momento. Una hermosa joven tendida bajo un limonero, aparentemente muy dolorida, era un espectáculo demasiado interesante como para no llamar la atención de ambas. Olvidaron su disputa y se acercaron a la muchacha con compasiva ternura y le dijeron:

—Querida joven, parece presa de algún infortunio del que estaremos encantadas de aliviarla si pudiera usted explicarnos de qué se trata. ¿Sería tan amable de contarnos su vida y sus aventuras?

—Con mucho gusto, señoras, si son ustedes tan amables de sentarse.

Las damas ocuparon su sitio y la joven empezó a hablar.

CAPÍTULO QUINTO

—Nací en el norte de Gales y mi padre es uno de los sastres más importantes de la región. Al tener una familia numerosa, él se dejó gratificar con facilidad por una hermana de mi madre, una viuda que goza de una buena posición económica y posee una taberna en un pueblo vecino al nuestro, y me dejó con ella para que costeara mi crianza. Por eso he vivido con ella los últimos ocho años de mi vida, durante los cuales ella me proporcionó algunos de los mejores maestros, quienes me enseñaron a comportarme según los requisitos esperados para alguien de mi sexo y situación en la vida. Bajo su tutela aprendí danza, música, dibujo y varias lenguas, cosa que me convirtió en una muchacha muy cultivada: no se podía comparar conmigo a ninguna de las otras hijas de sastre de todo Gales. Jamás hubo criatura más feliz que yo, hasta la última mitad de este último año; aunque debería haberles contado primero que la hacienda más importante de nuestro vecindario pertenece a Charles Adams, el propietario de esa casa de ladrillo que ven a lo lejos.

—¡Charles Adams! —exclamó la asombrada Alice—. ¿Conoce usted a Charles Adams?

—Para mi desgracia, sí. Vino hará medio año a recoger las rentas de la propiedad que acabo de mencionar. Esa fue la primera vez que lo vi. Dado que usted lo conoce, no hace falta que le describa lo apuesto que es. No pude resistirme a sus encantos.

—¡Ay, quién podría! —exclamó Alice suspirando.

—Mi tía, que conocía muy bien a su cocinera, decidió, acuciada por mis peticiones, intentar descubrir, a través de su amiga, si habría alguna posibilidad de que él correspondiera a mi afecto. Y con ese propósito acudió una tarde a tomar el té con la señora Susan, quien, durante el transcurso de la conversación, mencionó las bondades de la situación de la casa y las riquezas de su señor, momento en que mi tía empezó a sonsacarle información con tanta habilidad que enseguida consiguió que Susan admitiera que no creía que su señor se casara nunca, «pues», decía ella, «me ha dicho, en más de una ocasión, que su esposa, fuera quien fuese, debía poseer juventud, belleza, buena posición, ingenio, virtudes y riquezas. Yo misma he intentado en muchas ocasiones», siguió diciendo, «convencerlo de lo improbable que era que algún día conociera a una dama que reuniera dichas cualidades, pero mis argumentos no han tenido ningún efecto y él sigue tan fiel a su determinación como siempre». Ya imaginarán lo mucho que me afligió enterarme de eso, pues yo temía que, a pesar de poseer juventud, belleza, ingenio y virtudes, y a pesar de ser la probable heredera de la casa y el negocio de mi tía, él pudiera hallar deficiencias en mi posición en la vida y, de ser así, considerarme indigna de ser su esposa.

»Sin embargo, yo estaba decidida a perseverar, y por eso le escribí una preciosa carta ofreciéndole mi infinita ternura, mi mano y mi corazón. Me contestó con una negativa molesta y tajante, pero, convencida de que debía de deberse más a su modestia que a cualquier otra cosa, volví a insistir. Sin embargo, ya no volvió a contestar a ninguna de mis cartas, y poco después se marchó de allí. En cuanto supe de su marcha, le escribí aquí, informándole de que pronto tendría el honor de reunirme con él en Pammydiddle, pero tampoco recibí respuesta alguna. Por eso elegí tomarme su silencio como un consentimiento y me marché de Gales sin que mi tía lo supiera, y he llegado aquí esta mañana tras un tedioso viaje. Al preguntar por su casa me indicaron que atravesara ese bosque que ven ustedes allí delante. Con el corazón henchido de felicidad ante la perspectiva de volver a verlo, me interné en el bosque, y cuando ya había avanzado un buen trecho, de pronto algo me apresó la pierna y, al buscar la causa, descubrí que me había quedado atrapada en una de las trampas de acero tan comunes en las tierras de los caballeros.

—¡Ay! —exclamó lady Williams—. ¡Qué fortuna que la hayamos encontrado a usted, pues de lo contrario quizá hubiéramos corrido su misma suerte...!

—No hay duda de que es una fortuna para ustedes, señoras, que yo pasara poco antes que ustedes por allí. Como podrán imaginar, grité hasta que mi voz resonó por todo el bosque y uno de los sirvientes de ese ser despreciable e inhumano acudió en mi ayuda y me liberó de mi espantosa prisión, pero una de mis piernas ha quedado completamente destrozada.

CAPÍTULO SEXTO

Tras el triste relato, los hermosos ojos de lady Williams se llenaron de lágrimas y Alice no pudo evitar exclamar:

—¡Oh, qué cruel eres, Charles, rompiendo los corazones y las piernas de todas las damas bellas que se cruzan en tu camino!

Entonces lady Williams se hizo con el control de la situación y observó que la pierna de la dama requería cuidados inmediatos. Por tanto, tras examinar la fractura, se puso enseguida manos a la obra y llevó a cabo la operación con gran destreza, cosa que todavía resultó más sorprendente, pues era la primera vez que lo hacía en su vida. Entonces Lucy se levantó del suelo y, al descubrir que podía caminar con absoluta facilidad, y accediendo a la petición de su señoría, acompañó a las damas a casa de lady Williams.

La perfecta figura, el hermoso rostro y los elegantes modales de Lucy enseguida se ganaron el afecto de Alice, de tal forma que, cuando se despidieron tras la cena, la joven le aseguró que, después de su padre, su hermano, sus tíos y tías, primos y otros parientes, lady Williams, Charles Adams y algunas docenas de amigos íntimos, la quería más que a cualquier otra persona del mundo.

Tan halagadora muestra de afecto hubiera bastado para provocar un gran placer a su destinataria, de no haber sido porque la muchacha se había dado cuenta de que la bondadosa Alice había abusado un poco del clarete de lady Williams.

Su señoría, que tenía mucho criterio, dedujo, por la expresión de Lucy, lo que estaba pensando acerca del tema y, en cuanto la señorita Johnson se hubo marchado, le dijo a la otra:

—Cuando conozca un poco mejor a mi Alice ya no se sorprenderá de ver que la querida criatura se excede un poco con la bebida, pues son cosas que suceden todos los días. Posee un buen número de características peculiares y encantadoras, pero la sobriedad no es una de ellas. En realidad, todos sus familiares son unos borrachos. También lamento mucho tener que admitir que jamás había visto personas tan adictas al juego, en particular Alice. Pero es una muchacha encantadora. Probablemente no tenga el temperamento más dulce del mundo, pues la he visto presa de más de un arrebato. Sin embargo, es una joven muy dulce. Estoy convencida de que le gustará. No conozco a muchas personas tan amables como ella. ¡Ay, tendría que haberla visto la pasada noche! ¡Cómo se enfadó por una tontería! Pero es una muchacha muy agradable y siempre la querré.

—Por lo que dice su señoría parece tener muchas grandes cualidades —repuso Lucy.

—¡Oh, tiene miles! —contestó lady Williams—. Aunque yo soy demasiado parcial respecto a ella, y quizá el afecto que siento me impida ver sus verdaderos defectos.

CAPÍTULO SÉPTIMO

A la mañana siguiente, las tres señoritas Simpson fueron a visitar a lady Williams, quien las recibió con la mayor cortesía y se las presentó a Lucy, con quien la mayor de las hermanas quedó tan encantada que, antes de partir, declaró que su única ambición era conseguir que las acompañara la mañana siguiente a Bath, adonde iban a marcharse durante algunas semanas.

—Lucy es absolutamente libre para aceptar una invitación tan generosa y espero que no vacile por ninguna consideración que pueda tener hacia mí. No sé cómo conseguiré separarme de ella. Ella nunca ha estado en Bath y creo que será una experiencia de lo más agradable. Habla, querida —prosiguió la dama volviéndose hacia Lucy—, ¿qué te parece la idea de acompañar a estas señoritas? Yo me quedaré muy triste sin ti, pero será un viaje muy agradable para ti y espero que vayas; si vas, estoy segura de que me moriré... Por favor, espero que aceptes.

Lucy rogó que le permitieran declinar el honor de ir con ellas, acompañando su rechazo de una gran cantidad de expresiones de extrema gratitud respecto a la señorita Simpson por invitarla. La señorita Simpson parecía muy decepcionada con su negativa. Lady Williams insistió en que debía ir, afirmó que jamás la perdonaría si no iba, y que no podría sobrevivir si lo hacía, y, en definitiva, empleó unos argumentos tan convincentes que finalmente se decidió que la joven debía marcharse. Las señoritas Simpson pasaron a recogerla la mañana siguiente a las diez en punto y lady Williams tuvo la satisfacción de recibir enseguida, de mano de su joven amiga, la agradable noticia de su llegada a Bath.

Creo que sería menester regresar al héroe de esta historia, el hermano de Alice, de quien, me parece, apenas he tenido ocasión de hablar, y quizá en parte se deba a su desafortunada inclinación a la bebida, que tanto le privaba de emplear el uso de las facultades con las que lo había dotado la naturaleza, y nunca hizo nada que valiera la pena mencionar. Su muerte ocurrió poco después de la partida de Lucy y fue la consecuencia natural de dicha perniciosa práctica. A causa de su fallecimiento, su hermana se convirtió en la única heredera de una gran fortuna que, al brindarle renovadas esperanzas de convertirse en una esposa aceptable para Charles Adams, resultó muy agradable para ella y, dado que la consecuencia fue dichosa, la causa no se lamentó en demasía.

Consciente de que su cariño por él aumentaba cada día, la joven terminó por confesárselo a su padre y le suplicó que le propusiera la unión a Charles. Su padre aceptó y partió una mañana con la intención de tratar tal asunto con el joven. Como el señor Johnson era un hombre de pocas palabras, su parte terminó muy pronto, y la respuesta que recibió fue la siguiente:

—Señor, quizá se espere de mí que me muestre complacido y agradecido por la oferta que acaba de hacerme, pero permítame decirle que para mí es una afrenta. Yo me considero una belleza perfecta, señor, ¿dónde ha visto usted una figura más refinada o un rostro más apuesto? Por tanto, señor, doy por hecho que mis modales y mi forma de actuar son del más absoluto refinamiento; hay en ellos cierta elegancia y una peculiar delicadeza que jamás he visto igualadas y que soy incapaz de describir. Dejando a un lado la parcialidad, no hay duda de que poseo más conocimientos en cualquier lengua, ciencia, arte y en otras cosas que ninguna otra persona de Europa. Tengo un temperamento equilibrado, poseo innumerables virtudes y, en general, no tengo comparación con nadie. Y siendo como soy, señor, ¿qué pretende al desear que me case con su hija? Permítame que le confiese cómo los veo yo a ustedes. A mi entender es usted un buen hombre en general; un viejo borracho, de eso no hay duda, pero eso a mí no me importa. Su hija, señor, no es ni lo bastante hermosa, ni lo bastante amable, ni lo bastante ingeniosa, ni lo bastante rica para mí. No espero nada más de mi futura esposa que aquello que ella vaya a encontrar en mí: la perfección. Estos son mis sentimientos y me enorgullezco de tenerlos. Yo solo tengo una amiga y me alegro mucho de ello. En este momento me está preparando la cena, pero si quiere usted hablar con ella, vendrá y le informará de que yo siempre he pensado igual.

El señor Johnson quedó satisfecho y, agradeciendo al señor Adams las distinciones que les había dispensado a él y a su hija, se marchó.

La desdichada Alice, cuando recibió de su padre la triste noticia del mal resultado que había tenido su visita, apenas pudo soportar la desilusión. Se dio a la bebida y pronto lo olvidó todo.

CAPÍTULO OCTAVO

Mientras ocurrían estos hechos en Pammydiddle, Lucy conquistaba todos los corazones de Bath. Cuando ya llevaba allí quince días ya casi había olvidado al cautivador Charles. El recuerdo de lo mucho que había sufrido y lo que le había ocurrido a su pierna en la trampa la ayudó a olvidarlo con formidable facilidad, que era lo que estaba decidida a hacer; y con tal fin dedicaba cinco minutos cada día a borrarlo de su recuerdo.

En la segunda carta que envió a lady Williams, Lucy le comunicó la agradable noticia de que había logrado dicho objetivo. También mencionó la proposición de matrimonio que había recibido del duque de ***, un anciano de fortuna cuyo delicado estado de salud había sido el motivo de su viaje a Bath. Continuaba diciendo:

> No sé si debo aceptarlo o no. De la unión con el duque se derivarían miles de ventajas, pues aparte de las más inferiores, como la posición social y la fortuna, me procuraría un hogar, que entre todas las cosas es la que más deseo en el mundo. El amable deseo de su señoría de que me quede con usted para siempre es noble y generoso, pero no puedo pensar en convertirme en una carga tan pesada para alguien a quien amo y estimo tanto. Eso de que una solo debería estar en deuda con personas a las que menosprecia es un sentimiento que me inculcó mi querida tía cuando yo era pequeña, pero yo considero que no puedo gobernarme tan estrictamente por ese precepto. He oído que la excelente mujer de la que le estoy hablando ahora está demasiado indignada por mi imprudente partida de Gales como para volver a recibirme en su casa. Estoy deseando dejar a las damas con las que estoy ahora. La señorita Simpson es muy buena (dejando su ambición a un lado), pero su hermana, la envidiosa y malvada Sukey, es una persona con la que resulta muy desagradable vivir. Tengo motivos para pensar que la admiración que he suscitado en los círculos de este lugar ha provocado su odio y envidia, pues me ha amenazado en más de una ocasión, y ha llegado incluso a intentar cortarme el cuello. Comprenderá pues su señoría que esté deseosa de abandonar Bath y que tenga tantas ganas de ser dueña de un hogar que me reciba cuando lo haga. Esperaré con impaciencia su consejo respecto al duque, con mi más absoluto agradecimiento.

> Lucy

Lady Williams le hizo llegar su opinión al respecto del siguiente modo:

> ¿Por qué dudas ni un segundo respecto al duque, queridísima Lucy? He hecho averiguaciones y considero que es un hombre sin principios y analfabeto. ¡Mi Lucy jamás debería unirse a un hombre semejante! Posee una fortuna principesca que aumenta cada día. ¡Con qué nobleza

la gastarías tú! ¡Qué crédito le darías a ojos de todo el mundo! ¡Cuánto lo respetaría todo el mundo gracias a su esposa! ¿Pero por qué, querida Lucy, no pones fin a todo esto regresando conmigo y no separándote jamás de mi lado? Aunque admiro tus sentimientos respecto a tus obligaciones, permíteme suplicarte que no te impidan satisfacerme en este sentido. No hay duda de que para mí será un gran gasto tenerte a mi lado y quizá no pueda mantenerte, pero ¿qué es eso en comparación con la felicidad que me producirá tu compañía? Ya sé que será mi ruina, por lo que sin duda no aceptarás estos argumentos o los rechazarás para referirte a los tuyos. Con afecto,

C. Williams

CAPÍTULO NOVENO

Nadie sabe cuál hubiera sido el efecto de los consejos de su señoría si Lucy hubiera llegado a recibirlos, pues la carta llegó a Bath algunas horas después de que la joven exhalase su último suspiro. Cayó sacrificada a manos de la envidia y la malicia de Sukey, quien, celosa de la superioridad de sus encantos, la envenenó expulsándola del mundo que tanto la admiraba a la edad de diecisiete años.

Y así terminó la bondadosa y encantadora Lucy, cuya vida no había sido marcada por ningún crimen, ni mancillada por ninguna imperfección, salvo por la imprudente partida de casa de su tía, y cuya muerte lamentaron sinceramente todos sus conocidos. Entre sus amistades, los más afectados fueron lady Williams, la señorita Johnson y el duque; las dos primeras sentían un sincero cariño por ella, en especial Alice, que había pasado toda una tarde con ella y ya no había vuelto a pensar en ella desde entonces. Asimismo se podría dar cuenta de la aflicción de su excelencia, pues había perdido a una persona por la que había sentido un tierno afecto y un sincero aprecio durante los últimos diez días. Lamentó su pérdida con absoluta constancia durante las dos semanas siguientes y, al final de dicho periodo, gratificó la ambición de Caroline Simpson ascendiéndola al rango de duquesa. Y así la joven alcanzó la más absoluta felicidad al ver complacida su pasión favorita. Su hermana, la pérfida Sukey, también halló el trato que merecía y que por sus acciones siempre había parecido desear. Su espantoso crimen fue descubierto y, a pesar de la inmediata intervención de sus familiares, la condenaron a la horca. La hermosa pero afectada Cecilia era demasiado consciente de su superioridad como para no pensar que, si Caroline podía casarse con un duque, ella podía aspirar a ganarse el afecto de un príncipe, y, como sabía que los de su país ya estaban comprometidos, se marchó de Inglaterra y, desde entonces, he oído decir que actualmente es la sultana preferida del gran mogol.

Entretanto, los habitantes de Pammydiddle estaban sumidos en un estado de gran asombro y admiración, pues circulaba el rumor del inminente matrimonio de Charles Adams. El nombre de la dama seguía siendo un misterio. El señor y la señora Jones imaginaban que se trataba de la señorita Johnson, pero ella sabía que no, pues todos sus temores estaban puestos en la cocinera de él, cuando, para asombro de todo el mundo, el joven se unió públicamente a lady Williams.

MARY SHELLEY

LA PRUEBA DE AMOR

(1834)

⤳⤳⤳ ❋ ⤳⤳⤳

D espués de obtener el permiso de la madre superiora para salir, Angeline, que estaba interna en el convento de Sant'Anna de la pequeña ciudad de Este, en Lombardía, partió para hacer una visita. Iba vestida con sencillez y buen gusto: la *faziola* le cubría la cabeza y los hombros, y por debajo brillaban sus enormes ojos negros, que eran especialmente hermosos. Y, sin embargo, no era una belleza perfecta. Pero poseía un rostro amable, sincero y noble, una abundante y sedosa cabellera negra, y una clara y delicada piel pese a ser morena. También tenía una expresión inteligente y reflexiva, parecía estar en paz consigo misma y daba toda la impresión de estar profundamente interesada, y a menudo encantada, en los pensamientos que poblaban su mente. Había nacido en el seno de una familia humilde: su padre había sido administrador del conde de Moncenigo, un noble veneciano; y su madre había criado a la única hija del conde. Ambos habían muerto y la habían dejado en una situación relativamente desahogada. Todos los jóvenes de buena posición trataban de conquistar a Angeline, pero ella vivía retirada en el convento y no les daba esperanzas.

Hacía muchos meses que no cruzaba aquellos muros, y se sintió un poco asustada cuando se encontró en el camino que salía de la ciudad y subía por las colinas Euganeas en dirección a Villa Moncenigo, su destino. Conocía el camino como la palma de su mano. La condesa de Moncenigo había muerto al dar a luz a su segunda hija y, desde entonces, la madre de Angeline había vivido en la villa. La familia estaba formada por el conde, que a excepción de algunas semanas de otoño siempre estaba en Venecia, y sus dos hijos. Ludovico, el primogénito, enseguida se instaló en Padua para tener acceso a una buena educación, y en la villa ya solo quedaba Faustina, que era cinco años menor que Angeline.

Faustina era la criatura más encantadora del mundo. Al contrario que las italianas, ella tenía unos alegres ojos azules, la piel luminosa y el pelo castaño. Tenía cuerpo de sílfide: esbelta, voluptuosa y ágil. Era muy hermosa, vivaracha y obstinada, y no le faltaban los recursos para salirse siempre con la suya. Angeline era como su hermana mayor: era la encargada de Faustina y le daba todos los caprichos; una palabra o una sonrisa de la joven conseguían cualquier cosa. «La quiero mucho —solía decir—, y soportaría cualquier cosa antes que verla derramar una sola lágrima.» No era habitual en Angeline expresar sus sentimientos, los guardaba y los alimentaba hasta convertirlos en pasiones; pero sus excelentes principios y la devoción más sincera evitaban que pudieran dominarla.

Tres años antes, al fallecer su madre, Angeline se había quedado huérfana, y ella y Faustina se habían ido a vivir al convento de Sant'Anna, en la ciudad de Este. Pero un año más tarde, Faustina, que entonces tenía quince años, se marchó a terminar sus estudios a un famoso convento de Venecia, cuyas puertas aristocráticas permanecieron cerradas para su humilde compañera. Ahora que tenía diecisiete años y ya había terminado los estudios, regresaba a casa, a Villa Moncenigo, para pasar los meses de septiembre y octubre con su padre. Ambos llegaban aquella misma noche y Angeline iba de camino desde el convento para ver y abrazar a su querida amiga.

Los sentimientos de Angeline eran ciertamente maternales: cinco años son una diferencia considerable a las edades de diez y quince años, y muchísima más a los diecisiete y los veintidós.

«Mi querida niña —pensaba Angeline mientras caminaba— debe de haber crecido mucho y seguro que también estará más hermosa. ¡Qué ganas tengo de ver su preciosa sonrisa! Me pregunto si habrá encontrado a alguien en su convento de Venecia que la haya consentido y mimado tanto como yo lo hice aquí, alguien que asumiera la responsabilidad por sus faltas y que le diera todos los caprichos. ¡Ah! ¡Cómo pasa el tiempo! Ya debe de estar pensando en convertirse en *sposa*. ¿Se habrá enamorado ya? Pronto lo sabré, pues estoy convencida de que ella me lo contará todo. Y yo desearía poder confesarme también, pues no soporto los secretos y el misterio, pero debo cumplir con mi promesa y dentro de un mes todo habrá terminado, treinta días más y conoceré mi destino. ¡Solo falta un mes! ¿Podré verlo entonces? ¡No sé si volveré a verlo! Pero no quiero pensar en eso, solo quiero pensar en Faustina, en mi dulce y querida Faustina.»

Angeline ya estaba subiendo trabajosamente por la colina cuando escuchó que alguien la llamaba. Y en la terraza con vistas al camino, apoyada en la barandilla, estaba la muchacha en la que iba pensando, la hermosa Faustina, la pequeña hada, convertida en una jovencita que sonreía con alegría. Angeline sintió todavía más cariño por ella.

Enseguida se abrazaron. Faustina se reía con brillo en los ojos y empezó a explicarle los detalles de los dos últimos años, y demostró que seguía siendo tan apasionada, infantil y tan encantadora y cariñosa como siempre. Angeline la escuchaba con regocijo, admirando con absoluta y silenciosa fascinación los hoyuelos de sus mejillas, sus ojos brillantes y sus elegantes ademanes. Aunque hubiera querido no habría tenido ocasión de contarle su historia, pues Faustina hablaba muy rápido.

—¿Sabes que voy a convertirme en *sposa* este invierno? —dijo.

—¿Y quién será el *signor sposino*?

—Todavía no lo sé, pero debo encontrarlo durante los festejos del próximo carnaval. Papá dice que debe ser muy rico y muy noble, y yo creo que debe ser joven y amable, y dejarme hacer las cosas a mi manera, como tú has hecho siempre, querida Angeline.

Finalmente, Angeline se levantó haciendo ademán de marcharse, pero Faustina no quería que se fuera, ella quería que se quedara a pasar toda la noche y dijo que mandaría a alguien al convento para pedirle permiso a la madre superiora. Pero como Angeline sabía que la priora no aceptaría, estaba decidida a marcharse y, al fin, convenció a su amiga para que se lo permitiera. Al día siguiente, Faustina iría al convento a visitar a sus antiguas amistades y Angeline podría regresar con ella por la tarde, siempre que la madre superiora diera su permiso. Después de discutir y perfilar el plan, y de darse un último abrazo, las jóvenes se separaron. Mientras bajaba por el camino, Angeline miró hacia arriba y Faustina, muy sonriente, miró hacia abajo desde la terraza y le dijo adiós con la mano. Angeline estaba encantada con su bondad, su belleza, la animación y viveza de su conducta y su conversación. Estuvo pensando en ella sin otra idea que la distrajera hasta que, al doblar una curva del camino, algo le trajo otros recuerdos. «Qué feliz voy a ser si demuestra haberme sido fiel —pensó—. Con Faustina e Ippolito la vida será el paraíso.»

Y entonces recordó todo lo ocurrido a lo largo de los últimos dos años. Y de la forma más breve posible, nosotros seguiremos su ejemplo.

Faustina se había marchado a Venecia y Angeline se había quedado sola en el convento. Aunque durante ese tiempo no se sintió muy unida a nadie, sí que se hizo amiga íntima de Camilla della Toretta, una joven dama de Bolonia. El hermano de Camilla fue un día a visitarla y Angeline la acompañó al salón para recibirlo. Ippolito se enamoró desesperadamente de ella y Angeline también cayó presa de sus afectos. Todos los sentimientos que albergaba la joven eran sinceros y apasionados y, sin embargo, tenía la capacidad de controlarlos y su conducta era irreprochable. Ippolito, por el contrario, era vehemente e impetuoso: la amaba ardientemente y no era capaz de controlar sus deseos. Decidió casarse con ella, pero como era noble temía que su padre no aprobara la unión: era necesario conseguir su consentimiento, pero el viejo aristócrata, alarmado e indignado, viajó a Este con la intención de utilizar todos los medios a su alcance para separar a los enamorados. La dulzura y bondad de Angeline mitigaron su ira, y la desesperación de su hijo despertó su compasión. El hombre no aprobaba la unión, pero entendía que Ippolito quisiera unirse a una mujer de tal belleza y dulzura. Entonces pensó que su hijo era muy joven y podría cambiar de parecer y reprocharle que hubiera dado su consentimiento con demasiada rapidez. Así que hizo un pacto con él: le daría su consentimiento un año más tarde con la condición de que la joven pareja se comprometiera, mediante el más solemne juramento, a no verse ni escribirse durante el periodo de tiempo acordado. Todos entendían que era un año de prueba, y que no habría ningún compromiso hasta que terminara el plazo previsto, momento en que, si se mantenían fieles, su perseverancia hallaría la recompensa. No había duda de que el padre suponía, incluso esperaba, que, durante aquel periodo de separación, Ippolito cambiaría de parecer y encontraría una prometida más conveniente.

Arrodillados frente a la cruz, los enamorados se comprometieron a estar un año separados y sin comunicarse. Angeline lo hizo con los ojos iluminados por la gratitud y la esperanza; Ippolito con rabia y desesperación por aquella interrupción a su felicidad, que jamás habría consentido de no haber sido porque Angeline utilizó toda su persuasión y los argumentos a su alcance para convencerlo, declarando que, a menos que él obedeciera a su padre, ella se recluiría en su celda y se convertiría en prisionera voluntaria hasta que concluyera el periodo prescrito. De modo que Ippolito hizo su juramento y partió hacia París inmediatamente después.

Ya solo quedaba un mes para que transcurriera el año y no era de extrañar que los pensamientos de Angeline olvidaran a la dulce Faustina para concentrarse en su propio destino. Junto al voto de ausencia, habían hecho la promesa de mantener el compromiso y todo cuanto se relacionaba con él en el más absoluto secreto durante ese periodo. Angeline consintió enseguida (pues su amiga estaba lejos) a no decir una sola palabra hasta que transcurriera el año, pero la otra había regresado y ahora el secreto pesaba sobre la conciencia de Angeline. Sin embargo, no había remedio: tenía que cumplir su palabra.

Con todos aquellos pensamientos en la cabeza, Angeline había llegado a los pies de la colina y estaba ascendiendo por la ladera que conducía a la ciudad de Este cuando oyó un ruido en el viñedo que bordeaba el camino; se trataba de unas pisadas y de una voz muy conocida que decía su nombre.

—*¡Santa Vergine!* ¡Ippolito! —exclamó Angeline—. ¿Así es como cumples tus promesas?

—¿Y así es como me recibes? —respondió con tono acusador—. ¡Qué ingrata! Como no soy lo bastante frío como para guardar las distancias, como este último mes ha sido para mí una eternidad insoportable, por eso me rechazas y quieres que me marche. Entonces los rumores son ciertos, ¡amas a otro! ¡Ah, mi viaje no será en vano! Descubriré de quién se trata y me vengaré de tu falsedad.

Angeline le lanzó una mirada cargada de sorpresa y reproche, pero guardó silencio y siguió caminando. Estaba decidida a no romper su juramento y provocar que una maldición cayera sobre su unión. Decidió no dejarse convencer para decir ni una sola palabra más y, gracias a su obstinada fidelidad al juramento, obtendría el perdón por las infracciones de Ippolito. Caminaba muy deprisa, sintiéndose feliz y triste al mismo tiempo, pese a que no era del todo así, pues lo que sentía era una felicidad plena. Aunque, en parte, temía la ira de su amado y más todavía las temibles consecuencias que podría tener la ruptura de su solemne promesa. En sus ojos brillaba el amor y la felicidad, pero parecía tener los labios sellados y, decidida a no decir una sola palabra, se ciñó la *faziola* al rostro para que él no pudiera verla al tiempo que aceleraba el paso con los ojos clavados en el camino. Ippolito, ardiente de rabia y dedicándole toda clase de reproches, se mantuvo pegado a ella. Le recriminaba su infidelidad, juraba venganza y describía y ensalzaba la constancia que él había demostrado y el amor que sentía. Era un tema agradable pero peligroso. Angeline se sintió tentada en mil ocasiones de confesarle que sus sentimientos no habían cambiado, pues seguían siendo idénticos a los del primer día, pero se resistió al deseo y, tomando el rosario entre las manos, se puso a rezar. Cuando ya estaban cerca de la ciudad e Ippolito veía que no la convencía, terminó alejándose de ella afirmando que descubriría a su rival y se vengaría de él debido a la crueldad y la indiferencia con la que ella lo estaba tratando. Angeline entró en el convento, corrió a su celda, se arrodilló y le pidió a Dios que perdonara a su amado por haber roto su juramento; y después, radiante de alegría por la prueba que él le había dado de su constancia, y recordando lo poco que faltaba para que su felicidad fuera completa, hundió la cabeza en los brazos y se sumió en una especie de sueño celestial. Había librado una amarga batalla para resistirse a los ruegos de Ippolito, pero sus dudas se habían disipado: él la amaba, y cuando llegase la fecha acordada volvería a buscarla, y ella, que tanto lo había amado durante aquel año, con pasión y silenciosa devoción, hallaría al fin su recompensa. Se sentía segura, agradecida al cielo y feliz.

¡Pobre Angeline!

Al día siguiente, Faustina fue al convento. Todas las monjas se agruparon a su alrededor.

—*Quanto è bellina* —exclamó una.

—*¡E tanta carina!* —dijo otra.

—*¿S'è fatta la sposina?* («¿Ya estás comprometida?») —preguntó una tercera.

Faustina contestaba con sonrisas y caricias, con bromas inocentes y risas. Las monjas la idolatraban. Y Angeline aguardó a un lado admirando a su hermosa amiga y disfrutando de los elogios que le prodigaban. Finalmente, Faustina tuvo que regresar a la villa y Angeline, tal como habían previsto, obtuvo permiso para acompañarla.

—Puede ir con ella hasta la villa —dijo la madre superiora—, pero no puede quedarse a pasar la noche. Va contra las normas.

Faustina suplicó, protestó y consiguió, mediante halagos, que la madre superiora le diera permiso a su amiga para que se ausentara una sola noche. Entonces emprendieron el regreso juntas acompañadas de una anciana criada, una especie de carabina. Mientras caminaban, un caballero las adelantó a caballo.

—¡Qué apuesto es! —exclamó Faustina—. ¿Quién será?

Angeline se sonrojó, pues se había dado cuenta de que se trataba de Ippolito. Pasó a gran velocidad y enseguida lo perdieron de vista. Habían empezado a subir por la colina y casi divisaban la villa cuando las asustó escuchar toda clase de bramidos, gritos y aullidos, como si unas bestias salvajes o unos locos, o todos a la vez, hubieran escapado de sus guaridas y manicomios. Faustina palideció y su compañera enseguida se sintió igual de asustada, pues vieron un búfalo que había escapado de su cuadra galopando colina abajo, rugiendo y seguido de una tropa de *contadini* aullando y gritando, e iba directamente en dirección a las dos amigas. La anciana carabina exclamó «*¡O Gesu Maria!*» y se tiró al suelo. Faustina dio un grito aterrador y agarró a Angeline de la cintura, y esta se colocó delante de la muchacha aterrorizada, decidida a enfrentarse al peligro para salvarla, pues el animal ya estaba llegando. En ese momento, el caballero bajó galopando por la ladera, adelantó al búfalo, se dio media vuelta y se enfrentó al animal salvaje. La bestia emitió un aullido feroz y giró hacia un camino que se desviaba a la izquierda, pero el caballo, asustado, se encabritó, tiró al jinete y siguió galopando colina abajo. El caballero yacía inmóvil en el suelo.

Entonces fue Angeline quien gritó, y ella y Faustina corrieron asustadas hacia su salvador. Mientras la última le daba aire con un enorme abanico verde como el que las damas italianas llevan para protegerse del sol, Angeline fue corriendo a buscar un poco de agua. Después de algunos minutos, el caballero recuperó el color en las mejillas y abrió los ojos; entonces vio a la hermosa Faustina e intentó levantarse. Angeline llegó justo en ese preciso momento y, ofreciéndole el agua que traía en un trozo de calabaza, se la acercó a los labios. Él le estrechó la mano y ella la apartó. Pero entonces, la anciana Caterina, extrañada por aquel silencio, empezó a mirar a su alrededor y, al ver a las dos muchachas inclinadas sobre un hombre tendido en el suelo, se levantó para acercarse.

—¡Se está usted muriendo! —exclamó Faustina—. Me ha salvado la vida y está herido de muerte.

Ippolito intentó sonreír.

—No me estoy muriendo —dijo—, pero me temo que estoy herido.

—¿Dónde? ¿Cómo? —preguntó Angeline—. Querida Faustina, pidamos un carruaje que lo lleve hasta la villa.

—¡Sí, claro! —convino Faustina—. Caterina, vaya corriendo a explicarle a mi padre lo que ha sucedido, que un joven caballero se ha herido de muerte tratando de salvarme la vida.

—No estoy herido de muerte —la interrumpió Ippolito—. Solo me he roto el brazo y, posiblemente, la pierna también.

Angeline palideció y se sentó en el suelo.

—Y morirá si no lo ayudamos pronto —continuó Faustina—. Esta maldita Caterina va más lenta que un caracol.

—Ya voy yo a la villa —se ofreció Angeline—. Caterina se quedará contigo y con Ip... *Buon dio!* ¿Qué estoy diciendo?

Se marchó a toda prisa y dejó a Faustina abanicando a su amado, que volvía a estar muy débil. Enseguida avisó a los habitantes de la villa, el *signor* conde hizo llamar a un médico y pidió que trajeran una camilla y cuatro hombres para ir a socorrer a Ippolito. Angeline se quedó en la casa. Acabó por abandonarse a sus sentimientos y lloró amargamente a causa del susto y la pena.

—¡Ha sido castigado por romper su promesa! ¡Ojalá pudiera expiar yo su culpa!

Sin embargo, recuperó el ánimo enseguida y para cuando trajeron a Ippolito ya había hecho la cama y había reunido las vendas que consideró necesarias. El médico apareció poco después. Descubrió que el brazo izquierdo sí estaba roto, pero en la pierna solo se había dado un golpe. A continuación le inmovilizó el brazo, sangró al paciente, le administró una medicina para que se encontrara mejor y le ordenó reposo absoluto. Angeline pasó toda la noche a su lado, pero él durmió profundamente y no fue consciente de su presencia. Ella jamás lo había amado tanto. La joven comprendió que su desgracia, sin duda accidental, era una demostración de afecto, y contemplaba su apuesto rostro dormido pensando: «¡Que Dios proteja al amante más sincero que jamás haya bendecido las promesas de una joven!».

A la mañana siguiente, Ippolito despertó sin fiebre y con muy buen ánimo. La contusión de la pierna era muy leve y quería levantarse. El médico fue a verlo y le suplicó que guardara reposo solo un día o dos para evitar que pudiera subirle la fiebre, y le prometió que se recuperaría más rápido si obedecía sus órdenes. Angeline pasó todo el día en la villa, pero no volvió a verlo. Faustina hablaba sin cesar de su valor, su gallardía y su atractivo. Era ella la heroína de la historia. El caballero había arriesgado la vida por ella, la había salvado a ella. Angeline se tomó su egocentrismo con una sonrisa. «Sería muy bochornoso para ella que le dijera la verdad», pensaba, por lo que guardó silencio. Por la noche tuvo que regresar al convento. ¿Debía entrar a despedirse de Ippolito? ¿Sería correcto? ¿No significaría romper su promesa? Pero ¿cómo podía resistirse? Entró en la habitación y se acercó a él sigilosamente. Él escuchó sus pasos y levantó la vista ilusionado, pero entonces pareció un poco decepcionado.

—¡*Adieu*, Ippolito! —dijo Angeline—. Debo regresar al convento. Si empeorases, Dios no lo quiera, volvería para cuidarte y atenderte, y moriría contigo. Si te recuperas, cosa que con ayuda de Dios parece muy posible, dentro de apenas un mes te lo agradeceré como mereces. ¡*Adieu*, querido Ippolito!

—¡*Adieu*, querida Angeline! Tienes muy buenas intenciones. No temas por mí. Sé que estoy fuerte y sano, y agradezco la inconveniencia y el dolor que he sufrido sabiendo que tú y tu dulce amiga estáis a salvo. ¡*Adieu*! Pero espera un momento, Angeline, quiero decirte una cosa: tengo entendido que el año pasado mi padre se llevó a Camilla a Bolonia, ¿es posible que le hayas escrito?

—En absoluto. Según los deseos del marqués, no hemos intercambiado ni una sola carta.

—Y has obedecido tanto en la amistad como en el amor. ¡Qué buena eres! Ahora quiero pedirte que me prometas algo a mí. ¿Cumplirás con la promesa igual que has cumplido con la de mi padre?

—Siempre que no sea contraria a nuestro voto.

—¡Nuestro voto! Hablas como una novicia. ¿Acaso nuestros votos tienen tanto valor? No, no quiero que prometas nada que vaya contra nuestro voto. Solo te pido que no le escribas a Camilla ni a mi padre, y que no les cuentes nada sobre este accidente, pues les inquietaría sin motivo, ¿me lo prometes?

—Te prometo que no les escribiré sin tu permiso.

—Y yo confiaré en que mantendrás tu palabra de la misma forma que has cumplido tu promesa. *Adieu*, Angeline. ¡Cómo! ¿Te vas sin darme un beso?

La joven salió corriendo de la habitación para no caer en la tentación, pues haber cedido a su petición habría sido peor quebrantamiento del compromiso que los que ya había perpetrado.

Regresó a Este, nerviosa pero contenta, convencida de la lealtad de su amado, y rezando con todas sus fuerzas para que se recuperara pronto. Volvió varios días seguidos a Villa Moncenigo para preguntar por él y le dijeron que iba recuperándose poco a poco, hasta que al final le informaron de que el joven ya podía salir de la habitación. Fue Faustina quien se lo dijo con los ojos brillantes por la emoción. Hablaba mucho de su caballero, pues así lo llamaba, y de la gratitud y admiración que le profesaba. Le había visitado cada día acompañada de su padre, y siempre tenía alguna nueva historia que contar sobre su ingenio, su elegancia y sus agradables cumplidos. Ahora ya podía reunirse con ellos en el salón, y ella se sentía el doble de feliz.

Tras descubrir aquella nueva información, Angeline interrumpió sus visitas diarias, pues ya no podía hacerlas sin correr el riesgo de encontrarse con su amado. Preguntaba por él todos los días y supo de su recuperación. A diario recibía mensajes de su amiga, que la invitaba a ir a la villa, pero ella se mantuvo firme: sentía que lo estaba haciendo bien. Y, aunque temía que él estuviera enfadado, sabía que en menos de quince días —los pocos que quedaban del mes— podría mostrarle sus verdaderos sentimientos; y como él la amaba, la perdonaría enseguida. Su corazón flotaba ligero, no sentía más que gratitud y felicidad.

Faustina le suplicaba cada día que fuera a verla y, aunque sus ruegos eran cada vez más apremiantes, Angeline seguía excusándose para no ir. Una mañana, su joven amiga entró corriendo en su celda para hacerle toda clase de reproches y preguntarle, sorprendida, por su ausencia. Angeline se vio obligada a prometerle que visitaría la villa, y después le preguntó por el caballero para pensar en cómo podía planificar su visita y evitar así tener que verlo. Faustina se sonrojó y un encantador rubor se reflejó en su rostro mientras exclamaba:

—¡Oh, Angeline! ¡Es precisamente por él por lo que tengo tantas ganas de que vengas!

Entonces fue Angeline quien se ruborizó temiendo que su secreto se hubiera descubierto, y se apresuró a preguntar:

—¿Qué ha dicho?

—Nada —respondió su vivaracha amiga—, y por eso te necesito. ¡Oh, Angeline! Ayer papá me preguntó si Ippolito me gustaba y añadió que, si su padre lo consentía, no veía ningún motivo por el que no podamos casarnos. Ni yo tampoco, pero no sé si él me ama. Y si no me ama, entonces no diré una palabra, ni le preguntaremos a su padre, ¡de ser así no me casaría con él por nada del mundo!

Y entonces se le llenaron los ojos de lágrimas y se arrojó a los brazos de Angeline.

«Pobre Faustina —pensó Angeline—. ¿Soy yo la causa de su sufrimiento?» Y la acarició y la besó con cariño. Faustina continuó. Dijo que estaba convencida de que Ippolito la amaba. A Angeline le sorprendió mucho escuchar su nombre de los labios de otra mujer, y palideció y se puso a temblar mientras se esforzaba por no delatarse. El joven no le había dado muchas muestras de amor, pero siempre parecía tan contento cuando la veía e insistía tan a menudo para que se quedara, y sus ojos...

—¿Alguna vez pregunta por mí? —quiso saber Angeline.

—No, ¿por qué iba a hacerlo? —respondió Faustina.

—Él me salvó la vida —contestó la otra sonrojándose.

—¿De verdad? ¿Cuándo? Ah, sí, ya me acuerdo. Solo pensé en la mía, y la verdad es que tú corriste tanto peligro... No, más todavía, pues te pusiste delante de mí. Mi querida amiga, no es que sea una desagradecida, es que Ippolito hace que me olvide de todo.

Angeline estaba sorprendida, en realidad era algo más que eso, estaba asombrada. No dudaba de la fidelidad de su amado, pero temía por la felicidad de su amiga, y cada pensamiento la conducía a ese sentimiento. Prometió ir a visitarla esa misma tarde.

Y Angeline volvía a subir por la colina con el corazón en un puño a causa de Faustina y con la esperanza de que su amor repentino y no correspondido no comprometiera su futura felicidad. Cuando dobló la curva del camino cerca de la villa, alguien la llamó por su nombre y, al levantar la vista, volvió a ver a su amiga inclinada sobre la barandilla, esperándola con una sonrisa y acompañada de Ippolito. El joven se sorprendió y dio un paso atrás cuando sus miradas se encontraron. Angeline había regresado dispuesta a ponerlo sobre aviso y estaba pensado en cómo podía hablar con él sin comprometer a su amiga. Pero fue en vano: cuando ella entró en el salón, Ippolito había desaparecido y no volvió a verlo. «No querrá romper su promesa», pensó Angeline. Pero estaba muy preocupada por su amiga y no sabía qué hacer. Faustina únicamente hablaba sobre su caballero. Angeline sentía muchos remordimientos y no sabía cómo actuar. ¿Debía explicarle la situación a su amiga? Quizá esa opción fuera la mejor y, sin embargo, le parecía muy difícil. Además, a menudo llegaba incluso a sospechar que Ippolito la había traicionado. La idea le provocaba una punzada de agonía y después desaparecía, pero la inquietaba mucho y era incapaz de controlar su voz. Regresó al convento más intranquila y alterada que nunca.

Volvió a visitar la villa en dos ocasiones, pero Ippolito seguía evitándola, y las explicaciones que Faustina le daba acerca del comportamiento del joven hacia ella eran cada vez más incomprensibles. Una y otra vez, el temor de haberlo perdido le atenazaba el corazón, y de nuevo se convenció de que su forma de evitarla y su silencio se debían a su juramento, y que su misterioso comportamiento hacia Faustina solo existía en la productiva imaginación de la joven. Pensaba continuamente en el camino que debía tomar, y cada vez tenía menos apetito y dormía peor. Con el tiempo empezó a encontrarse demasiado débil como para acercarse a la villa y permaneció dos días en cama. Durante las febriles horas que pasó incapaz de moverse y sintiendo una pena horrible por el futuro de Faustina, decidió escribir a Ippolito. Él no quería verla, por lo que no le quedaba otra forma de comunicarse con el joven. Su promesa no le permitía hacerlo, pero ya la habían quebrantado de muchas formas, y no lo estaba haciendo por ella, sino pensando en el bien de su amiga. Pero ¿y si la carta llegaba a las manos equivocadas? ¿Y si Ippolito pensaba en abandonarla por Faustina? Entonces su secreto quedaría enterrado para siempre en su corazón. Por eso decidió escribir una carta que no pudiera comprometer a una tercera persona. No fue una tarea fácil, pero al fin lo consiguió.

Esperaba que el señor caballero la disculpara. Ella era…, siempre había sido como una madre para la señorita Faustina, la amaba más que a la vida. Quizá el señor caballero estaba actuando de un modo un poco desconsiderado. ¿Lo entendía? Y, aunque no tuviese mala intención, el resto del mundo haría conjeturas. Lo único que le pedía era permiso para escribir a su padre para que aquella misteriosa e incierta situación concluyera lo antes posible.

Rompió diez cartas. Esta última tampoco la convenció, pero la selló, se levantó de la cama y la mandó al correo enseguida.

Esta decisión la tranquilizó y su salud mejoró. Al día siguiente se encontraba tan bien que decidió ir a la villa para descubrir el efecto que había tenido su carta. Subió por el camino con el corazón acelerado y levantó la vista en la curva de siempre. Pero Faustina no la estaba esperando en la barandilla. No era de extrañar, pues nadie aguardaba su visita. Y, sin embargo, se sintió triste sin saber por qué. Se le saltaron las lágrimas.

«Si pudiera ver a Ippolito tan solo un minuto, conseguir una mínima explicación, todo iría bien.»

Con esos pensamientos llegó a la villa y entró en el salón. Oyó unos pasos rápidos de alguien que se marchaba justo cuando ella entraba. Faustina estaba sentada a la mesa leyendo una carta con las mejillas sonrojadas y el pecho palpitando de agitación. El sombrero y la capa de Ippolito estaban junto a ella y daban a entender que acababa de abandonar la estancia a toda prisa. La joven se volvió, vio a Angeline y sus ojos se encendieron. Lanzó la carta que estaba leyendo a los pies de su amiga y Angeline advirtió que era la que había escrito ella.

—¡Tómala! —exclamó Faustina—. Es tuya. No pienso preguntarte el motivo de que la escribieras y lo que significa. Ha sido una indiscreción y te aseguro que también ha sido del todo inútil. Yo no soy alguien que entregaría su corazón sin que se lo pidan, ni permito que me rechacen cuando mi padre me ofrece en matrimonio. Toma tu carta, Angeline. ¡No puedo creer lo que me has hecho!

Angeline se quedó allí como si estuviera escuchando, pero no oía una sola palabra. Estaba inmóvil, con las manos entrelazadas y los ojos llenos de lágrimas clavados en la carta.

—Te he dicho que la tomes —dijo Faustina con impaciencia pateando el suelo con su pequeño pie—. Sea cual fuere su propósito ha llegado demasiado tarde. Ippolito ha escrito a su padre pidiéndole permiso para casarse conmigo, y mi padre también le ha escrito.

Angeline miró a su amiga con asombro.

—¡Es cierto! Si lo dudas puedo llamar a Ippolito para que lo confirme.

Faustina parecía exultante. Angeline se apresuró a tomar la carta y, sin decir una palabra, se dio media vuelta y salió del salón y de la casa, descendió por la colina y regresó al convento. Con el corazón roto y envuelto en llamas, sentía que su cuerpo estaba poseído por un espíritu que no le pertenecía: no derramó ni una sola lágrima, pero sus ojos parecían a punto de salirse de las órbitas y le temblaba todo el cuerpo. Corrió a su celda, se arrojó al suelo y entonces ya pudo abandonarse al llanto. Y después de derramar un torrente de lágrimas consiguió rezar, y después, cuando pensó que su sueño de felicidad había desaparecido para siempre, deseó estar muerta.

A la mañana siguiente abrió sus reacios ojos a la luz y se levantó de la cama. Era de día, todos debían levantarse para afrontar la jornada, y ella también, aunque el sol ya no brillara como antes y el dolor hubiera convertido su vida en una tortura. Se asombró mucho cuando vinieron a comunicarle que había un caballero en el vestíbulo esperando para poder verla. Se refugió muy triste en un rincón y se negó a bajar. La portera regresó quince minutos después. El caballero se había marchado, pero le había escrito una nota, y le entregó una carta. La misiva se quedó en la mesa, delante de Angeline, pero ella no quería abrirla; todo había terminado y no necesitaba confirmación. Finalmente, muy despacio y con mucho esfuerzo, rompió el sello. La fecha era precisamente la del día en que expiraba el año de plazo. Las lágrimas asomaron a sus ojos y en su corazón nació la cruel esperanza de que todo fuera un sueño y de que, ahora que había terminado la prueba de amor, él había vuelto a por ella. Empujada por aquella engañosa idea, se enjugó las lágrimas y leyó lo siguiente:

He venido para excusarme por mi bajeza. Te niegas a verme y por eso te escribo; por muy indigno que pueda presentarme siempre a tus ojos no creo que parezca peor de lo que soy. Recibí tu carta estando con Faustina y ella reconoció tu letra. Ya sabes que es terca e impetuosa: me la quitó y no pude impedírselo. No diré más. Debes de odiarme; pero deberías compadecerme, pues estoy desolado. Mi honor ha quedado en entredicho; todo terminó antes de que yo viera el peligro, pero ya no hay nada que hacer. No estaré en paz hasta que me perdones y, sin embargo, merezco tu maldición. Faustina no sabe nada de nuestro secreto. Adiós.

El papel se descolgó de la mano de Angeline.

Sería absurdo describir la variedad de tormentos por los que pasó la desdichada joven. Su piedad, su resignación, su noble y generosa naturaleza acudieron en su ayuda y le sirvieron de apoyo cuando sentía que sin ellos podía morir. Faustina le escribió para decirle que ella quería verla, pero que Ippolito se negaba. Ya habían recibido la respuesta del marqués Della Toretta: un feliz consentimiento. Pero el anciano estaba enfermo y se marchaban todos a Bolonia. Se verían a la vuelta.

La partida provocó cierto consuelo a la desafortunada joven. Y pronto esa sensación se intensificó gracias a una carta del padre de Ippolito, llena de elogios por su conducta. Su hijo se lo había confesado todo, decía. Ella era un ángel, el cielo la premiaría, y mayor sería aún su recompensa si se dignaba a perdonar a su infiel amado. Angeline se sintió aliviada contestando aquella carta, pues en ella vertió parte de su tristeza y los pensamientos que pesaban sobre su conciencia. Lo perdonó de buen grado y esperaba que él y su encantadora esposa fueran muy felices.

Ippolito y Faustina se casaron y pasaron dos o tres años en París y en el sur de Italia. Ella fue increíblemente feliz al principio, pero pronto el mundo cruel y la voluble e inconstante naturaleza de su marido infligieron mil heridas en su joven corazón. Añoraba la amistad y la amable simpatía de Angeline, poder reposar la cabeza en su tierno corazón y que la consolara. Propuso visitar Venecia, Ippolito consintió, y pasaron por Este de camino. Angeline había tomado los hábitos en el convento de Sant'Anna. Se sintió complacida, por no decir feliz, de recibir su visita. Escuchó sorprendida las preocupaciones de Faustina e intentó consolarla. A Ippolito también lo vio con calma y serenidad. Ya no era el ser al que ella había amado con toda su alma, y si se hubiera casado con él, con su profunda sensibilidad y sus elevadas ideas sobre el honor, habría sido más infeliz que Faustina.

La pareja vivió la vida habitual de un matrimonio italiano. Él era despreocupado, inconstante, descuidado; ella se consolaba con un criado. Angeline, entregada a Dios, se asombraba de aquellas cosas y no entendía cómo alguien podía cambiar unos afectos que para ella eran sagrados e inmutables.

Fernán Caballero (Cecilia Böhl de Faber)

Doña Fortuna y Don Dinero

(1851)

Pues, señores, vengamos al caso: era este que vivían enamorados doña Fortuna y don Dinero, de manera que no se veía al uno sin el otro. Tras de la soga anda el caldero; tras doña Fortuna andaba don Dinero: así sucedió que dio la gente en murmurar, por lo que determinaron casarse.

Era don Dinero un gordote rechoncho, con una cabeza redonda de oro del Perú, una barriga de plata de Méjico, unas piernas de cobre de Segovia y unas zapatas de papel de la gran fábrica de Madrid.

Doña Fortuna era una locona, sin fe ni ley, muy *raspagona*, muy rala rata, y más ciega que un topo.

No bien se hubieron los novios comido el pan de la boda, que se pusieron de esquina: la mujer quería mandar, pero don Dinero, que es engreído y soberbio, no estaba por ese gusto.

Señores, decía mi padre (en gloria esté) que si el mar se casase, había de perder su braveza; pero don Dinero es más soberbio que el mar y no perdía sus ínfulas.

Como ambos querían ser más y mejor y ninguno quería ser menos, determinaron hacer la prueba de cuál de los dos tendría más poder.

—Mira —le dijo la mujer al marido—, ¿ves allí abajo en el *chueco* de un olivo aquel pobre tan cabizbajo y mohíno? Vamos a ver cuál de los dos, tú o yo, le hacemos mejor suerte.

Convino el marido; enderezaron hacia el olivo y allí se encamparon; él raneando, ella de un salto.

El hombre, que era un desdichado que en la vida le había echado la vista encima ni al uno ni al otro, abrió los ojos tamaños como aceitunas cuando aquellos dos usías se le plantaron delante.

—¡Dios te guarde! —dijo don Dinero.

—Y a usía también —contestó el pobre.

—¿No me conoces?

—No conozco a su merced sino para servirle.

—¿Nunca has visto mi cara?

—En la vida de Dios.

—Pues qué, ¿nada posees?

—Sí, señor; tengo seis hijos desnudos como cerrojos, con gañotes como calcetas viejas; pero en punto a bienes, no tengo más que un coge y come cuando lo hay.

—¿Y por qué no trabajas?

—¡Toma! Porque no hallo trabajo. ¡Tengo tan mala fortuna que todo me sale torcido como cuerno de cabra! Desde que me casé pareció que me había caído la helada, y soy la *prosulta* de la desdicha, señor. Ahí nos puso un amo a labrarle un pozo a destajo, *aprometiéndonos* sendos doblones cuando se le diese rematado; pero antes no soltaba un maravedí; *asina* fue el trato.

—Y bien que lo pensó el dueño —dijo sentenciosamente su interlocutor—, pues dice el refrán dineros tomados, brazos quebrados. Sigue, hombre.

—Nos pusimos a trabajar echando el alma, porque aquí donde su merced me ve con esta facha ruin, yo soy un hombre, señor.

—¡Ya! —dijo don Dinero—. En eso estoy.

—Es, señor —repuso el pobre—, que hay cuatro clases de hombres: hay *hombres* como son los *hombres;* hay hombrecillos, hay monicacos y hay monicaquillos que no merecen ni el agua que beben. Pero, como iba diciendo, por mucho que cavamos, por más que ahondamos, ni una gota de agua hallamos. No parecía sino que se habían secado los centros de la tierra; nada hallamos, señor, a la fin y a la postre, sino un zapatero de viejo.

—¡En las entrañas de la tierra! —exclamó don Dinero, indignado de saber tan mal avecindado su palacio solariego.

—No, señor —respondió el pobre—; no en las entrañas de la tierra, sino de la otra banda, en la tierra de la otra gente.

—¿Qué gentes, hombre?

—Las *antrípulas,* señor.

—Quiero favorecerte, amigo —dijo don Dinero metiendo al pobre pomposamente un duro en la mano.

Al pobre le pareció aquello un sueño y echó a correr que volaba, que la alegría le puso alas a los pies; arribó derechito a una panadería y compró pan; pero cuando fue a sacar la moneda no halló en el bolsillo sino un agujero, por el que se había salido el duro sin despedirse.

El pobre, desesperado, se puso a buscarlo; pero ¡qué había de hallar! Cochino que es para el lobo no hay san Antón que le guarde.

Tras el duro perdió el tiempo, y tras el tiempo la paciencia, y se puso a echarle a su mala fortuna cada maldición que abría las carnes.

Doña Fortuna se tendía de risa; la cara de don Dinero se puso aún más amarilla de coraje; pero no tuvo más remedio que rascarse el bolsillo y darle al pobre otra onza.

A este le entró un alegrón que le salía el corazón por los ojos.

Esta vez no fue a por pan, sino a una tienda en que mercó telas para echarles a la mujer y a los hijos un rocioncito de ropa encima.

Pero cuando fue a pagar y entregó la onza, el mercader se puso por esos mundos, diciendo que aquella era una mala moneda; que, por tanto, sería su dueño un monedero falso y que lo iba a delatar a la justicia.

El pobre, al oír esto, se abochornó y se le puso la cara tan encendida que se podían tostar habas en ella; tocó de suela y fue a contarle a don Dinero lo que le pasaba, llorando por su cara abajo.

Al oírlo doña Fortuna, se desternillaba de risa y a don Dinero se le iba subiendo la mostaza a las narices.

—Toma —le dijo al pobre dándole dos mil reales—; mala fortuna tienes, pero yo te he de sacar adelante o he de poder poco.

El pobre se fue tan enajenado que no vio, hasta que dio de narices con ellos, a unos ladrones que lo dejaron como su madre lo parió.

Doña Fortuna le hacía la mamola a su marido, y este estaba más corrido que una mona.

—Ahora me toca a mí —le dijo—, y hemos de ver quién puede más, las faldas o los calzones.

Acercóse entonces al pobre, que se había tirado al suelo y se arrancaba los cabellos, y sopló sobre él. Al punto se halló este debajo de la mano el duro que se le había perdido.

—Algo es algo —dijo para sí—; vamos a comprarles pan a mis hijos, que ha tres días que andan a medio sueldo y tendrán los estómagos más limpios que una *paterna.*

Al pasar frente a la tienda en la que había mercado la ropa, lo llamó el mercader y le dijo que le había de disimular lo que había hecho con él; que se le figuró que la onza era mala, pero que habiendo acertado a entrar allá el contrastador, le había asegurado que la onza era buenísima y tan cabal en el peso que más bien le sobraba que no le faltaba; que ahí la tenía, y además toda la ropa que había apartado, que le daba en cambio de lo que había hecho con él.

El pobre se dio por satisfecho, cargó con todo, y al pasar por la plaza, cate usted ahí que la partida de napoleones de la Guardia Civil traía presos a los ladrones que le habían robado, y en seguida el juez, que era un juez como Dios manda, le hizo restituir los dos mil reales sin costas ni mermas. Puso el pobre este dinero con un compadre suyo en una mina, y no bien habían ahondado tres varas, cuando se hallaron un filón de oro, otro de plomo y otro de hierro. A poco le dijeron *Don,* luego *Usía* y luego *Excelencia.*

Desde entonces tiene doña Fortuna a su marido amilanado y metido en un zapato, y ella, más casquivana, más desatinada que nunca, sigue repartiendo sus favores sin ton ni son, al buen tuntún, a la buena de Dios, a cara o cruz, a manera de palo de ciego, y alguno alcanzará al narrador si le agrada el cuento al lector.

LOUISA MAY ALCOTT

LOS HERMANOS

(1863)

Estaba yo cosiendo los rotos de una vieja camisa para que Tom fuera decorosamente a la tumba cuando entró el doctor Franck. Las camisas nuevas les hacían más falta a los vivos; Tom no tenía mujer ni madre que lo vistiera «con su mejor traje para ir al encuentro del Señor», como había dicho una mujer refiriéndose al bonito entierro que se había propuesto darle a su hijo.

—Señorita Dane, estoy en un aprieto —me anunció, con una expresión en el rostro que decía claramente, como un libro abierto: «Tengo que pedirle un favor, pero me gustaría que no me obligara a pedírselo».

—¿Puedo ayudarle en algo?

—¡Ya lo creo! Me resulta incómodo proponérselo, pero sin duda usted podría, si quisiera.

—Dígame de qué se trata, por favor.

—Verá: acaban de traer a un rebelde[1] que está muy enfermo de fiebre tifoidea; un caso terrible donde los haya. Se trata de un capitancillo borracho y bribón que alguien se tomó la molestia de apresar, pero al que nadie

---

[1]   Apelativo que se aplicaba a los soldados del ejército sureño en la guerra de Secesión (1861-1865) de Estados Unidos. *[N. de la T.]*

está dispuesto a cuidar. Las salas están a rebosar, las señoras se desviven por nuestros muchachos de muy buen grado, pero no están muy dispuestas a arriesgar la vida por un confederado. Bien, usted ha pasado la fiebre, le gustan los pacientes raros, su compañera se ocupará una temporada de su sala y yo le procuraré un buen ayudante. Me da la impresión de que el pobre hombre no durará mucho, pero comprenda que no se le puede dejar morir sin prodigarle algún cuidado. Lo he puesto en el cuarto piso del ala oeste, lejos de los demás. Es un sitio aireado y agradable, bastante cómodo. Yo también trabajo en esa sala y haré cuanto esté en mi mano por usted. Entonces, ¿puede usted ir?

—Naturalmente, por pura perversidad, ya que no por caridad, porque algunos de esos soldados creen que por ser abolicionista soy también pagana, y me gustaría demostrarles que, a pesar de no amar a mis enemigos, estoy dispuesta a echarles una mano.

—Muy bien; estaba seguro de que accedería. Y, hablando de abolicionismo, si quiere, pondré a un buen chico de contrabando[2] a su servicio. Es un mulato al que encontraron los nuestros enterrando a su amo, que era rebelde, después de la batalla y, como tenía un corte profundo en la cara, lo trajeron aquí. ¿Qué le parece?

—Me parece muy bien, yo defiendo mi posición en cualquier circunstancia; estos muchachos negros son mucho más fieles y serviciales que algunos de los granujas blancos a los que tengo que servir, en vez de ponerse ellos a mi servicio. Pero ¿ese hombre está en condiciones de trabajar?

—Sí, para esta clase de trabajo sí, y creo que le gustará a usted. Debía de ser muy bien parecido antes de que le cortaran la cara; es poco más moreno que yo; diría que es hijo de su amo y un tanto arrogante en algunos aspectos, por la sangre de blanco que lleva en las venas. Nos lo trajeron en muy malas condiciones, pero juró que moriría en la calle antes que mezclarse con los negros del piso de abajo; por eso lo llevé al ala oeste, para quitarlo de

---

2   En la guerra de Secesión el general Benjamin Butler declaró a los esclavos «contrabando de guerra» amparándose en la Declaración del entonces presidente Abraham Lincoln sobre la Emancipación de los Esclavos, por lo que los ejércitos unionistas empezaron a requisarlos a medida que los encontraban en su avance por los estados confederados. [N. de la T.]

en medio. Ha estado cuidando al capitán toda la mañana. ¿Cuándo puede subir usted?

—Tan pronto como arregle a Tom, traslade a Skinner, lave a Haywood, vista a Marble, limpie a Charley, me lleve a Downs, acueste a Upham y dé de comer a los cuarenta.

Nos reímos los dos, aunque el médico iba de camino al depósito de cadáveres y yo tenía un sudario en el regazo. Pero en los hospitales se aprende que la alegría es la tabla de salvación, porque, en un ambiente de sufrimiento y muerte, la tristeza es paralizadora y no servimos para nada si se nos niega el bendito don de la sonrisa.

Una hora después me hice cargo de mi nuevo enfermo: en un cuartito me encontré a un muchacho de diecinueve o veinte años y aspecto licencioso; estaba solo, sin nadie a su lado, más que el chico de contrabando en la habitación de al lado. Sin duda me interesó más el negro que el blanco, pero recordé lo que me había dicho el médico de su arrogancia y me limité a mirarlo con disimulo mientras esparcía cloruro de cal por la habitación para purificar el aire y colocaba las cosas a mi conveniencia. Había visto a muchos chicos de contrabando, pero ninguno tan atractivo como este. A todos los hombres de color los llaman «chico», incluso a los que peinan canas; este tenía al menos veinticinco años, era fuerte y varonil y parecía que nunca lo hubieran maltratado ni lo hubieran obligado a matarse a trabajar. Estaba sentado en la cama sin hacer nada: ni un libro, ni una pipa, ni una pluma o papel en ninguna parte, y, sin embargo, en mi vida había visto una actitud ni una expresión menos indolente o indiferente. Erguido, con una mano en cada rodilla, miraba la desnuda pared de enfrente tan absorto en sus pensamientos que no advirtió mi presencia, aunque la puerta estaba abierta de par en par y yo hacía ruido al moverme. Lo veía de lado, pero al momento supe que el médico tenía razón: el perfil que se hallaba ante mí poseía todos los atributos de belleza de su raza mestiza. Era más cuarterón que mulato, de facciones sajonas, tez española, curtida por la vida al aire libre, color en los labios y en la mejilla, pelo ondulado y una mirada rebosante de la apasionada melancolía que, en esta clase de hombres, siempre parece una protesta muda por una ley que los condenaba desde la cuna. ¿En qué estaría pensando? El enfermo deliraba y maldecía, yo no paraba de trajinar de aquí para allá; al otro lado de la puerta se oían pasos y timbres y el traqueteo constante de vehículos militares que pasaban por la calle, pero él seguía impertérrito. Había visto a gente de color sumida en lo que llaman «la murria de los negros», cuando se pasan días sin hablar, sin sonreír, sin comer apenas. Pero no era este el caso, había algo más: no se lamentaba de ningún agravio sin importancia, parecía contemplar algo muy grande o imaginario que estuviera grabado en la pared, algo que yo no veía. Me pregunté si no se trataría de una injusticia o un pesar profundo que la memoria y la impotencia del remordimiento mantenían vivo; o si lamentaba la muerte de aquel amo al que había sido fiel hasta el final; o si la mitad de la alegría por la libertad de la que gozaba ahora no se la habría robado la conciencia de que algún ser querido todavía sufría el infierno del que había escapado él. Esta idea me enterneció; quería saberlo y consolarlo y, dejándome llevar por la emoción del momento, me acerqué y le toqué el hombro.

Al instante desapareció el hombre y apareció el esclavo. La libertad era una novedad tan reciente que todavía no había dado sus benditos frutos; se levantó sobresaltado, se llevó la mano a la sien y me dedicó un obsequioso «Sí, señora» que se llevó por delante todo lo que me había imaginado; solamente quedó ante mí, al desnudo, la más triste de las actitudes. No solo desapareció la virilidad, también el atractivo que me había llamado la atención al principio, porque, al volverse, vi la horrible herida que le cruzaba desde la frente hasta la mejilla. Ya estaba casi curada del todo, no la llevaba vendada, sino sujeta con esos apósitos adhesivos transparentes que me dan escalofríos cada vez que los veo, porque me recuerdan algunas escenas que asocio mentalmente con ellos. Le habían afeitado parcialmente la cabeza y tenía un ojo casi cerrado; esa parte del rostro estaba tan deformada por el dolor y tan destrozada por el cruel corte de sable que, al verla, me pareció la otra cara de una medalla bonita, la que ilustraba una aflicción y una injusticia mucho más desgarradoras que el prisionero de bronce de Miguel Ángel. Por un proceso inexplicable de esos que a veces nos enseñan lo poco que sabemos de nosotros mismos, cambié de propósito de repente y, aunque tenía intención de prodigar consuelo como amiga, me limité a dar una orden como ama.

—Abra esas ventanas, este hombre necesita más aire.

Obedeció al momento y, mientras levantaba lentamente la rebelde persiana, volví a verle el perfil favorecedor y la primera impresión que había tenido se reavivó tanto que, involuntariamente, dije:

—Gracias, señor.

Tal vez fueron imaginaciones mías pero, en la mirada que me echó, una mezcla de sorpresa y algo cercano al reproche, creí ver también un matiz de placer gratificante.

—No soy blanco, señora —dijo, sin embargo, en el tono humilde y sumiso que estas pobres almas aprenden tan pronto en la vida—, soy de contrabando.

—Sí, lo sé; pero ser de contrabando significa ser un hombre libre, y le doy la enhorabuena de todo corazón.

Esto le gustó; se le iluminó la cara, enderezó los hombros, levantó la cabeza y me miró a los ojos para decirme escuetamente:

—Gracias, señora. ¿Puedo hacer algo más por *usté*?

—El doctor Franck ha pensado que podía ayudarme con este hombre, ya que tenemos muchos pacientes y pocas enfermeras y menos voluntarias. ¿Ha pasado usted la fiebre?

—No, señora.

—Tenían que haberlo tenido en cuenta cuando lo trajeron aquí; los heridos no deben estar con los enfermos de fiebre tifoidea. Intentaré que lo trasladen a usted a otra parte.

De pronto soltó una carcajada. Si hubiera sido blanco me habría parecido sarcástica, pero, como era un tanto más oscuro que yo, supongo que habría que considerarla insolente o, al menos, descortés.

—Da igual, señora. Prefiero estar aquí arriba con la fiebre que abajo con esos negros; no hay otro sitio *pa* mí.

¡Pobre hombre! ¡Qué cierto era lo que acababa de decir! Ni el blanco más desdichado de todo el hospital habría aceptado tenerlo en la cama de al lado. No era de una raza ni de otra, como el murciélago de la fábula de Esopo; vagaba a solas, entre el orgullo de la una y la indefensión de la otra, en la penumbra que ha arrojado un gran pecado sobre este país.

—Bien, pues quédese aquí; además, prefiero tenerlo a usted que a cualquier zascandil de esos. Pero ¿está en condiciones de trabajar?

—Eso creo, señora.

Hablaba con una especie de aquiescencia pasiva, como si diera lo mismo que no estuviera en condiciones ni nadie fuera a alegrarse porque lo estuviera.

—Sí, creo que algo podrá hacer. ¿Cómo debo llamarle?

—Bob, señora.

Toda mujer tiene sus manías particulares; una de las mías era enseñar a los hombres a respetarse a sí mismos tratándolos yo respetuosamente. Tom, Dick y Harry podían pasar para muchachos a los que les gustaran esos nombres familiares, pero dirigirme de esa forma a hombres que a veces eran tan mayores que podrían ser mi padre no encajaba con mi anticuada noción de lo que es apropiado. «Bob» nunca me convencería; me sería igual de difícil llamar «Gus» al capellán que dirigirme a mi trágico chico de contrabando por ese nombre, que tan fácilmente podía convertirse en un apelativo despectivo.

—¿Cómo se apellida? —le pregunté—. Prefiero llamar a mis ayudantes por el apellido en vez de por el nombre de pila.

—No tengo apellido, señora; llevamos el de nuestros amos o ninguno. Mi amo ha muerto y no quiero quedarme con nada suyo.

—Bien, entonces le llamaré Robert. Hágame el favor de llenar ese cántaro de agua.

Lo hizo; pero, a pesar de la sumisión que le habían enseñado los años de obediencia y servidumbre, vi que el espíritu orgulloso que había heredado de su padre seguía vivo: la actitud y el gesto con los que había repudiado el apellido de su amo eran una declaración de independencia más rotunda que todos los discursos que se hubiera preparado un orador para el 4 de julio.

Pasamos una curiosa semana juntos. Robert apenas salía de su habitación, solo para hacer recados; yo me pasaba el día entero junto al rebelde, y a menudo también la noche. La fiebre remitió enseguida: al parecer, quedaba muy poca vitalidad de la que alimentarse en el débil cuerpo de este joven viejo, cuya vida no debía de haber sido muy recta, a juzgar por las revelaciones que salían de su boca inconscientemente. Cuando, en pleno delirio, blasfemaba o cantaba procaces canciones de soldados que me sonrojaban hasta las orejas y mis amables requerimientos no surtían efecto alguno, Robert ponía cara de indignación y le mandaba callar autoritariamente, cosa que sucedió más de una vez y más de dos. El capitán era un caballero a los ojos del mundo, pero, a los míos, el verdadero caballero era el chico de contrabando: espero que mi fanatismo justifique esta muestra de dudoso gusto. Nunca pregunté a Robert por su vida, me daba la sensación de que todavía tenía alguna herida abierta que no soportaría ni el mínimo roce; pero, por su forma de hablar, sus modales y su inteligencia, deduje que, gracias al color de su piel, había disfrutado de las pocas ventajas que quedaban al alcance de un esclavo perspicaz al que se ha tratado con dulzura. Mi chico de contrabando era callado, serio y reflexivo, pero sumamente servicial; recibía con alegría los libros que le llevaba, cumplía con lealtad las tareas que le asignaba y agradecía la cordialidad genuina que sentía por él y que le demostraba en el trato. A menudo deseaba preguntarle qué era lo que lo alteraba tanto, pues cada día su tristeza era más profunda. Pero no me atreví, y nadie más tenía tiempo ni ganas de husmear en el pasado de ese vástago de una rama de las caballerosas «Primeras Familias de Virginia».

La séptima noche el doctor Franck propuso que se quedara alguien más con el capitán, aparte del celador general de la sala, porque tal vez fuera su última noche. Aunque me había pasado allí buena parte de las dos noches anteriores, naturalmente me ofrecí a quedarme una más: estas situaciones ejercen una fascinación tal que le quitan a uno la fatiga y el miedo inconsciente hasta que pasa la crisis.

—Dele agua mientras pueda beber y si se duerme, tal vez se salve. Volveré a medianoche; seguramente a esa hora se habrá producido algún cambio. Ahora solo el sueño o un milagro lo pueden salvar. Buenas noches.

El médico se fue; devoré un puñado de uvas, bajé la luz de la lámpara, humedecí la frente al capitán y me senté en un duro taburete dispuesta a empezar la guardia. El enfermo yacía con el demacrado y ardiente rostro vuelto hacia mí y llenaba el aire con su aliento ponzoñoso mientras murmuraba débilmente; tenía los labios y la lengua tan resecos que no se habrían entendido ni las palabras más cabales. Robert se había acostado en la habitación de al lado con la puerta entreabierta, para que una suave corriente de aire fresco entrara por su ventana y se llevara los miasmas de la fiebre por la mía. Solo le veía la larga figura oscura y el perfil de la cara, más claro, y, como en ese momento no tenía nada mejor que hacer, me puse a pensar en este curioso chico de contrabando que, evidentemente, en tan alta estima tenía su libertad, aunque no parecía ansioso por disfrutarla. El doctor Franck le había ofrecido mandarlo a un lugar más seguro, pero el joven había dicho: «No, gracias, señor; *toavía* no», y se había sumido otra vez en ese deprimente estado de ánimo en el que caía a menudo, y que empezaba a preocuparme porque no sabía cómo aliviárselo. Mientras los relojes de los campanarios de los alrededores daban las horas me entretuve planeando el futuro de Robert, como solía hacer con el mío, y le repartí una mano generosa de triunfos con los que jugar este juego de la vida que, hasta el momento, tan cruelmente lo había tratado; en estas estaba cuando una voz ronca y atragantada dijo:

—¡Lucy!

Era el capitán: un nuevo terror parecía haberle insuflado fuerzas.

—Sí, aquí está Lucy —respondí, con la esperanza de calmarlo si le seguía la corriente.

Tenía el rostro cubierto de una humedad pegajosa y todo él se agitaba con ese temblor nervioso que tan a menudo precede a la muerte. Me miró con los ojos vidriosos y las pupilas dilatadas, una mirada espantada de incredulidad e ira, hasta que, fieramente, dijo:

—¡Mentira! ¡Está muerta!... ¡Y Bob también, maldita sea su estampa!

Al ver que con palabras no se tranquilizaba, probé a cantarle la suave melodía con la que tantas veces había calmado delirios semejantes; pero apenas el verso «Ved que la dulce paciencia sonríe al dolor» salió de mis labios, me agarró la muñeca murmurando como preso de un miedo mortal.

—¡Silencio! Ella se lo cantaba a Bob, pero a mí jamás, por eso juré que le sacaría los demonios del cuerpo a latigazos. Y así lo hice; pero, antes de cortarse la garganta, me maldijo y... ¡ahí está ella!

Señaló detrás de mí con una debilidad y una palidez tales que involuntariamente volví la cabeza y me sobresalté como si hubiera visto un auténtico fantasma; y es que desde la oscuridad de la alcoba interior vi entre las sombras un rostro con abundante pelo negro y algo rojo en la garganta. Al instante comprendí que era Robert, que se apoyaba a los pies de su cama envuelto en una gran manta del ejército, por la que asomaba el cuello de una camisa roja, y con todo el pelo revuelto. Pero ¡qué expresión tan extraña descubrí en su rostro! Le veía la mitad sana, fija e inmóvil como el día en que lo conocí, menos absorto ahora, pero más resuelto. El ojo le brillaba, los labios estaban separados como cuando se escucha con los cinco sentidos; una actitud, en suma, que me recordó a un perro de caza cuando inesperadamente capta el olor de una presa.

—¿Lo conoce, Robert? ¿Tiene algo que ver con usted?

—¡No, por Dios, señora! Todos los amos tienen seis o siete Bobs, pero me he *despertao* al oír mi nombre, *na* más.

Lo dijo con naturalidad y se acostó otra vez; yo volví a mi enfermo pensando que este paroxismo tal vez fuera el último. Pero una hora después percibí otro cambio esperanzador: dejó de temblar, ya no estaba cubierto de sudor frío, respiraba con regularidad y el sueño, el gran sanador, lo mecía en sus brazos para salvarlo o para llevárselo dulcemente al otro mundo. El doctor Franck pasó a medianoche, me recomendó que estuviera tranquila y callada y que no dejara de administrarle cierta medicina tan pronto como se despertara. Muy aliviada, doblé los brazos sobre la mesita y, aunque la postura era incómoda, apoyé en ellos la cabeza, dispuesta a llevar a cabo una hazaña que solo la práctica hace posible: «dormir con un ojo abierto», como se suele decir; un duermevela, porque se adormecen todos los sentidos menos el oído; el menor murmullo, suspiro o movimiento nos despierta y estamos más despejados que nunca gracias a esos momentos de descanso. Pero esa noche no lo conseguí porque la vigilia de las noches anteriores y la carga de trabajo habían convertido las cabezadas en una indulgencia peligrosa y, después de despertarme unas cuantas veces en una hora y ver que todo estaba tranquilo, volví a recostarme en los brazos con la intención de abrir los ojos de nuevo al cabo de quince minutos, pero caí en un sueño profundo.

La voz grave de un reloj me despertó de repente. «Es la una», pensé, pero, para mi consternación, a la primera campanada le siguieron dos más.

Me levanté volando, con gran remordimiento de conciencia, a comprobar el daño que había hecho por dormirme. Una mano fuerte me devolvió al taburete y me sujetó. Era Robert. En el momento en que nuestras miradas se encontraron se me aceleró el corazón y se me pusieron los nervios de punta; fue como un destello eléctrico que anuncia un peligro invisible. Estaba muy pálido, con una mueca lúgubre en la boca y despidiendo un fuego sombrío por los ojos, porque hasta el ojo herido se le abrió, y más siniestro que nunca debido a la profunda cicatriz que lo atravesaba de arriba abajo. Pero la mano era firme y la voz, serena.

—No se mueva del asiento, señora; no voy a hacerle daño, no voy a asustarla siquiera, si puedo evitarlo, pero se ha despertado *usté* antes de tiempo.

—Suélteme, Robert... El capitán se está despertando... Tengo que darle una medicina.

—No, señora, no mueva ni un pelo. ¡Mire!

Sujetándome con una mano, alzó con la otra el vaso en el que había preparado yo la medicina y... estaba vacío.

—¿El capitán se la ha tomado? —pregunté, cada vez más perpleja.

—La tiré por la ventana, señora. Tendrá que pasar sin ella.

—Pero ¿por qué, Robert? ¿Por qué la ha tirado?

—¡Porque lo odio!

Imposible dudar de su palabra: se le veía la verdad en la cara mientras hablaba entre dientes y en la fiera mirada que le echó al capitán, que seguía inconsciente. Solo fui capaz de contener el aliento y mirarlo como una boba, preguntándome qué locura sucedería a continuación. Supongo que me estremecí y palidecí, como suelen hacer tontamente las mujeres cuando se percatan de un peligro inminente, porque Robert me soltó el brazo, se sentó en la cama justo enfrente de mí y, con una calma ominosa que me dio escalofríos, dijo:

—No se asuste, señora, y no intente escapar, porque la puerta está cerrada y tengo la llave en el bolsillo; tampoco se ponga a gritar, porque, si le tapo la boca con la mano, tendría que chillar mucho rato para que la oyeran. Estese quieta, que voy a contarle lo que voy a hacer.

«¡El Señor nos asista! Se ha contagiado de repente y le ha dado por la violencia. Ha perdido la cabeza. Tengo que seguirle la corriente hasta que venga alguien.» Con esta idea en la cabeza intenté decirle con la mayor compostura:

—Me quedaré quieta y le escucharé, pero abra la ventana. ¿Por qué la ha cerrado?

—Lo siento, señora, pero no puedo, porque, si la abro, saltaría usted o llamaría a alguien, y todavía no estoy preparado. La cerré para que se durmiera usted, porque, con el calor, se amodorraría *usté* enseguida.

El capitán se movió y débilmente murmuró:

—¡Agua!

Instintivamente me levanté para dársela, pero la fuerte mano volvió a plantarse en mi hombro y, con el mismo tono decidido, Robert dijo:

—Tiré el agua y el remedio; que siga pidiendo.

—¡Déjeme darle agua! ¡Se morirá si no lo atiendo!

—Eso es lo que quiero. No se entrometa, señora, por favor.

A pesar del tono sereno y la actitud respetuosa, vi a un asesino en sus ojos y, temerosa, desvié la cara; sin embargo, impulsada por el miedo y sin saber muy bien lo que hacía, sujeté las manos que me retenían y grité:

—¡No, no! ¡No lo matará! Es una deshonra hacer daño a un hombre indefenso. ¿Por qué lo odia? No es su amo.

—Es mi hermano.

La respuesta me caló hasta los huesos y me imaginé lo que sucedería; era una premonición imprecisa pero inconfundible. Solo podía suplicarle una cosa y... se la supliqué.

—Robert, cuénteme qué significa esto. No cometa un asesinato ni me haga cómplice a mí. Hay formas mejores de arreglar las cosas que recurrir a la violencia. Déjeme ayudarlo a buscar una solución.

Me temblaba la voz y hasta oía los latidos de mi corazón; y Robert también. Si alguno de los pequeños detalles que había tenido con él me había granjeado su afecto o su respeto, el recuerdo me auxilió en ese momento. Miró al suelo como preguntándose algo; fuera lo que fuese, la respuesta me favoreció, porque cuando volvió a levantar la cabeza había tristeza en sus ojos, pero no desesperación.

—Se lo contaré, señora, pero le advierto que da igual; el chico es mío. Voy a darle al Señor la oportunidad de llevárselo antes que yo, pero si no se lo lleva Él, me lo llevo yo.

—¡No, no! ¡Recuerde que es su hermano!

No tenía que haberlo dicho; lo supe al instante, porque frunció el ceño con rabia y apretó los puños de una forma horrible. Pero no tocó al pobre hombre que agonizaba ante él y pareció conformarse con que el aire sofocante de la habitación acabara lentamente con su frágil vida.

—No voy a olvidarlo, señora, lo he estado pensando toda la semana. Lo reconocí cuando lo trajeron aquí y lo habría matado mucho antes, pero quería preguntarle dónde está Lucy... Bueno, lo ha dicho esta noche, así que está acabado.

—¿Quién es Lucy? —pregunté enseguida, para ocuparle los pensamientos con otra cosa que no fuera el asesinato.

Con un temperamento como el suyo, su estado de ánimo cambió rápidamente al oír la pregunta: los profundos ojos se le humedecieron y los puños se abrieron para llevarse las manos a la cara. Y empezó a hablar entrecortadamente:

—Mi mujer... Él la tomó...

Semejante felonía me indignó de una forma tan ardiente que perdí todo el miedo y sentí una piedad perfecta por ese hombre desesperado que tenía la tentación de vengar una canallada para la que no parecía existir ninguna otra compensación. Para mí ya no era un esclavo ni un chico de contrabando. Ni una gota de sangre negra lo rebajaba a mis ojos: solo sentía una compasión infinita, un anhelo de salvarlo, de ayudarlo, de consolarlo. De nada servían las palabras, así que no le dije nada, solo le puse la mano en la pobre cabeza herida y sin hogar, vencida por una pena para la que yo no tenía remedio, y le acaricié suavemente el largo y despeinado pelo pensando dónde estaría la mujer que debía de haber amado tanto a este hombre tan tierno.

El capitán se quejó otra vez y musitó débilmente: «¡Aire!», pero no me moví. ¡Dios me perdone! Pero en ese momento lo aborrecía como solo puede aborrecer una mujer al pensar en el mal que le han hecho a una hermana. Robert levantó la cabeza; ahora tenía los ojos secos y un gesto duro en la boca. Lo vi y le dije: «Cuénteme más», y lo hizo, porque la comprensión es un regalo que hasta el más pobre puede ofrecer y el más encumbrado arrodillarse para recibirlo.

—Verá, señora, su padre… Aunque podría decir «nuestro padre» si no estuviera avergonzado de los dos… Su padre murió hace dos años y el amo Ned, que es este, con dieciocho años, nos heredó a todos. Siempre me odió porque me parecía mucho al amo mayor, que era bueno con todos nosotros y más conmigo; cuando descubrió que yo quería a Lucy, se la compró al amo de la plantación vecina, allá en Carolina del Sur. Nos casamos, señora; no teníamos gran cosa, pero éramos felices hasta que, al año siguiente, el amo Ned volvió a casa y nos hizo la vida imposible a todos. Mandó a mi anciana madre a trabajar en sus campos de arroz de Georgia; me encontró con mi bonita Lucy y, aunque la joven ama protestó y yo le supliqué de rodillas y Lucy se escapó, no tuvo compasión; la encontró, la trajo de vuelta y la tomó, señora.

—¡Ay! ¿Qué hizo usted? —exclamé, encendida de impotencia, de pena y de compasión.

El ultraje le aceleró la sangre, que se le subió al rostro, y su voz impetuosa adquirió un tono más grave mientras alargaba el brazo por encima de la cama y, con un gesto terriblemente expresivo, decía:

—Casi lo mato, y esta noche voy a rematarlo.

—Sí, sí, pero siga. ¿Qué pasó después?

Por la forma en que me miró supe que ningún hombre blanco habría sentido una degradación tan honda al recordar y confesar estos últimos actos de opresión fraternal.

—Me dieron latigazos hasta que no pude tenerme en pie y después me vendieron a otra hacienda más al sur. Si en algún momento le parecía blanco… ¡mire esto!

Con un movimiento brusco se abrió la camisa desde el cuello hasta la cintura y me enseñó las profundas marcas y cicatrices de los fuertes hombros morenos; aunque estaban cerradas, eran más terribles de contemplar que cualquier herida de todo el hospital. No fui capaz de decirle nada y, con la patética dignidad que presta un gran sufrimiento a la víctima más humilde, concluyó el breve relato de su tragedia diciendo sencillamente:

—Y ya está, señora. No volví a verla nunca más ni volveré a verla en este mundo... ni tal vez en el otro.

—Pero, Robert, ¿por qué cree que ha muerto? El capitán estaba delirando cuando dijo esas cosas tan tristes; quizá se retracte cuando vuelva en sí. No pierda la esperanza, no se rinda todavía.

—No, señora; estoy seguro de que ha dicho la verdad; Lucy era demasiado orgullosa para soportarlo tanto tiempo. Antes se quitaría la vida. Le dije que lo hiciera si no veía otra salida, y ella siempre me obedecía, ¡mi pobre Lucy! ¡Ay, qué injusticia! ¡Qué injusticia, por Dios!

El amargo recuerdo de semejante agravio, de esta pérdida doble, le quemaba el dolido corazón, y el demonio que acecha en la sangre de todo hombre fuerte se apoderó de él: puso la mano a su hermano en la garganta, contempló el blanco rostro y, entre dientes, murmuró:

—No quiero dejar que se vaya tan tranquilo; esto no le duele; todavía no estamos a la par. Ojalá me reconociera. ¡Amo Ned! ¡Soy Bob! ¿Dónde está Lucy?

Las únicas señales de vida que dio el capitán fueron un largo y débil suspiro y un breve parpadeo. Un silencio extraño cayó sobre la habitación mientras el hermano mayor, vacilando entre una esperanza remota y un odio mortal, sostenía en suspenso la vida del menor. Un remolino de pensamientos me daba vueltas en la cabeza, pero solo uno era lo bastante claro para incitarme a la acción: tenía que evitar el asesinato si podía, pero ¿cómo? ¿Qué podía hacer encerrada allí a solas con un moribundo y un lunático? Porque, cuando alguien cede sin reservas a un impulso perverso, se vuelve loco mientras dure ese impulso. Yo no tenía mucha fuerza ni mucha valentía, tampoco tiempo ni ingenio para urdir una estratagema, solo la suerte podría acudir en mi ayuda antes de que fuera tarde. Lo que tenía era un arma: la lengua, que a menudo es la mejor defensa de la mujer. Una comprensión más poderosa que el miedo me dio valor para ponerla en acción. Solo Dios sabe lo que dije, pero seguro que me ayudó; las palabras me quemaban los labios, las lágrimas se me desbordaban y un ángel bueno me inspiró un recurso: el único nombre que sería capaz de detener la mano del que me escuchaba y llegarle al corazón. En ese momento yo creía con toda mi alma que Lucy estaba viva, y esa fe inquebrantable le insufló una esperanza pareja.

Me escuchó con la actitud sumisa del que se había dejado llevar por un instinto brutal, una actitud que envilece hasta el rostro más noble. No era más que un hombre, un hombre pobre e ignorante, un paria resentido. La vida le ofrecía pocas alegrías, el mundo le negaba honores, éxitos, un hogar, un amor. ¿A qué futuro lo condenaría el delito? ¿Y por qué había de privarse de ese bocado agridulce llamado venganza? ¿Cuántos blancos que gozaban de la libertad, de la cultura y del cristianismo de Nueva Inglaterra no habrían sentido lo mismo que él? ¿Tenía que haberle reprochado esa angustia tan humana, ese anhelo tan humano de compensación, que era lo único que le quedaba de las ruinas de sus escasas y míseras esperanzas? ¿Alguien le había enseñado que el control de uno mismo y el sacrificio son atributos que convierten al hombre en señor de la tierra y lo acercan al cielo? ¿Tenía que haber apelado a la belleza del perdón, al deber de la sumisión? Él no tenía religión porque no era «un negrito bueno» como el tío Tom y la oscura sombra de la esclavitud envolvía en tinieblas todo su mundo, lo separaba de Dios. ¿Tenía que haberle prevenido de los castigos, los juicios y el poder de la ley? ¿Qué podía saber él de justicia —ni de la compasión que debe atemperar esta grave virtud— cuando en su propia vida se habían quebrado todas las leyes humanas y divinas? ¿Tenía que haber apelado al deber filial y al amor fraternal? ¿Cómo habría respondido él a estos argumentos? ¿Qué recuerdos de su padre y de su hermano guardaba en el corazón que pudieran interceder por ellos en este momento? No: todas estas influencias y asociaciones habrían sido algo peor que inútiles aunque yo hubiera estado suficientemente calmada para intentar que prevalecieran. Y no lo estaba. Pero el instinto, más sutil que la razón, me enseñó la única clave segura que podía sacar a esta alma atribulada del laberinto en el que daba palos de ciego y estaba a punto de sucumbir. Cuando hice una pausa porque se me cortó la respiración, Robert me miró y, como si la certeza humana fortaleciera su fe en la omnipotencia divina, me preguntó:

—¿Cree que si le perdonara la vida al amo Ned el Señor me devolvería a mi Lucy?

—Como hay Dios en el cielo que la encontrará en este mundo o en el siguiente, que es hermosísimo, y donde no existen blancos ni negros, ni amos ni esclavos.

Retiró la mano de la garganta de su hermano, alzó la mirada de mi rostro al cielo invernal de la ventana como si buscara esa tierra bendita, más venturosa que el venturoso norte de Estados Unidos. Pero, ¡ay!, era la hora más negra de la madrugada y no había ni una estrella en el cielo, ninguna luz, solo el pálido reflejo de la lámpara que alumbraba al hermano causante de tanta desolación. Como un ciego que cree que el sol existe aunque no lo vea, sacudió la cabeza, puso los brazos nerviosamente sobre las piernas y se quedó mudo, haciéndose la pregunta que se hacen tantos otros de fe más firme en horas menos aciagas: «¿Dónde está Dios?». Vi que la marea subía otra vez e hice el mayor esfuerzo para evitar que esa barca sin timón cayera otra vez en el remolino en el que había estado a punto de zozobrar.

—He escuchado cuanto ha querido contarme, Robert; ahora escúcheme a mí y preste atención, porque le voy a hablar con el corazón en la mano; deseo ayudarlo en estos momentos, me inspira compasión y pongo todas mis esperanzas en su futuro. Quiero que se vaya de aquí, que se aleje de la tentación y de los tristes pensamientos que le obsesionan en esta habitación. Se ha vencido a sí mismo una vez y lo admiro por ello, porque, cuanto más dura es la batalla, más gloriosa es la victoria; pero es mejor poner una distancia mayor entre usted y este hombre. Le escribiré cartas de recomendación, le daré dinero y lo mandaré a Massachusetts para que empiece una nueva vida como hombre libre..., sí, libre y feliz. Cuando el capitán vuelva en sí averiguaré dónde está Lucy y moveré cielo y tierra para encontrarla y devolvérsela. ¿Lo hará, Robert?

La respuesta llegó lentamente, muy lentamente. No era fácil renunciar en una hora al firme propósito de una semana, o de un año tal vez.

—Sí, señora.

—¡Bien! Es usted el hombre que me imaginaba y me esforzaré por usted con toda mi alma. Necesita dormir, amigo mío; váyase y procure olvidar.

El capitán todavía está vivo y usted se ha librado de cometer un gran pecado. No, no lo mire; yo me ocuparé de él. Vamos, Robert, por Lucy.

¡Gracias a Dios por la inmortalidad del amor! Cuando fallaron todos los demás medios de salvación, una chispa de este fuego vital ablandó tanto la voluntad de hierro de un hombre que una mano de mujer fue capaz de doblegarla. Me dejó recuperar la llave y alejarlo dulcemente a la soledad, que en ese momento era el mejor bálsamo que podía prodigarle. En su habitación, se tumbó en la cama, agotado por el conflicto más quebrantador de su vida. Cerré su puerta con pestillo y descorrí el de la mía, abrí la ventana y me recuperé con un poco de aire fresco; al momento llegó el doctor Franck. Entró y trabajamos juntos hasta el amanecer salvando la vida del hermano enfermo y pensando con ahínco en la mejor forma de asegurar la libertad al sano. Cuando salió el sol alegremente, como si solo alumbrara hogares felices, el médico fue a ver a Robert. Una hora duró el murmullo de su voz; en un momento oí incluso unos fuertes gemidos seguidos de un respetuoso silencio, como si el buen hombre estuviera atendiendo a las necesidades del alma, además de a las del sentido común. Cuando se fue se llevó a Robert, no sin decirme que lo sacaría de allí lo antes posible y que volveríamos a vernos.

No supe nada más de ellos en todo el día. Vino otro médico a atender al capitán y me mandaron a otro ayudante. Intenté descansar pero no lo conseguí, pensaba en la pobre Lucy, y no tardé en reincorporarme a mi puesto con la esperanza de que no hubiéramos hecho desaparecer a mi chico de contrabando precipitadamente. Cuando cayó la noche llamaron a la puerta, abrí y vi a Robert literalmente «vestido y en su cabal juicio».[3] El médico le había cambiado los harapos por ropa en buen estado y el único rastro que le quedaba de la tormentosa noche anterior eran unas arrugas más profundas en la frente y la actitud dócil de un niño arrepentido. No pasó del umbral, no me tendió la mano, solo se descubrió la cabeza y, con un traidor temblor en la voz, dijo:

—Que Dios la bendiga, señora. Me voy.

---

3   Marcos 5:15. *[N. de la T.]*

Le apreté la mano entre las mías.

—¡Adiós, Robert! Arriba ese ánimo y, cuando vuelva a Massachusetts, nos encontraremos en un sitio más alegre que este. ¿Está preparado, le ilusiona la idea del viaje?

—Sí, señora, sí. El doctor lo ha arreglado todo. Voy con un amigo suyo, tengo los papeles en orden y estoy tan conforme como puedo, hasta que encuentre a... —No terminó la frase, echó un vistazo a la habitación y luego añadió—: Me alegro de no haberlo hecho y le agradezco que me lo impidiera, se lo agradezco de todo corazón; aunque creo que lo odio tanto como antes.

Naturalmente, y yo también. Tenemos un corazón defectuoso que no puede volverse perfecto de la noche a la mañana, sino que necesita heladas y fuego, viento y lluvia para madurar y prepararse para la gran fiesta de la cosecha. Con la intención de distraerlo, le entregué mi pobre contribución y, al acordarme de cierto librito mágico, le di mi propio ejemplar, en cuya tapa oscura brillaban, blancos, la virgen María y el niño Jesús, cuya gran historia se relataba en esas páginas. Robert guardó el dinero en el bolsillo con un murmullo de agradecimiento, y el libro, en la pechera, mientras me miraba y, con voz trémula, decía:

—No llegué a conocer a mi hijo, señora.

Y entonces me derrumbé. Aunque tenía los ojos tan empañados que no veía, noté el roce de unos labios en la mano, oí el ruido de pies que se alejaban y supe que mi chico de contrabando se había ido.

Cuando se aborrece algo intensamente, cuanto menos se hable de ello, mejor; así que solo diré que el capitán sobrevivió, con el tiempo lo cambiaron por un prisionero del otro bando y, fuera cual fuera este, seguro que el gobierno salió ganando. Pero mucho antes de que sucediera esto pude cumplir la promesa que le había hecho a Robert. Tan pronto como el capitán recuperó la memoria lo suficiente para fiarme de su respuesta, sin circunloquios le pregunté:

—Capitán Fairfax, ¿dónde está Lucy?

—Muerta, señorita Dane —confesó directamente, pues le faltaban fuerzas para enfadarse, para sorprenderse y para mentir.

—¿Se quitó la vida ella cuando vendió a Bob?

—¿Cómo demonios lo sabe? —musitó con una expresión a medio camino entre el remordimiento y el asombro. Pero yo ya había obtenido una respuesta y no dije más.

Naturalmente se lo comuniqué a Robert, que aguardaba noticias lejos, en otra parte, en un hogar solitario; aguardaba, trabajaba y esperaba reencontrar a su Lucy. Casi se me partió el corazón cuando tuve que decírselo, pero retrasarlo habría sido una debilidad y engañarlo, una perversidad. Y le mandé la nefasta nueva. Recibí respuesta enseguida, solo unas líneas, pero me pareció que el hombre había perdido la razón de vivir.

> Creía que no volvería a verla nunca más. Me alegro de que ya no corra peligro. Se lo agradezco, señora. Si nos dejan, lucharé por usted hasta la muerte, y espero que no tarde en llegar.

Seis meses después su deseo se cumplió y él mantuvo su palabra.

Todo el mundo conoce la historia del ataque a Fort Wagner, pero nunca nos cansaremos de recordar a nuestro quincuagésimo cuarto regimiento que, exhausto después de tres noches sin dormir, un día de ayuno y una marcha bajo el sol de julio, atacó la plaza al caer la noche y se enfrentó a la muerte de mil maneras distintas siguiendo a sus aguerridos generales entre una lluvia torrencial de disparos y cañonazos; lucharon con valentía por Dios y por el gobernador Andrew. No nos cansaremos de recordar que el regimiento lo formaban setecientos hombres y que casi la mitad cayeron prisioneros, heridos o muertos; y que su joven comandante fue enterrado como los jefes de antaño, rodeado por su guardia personal, fiel hasta la muerte. Sin duda el insulto se vuelve honor y la gran tumba no precisa de más monumento que el heroísmo que la consagra a nuestros ojos; sin duda las personas que más lo querían, a través de las lágrimas, ven en la aparente derrota una noble victoria. Y sin duda Dios lo bendijo cuando, en respuesta a la llamada de la muerte, anunció: «Señor, he aquí, yo y los hermanos que me diste».[4]

---

4 A semejanza de «He aquí, yo y los hijos que Dios me dio», en Hebreos 2:13. *[N. de la T.]*

La historia demostrará que se luchó muy bien en esa batalla y, aunque Fort Wagner todavía no ha caído, el prejuicio público sí: entre el humo de los cañones de aquella noche negra, la hombría de la raza de color brilla ante muchos ojos que no querían ver, resuena en muchos oídos que no querían oír y gana muchos corazones que hasta entonces no querían creer.

Cuando llegó la noticia de que nos necesitaban, nadie se alegró más que yo de dejar de enseñar a los chicos de contrabando, la nueva tarea que tenía asignada, para ir a cuidar a «nuestros chicos», como mi rebaño moreno llamaba con orgullo a los heridos del quincuagésimo cuarto regimiento. Volví a ponerme mi gran delantal y a remangarme con más satisfacción que si me vistiera para el besamanos del presidente y empecé a trabajar a bordo del barco hospital, en el puerto de Hilton-Head. El ambiente me resultaba de lo más familiar, pero extraño al mismo tiempo, porque los rostros que me miraban desde los jergones apiñados en el suelo eran todos negros, y eché de menos el seco acento de mis chicos yanquis en esas voces más lentas y serenas que hablaban alegremente entre ellas o respondían a mis preguntas con un rotundo: «Señora, jamás nos rendiremos hasta que caiga el último rebelde» o «Si nuestro pueblo es libre, podemos permitirnos morir».

Empecé a pasar de una cama a la siguiente empeñada en conseguir que un par de manos hicieran el trabajo de al menos tres. Recorrí la larga hilera de héroes de ébano lavando, alimentando y vendando hasta que llegué al último y descubrí a mi chico de contrabando. Estaba tan viejo, tan deteriorado y tan mortalmente débil y pálido que no lo habría reconocido si no hubiera visto la cicatriz de la cara. Estaba tumbado de lado, con la cicatriz al aire, y lo identifiqué inmediatamente; pero había cambiado tanto que aun así dudé. Miré la tarjeta pegada en su cama, decía: «Robert Dane». Esto me confirmó quién era y, al mismo tiempo, me enterneció, porque sabía que no tenía apellido y... ¡había adoptado el mío! Deseaba hablar con él, que me contara cómo le habían ido las cosas desde que nos habíamos despedido y que me dejara hacerle un pequeño favor a cambio de los muchos que me había hecho él; pero parecía dormido y, mientras recordaba aquella extraña noche, el muchacho que ocupaba el catre de enfrente y movía un viejo abanico sobre las dos camas levantó la mirada y dijo:

93

—Parece que lo conoce, señora.

—En efecto. ¿Lo conoce usted?

—Tanto como nos dejó él, señora.

—¿Por qué dice «nos dejó», como si ya se hubiera muerto?

—Porque sé que es lo que le va a pasar, ya verá. Tiene una herida en el pecho y el médico dice que le sangra por dentro. No sufre, pero se va debilitando a cada minuto. Hace mucho rato que le abanico y ha dicho algunas palabras, pero ahora no me reconoce, así que ya casi no es de este mundo, creo.

Lo dijo con una expresión tan dolida y afectuosa que me acordé de un detalle y, con mayor interés, le pregunté:

—¿Es usted el que lo salvó? Me han dicho que un soldado casi pierde la vida por salvar a un compañero.

Diría que el jovencito se ruborizó como le habría pasado a cualquier chico modesto; no pude verlo, pero se le escapó un ruidito de satisfacción y se miró el brazo herido y el costado vendado. Después se volvió hacia el pálido compañero de enfrente.

—¡Por Dios, señora! No fue nada; los compañeros siempre nos ayudamos y yo no pensaba dejarlo allí para que siguieran atormentándolo los malditos rebeldes. Había sido esclavo, aunque no lo parecía ni la mitad que yo, y eso que yo he nacido en Boston.

Era cierto, el que hablaba era tan negro como el as de picas (aunque, como era muy fuerte, lo habría representado mejor la sota de picas). El oscurísimo joven libre miró al esclavo blanco con la misma expresión compasiva y confusa que he visto a menudo en el rostro de nuestros hombres más sabios cuando se les presenta la peliaguda cuestión de la esclavitud para que terminen con ella o la resuelvan poco a poco.

—Cuénteme lo que sepa de este hombre; aunque estuviera despierto, se encuentra tan débil que no podría ni hablar.

—No lo conocía hasta que nos encontramos en el regimiento y, por lo visto, nadie sabía gran cosa de él. No era muy abierto y parecía que lo único que le interesaba era acabar con los rebeldes. Dicen que fue el primer hombre de color que se alistó. Sé que estaba impaciente por ir al combate y, cuando atacamos Wagner, luchó como un demonio.

—¿Estaba con él cuando lo hirieron? ¿Cómo fue?

—Sí, señora. Pasó algo raro: fue como si el que lo mató y él se conocieran. No me atrevo a preguntar, pero diría que el uno fue el dueño del otro en algún momento de la vida, porque, cuando se enzarzaron, el otro exclamó: «¡Bob!», y Dane dijo: «¡Amo Ned!», y siguieron pelando.

Me senté de pronto presa de una lucha entre la antigua ira y la compasión, entre el anhelo y el temor de oír lo que vendría a continuación.

—Verá, cuando el coronel, que el Señor guarde y nos lo devuelva, porque todavía no es seguro, ¿comprende, señora? Aunque hace dos días que lo perdimos... Bueno, pues cuando el coronel gritó: «¡Adelante, mis valientes, adelante!», Dane echó a correr como si fuera a tomar el fuerte él solo; yo estaba a su lado y procuré no separarme mientras cruzábamos el foso y subíamos al muro, ¡y cómo trepaba! —dijo, levantando el brazo sano con fuerza, como si lo invadiera una emoción irrefrenable ante el simple recuerdo de aquel momento conmovedor.

—¿Tuvo usted miedo? —pregunté, como suelen preguntar las mujeres; y recibí la consabida respuesta.

—¡No, señora! —con más énfasis en «señora»—. Yo solo pensaba en los malditos rebeldes, que nos arrancan la cabellera, nos hieren y nos cortan las orejas cuando nos apresan. Esperaba mandar a las tinieblas eternas al menos a uno de ellos y así lo hice. ¡Espero que le gustara!

—Es evidente, y no se lo reprocho. Pero cuénteme algo más de Robert, que tengo que seguir trabajando.

—Fue de los primeros que llegaron arriba. Yo corría detrás de él y, aunque fue todo muy rápido, me acuerdo de lo que pasó, porque yo no dejaba de gritar y de repartir golpes como loco. Justo donde estábamos había un oficial o alguien así blandiendo la espada y animando a sus hombres; Dane lo vio porque le alcanzó el destello de la hoja; guardó el arma y, de un salto, se fue contra el tipo ese como si fuera Jeff, Beauregard y Lee[5] en un solo. Lo seguí tan rápido como pude, pero solo llegué a tiempo de ver que le clavaba la espada y lo tiraba al foso. No me pregunte qué pasó después, señora,

---

5   Héroes del ejército confederado en la guerra de Secesión. *[N. de la T.]*

porque ni yo lo sé; solo le digo que no sé cómo conseguí dejar a ese rebelde más muerto que vivo empotrado contra el fuerte, alzar a Dane y llevármelo de allí. ¡Pobre compañero! Decíamos que íbamos a vivir o a morir; él decía que iba a morir y lo ha conseguido.

No había dejado de mirar al muchacho mientras hablaba con gran emoción, pero, mientras decía estas últimas y tristes palabras, me volví de nuevo hacia Robert y nuestras miradas se encontraron: unos ojos melancólicos e inteligentes que demostraban que había oído, recordado y reflexionado con esa fuerza preternatural que a menudo sobrevive a las demás facultades. Me reconoció, pero no me saludó; se alegró de ver un rostro de mujer, pero no pudo sonreír para acogerlo; sabía que se moría, pero no se despidió. Ya estaba muy metido en el río para volver o demorarse; el último pensamiento, la última fuerza, el último suspiro se resumieron en una mirada de agradecimiento, en un murmullo de sumisión a la última punzada que sentiría. Movió los labios, me acerqué a él y un susurro me heló la mejilla al oír las siguientes palabras:

—Lo habría hecho, pero es mejor así, estoy satisfecho.

¡Ah! Motivos tenía para estarlo, pues, al volver la cabeza de la tiniebla que era la vida que se iba, el sol de la que venía le dibujó en el rostro una alegría hermosa de contemplar. Con el último suspiro, mi chico de contrabando encontró a su mujer, su hogar, la libertad eterna y a Dios.

ROSALÍA DE CASTRO

EL CADICEÑO

(1865)

A llá lejos, por el camino que blanquea entre los viñedos y maizales, veo aparecer, como caballeros con lanza en ristre, dos hombres bélicamente armados de enormes paraguas, y cuyo aire y contoneo viene diciendo: «¡Que entramos!».

Y a fe que no sé si retirarme de la ventana por temor a un reto de esos que hacen estremecer las inanimadas piedras y temblar las montañas. ¡Han *aprendío* tanto esos benditos allá por las tierras de *Maria Santisima*! *Voelven* tan *savíos* y *avisáos* que no sería extraño adivinasen, con solo mirarme el rostro, que estaba *tomándoles* la filiación para hacer su retrato.

Y atrévase cualquiera a mostrar a su prójimo, siquiera en leve bosquejo, las grandes narices o las grandes orejas con que le dotó la pródiga naturaleza. ¡Oh!, yo sé perfectamente cuán peligroso es tal oficio. Pronto el de las grandes orejas o el de las grandes narices, sin pararse a considerar que no todos podemos ser, y de ello me pesa, lo que se dice miniaturas, se volverá iracundo contra el artista, diciendo:

—Voy a romperle a usted el alma; yo no soy ese fantasma que acaba usted de diseñar. Usted hace caricaturas en vez de retratos.

Y si el artista es tímido, tiene entonces que volver a coger el pincel, y en dos segundos, ¡chif! ¡chaf!, pintar las orejas y las narices más cucas del universo.

Mas no haré yo tal por solo obedecer a una exigencia injusta, que, antes que nada, el hombre debe ser fiel a la verdad, y el artista, a la verdad y al arte. Quieran, pues, o no quieran los que escupen por el colmillo, me decido a cumplir con la espinosa misión que me ha sido encomendada, y advierto que, como mi conciencia juega siempre limpio en tales lances, de hoy más serán inútiles las protestas, inútiles así mismo las amenazas vanas.

Siento en mí un inexplicable pero hondo deseo de desahogar el mal humor que me produce la variedad del tiempo, que ora es claro, ora nebuloso, ora frío, ora fastidiosamente templado, y he resuelto entretenerme en dibujar varios tipos. Si a las gentes les pareciese demasiado atrevido o trivial este propósito, murmuren de ello en buen hora; pero no olviden que el mundo es una cadena; que el que con hierro mata con hierro muere; que todos pecamos, y, por último, que quien escribe estas páginas sabe harto bien que sin haber dado permiso para ello, no habrá dejado más de un aprendiz de dibujo de hacer su caricatura.

Dos pollinos cargados con baúles hasta reventar siguen humildemente a los hombres de los paraguas, que ítem más de este mueble incómodo, y, a pesar de estar en el mes de junio, traen grandes capas y botas bien *aforráas* y *comprías*, cuando la sequedad y el calor convidan a andar descalzo por entre la fresca hierba.

Al llegar a las puertas de la ciudad empiezan ya a *perguntar* en dónde *haberá* una *posáa* de las *boenas* y de *segoriá* por lo que hay que perder. Pero como antes de encontrarla quieren *locir los* bayules de *coero* de Montevideo y demás prendas y *alquipaj*e, atraviesan por las calles *prencipales,* fumando un habano de la mejor *cualiá* y hablando el *andalú* más *desfigurao* que pueda oír una criatura racional.

Mas, a decir verdad, hablan con tal desenfado y arrogancia, con una fachenda tan *compría,* escupen al uso de los *currillos* con una gracia tan *semellante* a la suya que *naide,* al verlos, deja de conocer que acaban de abandonar a la gaditana gente.

Cuando se han alojado, todo lo quieren a la usanza de *afoera,* porque *dendes* que *degaron* el país, en *jamas* han *poío* arrostrar un *chopo e caldo,* como *non* fuese *limpo,* con hartura de *garabanzos...*

—¿Cuánto tiempo han estado ustedes en Cádiz? —les pregunta la patrona.

—¡Ya hay! —responde uno—. Pro mi parte, dus años y cinco días, y ainda más media miñana del güeves, en que me embarqué en la vadia de Cais, y mi amigo, tres años y tres meses en Malparaiso.

—¡Vaya, que ya traen corrido mundo! —dice la patrona—, mientras que uno no sabe salir del lugar en donde nació. ¡Y qué bien se les ha pegado el castellano, que parece que lo mamaron con la leche, y lo mismo los modos de por allá!

—¡Toma! —responde uno con mucho garbo, mientras guiña un ojo y tuerce todo el cuerpo sobre una cadera—. Lo mesmo me icían por allá las chicas: «Jazú», escramaba la Guana cuando me vestía de curro. «Este jallejo tanta gracia errama que parez que'a nació entre la gente zalá.» Proque neturalmente, dendes que salín da terra, nunca pueden volver a la fala, ¡de verdá!

—¡Pues n'a ser verdá! —prosigue el otro—. Pro la Habana, y pro Cais, todos los del puebro, chequitos y grandes, habran el andalú, y no coma por aquí, que son gallegos coma las vacas.

—Cierto es —contesta la patrona, que es tan cerrada de mollera como ellos—. A ir yo a esas tierras, no hubiera vuelto a la mía, que siquiera por solo oír hablar a todo el mundo castellano y andaluz, estaría uno a media ración... Además de que, según me han dicho, tan buenos son esos pueblos de afuera que no se ve en las plazas pan de brona, porque parece que no lo hay.

—¡Qu'a haber, señora! ¿Brona? Ni los perros la arrostran, ni la hay en el mundo coma no sea aquí. Pan branco de diario y a pasto, lo comen pobres y ricos en Cais. Por la miñana m'angollaba yo de un bocao un panisillo, y dempues, los que caían por to el día.

—¡Cuánto bien de Dios! No sucede aquí tal cosa, no; que con leche o papas tiene uno que contentarse.

—Po allá carilla va la leche; pro an ravierso lo el panisillo n'es na. Sepa osté que a la medodia tomaba coma un caballero mi pochera con un cuartarón de carne, patacas correspondientes y garabanzos, un neto de vino de lo tinto, y andandito.

—¡Qué le parece! ¿Y por la noche?

—De cea, a según; pro a de cote, un jaspacho, que m'hacía la Guana de lo chichirico.

—Ahí tienen ustedes. ¡Miren qué vida de reyes! ¡Y vaya a pedir aquí todo eso, que ya se encontrará! Sobre todo ese gazpacho o jaspacho, que no sé lo que es, pero que, de seguro, debe de saber muy bien por estar hecho al uso de esas tierras.

—Pro savío, señora. Se come crúo y parés cocío.

—Eso más, y dígame: ¿a qué vendrán aquí las gentes de esos pueblos benditos de Dios, y lo que es más, se quedarán en este desierto, donde no es costumbre hacer gazpachos?

—Se quedan de prisisión y antamientras no acaban lo que les es menester; algunos dirán que por aquí se comen las boenas froitas, y lagumes, y peixe...; pro de verdá, en noestra tierra solo se atopa morriña; dégo los peixes, y las froitas, y las legumes a quien las quiera, y voime a foera a buscar los cuartos.

—¿Y cómo ustedes no se quedaron por allá lejos, en donde no oyesen hablar más de Galicia?

—Tenemos mentres de volver a marchar, y solo vimos a trajerle a nostra gente las boenas cosas que ganamos. A mí no me abastaron tovía coatro bayules bien atacaos, y tiven que dejar en cas de un campañero varios afeutos, que me mandará por embarque...

—Eso es sabido; ninguno va afuera que venga rico, sobre todo, los cadiceños —murmura la patrona sonriendo.

—Yo, tal cual —dijo el de Cádiz, escupiendo con desdén por el colmillo—; pro lo que a mí respeuta, no es por fachenda, pro tengo pa una infirmidá y pa una acasión, y pa poner mi casa a estilo de Cais.

—¡Vaya, vaya; que ya pueden estar contentos! ¿Y de qué lugar son?

—De Santa María de Meixede...; pro..., compañero, seica ya no daremos con la vreda, poes con motivo de haber estao foera, se nos haberá barrido de la mamoria.

—¡Quixáis! —responde gravemente el de La Habana—. Buscaremos quien nos lo amostre.

—Pierdan cuidado, que yo lo haré —exclama la patrona—. He ido muchas veces allí.

Mi dicho mi hecho.

Sin abandonar el paraguas, ni la capa, ni el cigarro, se pasean por la ciudad, y entran en casi todas las tiendas para comprar algunos objetos que regalar a su gente como nativas de Cais.

La patrona les enseña después el camino como a extranjeros que han perdido su ruta; ellos se dejan guiar como si lo ignorasen, y emprenden la marcha con el aire más grave que pueden, teniendo buen cuidado de llevar el puro en los labios y el *andalú* en la punta de la lengua. Ninguno sabe decir una sola palabra en gallego, y casi están por olvidarse de la puerta de su casa y del nombre de sus amigos. Lo que no deja a veces de causar risa a las gentes maliciosas, que no son pocas entre nuestros aldeanos; pero los pollinos que, cargados, siguen a los forasteros imponen respeto a los más, y cada cual cree adivinar un tesoro tras el *coero* de Montevideo de que están hechos los *bayules*.

El padre, la madre, el hermano o la esposa notan bien pronto, después de los transportes del primer momento, que el que vuelve al hogar de la familia no es ya el hombre que era antes, lo cual en nada disminuye el cariño que le profesan: por el contrario, hace nacer en su alma hacia el recién venido cierto respeto, del que se enorgullecen.

Y, en efecto, aquel que hace dos años era un aldeano como ellos viste ahora de un modo distinto, habla de gazpachos y de pan blanco comido a pasto o de chiniticas del Congo, detesta la brona como si jamás la hubiera tocado, cada palabra que sale de su boca es una sentencia, no teme a Dios ni al diablo, ni le importan *feridas d'ollo,* y, por último, habla el *andalú coma* si lo hubiese *deprendido mesmo dendes sus prencipios.*

¿Cómo, pues, pueden tener al forastero en tan poco a sí mismos?

Sobre todo al ver todo el *alquipaje* con que cargan los pollinos, aquellas pobres gentes, generalmente agobiadas por la miseria o una grande escasez, no pueden menos que mirar al cadiceño como un enviado del cielo, y

como no se guardan demasiados cumplidos, pronto pasan, latiéndoles el corazón, a revisar los baúles, cuyas chapas y clavo dorados prometen guardar cosas muy buenas, todas venidas de aquellas tierras en donde dan pan por dormir, y en las cuales el *pantrigo* y el puchero con carne y *garabanzos* son cosa corriente para cualquiera. Cuando se les presente venido de la *suidá* de Cais o de esa Habana, que ellos contemplan en su pensamiento, antes de haberla visto, poco menos que como el paraíso o la ciudad de Jauja, todo es bueno, excelente y magnífico, y el cadiceño, que lo sabe, al sacar del primer baúl los objetos que compró en el pueblo más próximo a Santa María de Meixedes, encarece su buena calidad, diciendo:

—Vayan ostés a mercar por aquí un gabón como este y tan bratismo, y unas sintas tan foertes y lindas, y unos pañoelos tan comprios. No, d'esto n'hay n'esta tierra.

Y he aquí que todo lo que viene en uno de los baúles más *maníficos* se reduce a lo que, como dejamos dicho, compró en Galicia, y a varios remiendos de paño y zapatos viejos que *trujo* de allí por no *atopar* sitio donde tirarlos.

Pásase la revista del segundo baúl y aparecen ropas a medio uso, gorras ídem, camisas de mil colores, todas muy bonitas, pañuelos de narices, y se acabó la función. Se abre el tercer baúl, y aquí sí que hay novedad en las prendas. Libros a los que les faltan la mitad de las hojas, estampas iluminadas con colores, alguna flauta con llaves de plata o alguna gaita con fuelle forrado de seda —¡qué hermosura!—, un bastón con puño también de plata —¡qué lujo!—, un retrato verídico hecho a la *rotografía,* y después un pañuelo de crespón de la India —¡cuánta riqueza!—; pro... ¿y los cuartos?

El cuarto baúl, que pesa como si se hallase lleno de piedras, tiene un secreto de los pocos, y aquí es ella. El cadiceño no dice así, de sopetón, cuánto trae, pero empieza por enumerar todas las mejoras que ha de hacer en la casa, las reses que ha de comprar, los gorrinos que ha de matar y las romerías a que ha de asistir en compañía de la familia.

No hay uno en la casa que al ver tal no se contemple rico y feliz, y mucho más cuando, en medio de la alegría que reina en la casa, oyen cantar al cadiceño, que tiene los cascos calientes con el vino:

Nadie se meta conmigo,
que soy un lobo de Seví
y hasta la tierra que piso
me parece una pesoña.

Al otro día de la llegada del cadiceño, en el cuarto más retirado de la casa, es cuando, al fin, apenas rompe el día, se abre el baúl, que tiene dos cerraduras de secreto y, además, el secreto de por dentro.

La tapa se entreabre lentamente, y aparece a las ávidas miradas de la madre o de la esposa un cuero tendido. El cadiceño levanta con la misma parsimonia y lentitud el cuero, y aparece una gruesa capa de papeles cortados; levanta los papeles, y aparece un pañuelo de hierbas; levanta el pañuelo de hierbas, y aparece acostada una lavita de un paño sedán, legítimo y nativo de la *mesma siudá* de Cais; debajo de la *labita* descansa un pantalón del mismo paño. Aquella es la ropa con que *foera* se vestía el caballero como los más, porque *naquellas* tierras *naide* gasta ni montera ni calzones.

—Pro ¿y los cuartos?

Debajo del pantalón se descubre otro pañuelo de hierbas y otra gran capa de papeles cortados, y allá, en la profundidad del baúl, reposan con todo el peso de su gravedad multitud de guijarros...

—¡Santo Dios...! Pro ¿y los cuartos?

—N'el secreto están, criatura... —responde el cadiceño sonriendo por el gran susto que acaba de llevar la pobre mujer.

Y, bien pronto, con sus gruesos dedos toca una tablita que se resbala silenciosa y aparecen varios montoncitos envueltos en papeles blancos y amarillos. Los amarillos encierran el oro, y los blancos la plata. Mas todo el tesoro cabe en un puño y alcanza apenas a arrancar de la miseria a la familia por algunos años y hacerle entrever un mediano bienestar.

El que ganó más, rara vez vuelve a la patria, y si lo hace, es cuando, ya viejo y sin poder trabajar, viene, por un resto de amor al país que le vio nacer o, quizá, por egoísmo, a morir a su aldea, acabándose casi siempre con él la última moneda que ha ganado a costa de su dignidad.

Como generalmente aguardan a la víspera del Santo Patrón para presentarse en el lugar, y casi todos ignoran su llegada, es de ver cómo al otro día hacen su recepción.

Plántanse la ropa de curros, luciendo en la camisa el enorme alfiler que, siendo de cristal puro y sin mezcla, quieren hacer pasar por diamantes. El sombrero les cae de tal modo sobre una ceja, y es, por lo regular, tan chico para su cabeza, que más bien que sombrero parece solideo; la faja le envuelve el talle como una sábana, mientras la chaquetilla *laboreada* se le queda en medio de las espaldas, como a un muchacho que, habiendo crecido, lleva un traje que no creció con él.

A las mangas o les sobra o les falta, y lo mismo al pantalón, que les cae sobre las grandes botas como a la fuerza o se queda más arriba, como por casualidad. Pero lo que más luce y brilla en su *presona* es la gran cadena hecha de varios metales, a que llaman oro, y la *moestra,* del tamaño de su sombrero, a la que consultan a cada paso, muy interesados en saber qué hora es.

Con tal atavío, y sin olvidarse de llevar el gran *pareanguas,* se encaminan hacia la iglesia, mientras todos están en la misa mayor, y se colocan a la puerta, en el sitio más escondido que pueden, hasta que la gente sale.

La multitud se agolpa en tumulto, cada cual quiere salir el primero, y aprovechándose entonces ellos de la confusión que reina, nuevos Longinos o semejantes al caballero de la Mancha cuando, lanza en ristre, se arrojaba sobre los molinos de viento, enarbolan el gran paraguas, y... al pasar algunas jóvenes que ellos tienen en la niña del ojo, arremetiendo con energía..., ¡pom!, le encajan el regatón con toda fuerza en medio de las costillas.

La tan brutalmente herida vuélvese entonces contra el agresor, lanzando un agudo grito...; pero, ¡oh, sorpresa!

Cuando ve tan majamente vestido al cadiceño, en quien no pensaba, olvídase al punto del terrible dolor que el golpe alevoso le produjo, y exclama:

—Nunca Dios me deixara, Antón..., ¿e ti elo? Por pouco me magoas...; pro ¿ti elo?

—Soy el mesmo. ¿Seica m'iñoras? —responde el galán, apurando más que nunca la ce y hablando en la jerga más confusa y risible del mundo—.

Icimos la viague en vintidós días, desembracamo en La Cruña nantronte y aquí chcgamos tan intcros como salimos, c ¿quiclo vc?

En seguida regalan a la favorecida unos cuantos pellizcos y apretones de lo lindo, de los cuales le quedan señales para mucho tiempo; mas para ellas todo es miel y rosas, hallando tan dulces y agradables las chanzas y las maneras de los cadiceños que ya solo ellos imperan en su corazón.

Así, el cadiceño manda, reina y pervierte de la manera más peligrosa. Enfatuado e ignorante, todo lo mira en torno suyo por encima del hombro, inspirando a los que le oyen el desprecio a su país y contando maravillas de los que él ha recorrido.

Solo cree en Dios en cuanto le conviene, y no teme perjudicar en su proyecto a los que se intimidan con su traje y sus patillas.

Mucho más pudiéramos añadir sobre este tipo tan marcado y que tanto prepondera en las aldeas de Galicia, trayendo a ellas todo lo que han aprendido en tierras más civilizadas y nada de lo bueno que allí existe, pues su ignorancia y el ansia ardiente de hacerse ricos en poco tiempo, arrastrándolos a la humillación, las penalidades y la bajeza, no les permite modificar sus malos instintos ni aprovecharse de las excelentes cualidades que les son propias.

Pero es forzoso que concluyamos, atendiendo al corto espacio de que podemos disponer, aun cuando procuraremos no olvidar, en más propicia ocasión, el extendernos sobre un asunto que, según creemos, es de alguna trascendencia para el país.

MARÍA DEL PILAR SINUÉS

EL VESTIDO DE BAILE

(1876)

—¡Oh, qué noche, qué noche vamos a pasar dentro de diez días! —exclamaba Lola dirigiéndose a sus hermanos Juanito y Eugenia—. ¡Cuánto deseo que llegue, Dios mío! ¡Cuánto deseo que llegue!

—Y yo también —repuso Eugenia batiendo palmas y dando saltos de alegría—. Deseo muchísimo que llegue, para disfrutar del delicioso espectáculo que van a ofrecernos los condes de Villaclara.

—¡Bah! ¡Bah! Esas cosas siempre se ponderan más de lo que son —dijo Juanito con toda la gravedad de sus once años.

—¡Pues yo no sé qué se pueda ponderar aquí que luego no hayamos de ver realizado! —observó Lola un tanto amostazada.

—Está claro —añadió Eugenia—: ¿no ha visto papá cómo estaban poniendo ayer los faroles de colores en los jardines? ¿No ha visto los peces en las fuentes? ¿No ha visto las mesas para la cena debajo de los emparrados? ¡Pues me parece que ya no hay que dudar!

—Es que Juanito duda todo.

—Peor para él.

—Sois unas necias charlatanas —dijo el niño—; yo os digo que, aunque papá las hayas visto, nos parecerán a nosotros muy inferiores a los elogios que ahora nos hacen.

—Tú, por echarla de hombre, no sabes qué hacer —dijo Lola, que tenía nueve años y era gemela de Eugenia—; pero aquí viene Enriqueta, y veremos cuál es su parecer.

Enriqueta tenía un año más que Lola y Eugenia, y uno menos que Juanito; es decir, que tenía diez, y su exterior llamaba mucho la atención más que por su belleza expresiva y graciosa, porque reflejaba un alma llena de ternura y sensibilidad.

Era blanca y rosada, con largos y espesos cabellos castaños, y ojos muy grandes y muy dulces, de color pardo; su frente era ancha y despojada, descubriendo una inteligencia poco común y gran nobleza de instinto y de pensamientos; su boca era bonita, aunque algo triste, porque Enriqueta, como todas las niñas que sienten mucho, no era alegre: prefería un buen libro a correr y saltar con el aro y el cordón de seda, y su mayor placer consistía en aliviar con limosnas a los desgraciados.

Sus hermanas, que también tenían muy buena índole, eran más vanas, más petulantes que ella, y mucho menos dulces y modestas.

—Ven a darnos tu parecer, hermana —dijo Juanito, que amaba mucho a Enriqueta.

—¿De qué se trata? —preguntó esta.

—Se trata de que estas dos tontas creen que van a ver un país de encantadoras en los jardines de los condes de Villaclara.

—Muy hermosos dicen que están —contestó Enriqueta, que, siempre prudente y modesta, no quería contradecir a sus hermanas ni disgustar a su hermano.

—Sí, sí, hermosos, no lo dudo; pero no pienso sorprenderme con tal espectáculo.

—Pues yo sí —dijo Lola—; y no veo la hora de ponerme mi traje de maja.

—También yo deseo saber cómo está el mío de caballero de la corte de Felipe IV.

—Y yo el mío de pastora suiza —añadió Eugenia.

—A Enriqueta le han enseñado esta mañana modelos y figurines, y ha elegido el traje de Isabel de Valois, aquella reina rubia y bonita que, según dicen, fue tan desgraciada.

—Ya lo sé —repuso Eugenia, a quien su hermano dirigió las anteriores palabras— y mamá dice que Enriqueta estará preciosa con él, y que ha tenido mucho talento para elegirle.

—Sí —dijo Lola—. Según mamá, Enriqueta tiene talento para todo, al paso que a nosotras no nos le encuentra para nada.

Estas palabras, dichas con amargura, hicieron una dolorosa impresión en Enriqueta, que miró con tristeza a su hermana.

—Callad, que viene vuestra aya —dijo Juanito viendo a doña Matea, excelente señora que cuidaba de la educación de las niñas.

Aquella se acercó a estas, y a la primera mirada conoció los amagos de la tormenta que se agitaba entre las tres hermanas.

—Señoritas, vamos a dar un paseo —dijo con cariñoso acento—; su señora madre quiere que salgamos a tomar el aire libre, y Francisco nos llevará una buena merienda en una cesta. Juanito saldrá con su preceptor, y luego se nos reunirán ambos, para participar de la merienda en el cerrillo de San Blas.

Dichas estas palabras, el aya tomó de manos de una camarera, que la había seguido, tres sombreros de paja redondos y elegantes, y cubrió con ellos los hermosos rizos de las tres hermanitas.

Poco después se dirigían al paseo de Atocha doña Alatea y las niñas, cada una armada de su sombrilla, pues han de saber mis lectores que el día en que esto tenía lugar era uno de los primeros del mes de julio.

Detrás de las cuatro iba un corpulento lacayo con una cesta grande de tapas, colgada al brazo, de la cual se exhalaba un delicioso olor.

Las niñas hablaban poco, sobre tolo las dos más pequeñas, pues su imaginación estaba enteramente absorta pensando en el baile de verano que en la noche del 15 de aquel mes daban en sus jardines los condes de Villaclara a los niños de sus numerosos amigos.

Los condes no tenían hijos, pero vivía en su compañía, y a su cuidado, una sobrinita de ocho años, niña encantadora por sus gracias y su bello carácter.

Esta amable criatura debía hacer los honores a todos los convidados, vistiendo el suntuoso traje de Mme. de Sevigné, la amorosa madre, la gran escritora, la virtuosa y ejemplar mujer que tanta gloria ha dado a la Francia.

Los condes querían que la fiesta fuese deslumbradora, y que tuviese lugar en sus jardines, a causa de lo caluroso de la estación.

Al efecto se habían preparado dos grandes salones con estatuas y arcos de verdor y flores, uno para el baile y otro para la cena: el alumbrado debía ser a la veneciana, la orquesta magnífica; en fin, los condes de Villaclara deseaban que aquella fiesta infantil sobrepujase a cuanto hasta el día se había visto en Madrid en su género.

Todo esto, que oían repetir a cuantas personas veían, sobraba para preocupar a las niñas; así es que hablaban muy poco, embebecidas en sus reflexiones.

Eran ya cerca de las siete de la tarde cuando llegaron al cerrillo de San Blas, uno de los puntos de vista más agradables que ofrece Madrid, al calor sofocante del día había sucedido un ambiente fresco y consolador; embalsamado por el perfume de las mil florecillas campestres y por el ramaje de los árboles, Francisco abrió la gran cesta, y de su vientre salió primero un blanco mantel, luego aparecieron dos sabrosas tortillas, algunos pasteles, dulces, frutas y, por último, una botella de exquisito vino y otra de agua. Cada uno ocupó su sitio, y las niñas se despojaron de sus sombreros y de sus guantes para merendar con más comodidad, culpando a Juanito y a su preceptor porque tardaban en llegar. Por fin, se les vio asomar por una senda de travesía, y tomaron sus sitios en derredor de la mesa.

Mas apenas el preceptor había empezado a partir las tortillas, para servir a cada uno su ración, se distrajo de un modo bien triste la atención de sus comensales.

Un anciano venerable, con los cabellos blancos casi tullido, se acercó a la improvisada mesa, apoyándose penosamente en los brazos de un niño de diez años y de una niña de nueve, mientras detrás de ellos aparecían otros cuatro de menos edad.

Dos, sobre todo, eran tan pequeños que podía asegurarse no habían cumplido los tres y los cuatro años.

El pobre viejo pidió con acento doliente y sumiso una limosna, empleando esa tierna fórmula de los cristianos: *¡Por el amor de Dios!*

—¡Jesús! —exclamó Lola a media voz—; ¡si hemos de satisfacer el hambre de esos mendigos, hay que darles toda la merienda!

—¡Pues no son pocos! —murmuró a su vez Eugenia.

—Vamos a darles un pan y algunos pasteles —propuso Juanito.

—Tiene usted razón, hijo mío —murmuró el preceptor, y volviéndose al anciano, le dio un pan y le dijo—: Tome usted, buen hombre, y repártalo entre todos.

Luego tomó cuatro pastelillos, se los dio también, y añadió:

—Estos para los chiquitines.

—¡Que Dios y su santísima madre les recompensen su caridad, mi buen señor, mis nobles señoritos! —exclamó con lágrimas de gratitud el pobre viejo; y al instante se alejó seguido de su prole, como si no hubiera querido molestar con su presencia.

—¡Pobre anciano! —dijo Enriqueta, por cuyas blancas mejillas corrían gruesas lágrimas.

—¡Eh! ¿Ya empiezas a lloriquear? —observó Lola riéndose.

—¡Qué quieres! Me da pena el pensar en que nuestro papá será así de viejecito algún día, y Dios, que todo lo puede, quizá le deje pobre.

—¡Qué disparate! —exclamó Eugenia—. ¡Papá es riquísimo!

—Yo he leído, hermana mía, que los hijos de un rey de Francia tuvieron que recoserse su viejos vestidos en una cárcel, donde los encerraron —dijo Enriqueta.

—Justo —repuso Juanito—: los hijos de Luis XVI, que murió en el cadalso; además, el Delfín Luis XVII, que solo tenía ocho años, fue puesto de aprendiz en casa de un zapatero, y se hinchó todo, y se murió a fuerza de golpes que le daba su bárbaro maestro, ¿no es verdad, D. Venancio?

—Nada hay más cierto —respondió el preceptor— y alabo la buena memoria de usted.

—Ya veis —dijo Enriqueta, que no cesaba de llorar—: mas es un rey que nuestro padre, por rico que sea. En todos los ancianos me duele mucho la miseria, porque me acuerdo de que lo serán un día nuestros padres.

Luego, mirando su parte de tortilla, añadió:

—Aya mía, si usted me lo permite, voy a darle mi merienda al viejecito.

—¿Y tú que vas a merendar? —preguntó Lola.

—Una naranja

—¿Nada más?

—Nada más; si no, no tendría valor mi limosna: no es mucho mi corta privación para aliviar a ese pobre anciano.

—¡Es usted un ángel, hija mía! —dijo doña Matea abrazando a Enriqueta; luego añadió dirigiéndose al preceptor—: Señor don Venancio, hágame usted el favor de ponerme en una servilleta toda la merienda de esta niña.

Don Venancio puso la tortilla entre un pedazo de pan, dos pasteles, dos naranjas y algunos dulces, y luego llenó una copa de vino.

—Ahí va su parte entera —dijo el buen señor—; y además estas dos monedistas de mi bolsillo.

Enriqueta misma cogió la servilleta a pesar de quererla llevar Francisco. Doña Matea tomó el vaso y las monedas, y ambas se dirigieron a donde estaba sentado el viejo rodeado de los niños y todos comiendo con voraz apetito el pan de la limosna.

—Buen hombre —dijo el aya—, coma usted este pedazo de tortilla caliente y beba este vaso de vino, que le fortalecerá; es la merienda de esta amable niña, que se la cede a usted muy gustosa.

—¡Ah, mi buena señorita! —exclamó el anciano—, tiene usted la cara de ángel y el alma también; pero si la voz de los ancianos llega al cielo, usted será muy dichosa, porque el viejo Anselmo rogará a Dios todos los días por su felicidad.

—¿Son hijos de usted todos esos niños? —preguntó doña Matea.

—No, señora —contestó el anciano— ¡son mis nietos, hijos de mi hijo único, que murió hace un año y que no tienen más amparo que el que les ofrecen las almas caritativas!

—¿De modo, pobre anciano, que con nada cuenta usted en el mundo? —preguntó dolorosamente Enriqueta.

—Con nada, señorita.

—Yo haré por usted cuanto pueda —dijo la niña— y Dios y mis buenos padres me ayudarán.

—Ahora, señor Anselmo, tome usted estas monedas, que me han dado para usted, y quédese con Dios, pues nos esperan —dijo doña Matea—, pero antes de marcharnos le suplico nos dé las señas de su habitación, que yo apuntaré en mi cartera.

—Vivo en Chamberí —contestó el anciano—, calle de Santa Feliciana, número 3, cuarto del patio.

—Pues hasta muy pronto, señor Anselmo.

Enriqueta dijo estas palabras fijando en los niños, agrupados en derredor suyo, una afectuosa mirada, y luego se alejó con su aya, seguida de las bendiciones del anciano.

Cuando ambas volvieron al sitio de la merienda, todos habían concluido ya de comer; la benéfica niña, a pesar de que su hermano le había guardado sus dulces, no quiso tomar más que su naranja, diciendo que no tenía mérito la caridad que no imponía alguna privación.

Poco después volvieron todos a casa, y su mamá, considerándoles cansados del paseo, les dijo que se acostaran.

—No es posible que Enriqueta se acueste sin tomar algún alimento, señora —observó el aya.

—¿Pues cómo? ¿No ha merendado! —preguntó la mamá.

—Solo ha comido una naranja.

Y acto continuo refirió el aya el rasgo de caridad de la niña. La mamá derramó, al oírlo, lágrimas de alegría, dando gracias a Dios por haberle concedido una hija tan buena; luego añadió:

—Hágala usted tomar chocolate, como ocurrencia de usted, doña Matea, y no le diga que yo tengo noticia de lo que ha hecho; pero si mañana, como lo espero, acude a usted pidiéndole algún socorro para ese anciano, entiéndase conmigo y no tema pedirme lo que haga falta.

En efecto, al día siguiente, Enriqueta, que había dormido mal toda la noche, esperó vestida a que despertase su aya, cuyo gabinete-dormitorio estaba dentro del que ocupaban las niñas; y así que la oyó toser, entró a saludarla y se sentó a la cabecera del lecho.

—Aya mía —le dijo con acento temeroso y dulce—, toda la noche he estado dando vueltas a una cosa que voy a consultar a usted.

—Sepamos esa cosa —dijo el aya con sonrisa significativa.

—Pues es que he pensado rogarle que me dé usted la suma que tiene para pagar a la modista mi vestido de baile, a fin de emplearla en socorrer al anciano Anselmo.

—¿Sabe usted a cuánto asciende dicha suma?

—No, señora.

—Pues sube a dos mil reales; como que todos los galones del traje son de oro fino.

—¡Ah, tanto mejor! —exclamó Enriqueta—: no creí yo que valiese tanto; de ese modo se podrán socorrer esas pobres gentes.

—¿Y renuncia usted al baile?

—Con la mejor voluntad. ¿Acaso vale más una diversión, por grande que sea, que el placer de aliviar una desgracia?

—Pero usted se olvida de lo que es esa fiesta. Dicen que estará magnífica; ya sabe usted cuánto anhelan sus hermanos asistir a ella.

—Más anhelo yo socorrer al pobre anciano.

—¿Es cosa decidida?

—Sí, señora.

—¿Y no se arrepentirá usted cuando vea engalanados a sus hermanitos?

—De ningún modo: entonces pensaré en el beneficio que resulta de mi privación al pobre Anselmo.

Doña Matea, sin hacer más objeciones, se levantó, se puso una bata y fue a abrir uno de los cajones de su cómoda, del que tomó un bolsillo de seda.

—Aquí hay cien duros, hija mía —dijo presentándole a Enriqueta—; guárdelos usted, y si quiere me vestiré al instante e iremos a Chamberí a ver al señor Anselmo.

—Me parece —dijo Enriqueta— que debería yo pedir permiso a mamá antes de disponer de esa cantidad.

—Me parece lo mismo —repuso el aya—, y por lo tanto será prudente que se dirija usted en seguida a su cuarto.

—Pero ¿yo sola?

—¿Por qué no? Nada hay más amable, más dulce que una buena madre, y la de usted no puede ser más excelente.

—Es verdad; voy ahora mismo a verla.

Diciendo estas palabras salió Enriqueta y se dirigió al cuarto de su mamá, en el que había extendidas muchas y ricas telas que le habían llevado, con el fin de que eligiese para los trajes de las niñas.

—Me alegro de que vengas, hija mía—dijo a Enriqueta su buena madre—; he mandado también venir a tus hermanas, y te iba a hacer llamar; porque además de saber cuál es el traje que os gusta más, quiero que me digáis vuestro parecer acerca de las telas.

—Mamá —dijo Enriqueta con las mejillas en carnadas—, yo venía a pedirte permiso para no ir al baile e invertir lo que ha de costar mi vestido en hacer una limosna.

—¡Una limosna! —repitió la mamá con fingida admiración—. ¿Y a quién?

—A un viejecito a quien conocí ayer por casualidad en nuestro paseo.

—¿Es el pobre a quien le diste tu merienda?

—El mismo; tiene que mantener a seis nietos solo con los recursos de la caridad.

—Tu resolución es muy laudable; pero ¿no te gustaría ir al baile?

—No niego que deseaba mucho ir; pero cuando el placer que experimentaré en él, con la dicha que sentiría esa pobre familia si yo no voy me parece muy preferible esto último.

—¿Y por qué no das la mitad de lo que ha de costar el vestido al viejo Anselmo, y yo te añadiré esa suma a lo que te quede?

—¡Ah, mamá! Y entonces ¿qué valdría mi limosna costándome ningún sacrificio? —exclamó Enriqueta—. ¡No, no! Creo que no es gran mérito dar dinero cuando se posee en abundancia, y que si alguna virtud tiene mi limosna, será la de privarme de ir a ese baile.

—En ese caso, vamos ahora mismo a ver a ese anciano, y nos informaremos de si es verdad cuanto ha dicho.

La condescendiente madre se vistió modestamente, y después de haberse puesto Enriqueta su sombrero, salieron juntas para ir a Chamberí, a donde llegaron muy en breve por la corta distancia que separa a este naciente pueblo de Madrid.

Al entrar en la calle de Santa Feliciana, madre e hija se dirigieron a unas mujeres que se hallaban cociendo a la puerta de una humilde casa, y la primera se informó de todo lo concerniente al anciano.

Los informes no pudieron ser más ventajosos: era cierto todo cuanto había dicho el señor Anselmo, quien, no pudiendo ya trabajar en su oficio de labrador, se veía sin otro amparo para él y sus nietos que la caridad de las buenas almas.

—Ahora debe este estar —dijo una de las mujeres— en la avenida de los álamos, allá abajo, al pie de aquel montecito, pues sus dos nietos mayores cogen moras, que venden después a una mujer que a su vez las despacha en Madrid. El pobre anciano dice que se entristece estando solo en su casa, y se sienta a la sombra mientras los nietecillos mayores desempeñan su tarea y los pequeños corren y juegan, comiendo un pedazo de pan, que es su habitual y casi su único alimento.

La madre de Enriqueta dio las gracias a aquellas buenas mujeres, y se dirigió con su hija al sitio que la habían indicado.

Era, en efecto, un hermoso paseo, plantado de álamos jóvenes y llenos de verdor y frescura que se extendía al pie de un montecito; muchas zarzas, cargadas de fruto negro y lustroso, ofrecían a dos de los nietos del anciano abundante cosecha, que se apresuraban a recoger en una cesta grande y redonda.

En un ribacito, al pie de una colina, y a la sombra del árbol más grande de aquel fresco plantío, dormía Anselmo, apoyando en el brazo izquierdo su venerable cabeza, casi despoblada de cabellos; solo algunas canas se mecían al impulso de la brisa en sus sienes pálidas y marchitas por los años y la miseria.

El aspecto de aquel anciano inspiraba compasión y respeto; tal era la honradez, la serenidad que respiraba toda su persona.

Sentadas a su cabecera sus dos nietecitas de seis y nueve años, espantaban con las ramas de un árbol las moscas y mosquitos, que podían turbar el sueño del anciano, mientras los dos niños más chiquitos jugaban algo más lejos con todo el silencio posible.

Al ver acercarse a Enriqueta y a su mamá, una de las niñas se adelantó y les rogó que no hiciesen ruido, porque su abuelo dormía.

Ambas prometieron el silencio, y se sentaron a poca distancia y debajo de la eminencia donde los dos muchachos cogían moras.

—Hoy hay muchas, Pascual —dijo el mayor.

—Ya se ve que sí; de fijo conseguimos llenar el cesto.

—No sé cómo tenemos esta suerte, porque ayer había muy pocas sazonadas.

—Es que yo recé anoche a santa Rita, abogada de los imposibles, de quien es abuelo tan devoto, y la santa me oyó.

—Eso debe ser, la tía Marciana nos dará cuatro pesetas por el cesto lleno, que así nos lo ha ofrecido muchas veces.

—Y compraremos a nuestro abuelo unos zapatos, porque los que lleva ya están muy viejos.

—Yo quiero además llenarle su caja de tabaco.

—¡Eso! y entonces, ¿qué nos queda para comprar pan?

—¿Qué nos queda? Yo te lo diré: el tío Bautista el pescador me ha regalado una caña vieja, y hoy veré a ver si sé pescar algo.

—¡Tú!

—Yo, sí; si saco aunque no sea más que media docena de peces, y los sacaré, porque Dios ayuda a los que trabajan por sus padres, compraré al abuelo un poco de tabaco, y con lo demás que me den por ellos y lo que sobre de las moras compraremos, no solo pan, sino hasta un poco de queso manchego.

—¡Sí, goloso, piensa ya en regalarte!

—¿No es muy justo? El que trabaja debe darse algún mimo.

—¡Ah, Dios mío! —murmuró Enriqueta a media voz—. ¿Es posible que haya tanta miseria y que lo ignoren los ricos? ¡Llamar regalo a un poco de queso manchego, cuando en casa comen con desdén nuestros criados los quesos extranjeros!

En aquel instante bajaron del montecillo los dos muchachos llenos de contento; la mamá de Enriqueta los abrazó con afecto, y les dijo:

—Sois unos buenos niños, y no dudéis que Dios oye vuestros ruegos y os recompensará como merecéis.

Pascual y su hermano miraban embobados a aquella hermosa señora vestida de seda y blondas, que les besaba sin hacer ascos a sus vestidos rotos ni a sus manos manchadas, y cuando se fue a sentar enfrente de su abuelo se pusieron a su lado.

Poco después el anciano hizo un movimiento y se incorporó.

—¿Cómo ha ido la cosecha, hijos míos? —preguntó con ansiedad—. ¿Habéis sido hoy más dichosos? ¡Cuánto siento no poder ayudaros! ¡Pobres niños, solo sirvo de una carga inútil!

—Vaya, abuelo mío, ¿quiere usted hacernos llorar? —dijo Mateo, el que cogía moras con Pascual—. ¿Qué sería de nosotros sin usted? Todos le queremos como a las niñas de nuestros ojos, y pedimos a Dios que nos le conserve; pero aquí hay una señora y una señorita que sin duda querrán decirle algo.

El pobre viejo enjugó algunas lágrimas que se desprendían de sus ojos, y luego se volvió hacia el sitio que sus nietos le indicaban.

—¡Ah, mi buena, mi caritativa señorita! —exclamó al ver a Enriqueta—. ¡Usted aquí y yo durmiendo! ¿Quién podía suponer...?

— No se incomode usted —dijo la madre de Enriqueta—. Dios, supremo consolador de los afligidos, hizo que mi hija encontrase a usted ayer; hoy he venido a acompañarla para que le entregue una suma que yo había destinado para su tocador; es su gusto, y ambos debemos bendecir a ese Dios misericordioso de quien le hablaba hace poco; usted, porque los ruegos de sus nietos han alcanzado de su bondad la dicha de que conozca a mi Enriqueta, yo, porque me ha dado una hija buena y caritativa.

Esto diciendo, la generosa señora hizo una seña a la niña, que sacó de su bolsillo el que le había dado su aya con el importe de su traje de baile, y lo puso sobre las rodillas del anciano.

Este le contempló algún tiempo con asombro, luego vio brillar algunas monedas entre los calados de la seda, y exclamó uniendo sus manos trémulas de alegría:

—¡Oro! ¡Aquí hay oro! ¡Oh, hijos míos! ¡Ya no tendréis, al menos en mucho tiempo, hambre ni frío! ¡Ya comeréis todo el pan de que tengáis necesidad! ¡Ya no dormiréis sin abrigo ni yo veré agitarse vuestros helados cuerpos al impulso del frío! ¡De rodillas y besad los pies de vuestras bienhechoras!

Mateo, Pascual, las dos niñas que velaban el sueño de su abuelo, y hasta los dos chiquitines que jugaban lejos, y que se habían acercado, se arrodillaron a los pies de Enriqueta y de su madre, besando sus manos con inocente afán. Madre e hija lloraban copiosamente, e hicieron levantar a los niños así que pudieron dominar un tanto su enternecimiento.

—Señor Anselmo —dijo la madre de Enriqueta—, desde mañana los cuatro niños mayores serán colocados según su edad y sus inclinaciones: las niñas irán al colegio y sus hermanos aprenderán el oficio que más les agrade; respecto de los pequeños, no podemos hacer por ahora más que cuidarlos; pero su educación y su porvenir corren también por mi cuenta; en cuanto a usted, cada dos meses recibirá de mano de mi hija una suma igual a la que ha recibido hoy, pues mi marido y yo le señalamos, para complacerla, una pensión vitalicia de 12.000 reales al año.

—¡Dios mío! —exclamó el anciano llorando a lágrima viva—. ¿Qué he hecho yo para merecer tanta felicidad? ¡Señora, señorita, ustedes son sin duda una santa y un ángel del cielo!

—Todo se lo debe usted a dos de sus nietos: todas las noches rezaban con fervor a fin de obtener medios, por pequeños que fuesen, para aliviar la suerte de usted, y el cielo les ha escuchado.

El anciano abrazó a sus nietos, y madre e hija se despidieron para volver a su casa.

—¡Oh, mamá! —exclamó Enriqueta—, ¿qué dicha hay en el mundo comparable al placer de hacer bien?

—No conozco, en efecto, ninguna, hija mía —respondió su madre—. Pide a Dios que te conserve siempre la caridad, y serás feliz.

Aquella misma mañana eligieron sus telas Lola y Eugenia, y muy admiradas al ver la inacción de su hermana, le preguntaron si ya había hecho su elección.

—Sí —respondió Enriqueta—, he elegido una tela, la más bella del mundo, y ya la tiene la modista.

—¿Es más linda que nuestro raso y nuestro terciopelo? —preguntaron las niñas.

—Para mi gusto, mucho más.

Las dos se rieron desdeñosamente; tenían un magnífico paquete de raso celeste, de terciopelo color de rosa, y ricos encajes, blancos como la espuma del mar; ¿qué podía haber más elegante y lindo?

Así es que pasaron mecidas en doradas ilusiones los días que faltaban para la fiesta, si bien admirándose de que Enriqueta estudiase el piano y el francés y se ocupase de sus bordados lo mismo que antes.

Llegó por fin la noche del baile; el carruaje esperaba a la puerta, y el papá, vestido de etiqueta, contemplaba a Lola, Eugenia y a Juanito, a quienes las modistas y doncellas daban la última mano.

El niño vestía de caballero de la corte de Felipe IV.

Lola, que era morena, con ojos y pelo negro, vestía de maja.

Eugenia, que era rubia y rosada, el cándido traje de pastora suiza.

Al acabar el tocador, entró Enriqueta con el vestido de muselina que había llevado puesto todo el día.

—¡Cómo! ¡No vienes!—exclamaron los tres hermanos—. ¿Estás enferma? ¿Y tu traje de Isabel de Valois?

—Lo ha cambiado por el de *ángel de la caridad* —dijo su madre—: el importe del traje de vuestra hermana ha vestido a un anciano y a seis niños y les ha dado pan para muchos días; id al baile, hijos míos, con vuestro papá; yo voy con Enriqueta a presenciar la cena de Anselmo y de su familia, y de fijo será mañana vuestra hermana más dichosa que vosotros.

Charlotte Riddell

LA VIEJA CASA DE VAUXHALL WALK

(1882)

CAPÍTULO UNO

—¡Vagabundo, sin casa, sin esperanza!

Muchas de las personas que habían pasado antes que él por esa calle habrían dicho esas mismas palabras. Seres agotados, devastados, hambrientos, olvidados, desvalidos y desahuciados de la afligida humanidad que pasan sus días deambulando, congelados, hambrientos y desdichados, recorriendo las calles de Lambeth. Lo que ya no está tan claro es si alguna vez se habían dicho con mayor convicción o angustia de la que sentía el joven que se apresuraba por Vauxhall Walk esa lluviosa noche de invierno, sin un abrigo que le cubriera los hombros ni un sombrero en la cabeza.

Era una frase peculiar para un joven de veintiún años, y todavía resultaba más extraño que hubiera salido de los labios de alguien con aspecto de caballero. No daba este la impresión de llevar mucho tiempo alejado del favor de la fortuna. No había señal o indicio que pudiera inducir a cualquiera que se cruzase con él a imaginar que se trataba de alguien abatido tras una larga lucha contra la adversidad. Sus botas no tenían los talones desgastados

123

ni las punteras agujereadas, a diferencia de las muchísimas botas que pasaban arrastrándose por ese pavimento. Vestía un traje bueno y moderno, y sus prendas carecían de los agujeros, remiendos y desgarros que solían salpicar las que vestían los desgraciados que, acurrucados en los portales, extendían la mano en silencio suplicando un poco de caridad. Su rostro no estaba consumido por la hambruna ni sembrado de arrugas espantosas, tampoco estropeado por la bebida y el libertinaje y, sin embargo, él decía y pensaba que no tenía esperanza, y así lo pregonaba a los cuatro vientos.

Era una mala noche para deambular por la calle con ese ánimo. La lluvia arreciaba gélida y despiadada. Por las calles que subían del río soplaba una brisa húmeda y severa. Los vapores de las fábricas parecían descender y pegarse al suelo presionados por las gotas de lluvia. La calle estaba sucia, la calzada resbalaba y la luz de las farolas era tenue, y ese sombrío distrito de Londres tenía un aspecto más siniestro que nunca.

Sin duda no era una noche para estar a la intemperie sin un hogar al que regresar o sin una moneda en el bolsillo y, sin embargo, esa era la situación en la que se hallaba el joven caballero que caminaba por Vauxhall Walk sin sombrero mientras la lluvia le golpeaba la cabeza desprotegida.

Contemplaba con envidia las casas espaciosas y distinguidas que en su día fueron habitadas por ciudadanos prósperos, y que ahora, divididas en plantas, se alquilaban por semanas. Hubiera dado cualquier cosa por haber tenido una de esas habitaciones, o incluso parte de una. Llevaba muchas horas caminando, en realidad desde que había oscurecido, pues en diciembre anochece muy pronto. Estaba cansado, tenía frío y hambre, y no creía que tuviera más alternativa que seguir vagando por las calles toda la noche.

Cuando pasó por debajo de una de las farolas de la calle, la luz que se vertió sobre su rostro reveló unos jóvenes y apuestos rasgos, una boca expresiva y sensible, y esa forma peculiar de las cejas —no era exactamente un arco, sino más bien un ceño ligeramente fruncido— que suele considerarse propio de personas muy inteligentes, pero que suele verse en personas con un carácter impulsivo con facilidad para alegrarse y entristecerse, y con capacidad para sufrir o gozar con similar intensidad. En su corta vida, el joven no había disfrutado mucho, pero sí había sufrido en demasía. Y aquella noche, mientras caminaba con la cabeza descubierta bajo la lluvia, su situación había tocado fondo.

Por todo aquello, presa de tal desesperación, según era capaz de ver o razonar, pensaba que lo mejor que podía hacer era morirse. El mundo no le quería; no le quedaba más salida que desaparecer.

La puerta de una de las casas estaba abierta, y el joven vio, en el tenue vestíbulo, algunos muebles que esperaban a que los sacaran del interior de la vivienda. Había un carro en la curva y dos hombres estaban subiendo una mesa al vehículo mientras el joven se paraba unos segundos a observar.

«Vaya —pensó—, incluso esta pobre gente tiene un lugar al que ir y donde cobijarse, mientras que yo no tengo ni un techo bajo el que guarecerme, ni un penique con el que poder pagarme el alojamiento para pasar la noche.» Y continuó caminando muy deprisa, como si esa idea lo espoloneara, tan veloz que el hombre que lo siguió corriendo tuvo problemas para alcanzarlo.

—¡Señorito Graham! ¡Señorito Graham! —exclamó el tipo sin aliento; al escuchar que se dirigía a él, el joven se detuvo como si le hubieran disparado.

—¿Quién es usted y de qué me conoce? —inquirió dándose la vuelta.

—Soy William; ¿no recuerda mi nombre, señor Graham? Y por Dios, señorito, ¿qué hace por la calle sin sombrero en una noche como esta?

—Lo he olvidado —contestó— y no he querido volver a buscarlo.

—¿Y por qué no se compra otro, señor? Se va a morir de frío; además, si me disculpa, señor, se le ve muy raro.

—Ya lo sé —reconoció el joven Graham con tristeza—, pero no tengo ni un penique.

—Entonces usted y el señor... —empezó a decir el hombre, pero entonces vaciló y se detuvo.

—¿Si nos hemos peleado? Sí, y ha sido para toda la vida —concluyó el otro con una risotada amarga.

—¿Y adónde se dirige ahora?

—¿Dirigirme? A ninguna parte, salvo a buscar la piedra más cómoda que encuentre o el cobijo de algún portal.

—Estará usted bromeando, señorito.

—No estoy de humor para bromas.

—¿Vendría usted conmigo, señorito Graham? Estamos terminando la mudanza, pero todavía quedan unas ascuas en el hogar y será mejor que nos cobijemos de la lluvia. ¿Me acompaña, señorito?

—¿Acompañarle? ¡Pues claro que le acompaño! —exclamó el joven y, volviéndose, desanduvieron sus pasos hasta la casa en cuyo interior había mirado al pasar.

Era una hacienda muy vieja, con un vestíbulo largo y amplio, una escalera baja y de fácil acceso, con profundas cornisas en los techos, suelos de roble y puertas de caoba que seguían reflejando la riqueza y la estabilidad de su anterior propietario, que había vivido allí antes de los Tradescant y los Ashmole, y que llevaba mucho más tiempo que ellos en el cementerio de la iglesia de Santa María, junto al palacio del obispo.

—Suba, señorito —le invitó el inquilino que se marchaba—, aquí abajo hace frío con la puerta abierta.

—¿Habías alquilado la casa entera, William? —le preguntó Graham Coulton un tanto sorprendido.

—Así es, y lamento mucho tener que dejarla, pero mi mujer no quiere ni oír hablar de quedarse. Venga por aquí, señorito.

Y, con cierto orgullo, William hizo los honores a su anterior residencia y convidó a su invitado a pasar a una espaciosa estancia que ocupaba toda la extensión del primer piso.

A pesar de lo cansado que estaba, el joven fue incapaz de reprimir una exclamación de asombro.

—Vaya, en casa no tenemos ninguna sala tan grande como esta, William —admitió.

—Es una casa estupenda —comentó el otro pasando un rastrillo por las ascuas del fuego y colocando un tronco nuevo en lo alto—. Pero, como ocurre con las haciendas de muchas buenas familias, venida a menos.

Había cuatro ventanales en la habitación, cerrados a cal y canto. Los alféizares eran amplios y bajos, una prueba más de glorias pasadas, cuando, vestidos con las debidas cortinas y unos buenos cojines, habían proporcionado acogedores refugios para los niños y, en ocasiones, también para los adultos. Ya no quedaba ningún mueble, a menos que pudiera considerarse como tal un banco de roble junto al hogar y un gran espejo, insertado en el panel de la pared opuesta justo encima de una consola de mármol negro. La ausencia de sillas y mesas permitía admirar en todo su esplendor las magníficas proporciones de la estancia, pues no había nada que desviara la atención del artesonado del techo, los revestimientos de las paredes, la chimenea antigua tan laboriosamente tallada y el hogar rodeado de azulejos, cada uno de ellos embellecido con la imagen de algún personaje bíblico o alegórico.

—Si todavía vivieras aquí, William, te habría pedido que me dejaras pasar la noche —confesó Coulton dejándose caer con cansancio en el banco.

—Si consigue usted ponerse cómodo, nada se lo impide —contestó el hombre aireando el tronco hasta arrancarle una llama—. No tengo que devolverle la llave al propietario hasta mañana y siempre estará usted más a gusto aquí que en la calle.

—¿Lo dices en serio? —preguntó el otro entusiasmado—. Agradecería mucho poder quedarme aquí, estoy agotado.

—Pues quédese, señorito Graham, sea bienvenido. Le traeré la cesta llena de carbón que iba a subir al carro y le prepararé un buen fuego para que pueda calentarse; después tendré que acercarme a la otra casa un momento, pero no está muy lejos, y volveré lo antes posible.

—Gracias, William. Siempre has sido bueno conmigo —dijo el joven, agradecido—. Esto es maravilloso. —Y acercó las entumecidas manos al fuego mirando a su alrededor con una sonrisa satisfecha—. No esperaba acabar en un lugar como este —comentó cuando su amigo regresó con una cesta llena de carbón, con el que se afanó en preparar un buen fuego—. Supongo que lo último que imaginaba era que me toparía con algún conocido en Vauxhall Walk.

—¿De dónde venía, señorito Graham? —preguntó William con curiosidad.

—De casa del señor Melfield. Hace años estudié en su escuela, y ahora está jubilado y vive de las ganancias cosechadas después de pasar un montón de años robando en el campo de críquet de Kennington Oval. Pensé que podría prestarme algo de dinero o que me ofrecería un lugar donde hospedarme, incluso una copa de vino; pero ni de lejos. Se ha puesto muy moralista y ha afirmado que no tenía nada que decirle a un hijo que se atrevía a desafiar la autoridad de su padre. Me ha dado muchos consejos, pero nada más, y después ha dejado que siguiera caminando bajo la lluvia con una desabrida cortesía por la que bien le habría abofeteado.

William murmuró algo entre dientes que no dio la impresión de ser una bendición, y añadió en voz alta:

—En cualquier caso, creo que está usted mejor aquí, señorito. Yo volveré en menos de media hora.

Una vez solo, el joven Coulton se quitó el abrigo, cambió ligeramente el banco de posición y puso la prenda a secar. Se ayudó de su pañuelo para secarse un poco el pelo. Y después, agotado como estaba, se tumbó delante del fuego y, apoyando la cabeza en el brazo, se quedó dormido enseguida.

Despertó casi una hora después cuando oyó a alguien que atizaba el fuego con delicadeza y se desplazaba por la estancia. Se incorporó sorprendido, miró a su alrededor momentáneamente desconcertado y, entonces, al reconocer a su modesto amigo, dijo entre risas:

—Estaba desorientado, no sabía dónde me encontraba.

—Siento verle aquí, señorito —contestó el otro—, pero sigue siendo mejor esto que estar en la calle. Hace una noche espantosa. He traído una manta para que pueda taparse.

—Ojalá me hubiera traído también algo para comer —espetó el joven sonriendo.

—¿Tiene hambre, señorito? —preguntó William con preocupación.

—Sí, no he comido nada desde el desayuno. El señor y yo hemos empezado a discutir en cuanto nos hemos sentado a almorzar, y yo me levanté de la mesa sin probar bocado. Pero el apetito no tiene importancia. Estoy seco y calentito; durmiendo olvidaré el hambre.

—Y ahora ya es demasiado tarde para comprar algo —musitó el hombre—. Las tiendas cerraron hace rato. —Entonces se le ocurrió algo y añadió—: ¿Cree que se apañaría con un poco de pan con queso?

—¿Si me apañaría? Me parecería un auténtico festín —contestó Graham Coulton—. Pero no te preocupes por la comida esta noche, William, ya te he causado demasiados contratiempos.

Por toda respuesta, William se apresuró hacia la puerta y corrió escaleras abajo. Regresó en un periquete con un poco de pan y queso envuelto en papel en una mano, y en la otra una jarra de peltre llena de cerveza.

—Es lo mejor que he encontrado, señorito —dijo para disculparse—. He tenido que suplicarle al ama de llaves para que me lo diera.

—¡Brindo a su salud, pues! —exclamó el joven muy alegre tomando un buen trago de la jarra—. Está más buena que el champán de casa de mi padre.

—¿No cree que estará preocupado por usted? —se aventuró a preguntar William, quien, como ya había vaciado el carbón, estaba sentado sobre el cesto puesto del revés y contemplaba con satisfacción el placer con el que el hijo de su antiguo señor se comía el pan con queso.

—No —repuso el otro muy decidido—. Cuando mi padre se dé cuenta de que está diluviando, seguro que deseará que yo me encuentre bajo el aguacero, pues afirmará que empaparme enfriará mi orgullo.

—No creo que eso sea cierto —opinó el hombre.

—Te lo aseguro. Mi padre siempre me ha odiado, tanto como odiaba a mi madre.

—Disculpe, señorito, pero él quería mucho a vuestra madre.

—Si hubieras oído lo que ha dicho hoy de ella, quizá cambiarías de opinión. Ha afirmado que soy igual que ella, no solo en el físico, también en mi forma de ser: cobarde, necio e hipócrita.

—No lo habrá dicho en serio, señor.

—Ya lo creo, cada palabra. Piensa que soy un cobarde porque yo..., yo...

Y el joven se deshizo en un apasionado llanto histérico.

—No me hace ninguna gracia dejarlo aquí solo —dijo William mirando con angustia a su alrededor—, pero no tengo otro lugar que ofrecerle y yo debo marcharme, pues trabajo como sereno y empiezo el turno a las doce en punto.

—Estaré bien —le aseguró—. Solo tengo que dejar de hablar de mi padre. Háblame de ti, William. ¿Cómo has conseguido tener una casa tan grande y por qué te marchas?

—El propietario la dejó a mi cargo, señor, pero a mi mujer no le gusta.

—¿Y eso?

—Por las noches se siente sola cuando se queda con los niños —respondió William apartando la vista; y al poco añadió—: Ahora, señor, si no hay nada más que pueda hacer por usted, será mejor que me marche. Se me está haciendo tarde. Vendré a verle mañana por la mañana.

—Buenas noches —dijo el joven tendiendo una mano que el otro aceptó con tanta naturalidad y franqueza como se la ofreció—. ¿Qué habría sido de mí esta noche si no hubiera tenido la fortuna de encontrarme contigo?

—No creo que haya mucha fortuna en el mundo, señorito Graham —contestó con serenidad—. Espero que descanse bien y que no le traiga muchas consecuencias el haberse mojado tanto.

—No temas —le aseguró y, un minuto después, el joven se encontró a solas en la vieja casa de Vauxhall Walk.

CAPÍTULO DOS

Tumbado en el banco, ante el fuego ya apagado y con la habitación completamente a oscuras, Graham Coulton soñó algo muy extraño. Tuvo la impresión de despertar de un profundo sopor, junto a un tronco que seguía ardiendo en la chimenea, y que en el espejo que había en el otro extremo de la estancia se reflejaban las llamas.

No comprendía cómo era capaz de ver todo lo que se reflejaba en él con lo alejado que se encontraba el espejo, pero se resignó a dicha extrañeza sin asombrarse, como suele ocurrir en los sueños.

Tampoco se sorprendió cuando vio la silueta de una mujer sentada junto al fuego, que se entretenía en ir tomando puñados de algo que tenía en el regazo para dejarlo caer después con evidente desesperación.

Cuando el joven escuchó el delicado tintineo del oro, comprendió que aquello que la mujer manipulaba en el regazo eran soberanos y se inclinó un poco para ver quién era la persona enfrascada en tan singular tarea. Descubrió que, allí donde la noche anterior no había ninguna silla, ahora se encontraba un sillón ocupado por una vieja arrugada, con la ropa vieja y raída, un gorrito que apenas cubría su ralo cabello cano, con las mejillas hundidas y la nariz aguileña. Enterraba sus dedos que parecían garras en la pila de oro, tomaba puñados de monedas y, a continuación, los desparramaba de nuevo con tristeza.

—¡Ay, mi vida perdida! —se lamentaba con un tono de amargada angustia—. ¡Ay, mi vida perdida, qué daría yo por un día, por una hora!

Y entonces de la oscuridad, del rincón de la estancia donde las sombras eran más espesas, de las tinieblas que anidaban junto a la puerta, de la deprimente noche, de allí mismo emergieron, completamente empapados, los ancianos y los niños, las mujeres subyugadas y las almas agotadas cuya miseria podría haber aliviado ese oro que ahora se mofaba de su desdicha.

Todos se reunieron alrededor de aquella avara, que en su día se sentaba a presumir en el mismo lugar donde ahora se lamentaba, y allí estaban todas aquellas figuras pálidas y tristes: el anciano de muchos días, el bebé recién nacido, el paria afligido, el pobre honrado, el pecador arrepentido. Y de esos pálidos labios brotó un grave sollozo, un grito de auxilio que ella podría haber socorrido, pero que desoyó.

Se cernieron sobre ella todos a la vez, como habían hecho en vida; rogaron, lloraron, insistieron, y la anciana contempló con los ojos macilentos a los pobres que había repudiado, a los niños cuyos llantos había ignorado, a los ancianos que había dejado morir de hambre por falta de algo que para ella hubiera sido una minucia. Y entonces profirió un grito espantoso, alzó sus flacos brazos al cielo y se desplomó, dejando caer el oro que tenía acumulado en el regazo, y las brillantes monedas rodaron por el suelo hasta perderse en la oscuridad que reinaba en la estancia.

Entonces Graham Coulton despertó de golpe, empapado en sudor, presa de un terror y una angustia como jamás había sentido en toda su vida, y con el sonido de ese lamento espantoso —«¡Ay, mi vida perdida!»— resonando todavía en los oídos.

Enredada con aquel episodio, también parecía haber habido cierta enseñanza dirigida a él que había olvidado, y que, por mucho que se esforzaba en recordar, escapaba a su memoria ahora que había despertado.

Permaneció despierto un rato pensando en todo aquello y, entonces, como seguía muy cansado, se dejó arrastrar de nuevo al país de los sueños.

Quizá fuera normal que, mezclada con las extrañas fantasías propias de la noche y la oscuridad, reapareciera la visión anterior, por lo que el joven se encontró pasando de una escena a otra en las que la figura de la mujer que había visto sentada junto al fuego mortecino ocupaba un lugar principal.

La vio paseándose lentamente por la estancia mientras mordisqueaba un trozo de pan duro, precisamente ella, que podría haber comprado cualquier lujo que hubiera deseado. Desde el hogar, la contemplaba un hombre con una gran presencia y ataviado con ropas antiguas. En sus ojos habitaba una mirada de ira y en sus labios una sonrisa de desdén. Y de algún modo, incluso en el sueño, el joven comprendió que se trataba de un antepasado de la mujer, que la casa señorial venida a menos jamás había tenido tan mal aspecto como en los tiempos de esa mujer tan despreciable y culpable del pecado más detestable y pérfido conocido por la humanidad, pues mientras que el resto de los vicios se relacionan con la carne, la avaricia de la miseria corroe hasta el alma de las personas.

A pesar de lo mugrienta que era, lo desagradable que era a la vista y su cruel corazón, el joven todavía vio otro fantasma que entró en la habitación, se encontró con ella casi en el umbral y la tomó de la mano, según parecía, para suplicarle que lo ayudase. No pudo oír todo lo que se decían, pero de vez en cuando distinguía alguna palabra. Era algo acerca del pasado, y oyó mencionar a una madre joven y hermosa. Recordaban un tiempo pasado, cuando eran hermanos de niños y la codicia del oro todavía no los había distanciado. Pero todo fue en vano; la anciana le contestó lo mismo que había dicho a los niños, a las jovencitas y a los ancianos de su visión anterior. Su corazón era tan poco vulnerable al afecto natural como había demostrado serlo a la compasión. Parecía que él suplicaba ayuda para resolver alguna situación amarga o una terrible desgracia, pero un diamante se hubiera mostrado más flexible a los ruegos de aquel hombre. Entonces la figura que estaba junto al hogar se transformó en un ángel que plegó las alas con tristeza cubriéndose el rostro y el hombre abandonó la estancia con la cabeza gacha.

Mientras desaparecía, la escena volvió a cambiar; había vuelto a anochecer y la avara subía las escaleras. Desde el piso de abajo, Graham Coulton la vio subir los peldaños uno a uno. La mujer había envejecido muchísimo desde las escenas anteriores. Se desplazaba con dificultad, parecía que le costaba mucho subir los escalones, su huesuda mano se desplazaba por la barandilla con dolorosa lentitud. Fascinado, el joven siguió con la mirada el avance de la débil y decrépita mujer. Estaba sola en aquella casa inhóspita y una oscuridad más profunda que la negrura de la noche aguardaba para engullirla.

Graham Coulton tuvo la impresión de que después de aquello había pasado un rato dormido sin soñar nada más y, al despertar, se encontró en una estancia tan sórdida y sucia como la anciana de sus visiones. La esposa del campesino más pobre hubiera poseído más comodidades de las que había en aquella habitación. Una cama de cuatro postes sin dosel, una persiana torcida, una alfombra vieja llena de polvo y sucia, un lavamanos desvencijado con la pintura desconchada, un viejo tocador de caoba y un espejo agrietado eran todos los objetos que fue capaz de distinguir al contemplar la estancia en la penumbra que suele poblar los sueños.

Sin embargo, poco a poco, empezó a divisar el contorno de alguien que estaba acurrucado en la cama. Al acercarse descubrió que se trataba de la misma persona cuya aterradora presencia parecía impregnar toda la casa.

Qué imagen tan espantosa la de la anciana, con sus ralos rizos canos esparcidos por la almohada, envuelta en lo que parecían ser retales de distintas mantas, aferrada a las sábanas con esos dedos que parecían garras, ¡como si incluso dormida quisiera proteger su oro!

Era un espectáculo aterrador y repulsivo, pero ni la mitad de espantoso que lo que ocurrió a continuación.

Mientras el joven la contemplaba, oyó unos pasos sigilosos subiendo por la escalera. Entonces vio a un hombre primero y, a continuación, a su cómplice entrando furtivamente en la habitación. Un segundo después, los dos estaban junto a la cama con un brillo asesino en los ojos.

Graham Coulton intentó gritar, trató de moverse, pero el poder disuasorio que solo existe en los sueños le paralizó la lengua y las extremidades. Solo podía oír y ver, y lo que oyó y vio fue lo siguiente: la anciana despertó sobresaltada y recibió el impacto del golpe que le propinó uno de los canallas, y el compañero le asestó una puñalada en el pecho.

La anciana se desplomó en la cama con un grito ahogado al mismo tiempo que Graham Coulton volvía a despertar con un aullido y dando gracias al cielo de descubrir que había sido un sueño.

CAPÍTULO TRES

—Espero que haya dormido bien, señorito. —William entró en la sala seguido de un haz de luz de la hermosa mañana y preguntó—: ¿Ha descansado bien?

Graham Coulton rio y contestó:

—Pues, a decir verdad, los sueños no me han dejado descansar. Supongo que he dormido bien, pero ya fuera por la pelea con mi padre, lo dura que ha sido hoy mi cama, o el queso... Sí, probablemente haya sido por haber comido pan con queso tan tarde, pero me he pasado toda la noche soñando cosas de lo más extrañas. No dejaba de aparecer una anciana, y al final he visto cómo la asesinaban.

—¡No me diga, señorito! —repuso William, nervioso.

—Como lo oyes —contestó el otro—. Pero por suerte ya ha pasado. He bajado a la cocina y me he lavado bien la cara, y ahora estoy fresco como una lechuga y con un hambre de lobo. ¿Podrías traerme algo para desayunar, William?

—Desde luego, señorito Graham. He traído una tetera y pondré agua a hervir ahora mismo. —Y entonces, con un tono un tanto vacilante, añadió—: Supongo, señor, que hoy volverá a casa, ¿no?

—¿A casa? —repitió el joven—. Desde luego que no. No pienso volver a mi casa hasta que no pueda hacerlo con una medalla colgada al cuello o hasta que me hayan amputado un brazo o una pierna. Lo he estado pensando, William. Voy a alistarme en el ejército. Dicen que se avecina una guerra y, vivo o muerto, pienso dar motivos a mi padre para que se retracte por haberme llamado cobarde.

—Estoy convencido de que el almirante jamás ha pensado nada parecido, señor —afirmó William—. ¡Si tiene usted el valor de diez hombres!

—No a sus ojos —aseguró el joven con tristeza.

—No se precipite, señorito Graham. No pensará alistarse ni hacer nada parecido estando así de enfadado, ¿verdad?

—¿Y qué será de mí si no lo hago? —preguntó—. No sé trabajar la tierra y no sirvo para mendigar, me da demasiada vergüenza. De no haber sido por ti, habría pasado la noche al raso sin un tejado bajo el que cobijarme.

—Me temo que tampoco es este muy buen tejado, señorito.

—¿Que no es bueno? —repitió el joven asombrado—. ¿Quién podría desear uno mejor? Es una estancia magnífica —comentó mirando a su alrededor mientras William se afanaba en encender el fuego—. ¡Aquí podría celebrarse una cena para veinte personas fácilmente!

—Si tanto le gusta este sitio, señorito Graham, puede quedarse aquí una temporada, hasta que haya decidido lo que va a hacer. Estoy seguro de que el propietario no pondrá ningún impedimento.

—¡No digas tonterías! Seguro que está esperando que alguien le pague un buen alquiler por ella.

—Supongo; si es que encuentra arrendador —respondió William.

—¿A qué te refieres? ¿Es que nadie quiere alquilarla?

—No, señor. Ayer por la noche no le dije nada, pero aquí se cometió un asesinato y desde entonces la gente le tiene miedo a la casa.

—¡Un asesinato! ¿Qué clase de asesinato? ¿A quién mataron?

—A una mujer, señorito Graham. A la hermana del propietario. Vivía en esta casa sola y se decía que tenía mucho dinero. Fuera cierto o no, la encontraron muerta con un cuchillo clavado en el pecho, y si tenía dinero, se lo llevarían cuando vinieron a matarla, pues nunca encontraron nada en la casa.

—¿Ese es el motivo de que tu mujer no quisiera vivir aquí? —preguntó el joven apoyándose en la repisa de la chimenea mientras contemplaba pensativo a William.

—Exactamente, señor. No podía seguir soportándolo; se adelgazó y estaba siempre muy alterada. Nunca llegó a ver nada, pero decía que escuchaba pasos y voces, y que cuando cruzaba el vestíbulo o subía las escaleras siempre tenía la impresión de que alguien la estaba siguiendo. Instalamos a los niños en la misma habitación espaciosa en la que ha pasado usted la noche y a menudo afirmaban que veían a una anciana sentada junto al fuego. Yo nunca vi nada —concluyó William riendo—. Me quedo completamente dormido en cuanto apoyo la cabeza en la almohada.

—¿Y nunca descubrieron a los asesinos? —preguntó Graham Coulton.

—No, señorito. Siempre sospecharon del propietario, el hermano de la señorita Tynan, aunque estoy convencido de que las sospechas eran infundadas; pero ahora ya nunca podrá defenderse de esas acusaciones. Se sabe que vino a pedirle ayuda un día o dos antes del asesinato y también se sabe que una o dos semanas después del suceso él fue capaz de zanjar todos los problemas que habían estado acuciándolo. Pero jamás encontraron el dinero, por lo que la gente no sabía qué pensar.

—Hum… —murmuró Graham Coulton paseándose por la estancia—. ¿Crees que podría ir a ver al propietario?

—Claro, señorito, si tuviera usted sombrero… —repuso William con tanto decoro que el joven se echó a reír.

—Eso es un inconveniente, sin duda —apuntó—. Será mejor que le escriba una nota. Llevo un lápiz en el bolsillo; aquí tienes.

Media hora después de la redacción de dicha nota, William regresó con un soberano y los saludos del propietario, que estaría encantado si el señor Coulton quisiera pasar a verle.

—No vaya usted a precipitarse, señorito —le advirtió William.

—Qué más da —contestó el joven—, poco me importa que sea un fantasma o una bala lo que acabe con mi vida. ¿Por qué iba a tener miedo?

William se limitó a negar con la cabeza. Él no pensaba que su joven amo tuviera lo necesario para quedarse a solas en una casa encantada y resolver el misterio de aquel lugar por sus propios medios. Y, sin embargo, cuando Graham Coulton salió de casa del propietario, estaba más alegre y feliz que nunca, y subió silbando con alegría por la calle Lambeth hasta el lugar donde lo esperaba William.

—Hemos llegado a un acuerdo —le aseguró—. Ahora si mi padre quiere que su hijo vuelva por Navidad, le va a costar encontrarlo.

—No diga eso, señorito Graham —le suplicó el hombre estremeciéndose—. Quizá después de todo hubiera sido mejor que no hubiera llegado a pasar usted por Vauxhall Walk.

—No te apures, William —repuso el joven—. Te aseguro que este es el mejor día de trabajo de toda mi vida.

Durante el resto del día, Graham Coulton estuvo buscando con diligencia el tesoro perdido que el señor Tynan le aseguró que jamás habían encontrado. La juventud es obstinada y terca, y el nuevo explorador estaba convencido de que triunfaría allí donde otros habían fracasado. En la segunda planta de la casa encontró una puerta cerrada, pero no le prestó mucha atención por el momento, pues consideraba que si había algo escondido era más probable que se hallara en la planta inferior que en los pisos superiores de la casa. Cuando anocheció siguió buscando por la cocina, las despensas y los viejos armarios, pues había muchos en el sótano.

Ya eran casi las once de la noche cuando, ocupado como estaba rebuscando en las cajas vacías de una bodega de vino tan grande como un mausoleo familiar, de pronto notó una corriente de aire frío en la espalda. Se le apagó la vela y, en cuanto se quedó a oscuras, vio en la puerta a una mujer que se parecía mucho a la anciana que se le había aparecido en sueños aquella noche.

Corrió hacia ella con los brazos extendidos para atraparla, pero no logró asir más que un puñado de aire. Volvió a encender la vela y examinó cuidadosamente el sótano, cerrando el acceso a la planta baja mientras lo hacía.

Todo fue en vano. No encontró ni rastro de vida, ni una ventana abierta, ni una puerta forzada siquiera.

«¡Qué raro!», pensó, y después de cerrar la puerta de lo alto de la escalera registró la parte superior de la casa, a excepción de la estancia mencionada antes.

«Mañana conseguiré la llave de esa habitación», decidió plantado de espaldas al fuego y paseando los ojos por el salón, donde había vuelto a instalarse.

Mientras lo pensaba, vio en la puerta a una mujer con el pelo blanco despeinado, ataviada con harapos, raídos y sucios. Alzó la mano y la agitó con un gesto amenazador, y entonces, justo cuando el joven se dirigía a ella, ocurrió algo increíble.

De detrás del espejo emergió una segunda figura femenina y, en cuanto la primera la vio, se dio media vuelta y huyó corriendo y gritando mientras la otra la seguía escaleras arriba.

Completamente aterrorizado, Graham Coulton observó a la espantosa pareja de mujeres que corrían escaleras arriba y cruzaban la puerta de la habitación que permanecía cerrada.

Tardó algunos minutos en tranquilizarse. Cuando lo hizo y registró las estancias de los pisos superiores, las halló completamente vacías.

Aquella noche, antes de acostarse delante del fuego, se aseguró de cerrar bien la puerta del salón. Incluso arrastró el pesado banco y lo colocó delante de esta, de forma que si alguien forzaba la cerradura para entrar, se vería obligado a armar un gran estruendo.

Se quedó despierto un buen rato hasta caer presa de un sueño profundo, del que despertó de pronto debido a un ruido, como si algo estuviera rascando la pared por detrás del revestimiento de madera. El joven se incorporó un poco para escuchar con mayor atención y advirtió angustiado que la anciana que había visto en sus sueños estaba sentada delante de la chimenea lamentándose por su oro.

El fuego no estaba apagado del todo y, justo en ese momento, brotó la última lengua de fuego de entre las ascuas. Gracias a la luz, por fugaz que fuera, el joven vio que la anciana se llevaba un dedo espectral a los labios y, por cómo inclinó la cabeza y su postura, le dio la impresión de estar escuchando.

Él hizo lo mismo, claro; estaba demasiado asustado como para hacer otra cosa. Los ruidos que lo habían despertado cada vez eran más claros: se trataba de un crujido que se acercaba más y más, que trepaba por detrás del revestimiento de la pared.

«Son ratas», pensó el joven, aunque estaba a punto de empezar a castañear los dientes de miedo. Pero entonces vio algo que le quitó esa idea: el brillo de una vela o un candil a través de una grieta del artesonado. Intentó levantarse, se esforzó por gritar, pero todo fue en vano. Y, desplomándose, ya no volvió a recordar nada más hasta que despertó y vio la luz gris del amanecer colándose por una de las contraventanas que él mismo había dejado entreabierta.

Varias horas después del desayuno, que apenas había probado, y mucho después de que William se hubiera marchado a mediodía, Graham

Coulton, tras haber pasado toda la mañana registrando la casa, se puso a pensar delante del fuego y, cuando parecía decidido, se caló el sombrero que había comprado y salió.

Cuando regresó, las sombras de la tarde empezaban a oscurecer el cielo, pero las aceras estaban llenas de personas haciendo compras, pues era Nochebuena, y todo aquel que tenía dinero parecía decidido a gastarlo.

Aquella noche, el interior de la casa parecía terriblemente lóbrego. Graham tenía la impresión de que la presencia fantasmal vagaba por todas las habitaciones. Cuando se daba la vuelta, sabía que ella se trasladaba del espejo al fuego y del fuego al espejo; pero al joven ya no le asustaba, pues tenía mucho más miedo de un asunto del que se había ocupado aquel día.

El horror de la casa silenciosa cada vez le pesaba más. Podía incluso oír los latidos de su propio corazón en la inerte quietud que reinaba allí, desde el desván al sótano.

Finalmente llegó William, pero el joven no le comentó nada de lo que le rondaba por la cabeza. Conversó con él animado y con optimismo, preguntándose dónde pensaría su padre que se había metido, y dijo que le gustaría que el señor Tynan le mandara un pudin de Navidad. Cuando William anunció que debía irse, Coulton bajó al vestíbulo para acompañarlo a la puerta y el criado advirtió que la llave no estaba.

—No —repuso el otro—. Hoy la he llevado a engrasar.

—Es cierto que le faltaba aceite —convino William—, iba muy dura.

Y, dicho esto, se marchó.

El joven regresó lentamente a la sala de estar, donde solo se detuvo a cerrar la puerta por fuera. A continuación se quitó las botas y subió al piso más alto de la casa, donde entró al desván y aguardó pacientemente a oscuras y en silencio.

Pasó mucho tiempo, o eso le pareció, hasta que oyó el mismo sonido que lo había despertado la noche anterior, un roce sigiloso, una ráfaga de aire frío y unos pasos cautelosos y, a continuación, el ruido de una puerta que se abría en el piso de abajo.

Lo que ocurrió entonces pasó más rápido de lo que se tarda en contarlo. En un abrir y cerrar de ojos, el joven estaba en el rellano y cerró una parte del revestimiento de la pared que estaba abierto. Sin hacer ruido, subió hasta el desván, abrió la ventana haciendo un ruido que resonó a lo largo y ancho de las calles desiertas, y luego corrió escaleras abajo, donde se topó con un hombre que pasó de largo en dirección al rellano del piso de arriba. Pero cuando vio que la vía de escape estaba cerrada, el intruso volvió a bajar y se encontró con Graham forcejeando desesperadamente con su compinche.

—¡Clávale el cuchillo, vamos! —exclamó el intruso con rabia.

Y Graham notó que algo parecido a un hierro candente le atravesaba el hombro. Después escuchó un golpe, pues uno de los hombres, tropezando al huir a toda prisa, se había caído por las escaleras.

Al mismo tiempo se escuchó un gran estruendo, como si la casa se estuviera desmoronando. Y muy débil, mareado y sangrando, el joven Coulton se desmayó en el umbral de la habitación donde había sido asesinada la señorita Tynan.

Cuando recuperó el sentido estaba en la sala de estar y un médico le examinaba la herida.

Había un policía apostado junto a la puerta. El vestíbulo estaba lleno de gente, pues todos los pobres y vagabundos que pululan por las calles a esas horas se agolpaban en la casa para ver qué había ocurrido.

Entre el gentío, dos hombres eran escoltados a comisaria. Uno de ellos salía en camilla con una terrible herida en la cabeza; el otro, esposado, gritando improperios al pasar.

Al poco echaron a todo el mundo de la casa, los policías se apropiaron del espacio y mandaron llamar al señor Tynan.

—¿Qué ha sido ese ruido espantoso? —preguntó Graham con un hilo de voz sentado en el suelo y con la espalda apoyada en la pared.

—No lo sé. ¿Ha oído un ruido? —dijo el señor Tynan siguiéndole la corriente al joven, al que creía víctima de una conmoción.

—Sí, en la sala de estar, creo. Tengo la llave en el bolsillo.

El señor Tynan tomó la llave y subió las escaleras.

¡Menuda sorpresa se llevó cuando abrió la puerta! El espejo se había caído, estaba en el suelo roto en mil pedazos. La mesa había cedido al peso y la losa de mármol también se había partido. Pero no fue eso lo que captó su atención.

Había cientos, miles de monedas por todas partes y, detrás de una abertura tras el cristal, vio un hueco lleno de escrituras, bonos y títulos: el tesoro que le había costado la vida a su hermana.

***

—Y bien, Graham, ¿qué es lo que quieres? —preguntó el almirante Coulton esa noche cuando su hijo mayor se presentó ante él con un aspecto un poco pálido pero siendo el de siempre.

—Lo único que quiero es pedirle perdón —repuso—. William me ha contado la historia que desconocía y, si me lo permite, intentaré compensarle todos los problemas que ha tenido. Tengo dinero de sobra —siguió diciendo el joven con una risa nerviosa—. Desde que me marché he hecho fortuna y también he hecho rico a otro hombre.

—Me parece que te has vuelto loco —espetó el almirante.

—No, señor, más bien he recuperado el juicio —contestó—. Y tengo la intención de esforzarme y llevar una existencia más provechosa de la que hubiera llevado de no haber estado en la vieja casa de Vauxhall Walk.

—¡Vauxhall Walk! ¿Pero de qué está hablando este chico?

—Se lo explicaré todo si me invita a sentarme, señor —respondió Graham Coulton, y le contó toda la historia.

CARMEN SYLVA (ISABEL DE WIED)

LA HORMIGA

(1882)

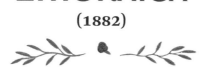

Había una vez una joven muy hermosa, que se llamaba Viorica, tenía los cabellos como el oro, los ojos de color de cielo, las mejillas sonrosadas como claveles y sus labios parecían dos cerezas. Su talle era flexible como un junco. Todo el mundo, al ver la belleza de esta niña, la admiraba con júbilo, y más todavía a causa de su notable actividad. Cuando iba a la fuente con el cántaro en la cabeza, llevaba al mismo tiempo la rueca en la cintura e hilaba por el camino para no perder tiempo: sabía bordar y tejer admirablemente, sus camisas eran las más bonitas de todo el pueblo, bordadas de negro y encarnado con un ancho lazo en el hombro. Su falda y sus medias del domingo las adornaba de flores, no podía tener quietas sus pequeñas manos, siempre en constante actividad. En los campos y praderas trabajaba lo mismo que en casa, llamando la atención de todos los mozos que la admiraban, que decían que más tarde la bella Viorica sería una buena ama de casa. Ella no les hacía caso ni quería que le hablasen nunca de matrimonio, pues no tenía tiempo para pensar en ello, ya que debía ocuparse solamente en cuidar a su madre. Al escuchar esto, la madre fruncía el entrecejo, pensando que le sería muy útil el apoyo de un buen yerno, pero la joven se entristecía, preguntando a su madre si tenía alguna queja de su

143

trabajo, para desear de aquel modo tener un hombre en casa. «Los hombres —continuaba diciendo— nos dan mucho trabajo; es preciso también hacer la ropa para ellos, hilar y bordar sus camisas, y nosotras no podemos, tenemos bastante con el trabajo del campo y con atendernos a nosotras mismas.»

Entonces la madre suspiraba pensando en su hijo muerto, para el cual había hecho camisas tan bonitas y tan blancas, que lavaba ella misma, y eran la admiración de todas las muchachas que las veían, y esto no le había costado mucho trabajo, pues lo que se hace por un hijo no puede fatigar a una madre.

Viorica tuvo bien pronto ocasión de conocer la razón que tenía su madre para desear un yerno; había previsto que no viviría mucho tiempo; empezó al poco a enfermar, sin que bastara todo el amor de su hija para curarla. La triste joven tuvo que cerrar aquellos ojos adorados, y quedó sola en su pequeña casa: sus manos se quedaron por primera vez inactivas sobre sus rodillas, ¿para quién iba a trabajar? Ya no tenía a nadie.

Un día estaba sentada en el dintel de su puerta, con la mirada triste y distraída, cuando vio dirigirse hacia ella una cosa larga y negra que se movía en la tierra: eran innumerables filas de hormigas que avanzaban lentamente; no era posible descubrir de dónde venían, porque la banda se prolongaba indefinidamente. Bien pronto hicieron alto, formando un gran círculo alrededor de Viorica. Algunas de entre ellas se adelantaron diciendo:

—Viorica, nosotras te conocemos mucho, hemos admirado con frecuencia tu actividad, que iguala a la nuestra, y es muy raro encontrar este amor al trabajo en la raza humana; sabemos que estás sola en el mundo, y hemos venido a rogarte que te vengas con nosotras a ser nuestra reina; te construiremos un palacio más hermoso y más grande que la mejor casa que tú hayas podido ver; solamente es preciso que nos prometas no volver nunca entre los hombres, y te quedes toda tu vida con nosotras.

—Con mucho gusto iré a vivir a vuestra casa —dijo Viorica— pues nada me retiene aquí, sino la tumba de mi madre, pero es necesario que me dejéis visitarla, para llevarle flores y rogar por el alma de la pobre muerta.

—Visitarás cuando quieras la tumba de tu madre, pero sin hablar a ningún hombre, y volviéndote enseguida; de otro modo nos serías infiel y nuestra venganza sería terrible.

Viorica se fue con las hormigas muy lejos, hasta que hallaron un sitio a propósito para construir el palacio. Entonces comprendió la joven que las hormigas eran más hábiles que ella, pues jamás le hubiera sido posible construir en tan poco tiempo un edificio semejante. Tenía galerías espaciosas que conducían a grandes salones llenos de plantas que se sacaban fuera al sol y se entraban rápidamente cuando empezaba a llover. Las habitaciones estaban adornadas con pétalos de flores, clavados en las paredes con agujas de madera. Viorica aprendió a tejer telas de araña, con las que hacían alfombras y toldos. El palacio era muy elevado, y la habitación destinada a Viorica, tan admirablemente bella que nunca hubiera podido soñar cosa semejante conducían a ella muchos corredores, de manera que con la mayor rapidez podía tener noticias de todas partes. El suelo era de colores y estaba cubierto de hojas de amapola, a fin de que los pies de la reina pisaran tan solo sobre alfombras de púrpura. Las puertas eran de hojas de rosa, cerradas con telas de araña, de modo que al abrirse o cerrarse no hicieran ruido; el piso de las otras habitaciones era de perpetuas, que formaban una espesa y blanda alfombra, en la cual se hundían los rosados pies de Viorica, que no tenía necesidad de calzado, que hubiera hollado las flores. Las paredes artísticamente entrelazadas de claveles, miosotis y otras florecillas blancas que se renovaban sin cesar, para que conservasen la suavidad de su perfume y su grata frescura. El techo, de hojas de lis extendidas, y el lecho, que había sido construido por las activas hormigas, en algunas semanas de trabajo; era de tallos de flores y de todo lo más suave y fino que pudieron encontrar, cubriéndolo con una de las telas tejidas por Viorica. Cuando ella dormía extendida en él, estaba tan encantadora que las estrellas hubieran caído del cielo si la hubieran visto; pero las hormigas habían escondido las habitaciones en el interior, velando con el cuidado más escrupuloso por su amada reina, a la que ellas mismas no se atrevían a contemplar cuando dormía.

Hubiera sido difícil organizar más agradablemente la vida en el hormiguero, empeñándose todas y cada una en particular en complacer a la reina, cuyas órdenes eran ejecutadas con la rapidez del viento. Viorica no ordenaba nunca demasiadas cosas a la vez, y todas las que ordenaba eran muy razonables, les daba más bien como un consejo o una opinión, con voz dulce, y las recompensaba con una mirada cariñosa. Las hormigas decían a menudo que tenían el sol en su casa, estimando y ensalzando su felicidad.

Habían elevado para Viorica una plataforma especial, sobre la cual podía tomar el sol y gozar del aire libre cuando se fastidiaba en su aposento; desde allí podía contemplar la altura del edificio, que parecía una montaña.

Un día estaba sentada en su aposento, ocupada en bordar con seda y felpillas que las hormigas le habían llevado un vestido con aplicaciones de alas de mariposas; solo sus dedos delicados podían hacer un trabajo semejante; de repente se oyó un ruido alrededor de la montaña, se oyeron grandes voces, y en un instante, despierto todo el pequeño reino, corrieron las hormigas sofocadas a decir a su reina:

—¡Unos hombres muy malos están destruyendo nuestra casa! ¡Dos o tres galerías están ya hundidas, y amenazada la más próxima! ¿Qué debemos hacer?

—Nada —dijo Viorica con calma—, voy a mandarles que cesen en su obra destructora, y en dos o tres días se reconstruirán.

Se lanzó a través del laberinto de corredores, y apareció en la plataforma; entonces vio a un bello adolescente que acababa de descender del caballo, y se ocupaba con algunos compañeros en revolver el hormiguero con sus espadas y sus lanzas. A su vista se detuvieron; el hermoso joven, deslumbrado, puso su mano encima de los ojos para contemplar la brillante hermosura que se le aparecía con tan vaporoso traje: la cabellera de oro de Viorica flotaba alrededor de ella hasta la punta de los pies; un dulce rubor cubría su rostro, y sus ojos brillaban como estrellas; los inclinó un instante bajo la mirada del adolescente; pero enseguida volvió a levantar los párpados, abrió sus labios de rosa y dijo con voz vibrante:

—¿Quién sois, que así venís con mano criminal a destruir mi reino?

—¡Perdón, virgen encantadora! —exclamó el adolescente—. Es verdad que soy hijo de rey y caballero; pero quiero ser desde luego vuestro más ardiente defensor y súbdito. ¿Cómo podía yo presumir que una diosa, un hada, gobernase este reino?

—Gracias —dijo Viorica—. Yo no tengo necesidad de otros servicios que los de mis fieles súbditos, y solo pido una cosa, y es que ningún pie humano venga a pisar mi reino.

Al pronunciar estas palabras desapareció, como si la montaña la hubiera tragado, y los de fuera no vieron a todas sus bandadas de hormigas besarle los pies y conducirla en triunfo a su aposento, donde volvió tranquilamente a emprender su trabajo, como si nada hubiera sucedido.

El príncipe estaba de pie delante de la montaña, sumergido en un sueño, y durante algunas horas no pudo decidirse a montar a caballo, esperando siempre que la encantadora reina volviese a aparecer. No le hubiera importado que volviera; con miradas iracundas y palabras de cólera, al menos la hubiera visto; pero solo se presentaron hormigas y más hormigas, en bandadas innumerables, que se apresuraban a reparar con loco ardor los daños que había causado en su juvenil aturdimiento. Él hubiera querido, en su cólera y su impaciencia, aplastarlas a todas, pues no le contestaban, aparentando no comprenderle. Se multiplicaban a sus pies, y corrían con arrogancia, como sintiéndose en completa seguridad; al fin, no tuvo más remedio que montar a caballo, triste y pensando en la manera de conquistar a aquella hermosa niña, la más bella que había visto en toda su vida, recorrió la floresta hasta el anochecer, con gran disgusto de sus compañeros, que enviaban al diablo la montaña de hormigas, las cuales impedían acudir pronto a la comida, que les esperaba hacía tiempo.

Viorica se había entregado al reposo más tarde que las hormigas, pues tenía la costumbre de velar a sus ninfas, de tocar sus pequeños lechos para saber si estaban bien cuidadas, levantando una por una las cortinas de flores, con una lámpara en la punta del dedo, y pasando revista con la mayor solicitud a sus pequeñas hormiguitas; después volvía a su aposento, apagaba las lámparas que durante dos horas la habían alumbrado en este trabajo y dejaba solo una mosca de fuego mientras se desnudaba.

Generalmente caía enseguida en un profundo sueño; pero este día estaba inquieta y agitada; se arrollaba los cabellos alrededor de los dedos, se levantaba a medias y se volvía a acostar, como si le molestase el calor; hasta entonces no se había apercibido de que faltaba el aire en su reino, y

hubiera querido salirse fuera; pero temía que la oyesen y su mal ejemplo fuera imitado; ella, obligada por las otras, prohibió salir, y aun condenó a muerte a las que faltasen a este decreto marchándose fuera del palacio. La joven no había sentido esta ley, que hizo ejecutar de una manera inexorable; así, no pudo permitirse quebrantarla por sí misma.

Al amanecer estaba de pie antes que nadie; las hormigas la sorprendieron reconstruyendo ella sola una de las galerías, habiendo inconscientemente, durante su trabajo, dirigido algunas miradas a la floresta, escuchando con ansiedad el más pequeño ruido.

Apenas entró de nuevo en su aposento, cuando algunas hormigas corrieron con gran angustia a decirle que el mal hombre del día anterior estaba allí otra vez a caballo, dando la vuelta a la montaña.

—Dejadle —dijo Viorica con su perfecta calma de reina—, ya no nos hará ningún mal.

Pero el corazón le latía tan fuertemente a la dulce virgen que tuvo que tomar aliento. Estaba agitada y con una inquieta curiosidad, yendo y viniendo por las salas y las galerías, encontrando siempre que las pequeñas hormiguitas no estaban bien al sol, y las sacaba ella misma fuera para volverlas a entrar dentro en seguida, contradiciéndose frecuentemente en sus órdenes. Las hormigas no sabían lo que le pasaba, se esforzaban por ejecutar sus mandatos lo mejor posible, y la sorprendieron con una bóveda nueva magnífica, que contempló con distracción y alabó apenas. Unas pisadas de caballo resonaban a menudo alrededor de la montaña, a diferentes horas y durante bastantes días; pero Viorica no se mostró, sin embargo, sorprendida; estaba acometida de un deseo que nunca hasta entonces había sentido: el de volver a verse entre las criaturas humanas; pensó en su pueblo, en el baile de los domingos, en su cabaña, en su madre y en la tumba de aquella querida muerta, que no había aún visitado. Al cabo de algunos días anunció a sus súbditos que pensaba visitar la tumba de su madre; las hormigas se espantaron de este proyecto, y le preguntaron si no estaba contenta con ellas, puesto que se acordaba de su país.

—¡Oh, no! —dijo Viorica—. Solo quiero salir por algunas horas, para cumplir este deber sagrado, y volveré antes de la noche con vosotras.

Prohibió que la acompañasen; pero, sin advertirlo ella, algunas hormigas la siguieron de lejos. Debía hacer mucho tiempo que estaba alejada de su país, porque todo le pareció muy cambiado, se puso a contar cuánto tiempo podrían las hormigas haber tardado en construir la montaña en la cual habitaban, y juzgó que debían haber pasado muchos años. No era fácil encontrar la tumba de su madre, que había ocultado el follaje, lo que costó tal sentimiento a Viorica,que llorando empezó a recorrer el cementerio, que encontró desconocido.

La noche se aproximaba y aún Viorica estaba buscando la tumba, que no podía encontrar; de repente resonó detrás de ella la voz del príncipe; quiso huir, pero él la retuvo hablándole de su amor, en términos tan dulces y tan conmovedores que se quedó inmóvil, con la cabeza inclinada y escuchándole.

—¡Es tan dulce oír de nuevo hablar a un hombre, y oírle hablar de amor y de amistad! —Viorica no podía sacudir el sentimiento que la embargaba, hasta que la obscuridad de la noche se extendió por el cementerio; entonces pensó que era una reina olvidada de sus deberes y que las hormigas le habían prohibido comunicarse con los hombres. De repente echó a correr, huyendo del hijo del rey, pero él la siguió dirigiéndole cariñosas palabras, hasta la proximidad de su montaña. Al llegar allí, ella le suplicó que la dejara, y él consintió solamente después que le hubo prometido salir al otro día. Viorica se deslizó sin ruido por las galerías, mirando siempre con ansiedad detrás de ella, pareciéndole oír siempre a su alrededor las pisadas rápidas y los cuchicheos; eran, sin duda, los latidos inquietos de su corazón, pues al detenerse todo quedaba en silencio. Al fin llegó a su aposento, cayó fatigada en su lecho; pero el sueño no descendió a sus párpados: pensaba que había faltado a su promesa y que nadie la respetaría ya; ella, cuya palabra debía ser sagrada. Se agitaba inquieta, irritado su orgullo, al pensar en un fingimiento, y, sin embargo, conocía a las hormigas, su odio feroz y sus castigos inexorables; a menudo se incorporaba, le parecía oír las pisadas rápidas de millares de piececitos, como si toda la montaña hubiera estado despierta. Al amanecer levantó una cortina de rosas para respirar el aire libre, y se quedó asombrada al ver la salida enteramente cerrada con alfileres de madera; probó a quitar uno, dos y tres, y hasta toda una fila, pero en vano; encontraba otros detrás, y todos estaban herméticamente clavados hasta en lo más alto. Entonces se puso a llamar en alta voz, y por pequeñas aberturas invisibles las hormigas se asomaron a bandadas.

—¡Yo quiero salir! —dijo la joven severamente.

—No —respondieron las hormigas—. No te dejaremos salir, porque te perderemos.

—¿No me obedecéis ya?

—¡Oh!, sí, en todo, excepto en eso; aplástanos para castigarnos; estamos dispuestas a morir por el bien de nuestra comunidad y el honor de nuestra reina.

Viorica bajó la cabeza y las lágrimas brotaron de sus ojos: suplicó a las hormigas que le devolvieran la libertad, pero de repente y sin ruido desaparecieron dejándola sola en el sombrío espacio. La joven gimió y lloró; se arrancó sus hermosos cabellos; después se puso a abrir un camino con sus dedos delicados, pero conforme iba abriéndolo se iba cerrando, de manera que al fin se arrojó por tierra desesperada. Las hormigas le llevaron las flores más hermosas, néctar, gotas de rocío para apagar la sed, pero no hicieron caso de sus quejas; temiendo que sus gemidos se oyesen fuera, las hormigas continuaron subiendo sus muros tan alto corno *El Virful en Dor* (El Pico del Deseo), y la llamaron la montaña *Furnica* (Hormiga).

Mucho tiempo después, el príncipe dejó de pasear por los alrededores de la montaña, pero en la noche silenciosa se oía aún llorar a Viorica.

LA GARZA BLANCA

(1886)

I

Los bosques ya estaban poblados de sombras un atardecer de junio, justo antes de las ocho en punto, aunque la radiante luz del sol poniente todavía brillaba vagamente por entre los troncos de los árboles. Una niña pequeña conducía su vaca a casa, una criatura lenta, pesada y con un comportamiento molesto, pero una compañera valiosa al fin y al cabo. Se estaban alejando de la poca luz que quedaba y se internaban en el bosque, pero sus pies conocían tan bien el camino que no tenía importancia si sus ojos podían distinguirlo o no.

Apenas había una sola noche, a lo largo de todo el verano, en la que la vieja vaca se encontrara junto al cercado del prado; al contrario, lo que más le gustaba era esconderse entre los arbustos de arándanos, y, aunque llevaba un gran cencerro, había descubierto que, si se quedaba completamente quieta, este no sonaba. Y Sylvia tenía que salir a buscarla, y gritaba: «¡Vaca! ¡Vaca!», sin obtener un solo mu por respuesta, hasta que su paciencia infantil estaba a punto de agotarse. Si el animal no hubiera dado buena leche y en gran cantidad, la situación hubiera parecido muy distinta a sus propietarias. Además, Sylvia tenía todo el tiempo del mundo y pocas cosas en qué ocuparlo. En ocasiones, cuando hacía buen tiempo, le servía de consuelo ver las travesuras de la vaca como un inteligente intento de jugar al escondite, y como la niña no tenía amigos con los que jugar, se entregaba a dicha diversión con gran entusiasmo. Aunque la búsqueda de ese día se había alargado tanto que el precavido animal había acabado dando una extraña señal de su paradero, Sylvia solo se había reído cuando había encontrado a la señora Moolly junto al pantano y la urgió con afecto para que se encaminara hacia casa con una ramita de hojas de abedul. La vieja vaca no estaba dispuesta a seguir deambulando y, cuando salieron del prado, incluso tomó la dirección correcta por una vez avanzando por el camino a paso ligero. Ya estaba casi lista para que la ordeñaran y apenas se detenía a pacer. Sylvia se preguntaba qué diría su abuela al verlas llegar tan tarde. Había pasado mucho tiempo desde que saliera de casa a las cinco y media, pero todos sabían lo complicado que era completar aquel recado en poco tiempo. La misma señora Tilley había perseguido a ese tormento con cuernos muchas tardes de verano como para culpar a cualquiera por retrasarse y, mientras esperaba, solo se sentía agradecida de tener a Sylvia, que tanto la ayudaba. La buena mujer sospechaba que a veces Sylvia se entretenía sola: ¡nunca había existido una niña que pasara tantas horas fuera desde que el mundo era mundo! Todos decían que era un cambio maravilloso para una niña que había intentado crecer en una gran ciudad industrial llena de gente durante ocho años, pero Sylvia tenía la sensación de que jamás había estado viva antes de ir a vivir a la granja. A menudo pensaba con melancólica compasión en el desgraciado geranio de un vecino de la ciudad.

«Miedo a la gente», dijo para sí la vieja señora Tilley con una sonrisa tras haber tomado la insólita decisión de elegir a Sylvia en la casa llena de niños de su hija, y ya se encontraba de regreso a la granja. «¡Miedo a la gente, han dicho! ¡No creo que tenga muchos problemas con eso en la casa vieja!» Cuando llegaron a la puerta de la solitaria casa y se detuvieron a abrirla, el gato se acercó ronroneando y se restregó contra ellas; el animal estaba solo, ciertamente, pero estaba bien gordo de comer pequeños petirrojos. Sylvia susurró que aquel era un lugar precioso donde vivir y que jamás desearía regresar a casa.

Las compañeras siguieron por el camino sombreado; la vaca avanzaba a pasitos lentos, mientras que los de la niña eran mucho más rápidos. La vaca se detuvo a beber en el arroyo un buen rato, como si el prado no fuera casi un pantano, y Sylvia aguardó muy quieta refrescando sus pies desnudos en el agua poco profunda mientras las enormes polillas de la luz chocaban contra ella con suavidad. Fue adentrándose en el arroyo a medida que la vaca iba avanzando, y escuchaba el trino de los tordos con el corazón henchido de alegría. De pronto las ramas se movieron en lo alto. Estaban llenas de pajarillos y pequeños animales que parecían completamente despiertos y enfrascados en sus cosas, o quizá estuvieran dándose las buenas noches entre ellos con soñolientos trinos. Sylvia también empezó a sentir sueño a medida que avanzaba. Sin embargo, no faltaba ya mucho para llegar a la casa, y el aire era suave y agradable. No acostumbraba a estar tan tarde por el bosque, y se sentía como si formara parte de las sombras grises y las hojas agitadas. Solo estaba pensando en el muchísimo tiempo que tenía la impresión de haber pasado desde que llegara a la granja hacía un año, y se preguntaba si en la ruidosa ciudad todo seguiría como cuando ella vivía allí, y al recordar al enorme chico de rostro colorado que solía perseguirla y atemorizarla, se apresuró por el camino para escapar de las sombras de los árboles.

De pronto, la niña del bosque se sobresaltó asustada al escuchar un claro silbido no muy lejos de allí. No era el silbido de un pájaro, pues eso hubiera sido agradable, sino el silbido de un chico, decidido y un poco agresivo. Sylvia abandonó la vaca al triste destino que la aguardase y se internó con discreción entre los arbustos, pero era demasiado tarde. El enemigo la había descubierto y se dirigió a ella empleando un tono muy alegre y persuasivo:

—Hola, niña, ¿cuánta distancia hay hasta la carretera?

Y, temblando, Sylvia contestó con un hilo de voz apenas audible:

—Un buen trecho.

No se atrevió a mirar directamente al joven alto, que llevaba una escopeta colgada al hombro, pero salió de detrás del arbusto y volvió a seguir a su vaca mientras el muchacho caminaba a su lado.

—He estado cazando algunos pájaros —le explicó el desconocido con amabilidad— y me he perdido: necesito ayuda. No temas —añadió con galantería—. Habla sin miedo y dime cómo te llamas, y si crees que puedo pasar la noche en tu casa y seguir cazando mañana por la mañana.

Sylvia estaba más asustada que antes. ¿Su abuela no la haría responsable? ¿Pero quién podía predecir una situación como esa? No parecía que fuera culpa suya y agachó la cabeza como si se le hubiera roto el tallo, pero consiguió decir «Sylvy» con mucho esfuerzo, cuando su compañero volvió a preguntarle cómo se llamaba.

La señora Tilley estaba esperando en la puerta cuando el trío apareció a lo lejos. La vaca emitió un sonoro mugido a modo de explicación.

—¡Sí, más te vale defenderte, vejestorio insufrible! ¿Dónde se había metido esta vez, Sylvy?

Pero Sylvia aguardaba en silencio asombrada, pues sabía, por instinto, que su abuela no comprendía la gravedad de la situación. Debía de estar confundiendo al desconocido con alguno de los granjeros de por allí.

El joven apoyó el arma junto a la puerta y dejó al lado un sucio morral; a continuación dio las buenas tardes a la señora Tilley, repitió su anécdota de caminante y le preguntó si podía darle alojamiento aquella noche.

—Acomódeme donde usted quiera —sugirió—. Debo partir muy pronto, antes del alba; aunque lo cierto es que tengo mucha hambre. Le agradecería que me diera un poco de leche; la pagaré al precio que usted me diga, claro.

—No faltaba más —respondió la anfitriona, cuya hospitalidad, que tanto tiempo llevaba dormida, pareció despertar con facilidad—. Encontraría un sitio mejor que este si siguiera caminando por la carretera principal poco más de un kilómetro, pero puede quedarse aquí si lo prefiere. Iré a ordeñar una vaca ahora mismo; póngase cómodo. Puede dormir sobre cáscaras o sobre plumas de ganso —ofreció amablemente—. Yo misma los he criado a todos. Por aquí tenemos fantásticos prados para los gansos en dirección al pantano. ¡Ponle un plato a este caballero, Sylvy!

Sylvia obedeció enseguida. Estaba encantada de tener algo que hacer, y ella también tenía hambre.

Fue una sorpresa hallar una pequeña morada tan limpia y acogedora en los páramos de Nueva Inglaterra. El joven había conocido los horrores de sus más espantosas condiciones y la sombría miseria que asolaba a esa parte de la sociedad que no se inmutaba ante la idea de vivir en compañía de gallinas. Aquella era la máxima prosperidad que podía encontrarse en una granja anticuada, aunque en una escala tan pequeña que parecía una ermita. Escuchó con atención la evocadora conversación de la anciana, observó la tez pálida y los brillantes ojos grises de Sylvia con creciente interés e insistió en que aquella era la mejor cena que había disfrutado en un mes; y, después, los nuevos amigos se sentaron juntos en la entrada mientras salía la luna.

Las bayas madurarían pronto y Sylvia era de gran ayuda recogiendo. La vaca daba buena leche, aunque era un engorro eso de no poder perderla de vista, le confesó su anfitriona con franqueza, además de añadir que ya había enterrado a cuatro hijos, por lo que los únicos que le quedaban eran la madre de Sylvia y un hijo en California (que quizá estuviera muerto).

—A Dan, mi hijo, se le daba muy bien la caza —explicó con tristeza—. Nunca me faltaron las perdices o las ardillas grises cuando él vivía en casa. Imagino que habrá viajado mucho y no se le da bien escribir cartas. Pero no le culpo, yo también habría visto mucho de haber podido hacerlo. Sylvia se parece a él —prosiguió la abuela con afecto tras una pequeña pausa—. Se conoce perfectamente hasta el último palmo de estas tierras y ya es casi una más de las criaturas salvajes de estos alrededores. Las ardillas vienen a comer directamente de su mano, y también toda clase de pájaros. El invierno pasado consiguió que los arrendajos se vinieran a vivir aquí, y estoy convencida de que, si no la hubiera vigilado, habría dejado de comer para tener algo que poder darles. Ya le he dicho que puede traer a cualquier pájaro, menos cuervos; aunque Dan tenía uno domesticado que parecía razonar tanto como las personas. Siguió revoloteando por aquí un buen tiempo después de que él se marchara. Dan y su padre no se pelearon, pero él ya no volvió a levantar cabeza después de que Dan se enfrentara a él y se marchara.

El invitado, interesado como estaba por otras cuestiones, no se percató de la insinuación de aquel conflicto familiar.

—Así que Sylvy sabe mucho de pájaros, ¿no? —exclamó mientras se volvía para observar a la muchacha, que aguardaba sentada, muy recatada pero cada vez más soñolienta, a la luz de la luna—. Yo colecciono pájaros.

Llevo haciéndolo desde que era niño. —La señora Tilley sonrió—. Llevo cinco años tratando de cazar dos o tres muy raros. Si consigo encontrarlos me los llevaré a casa.

—¿Los mete en jaulas? —preguntó la señora Tilley con cierta duda tras el entusiasta anuncio del joven.

—Oh, no, están disecados; tengo docenas de ellos —afirmó el ornitólogo—. Y a todos les he disparado o los he cazado con un cepo yo mismo. El sábado avisté una garza blanca a algunos kilómetros y la he seguido hasta aquí. Nunca se ha visto ninguna por esta zona. Me refiero a la pequeña garza blanca.

Y se volvió de nuevo para mirar a Sylvia con la esperanza de descubrir que la curiosa ave era una de sus conocidas.

Pero la muchacha estaba observando a un sapo que brincaba por el estrecho sendero.

—A la garza se la reconoce con solo verla —siguió diciendo el desconocido con entusiasmo—. Es un extraño pájaro alto y blanco de plumas suaves y unas largas patas muy delgadas. Y probablemente tuviera el nido sobre un árbol bien alto, confeccionado con palos, parecido al de un halcón.

A Sylvia le dio un vuelco el corazón: ella conocía a aquel extraño pájaro blanco y en una ocasión se había acercado con sigilo mientras ella estaba en la brillante hierba verde de la marisma, al otro lado del bosque. Había un claro donde el sol siempre parecía extrañamente amarillo y cálido, donde crecían unos juncos altísimos mecidos por el viento, y en cuyo suave lodo negro su abuela le había advertido que podía ahogarse y jamás se volvería a saber de ella. Cerca de allí se encontraban las marismas saladas justo al lado del mar, en el que Sylvia pensaba y soñaba constantemente, pero que nunca había visto, y cuya imponente voz se podía oír en ocasiones por encima del ruido del bosque las noches de tormenta.

—No puedo imaginar nada que me hiciera tan feliz como encontrar el nido de esa garza —estaba diciendo el apuesto desconocido—. Pagaría diez dólares a cualquiera que me indicara su paradero —añadió con desesperación—. Y pienso pasar el resto de las vacaciones buscándola si es necesario.

Quizá solo estuviera migrando o haya sido expulsada de su zona por alguna ave de presa.

La señora Tilley escuchaba al joven asombrada, pero Sylvia seguía observando el sapo, sin advertir, como habría hecho en otro momento más tranquilo, que la criatura deseaba llegar hasta su agujero bajo el escalón de la entrada, cosa que le impedían los excepcionales espectadores que allí moraban a aquellas horas. Aquella noche no podía dejar de pensar en la gran cantidad de anhelados tesoros que sería capaz de comprar con esos diez dólares que él había mencionado tan a la ligera.

Al día siguiente, el joven cazador paseaba por el bosque acompañado de Sylvia, pues ya le había perdido el miedo al simpático joven, que resultó ser amable y agradable. Le explicó muchas cosas sobre pájaros, lo que sabían, dónde vivían y lo que hacían. Y también le regaló una navaja, objeto que ella atesoró como si viviera en una isla desierta. No le dio motivo de preocupación o temor en todo el día, excepto cuando abatió a una desprevenida criatura que cantaba sobre una rama. Sylvia lo hubiera preferido sin su escopeta; no comprendía por qué el joven mataba a los pájaros que tanto parecían gustarle. Pero las horas iban pasando y la muchacha seguía observando al joven con tierna admiración. Nunca había visto a nadie tan encantador y agradable; su corazón de mujer, dormido en la niña, sintió la breve punzada de ese sueño de amor. Y la premonición de ese vasto poder mecía y agitaba a esas jóvenes criaturas que cruzaban el solemne bosque con sus silenciosos pasos. Se detuvieron a escuchar el canto de un pájaro; prosiguieron su camino con entusiasmo, separando las ramas, hablándose en susurros; el joven abría la marcha y Sylvia lo seguía, fascinada, unos pasos por detrás, con los ojos grises oscurecidos por el entusiasmo.

Lamentaba que él no encontrase a la escurridiza garza blanca, pero ella no guiaba a su invitado, solo lo seguía, y nunca se le ocurría hablar primero. Le hubiera aterrorizado escuchar su propia voz sin que nadie le hubiera preguntado nada, y ya era lo bastante difícil contestar sí o no cuando llegaba la necesidad. Finalmente empezó a atardecer y se llevaron la vaca a casa los dos juntos, y Sylvia sonrió cuando llegaron al lugar donde había oído el silbido y había sentido miedo la tarde anterior.

II

A menos de un kilómetro de casa, en el extremo más alejado del bosque, en el punto más elevado de la tierra, se erigía un altísimo pino, el último de su generación. Nadie podía decir si lo habían dejado allí para marcar un límite o si se debía a algún otro motivo; los leñadores que habían talado a sus compañeros estaban muertos y habían desaparecido hacía ya mucho tiempo, y había vuelto a crecer todo un bosque de recios árboles, pinos, robles y arces. Pero la majestuosa copa de aquel viejo pino asomaba por encima de todos ellos y suponía un punto de referencia que se divisaba desde el mar y la orilla que se encontraba a varios kilómetros de distancia. Sylvia lo sabía muy bien. Siempre había creído que si alguien trepaba hasta lo alto de su copa podría divisar el océano; y la pequeña había posado la mano sobre su áspero tronco a menudo al tiempo que miraba hacia arriba con nostalgia, a esas oscuras ramas que el viento siempre mecía por muy cálido y sereno que fuera el aire a los pies del árbol. De pronto pensó en el árbol con un renovado entusiasmo, pues, si alguien trepaba por él al amanecer, ¿no podría divisar el mundo entero y descubrir sin dificultad el lugar desde el que volaba la garza blanca, señalar el lugar y encontrar el nido escondido?

¡Qué espíritu de aventura, qué salvaje ambición! ¡Qué triunfo tan ansiado, alegría y gloria para aquella mañana en la que podría compartir el secreto! Era casi demasiado real y demasiado increíble para que su corazón infantil pudiera resistirlo.

La puerta de la casita estuvo abierta toda la noche y los chotacabras vinieron a cantar a los pies de la escalera. El joven cazador y su anciana anfitriona estaban profundamente dormidos, pero el gran plan de Sylvia la mantuvo despierta y atenta. Se olvidó de pensar en dormir. La corta noche de verano parecía tan larga como la oscuridad del invierno y, finalmente, cuando los chotacabras dejaron de cantar y la muchacha temía que la mañana llegaría demasiado pronto, salió sigilosamente de la casa y se internó en el bosque por el camino del prado, apresurándose hacia el claro a lo lejos, mientras escuchaba, con cierto consuelo y sintiéndose acompañada, el perezoso canto de un pájaro medio dormido cuya rama había sacudido al pasar. ¡Ay, si la intensa ola de curiosidad humana que inundó por vez primera aquella aburrida vida borrara las satisfacciones de una existencia íntima con la naturaleza y de la apagada vida del bosque!

Y allí estaba el enorme árbol, dormido todavía bajo la pálida luz de la luna, y la pequeña y entusiasmada Sylvia empezó a trepar por él con gran valentía, sintiendo el hormigueo de la sangre por todos los rincones de su cuerpo, con los pies y las manos desnudas, con las que se agarraba, como si fueran garras de pájaro, a la monstruosa escalera ascendente, casi hasta el mismo cielo. Primero debía trepar por el roble blanco que crecía al lado, donde por poco se pierde entre las ramas oscuras y las hojas verdes pesadas y húmedas de rocío; un pájaro se marchó volando de su nido, y una ardilla roja recorría la rama de un lado a otro reprimiendo malhumorada a la inofensiva intrusa. Sylvia se abrió camino con facilidad. Había trepado por él muchas veces y sabía que, un poco más arriba, una de las ramas superiores del roble conectaba con el tronco del pino, justo donde se unían las ramas más bajas. Y allí, cuando completase el peligroso traspaso de un árbol a otro, sería donde daría comienzo su gran iniciativa.

Avanzó por la balanceante rama del roble y dio el atrevido salto hasta el viejo pino. Fue más difícil de lo que había imaginado; debía llegar lejos y agarrarse deprisa, las afiladas ramitas secas la apresaban y la arañaban como garras feroces, la resina le apelmazaba los dedos mientras ella rodeaba el grueso tronco del árbol, cada vez más arriba. Los gorriones y los petirrojos del bosque a sus pies empezaban a cantarle al alba, aunque el día parecía mucho más claro allí arriba, en la copa del árbol, y la niña sabía que debía apresurarse si quería que su proyecto tuviera éxito.

El árbol parecía alargarse a medida que ella trepaba, cada vez parecía más alto. Era como el palo mayor de la tierra navegando; aquella mañana debía de haberse quedado muy asombrado al sentir, por toda su poderosa estructura, esa chispa de valor decidida abriéndose paso de una rama a otra. ¡Quién sabe lo quietas que se quedaron las ramitas más pequeñas para sostener el peso de aquella ligera y débil criatura! El viejo pino debió de estar entusiasmado con su nuevo habitante. Por encima de los halcones, los murciélagos y las polillas, incluso los tordos con sus dulces cánticos, estaba

el valeroso corazón de la niña solitaria de ojos grises. Y el árbol se quedó quieto y plantó cara a los vientos de aquella mañana de junio mientras el alba iluminaba el cielo del este.

De haberlo visto desde el suelo, el rostro de Sylvia le hubiera parecido una estrella blanca, cuando superó la última rama espinosa y se quedó temblando y cansada pero victoriosa en lo alto de la copa del árbol. Sí, allí estaba el mar con el sol del alba proyectando un brillo dorado sobre él, y en dirección al este volaban dos halcones dibujando lentos movimientos con sus alas. Qué bajo parecían volar desde aquella altura cuando una solo los había visto en lo alto, con su oscura silueta recortada contra el cielo azul. Sus plumas grises eran suaves como mariposas; parecían estar muy cerca del árbol, y Sylvia sintió como si ella también pudiera ponerse a volar entre las nubes. Hacia el oeste, los bosques y las granjas se extendían varios kilómetros a lo lejos; había campanarios de iglesias aquí y allí, y pueblecitos encalados; sin duda era un mundo extenso y asombroso.

Los pájaros cada vez cantaban más fuerte. Finalmente salió un sol asombrosamente radiante. Sylvia podía ver las velas blancas de las embarcaciones en el mar, y las nubes que al principio eran de tonos púrpura, rosadas y amarillas empezaron a disiparse. ¿Dónde estaba el nido de la garza blanca en aquel mar de ramas verdes? ¿O acaso la maravillosa vista y ese desfile del mundo era la única recompensa por haber trepado a tan vertiginosa altura? Ahora vuelve a mirar hacia abajo, Sylvia, donde el verde pantano asoma por entre los brillantes abedules y las oscuras cicutas; allí donde en una ocasión viste a la garza blanca ahora volverás a verla; ¡mira, mira! Una mancha blanca que parece una pluma blanca brota de la cicuta muerta y crece, se eleva y se acerca al fin, y sobrevuela el imponente pino batiendo firmemente las alas, con el cuello extendido y la cabeza coronada por una cresta. ¡Pero espera, espera! ¡No muevas ni un pie ni un dedo, muchacha, no le lances ni una sola flecha de luz y conciencia con tus ansiosos ojos, pues la garza se ha posado en una rama del pino no muy lejos de la tuya y llama a su compañera en el nido mientras se acicala las plumas para el nuevo día!

La niña suelta un largo suspiro un minuto después, cuando una bandada de ruidosos pájaros maulladores llega también al árbol y, molesta por su revoloteo y anarquía, la solemne garza se marcha. Ahora ella ya conoce su secreto, el salvaje, ligero y esbelto pájaro que flota y se balancea, y regresa como una flecha a su hogar en el mundo verde de abajo. Entonces Sylvia, ya satisfecha, inicia su peligroso descenso de nuevo, sin atreverse a mirar más allá de la rama sobre la que está posada, y sintiendo ganas de echarse a llorar en ocasiones porque le duelen los dedos de las manos y le resbalan los pies magullados. No deja de preguntarse una y otra vez qué le dirá el desconocido y lo que pensará cuando le explique dónde se encuentra exactamente el nido de la garza.

—¡Sylvy, Sylvy! —la llamaba una y otra vez la atareada abuela, pero nadie respondía, y el pequeño camastro de cascarillas estaba vacío y Sylvia había desaparecido.

El invitado despertó de su sueño y, recordando el placer que le aguardaba ese día, corrió a vestirse para que comenzara lo antes posible. Estaba convencido, por el modo en que la tímida muchacha lo había mirado el día anterior en una o dos ocasiones, de que por lo menos había visto a la garza blanca, y tenía que conseguir que se lo dijera. De pronto aparece más pálida que nunca, con el viejo vestido raído y hecho jirones, y lleno de resina de pino. La abuela y el cazador la reciben en la entrada y la interrogan, y llega el maravilloso momento de hablar de la cicuta muerta que hay junto al pantano verde.

Pero Sylvia no habla después de todo, a pesar de lo mucho que la reprende su abuela y de que el joven la mira fijamente con sus ojos amables y suplicantes. Él puede darles dinero, hacerlas ricas; lo ha prometido, y ahora ellas son pobres. Vale la pena hacerlo feliz, y el joven aguarda a escuchar la historia que ella puede contarle.

¡Pero ella debe guardar silencio! ¿Qué es lo que de pronto se lo impide y la ha dejado muda? Lleva creciendo nueve años y ahora, cuando por fin el mundo le tiende la mano, ¿debe olvidarse de todo por un pájaro? El murmullo de las ramas verdes del pino resuena en sus oídos, recuerda cómo la garza blanca se acercó surcando el aire dorado y cómo contemplaron el mar y la mañana juntas, y Sylvia no consigue hablar; es incapaz de desvelar los secretos de la garza y sacrificar su vida.

Querida lealtad, que sufrió una severa punzada cuando el huésped se marchó decepcionado más tarde ese mismo día, ¡ella podría haberlo servido, seguido y amado como ama un perro! Muchas noches Sylvia escuchaba el eco de su silbido por el sendero cuando regresaba a casa con la vaca holgazana. Incluso olvidó la pena que había sentido al escuchar el trueno de su arma y la visión de los tordos y los gorriones desplomándose en silencio en la tierra, sus cantos silenciados, y sus hermosas plumas manchadas y húmedas de sangre. ¿Eran los pájaros mejores amigos para ella de lo que habría sido su cazador? ¡Quién lo sabe! Cuando pensara en los tesoros que había perdido, ¡debía recordar los bosques y los días de verano! ¡Traed vuestros presentes y vuestras gracias y contadle vuestros secretos a esta solitaria chica de campo!

MARY E. WILKINS FREEMAN

UNA MONJA DE NUEVA INGLATERRA

(1891)

Estaba anocheciendo y la luz descendía. La sombra del árbol del patio empezaba a verse distinta. Las vacas mugían a lo lejos y se oía el tañido de una campana. De vez en cuando pasaba por allí algún carro que levantaba el polvo de la calle, un grupo de trabajadores con sus camisas azules y las palas al hombro, y las moscas revoloteaban ante los rostros de la gente mecidas por una brisa suave. Parecía que todo estuviera despertando por la mera proximidad del descanso, el silencio y la noche.

Aquella suave conmoción diurna también cayó sobre Louisa Ellis. Había pasado toda la tarde cosiendo tranquilamente junto a la ventana de su sala de estar. Clavó con cuidado la aguja en la labor, después dobló su trabajo con precisión y lo dejó en un cesto junto al dedal y las tijeras. Louisa Ellis era incapaz de recordar que hubiera descuidado jamás en su vida uno solo de aquellos gestos femeninos, que se habían convertido, a fuerza del uso y la continua asociación, en una parte importante de su personalidad.

Louisa se ató un delantal verde a la cintura y tomó un sombrero de paja con un lazo verde. A continuación salió al jardín con un pequeño cuenco de barro azul a buscar algunas grosellas para el té. Una vez recogidas, se sentó en el escalón de la puerta de atrás a quitarles el tallo, que fue colocando con cuidado sobre su delantal, para después tirarlos al gallinero. Examinó la hierba que crecía junto al escalón para comprobar que no se le había caído ninguno allí.

Louisa era de movimientos lentos y pausados; tardaba un buen rato en preparar el té, pero cuando lo tenía listo, se lo tomaba con tanta elegancia como si ella fuera su propia invitada. La pequeña mesa cuadrada estaba exactamente en el centro de la cocina, y estaba cubierta con un paño de lino almidonado con una brillante cenefa de flores alrededor. Louisa extendió una servilleta de damasco en la bandeja, sobre la que dispuso una jarra de cristal llena de cucharas, una jarra de leche plateada, un azucarero de porcelana y una taza y un plato de porcelana rosa. Louisa utilizaba su vajilla de porcelana todos los días, cosa que no hacía ninguna de sus vecinas. Y todas cuchicheaban sobre ello a sus espaldas. Ellas utilizaban la vajilla corriente y dejaban en el armario las de porcelana, y Louisa Ellis no era ni más rica ni de mejor cuna que ellas. Pero ella utilizaba la vajilla de porcelana. Para cenar tenía un plato de grosellas con azúcar, un platillo de pastelitos y otro de galletitas blancas. También tenía un par de hojas de lechuga, que troceó con delicadeza. A Louisa le gustaba mucho la lechuga y la cultivaba con mucho esmero en su pequeño jardín. Comía con apetito, aunque lo hacía con delicadeza, como si picoteara; parecía casi asombroso que toda aquella comida llegara a desaparecer.

Después de tomarse el té, llenó un plato con pastelitos de maíz recién horneados y salió al patio.

—¡Caesar! —llamó—. ¡Caesar! ¡Caesar!

Se oyó un pequeño zarandeo y el tintineo de una cadena, y un gran perro castaño y blanco emergió de la puerta de su pequeña caseta, que estaba medio escondida entre la altísima hierba y las flores. Louisa lo acarició y le dio los pastelitos. Después regresó a la casa, lavó los utensilios del té y abrillantó la porcelana con esmero. Ya casi había anochecido; el coro de ranas resonaba con fuerza ante la ventana abierta y de vez en cuando se oía el grito chillón de algún sapo salvaje. Louisa se quitó el delantal a cuadros verdes; debajo llevaba uno más corto rosa y blanco. Encendió la lámpara y volvió a sentarse con la costura.

Una media hora después, llegó Joe Dagget. Ella escuchó sus firmes pasos en el camino de la entrada y se levantó para quitarse el delantal rosa y blanco. Debajo de ese llevaba otro más, de lino blanco con una puntilla de batista: era el delantal que Louisa lucía cuando tenía visita. Nunca lo lucía sin ponerse encima el delantal de costura, a menos que tuviera algún invitado. Apenas había terminado de doblar el rosa y blanco con cuidadosa premura y lo había metido en el cajón de la mesa cuando se abrió la puerta y entró Joe Dagget.

Pareció llenar toda la estancia con su presencia. El canario amarillo que dormitaba en su jaula verde junto a la ventana sur despertó y empezó a aletear con agitación, batiendo sus pequeñas alas amarillas contra las rejas. Siempre hacía lo mismo cuando Joe Dagget entraba en la estancia.

—Buenas noches —lo saludó Louisa. Le tendió la mano con una especie de solemne cordialidad.

—Buenas noches, Louisa —contestó el hombre en voz alta.

Ella le acercó una silla y se sentaron uno frente al otro, con la mesa entre ambos. Él se sentó muy erguido, con los enormes pies en ángulo recto, y miraba a su alrededor con simpática incomodidad. Ella se sentó ligeramente erecta, con las delicadas manos entrelazadas sobre el regazo de su delantal de lino blanco.

—Ha hecho un día precioso —comentó Dagget.

—Mucho —convino Louisa en voz baja—. ¿Has estado recogiendo heno? —le preguntó al poco.

—Sí, he pasado todo el día recogiendo heno en el terreno de los diez acres. Un trabajo sofocante.

—Lo parece.

—Sí, se hace muy pesado con este calor.

—¿Tu madre está bien?

—Sí, mi madre está bastante bien.

—Supongo que ahora Lily Dyer está con ella, ¿no?

Dagget se ruborizó.

—Sí, está con ella —respondió despacio.

No era muy joven, pero tenía un rostro juvenil. Louisa no era tan mayor como él, su rostro era más fino y suave, pero todo el mundo tenía la impresión de que tenía más edad.

—Imagino que será de mucha ayuda para tu madre —añadió.

—Supongo que sí. No sé cómo se arreglaba mi madre sin ella —reconoció Dagget con una especie de cálido embarazo.

—Parece una muchacha muy apañada. Y también es hermosa —comentó Louisa.

—Sí, es bastante guapa.

Entonces Dagget empezó a tocar los libros de la mesa. Había un álbum de autógrafos cuadrado con las tapas rojas y un libro de poesías escritas por mujeres que había pertenecido a la madre de Louisa. Los abrió uno a uno y los hojeó, después volvió a dejarlos y puso el álbum sobre del libro de poesía.

Louisa no dejaba de mirarlos incómoda. Finalmente se levantó y los cambió de posición, colocando el álbum debajo. Así habían estado siempre.

Dagget soltó una risita incómoda.

—¿Qué importancia tenía qué libro estuviera encima? —le dijo.

Louisa lo miró con una sonrisa desdeñosa.

—Siempre los pongo así —murmuró.

—Estás en todo —repuso Dagget tratando de volver a reírse. Tenía el amplio rostro acalorado.

Se quedó una hora más; después se levantó para marcharse. Al salir tropezó con la alfombra y, al tratar de no perder el equilibrio, golpeó el cesto que Louisa tenía encima de la mesa y lo tiró al suelo.

Miró a Louisa y después miró las bobinas de hilo que rodaban por el suelo. Se agachó a recogerlas, pero ella se lo impidió:

—No importa —le dijo—, yo las recogeré cuando te hayas ido.

Lo dijo con cierta aspereza. Como si estuviera un poco alterada o el nerviosismo de él le hubiera afectado, y eso hizo que ella pareciera molesta al esforzarse por tranquilizarlo.

Una vez fuera, Joe Dagget respiró el perfumado aire de la noche y suspiró, y se sintió como un inocente oso bien intencionado saliendo de una tienda de porcelana china.

Por su parte, Louisa se sintió como lo habría hecho la bondadosa y sufridora dueña de la tienda de objetos de porcelana tras la salida del oso.

Se anudó el delantal rosa y después el verde, recogió sus tesoros esparcidos y los volvió a meter en su cesta de labores, y puso bien la alfombra. Después colocó la lámpara en el suelo y se puso a examinar la alfombra con atención. Incluso la frotó con los dedos y después se los miró.

—Ha traído consigo un montón de polvo —murmuró—. Ya me lo imaginaba.

Louisa tomó un cepillo y un recogedor y barrió con esmero el rastro que había dejado Joe Dagget.

De haberlo sabido él, habría aumentado su asombro e incomodidad, aunque no habría mermado su lealtad en lo más mínimo. Iba dos veces a la semana a ver a Louisa Ellis y, cada día, mientras estaba allí sentado en su delicada sala de estar, se sentía como si estuviera rodeado por un seto hecho de encaje. Tenía miedo de moverse, no fuera que con su torpeza acabara atravesando con un pie o una mano aquella tela mágica que lo envolvía todo, y siempre tenía la sensación de que Louisa lo observaba con atención, temerosa de que lo hiciera.

No obstante, tanto el encaje como Louisa merecían necesariamente todo su respeto, paciencia y lealtad. Iban a casarse dentro de un mes, tras un particular cortejo que había durado quince años. Durante catorce de esos quince años, la pareja no se había visto ni una sola vez, y raramente se habían escrito. Joe había pasado todos aquellos años en Australia, donde se había ido a hacer fortuna y donde se había quedado hasta conseguirlo. Se hubiera quedado cincuenta años de haber sido necesario, y habría vuelto a casa débil y renqueante, aunque hubiera sido lo último que hiciese, para casarse con Louisa.

Pero había hecho fortuna en catorce años y ahora había regresado para casarse con la mujer que lo había estado esperando paciente e incondicionalmente durante todo ese tiempo.

Poco después de prometerse, Joe le había mencionado a Louisa su intención de explorar nuevos terrenos y asegurarse un futuro antes de casarse. Ella lo había escuchado asintiendo con esa dulce serenidad que nunca la abandonaba, ni siquiera cuando su prometido se había embarcado en ese largo e incierto viaje. Joe, animado como estaba por su tenaz determinación, flaqueó un poco cuando llegó el momento de la verdad, pero Louisa lo besó sonrojándose un poco y se despidió de él.

—No será mucho tiempo —había dicho el pobre Joe con la voz ronca, pero habían pasado catorce años.

Durante aquel tiempo habían sucedido muchas cosas. La madre y el hermano de Louisa habían muerto, y ella se había quedado sola en el mundo. Pero lo más importante de todo —algo tan sutil que ambos eran demasiado simples como para advertir— era que Louisa se había internado por un camino, suave tal vez, bajo el calmo y sereno firmamento, pero tan recto e inquebrantable que solo podría culminar en su tumba, y tan estrecho que no quedaba espacio para nadie más a su lado.

Lo primero que sintió Louisa cuando Joe Dagget fue a su casa (no la había avisado de su llegada) fue consternación, aunque jamás lo habría admitido en su fuero interno y a él nunca se le pasó por la cabeza. Quince años atrás ella había estado enamorada de él, o por lo menos ella pensaba que lo estaba. En esa época en la que empezaba a hacerse mujer, Louisa había contemplado la perspectiva del matrimonio como una opción de vida razonable y deseable. Había escuchado con serena docilidad los puntos de vista de su madre. Su madre destacaba por ser una mujer sensata, dulce y serena. Ella le dio muy buenos consejos cuando Joe Dagget se declaró y Louisa lo había aceptado sin vacilar. Era el primer novio que había tenido.

Ella le había sido fiel durante todos aquellos años. Jamás había soñado con la posibilidad de casarse con nadie más. Su vida, en especial durante los últimos siete años, había sido agradable y apacible, y nunca se había sentido descontenta o impaciente por la ausencia de su prometido, pero siempre había visto su regreso y el matrimonio como la inevitable conclusión de todo. No obstante, había empezado a verlo como algo tan lejano que era casi como situarlo en la frontera de otra vida.

Cuando Joe apareció, ella llevaba catorce años esperándolo para casarse con él, pero se sorprendió tanto y la había tomado tan desprevenida como si jamás lo hubiera pensado.

La consternación de Joe apareció más tarde. Cuando vio a Louisa sintió que se confirmaba su antigua admiración. Había cambiado muy poco. Conservaba sus modales elegantes y agradables, y le daba la impresión de que ella seguía siendo igual de atractiva. En cuanto a él, ya había cumplido con su parte; había ignorado a todas las cazafortunas que se habían cruzado en su camino, y los antiguos vientos del romance silbaban en sus oídos con la misma intensidad y dulzura de siempre. Y la única canción que había esperado oír en ellos era Louisa, y durante mucho tiempo había estado convencido de que la seguía oyendo, pero finalmente tenía la impresión de que, aunque los vientos entonaran siempre la misma canción, ahora tenía otro nombre. Pero para Louisa ese viento nunca había sido mucho más que un murmullo; y ahora se había apagado y todo estaba en silencio. Escuchó un rato con melancólica atención, pero enseguida le dio la espalda y se fue a coser las prendas de su ajuar.

Joe había hecho grandes y magníficas reformas en su casa. Era la vieja finca familiar; la pareja recién casada viviría allí, pues Joe no podía dejar a su madre y esta se negaba a marcharse de su hogar. Por tanto, Louisa debería dejar la suya. Cada mañana, cuando se levantaba y contemplaba sus pulcras posesiones de soltera, se sentía como si estuviera mirando por última vez los rostros de sus amigas. Era verdad que, en cierto modo, podía llevárselas con ella, pero, arrancadas de su entorno, tendrían un aspecto tan distinto que casi dejarían de ser sus cosas. Y también había algunos detalles de su dichosa vida en soledad a los que probablemente también se vería obligada a renunciar. Lo más normal era que en adelante tuviera que dedicarse a tareas más duras que esas a las que dedicaba su tiempo ahora, cosas que tanto le gustaban pero quizá fueran innecesarias. Tendría que ocuparse de una casa muy grande, recibir visitas, cuidar de la anciana madre de Joe, una mujer enferma y exigente, y sabía que iba en contra de las ahorrativas costumbres del pueblo tener más de una sirvienta.

Louisa tenía un alambique y, en verano, lo empleaba para destilar las dulces y aromáticas esencias de las rosas, la menta y la hierbabuena. Pronto tendría que olvidarse del alambique. Tenía una buena cantidad de esencias y ya no tendría tiempo de destilar por el mero placer de hacerlo. La madre de Joe lo consideraría una tontería, pues ya le había insinuado su opinión en alguna ocasión.

A Louisa le encantaba coser dobladillos, no siempre por necesidad, sino por el sencillo placer de hacerlo. Se habría avergonzado de admitir la gran cantidad de veces que había deshecho una labor por el mero placer de volver a hacerla. Sentada junto a la ventana durante largas y apacibles tardes, pasando la aguja por la delicada tela, se sentía en paz. Pero no creía que pudiera seguir disfrutando de esos placeres nimios en el futuro. La madre de Joe, que era una anciana matrona dominante incluso a su edad, y probablemente incluso Joe, con su sincera aspereza masculina, se reirían y no aprobarían aquellas absurdas costumbres de solterona.

Louisa casi mostraba el entusiasmo de una artista respecto al orden y la limpieza de su solitaria casa. Sentía arrebatos de auténtico triunfo cuando contemplaba los cristales de su ventana, que ella misma había limpiado hasta que relucían como diamantes. Se complacía de lo bien ordenados que tenía siempre los cajones, con las prendas exquisitamente dobladas en su interior y con su olor a lavanda, trébol de olor y pureza. ¿Podría conservar siquiera aquello? A veces tenía visiones, tan sobrecogedoras que casi las repudiaba por parecerle poco decorosas, de toscas posesiones masculinas esparcidas por todas partes; del polvo y el desorden que por fuerza provocaría una áspera presencia masculina en medio de su delicada harmonía.

Entre sus muchas preocupaciones, una de las mayores era Caesar. Caesar era un perro completamente ermitaño. Había pasado la mayor parte de su vida en su caseta, sin poder relacionarse con otros perros ni disfrutar de los inocentes juegos caninos. Caesar nunca había podido hurgar en la guarida de una marmota; jamás había conocido el placer de robar un hueso en la puerta de la cocina del vecino. Y todo se debía a un pecado que cometió cuando apenas era un cachorro. Nadie sabía si aquel perro de rostro dulce y aspecto inocente sería capaz de sentir remordimientos, pero tanto si los sentía como si no había recibido un buen castigo. El viejo Caesar casi nunca levantaba la voz para gruñir o ladrar, era gordo y tranquilo; alrededor de los apagados ojos viejos tenía unos cercos amarillos que parecían gafas, pero había un vecino que tenía en la mano la marca de varios de los afilados dientes blancos del joven Caesar, y ese era el motivo por el que había vivido en el extremo de una cadena, solo en una caseta, durante catorce años. El vecino, que había reaccionado con cólera y soberbia debido al dolor de la herida, había exigido o bien la muerte de Caesar o su completo aislamiento. Y el hermano de Louisa, que había sido el dueño del perro, le había construido aquella caseta y lo había atado. Y ya hacía catorce años desde que, empujado por ese entusiasmo juvenil, había infligido aquel memorable mordisco, y, con la excepción de algunas salidas cortas, siempre había estado en el extremo de aquella cadena, bajo la estricta vigilancia de su amo o de Louisa, y el viejo perro había sido siempre un prisionero. Nadie sabía si, con su escasa ambición, se enorgullecía mucho de ello, pero es verdad que tenía muy mala fama. Todos los niños del pueblo y muchos de los adultos lo consideraban un monstruo feroz. Ni el dragón de san Jorge tenía peor reputación que el viejo perro amarillo de Louisa. Las madres advertían a sus hijos con énfasis para que no se acercaran a él, y los pequeños las escuchaban y las creían a pies juntillas, con fascinado apetito de terror, y pasaban por delante de la casa de Louisa corriendo con sigilo, mirando de reojo y por encima del hombro al terrorífico perro. Si el animal ladraba por casualidad, cundía el pánico. Cualquier persona que entrara en el patio de Louisa por casualidad lo miraba con respeto y preguntaba si la cadena era sólida. De haber estado suelto, Caesar podría haber parecido un perro muy corriente y no hubiera suscitado ningún comentario, pero al estar encadenado, su reputación lo precedía, por lo que había perdido su auténtica personalidad y parecía algo difuso y enorme. Sin embargo, Joe Dagget, gracias a su buen humor y su perspicacia, lo veía tal como era. Se acercaba con valentía a él y le acariciaba la cabeza, a pesar de las delicadas advertencias de Louisa, e incluso intentaba soltarlo. Pero Louisa se alarmaba tanto que Joe desistió, aunque no dejaba de dar su opinión al respecto de vez en cuando.

—Es el perro más bueno de todo el pueblo —decía— y es una crueldad tenerlo atado. Un día de estos lo sacaré a pasear.

Louisa no tenía duda de que lo haría, cualquier día, cuando sus intereses y posesiones estuvieran fusionados. Imaginaba a Caesar corriendo

desbocado por el tranquilo pueblo desprevenido. Veía niños inocentes desangrándose a su paso. Ella quería mucho a ese perro, porque había pertenecido a su hermano y el animal siempre había sido bueno con ella, pero seguía creyendo que era feroz. Le advertía a todo el mundo que no se acercara. Lo alimentaba con una dieta ascética a base de gachas y pastelitos de maíz, y jamás avivaba su peligroso temperamento con una dieta sanguinaria a base de carne y huesos. Louisa observaba cómo el perro devoraba sus sencillas viandas, pensaba en su inminente matrimonio y se echaba a temblar. Y, sin embargo, ni la expectativa del desorden y la confusión que se apoderarían de su paz y harmonía, ni las visiones de Caesar corriendo desbocado por el pueblo, ni el aleteo frenético de su canario amarillo, bastaron para apartarla ni un ápice de su deber. Joe Dagget la quería y había estado trabajando todos aquellos años. No era propio de ella, pasara lo que pasase, darle la espalda y romperle el corazón. Fue cosiendo los delicados puntos de su vestido de novia, y los días fueron pasando hasta que ya solo quedaba una semana para el día de su boda. Era martes por la noche, y la boda estaba prevista para el miércoles de la semana siguiente.

Aquella noche había luna llena. Sobre las nueve, Louisa salió a dar un paseo por el camino. Había campos de cultivo a ambos lados, rodeados de muros de piedra bajos. Junto al muro crecían exuberantes matas de arbustos y árboles, cerezos silvestres y manzanos viejos. Louisa se sentó en el muro y miró a su alrededor con la cabeza poblada de tristes reflexiones. Estaba rodeada por altísimas matas de arándanos y filipéndulas, enredadas y mezcladas con vides de moras y bayas que crecían a ambos lados. Solo disponía de un pequeño espacio entre ellas. Delante, al otro lado del camino, había un árbol bifurcado; la luna crecía por entre sus ramas y teñía las hojas de tonos plateados. El camino estaba cubierto de sombras y luz plateada, y el aire estaba perfumado por una misteriosa dulzura. «¿Serán uvas silvestres?», se preguntó Louisa. Se quedó allí sentada un rato. Estaba pensando en levantarse cuando escuchó unos pasos y voces apagadas, y se quedó quieta. Era un lugar solitario y se asustó un poco. Pensó que se quedaría escondida entre las sombras y esperaría a que aquellas personas pasaran de largo, fueran quienes fuesen.

Pero justo antes de llegar donde ella estaba las voces cesaron y también dejó de oír los pasos. Louisa dedujo que sus propietarios también habrían encontrado algún sitio donde sentarse en el muro de piedra. Se estaba preguntando si podría escabullirse sin que la vieran cuando una de las voces rompió el silencio. Pertenecía a Joe Dagget. Louisa se quedó muy quieta y escuchó.

La voz llegó precedida de un gran suspiro, que para Louisa resultó igual de familiar que esta.

—Bueno —dijo Dagget—, entonces ya te has decidido, ¿no?

—Sí —respondió la otra voz—. Me voy pasado mañana.

«Es Lily Dyer», se dijo Louisa. La voz tomó forma en su cabeza y vio a una joven alta y rolliza, con un rostro hermoso y firme, que parecía más hermoso y firme bajo la luz de la luna, y llevaba la espesa cabellera rubia recogida en un moño bien apretado. Una muchacha con un rubor y una fortaleza rústica y serena, y con tanta seguridad como una princesa. Lily Dyer era la favorita de los muchachos del pueblo, pues tenía la clase de cualidades que causan admiración. Era buena, hermosa e inteligente. Louisa había oído a menudo cómo otros la elogiaban.

—Bueno, pues no tengo nada que decir —repuso Joe Dagget.

—No sé qué podrías decir —le dijo Lily Dyer.

—Nada —repitió Joe con pesadumbre. A continuación se hizo un silencio—. No lamento lo que ocurrió ayer —empezó a decir al fin—, que nos dejásemos llevar por lo que sentimos el uno por el otro. Supongo que da igual que ya lo supiéramos. Ya sé que no puedo hacer nada al respecto. Voy a casarme la semana que viene. No puedo darle la espalda a una mujer que lleva esperándome catorce años y romperle el corazón.

—Si la plantaras mañana, yo no te aceptaría —espetó la joven con repentina vehemencia.

—No voy a darte la ocasión de demostrarlo —dijo—, pero yo tampoco creo que lo hicieras.

—Ya verías como no. El honor es el honor, y lo correcto es lo correcto. Y jamás podría amar a un hombre que da la espalda a sus principios por mí o por cualquier otra muchacha; y pronto lo averiguarás, Joe Dagget.

—Y tú pronto averiguarás que no pienso darles la espalda por ti ni por ninguna otra —repuso él.

Hablaban casi como si estuvieran enfadados el uno con el otro. Louisa los escuchaba con atención.

—Siento que pienses que debes marcharte —se lamentó Joe—, pero quizá sea lo mejor.

—Pues claro que es lo mejor. Espero que tanto tú como yo tengamos sentido común.

—Supongo que tienes razón. —De pronto la voz de Joe sonaba más tierna—. Dime, Lily —dijo—, yo me adaptaré bastante bien, pero no soporto pensar... ¿Crees que vas a sufrir mucho?

—Imagino que entenderás que no voy a preocuparme mucho por un hombre casado.

—Espero que no. Espero que no, Lily. Dios lo sabe bien. Y... espero... que un día de estos... tú encuentres a alguien.

—No veo por qué no iba a encontrarlo. —De pronto su tono cambió. Hablaba con una voz dulce y clara, y tan alta que Louisa podría haberla oído incluso desde el otro lado de la calle—. No, Joe Dagget —dijo—, yo nunca me casaré con otro hombre. Soy muy sensata y no me quedaré con el corazón roto ni me pondré en ridículo, pero nunca me casaré, de eso puedes estar seguro. No soy la clase de chica que pueda sentir algo así dos veces.

Louisa oyó una exclamación y una suave conmoción por detrás de los arbustos; entonces Lily habló de nuevo: por cómo sonaba la voz daba la impresión de que se había levantado.

—Tenemos que acabar con esto —afirmó—. Ya llevamos mucho rato aquí. Me voy a casa.

Louisa se quedó allí sentada, muda de asombro, escuchando cómo se alejaban sus pasos. Al poco, se levantó y ella también regresó lentamente a casa. Al día siguiente hizo sus tareas como de costumbre; para ella era tan rutinario como respirar. Pero no siguió cosiendo su ajuar. Se sentó junto a la ventana a reflexionar. Al anochecer llegó Joe. Louisa Ellis no sabía que fuera una persona diplomática, pero cuando buscó dicha cualidad en su interior aquella noche, la encontró, aunque un tanto sumisa, entre sus pequeñas armas de mujer. Todavía no se acababa de creer que lo hubiera oído bien y que no fuera a romperle el corazón a Joe si ponía fin al compromiso. Quería sondearlo sin traicionar demasiado pronto sus propias inclinaciones al respecto. Lo hizo muy bien y enseguida llegaron a un acuerdo, pero no fue sencillo, pues él tenía tanto temor de traicionarse a sí mismo como ella.

Louisa no mencionó a Lily Dyer. Solo dijo que, aunque no tenía ningún motivo de queja en su contra, llevaba tanto tiempo viviendo sola que temía cambiar sus costumbres.

—Yo no tengo miedo, Louisa —dijo Dagget—. Pero te hablaré con sinceridad: creo que es mejor así. Aunque si tú hubieras querido seguir adelante, yo habría seguido contigo hasta el día de mi muerte. Espero que lo sepas.

—Lo sé —aseguró ella.

Aquella noche, ella y Joe se despidieron con más cariño del que se habían demostrado en mucho tiempo. De pie en la puerta, con las manos entrelazadas, sintiendo una última punzada de remordimiento.

—No pensábamos que esto terminaría así, ¿verdad, Louisa? —dijo Joe.

Ella negó con la cabeza y su rostro, tan sereno, tembló un poco.

—Si alguna vez necesitas algo solo tienes que pedírmelo —dijo él—. Jamás te olvidaré, Louisa.

La besó y bajó por el camino.

Louisa lloró un poco cuando se quedó a solas aquella noche, pero no sabía muy bien por qué. Sin embargo, cuando despertó la mañana siguiente, se sintió como una reina que, tras temer perder sus dominios, descubriera que le siguen perteneciendo.

Ahora las malas hierbas podían crecer con libertad alrededor de la pequeña casita ermitaña de Caesar, la nieve caería sobre su tejado año sí y año no, pero el perro jamás correría suelto por el pueblo desprevenido. Ahora el pequeño canario podía hacerse una apacible bolita amarilla una noche tras otra, sin tener que aletear aterrorizado contra los barrotes de su jaula. Louisa podía coser costuras de lino, destilar rosas, limpiar el polvo, pulir la cerámica y doblar las prendas perfumadas con lavanda siempre que quisiera. Aquella tarde se sentó con la labor sobre las rodillas y se sintió en paz. Lily Dyer pasó por delante de su casa, alta, tiesa y hermosa, pero Louisa no sintió ningún escrúpulo. Ella no sabía que había renunciado a su derecho de primogenitura, pero el guiso estaba delicioso y había sido su única satisfacción durante mucho tiempo. La serenidad y aquella plácida medianía se habían convertido para ella en ese derecho de primogenitura. Contempló los largos días que le quedaban por delante como si fueran las cuentas de un rosario, todos iguales, y todos serenos e inocentes, y sintió que su corazón se henchía de gratitud. Fuera hacía una cálida tarde de verano; el aire estaba preñado de los sonidos de los cosechadores, los pájaros y las abejas; se oían saludos, tañidos metálicos, dulces voces y largos zumbidos. Louisa permaneció allí sentada, contando sus días con devoción, como una monja sin clausura.

EL HIJO DE DÉSIRÉE

(1893)

omo hacía buen día, madame Valmondé fue en su coche hasta L'Abri a ver a Désirée y al bebé.

Le hacía gracia pensar en Désirée con un hijo. ¡Qué cosas! Parecía que había sido ayer cuando la propia Désirée era tan solo un bebé, cuando monsieur, cabalgando por la puerta de Valmondé, la encontró allí en el suelo, dormida a la sombra del gran pilar de piedra.

La pequeña se había despertado en los brazos de él y había empezado a llorar pidiendo a su «papá». Era todo lo que sabía decir. Algunos pensaban que podía haber llegado hasta allí por su propia cuenta, porque ya había empezado a andar. La mayoría creía que la había abandonado a propósito un grupo de tejanos, cuyo carromato cubierto con lonas había cruzado, a última hora del día, en el transbordador que tenía Coton Maîs justo debajo de la plantación.

Con el tiempo, madame Valmondé abandonó toda especulación más allá de que Désirée había sido un regalo que la generosa providencia le había dado para que fuera la niña de sus ojos, al ver que no tenía hijos propios. Porque se convirtió en una niña preciosa y educada, cariñosa y sincera: el ídolo de Valmondé.

No fue extraño que, estando un día apoyada en el mismo pilar de piedra a cuya sombra la habían encontrado dormida, dieciocho años antes, Armand Aubigny, al pasar por allí a caballo y verla, se enamorase de ella. Era así como se enamoraban los Aubigny, como si recibieran el disparo de un revólver. Lo extraño era que no la hubiera amado antes, porque la conocía desde que su padre lo trajo de París, teniendo él ocho años, al morir allí su madre. La pasión que se despertó en él aquel día, cuando la vio en la puerta, lo recorrió como una avalancha, o como un incendio que asola una pradera, o como cualquier cosa que avanza en línea recta sobre todo tipo de obstáculos.

Monsieur Valmondé entró en el terreno de lo práctico y quiso aclarar bien las cosas: es decir, el oscuro origen de la chica. Armand la miraba a los ojos y todo le daba igual. Le recordaron que la chica no tenía apellido. ¿Qué importaba un apellido si él podía darle uno de los más antiguos y honorables de Luisiana? Encargó la *corbeille*[1] de París, y se contuvo con toda la paciencia de que fue capaz hasta que llegó; entonces se casaron.

Madame Valmondé no había visto a Désirée ni al bebé en cuatro semanas. Cuando llegó a L'Abri sintió un escalofrío al ver la casa, como le ocurría siempre. Era un lugar de aspecto triste, que durante muchos años no había conocido la presencia de una señora, ya que monsieur Aubigny había pasado en Francia su vida de casado y había enterrado allí a su mujer, que había amado siempre demasiado su tierra como para dejarla. El tejado era puntiagudo y negro como la capucha de un monje, y sobresalía sobre las anchas galerías que rodeaban la casa de estuco amarillo. Unos robles grandes y solemnes crecían junto a ella, y sus largas ramas de hojas gruesas la cubrían de sombra como un paño mortuorio. Las normas del joven Aubigny eran estrictas también, y los negros que trabajaban para él habían olvidado la alegría que habían tenido mientras vivía el antiguo amo, tan cordial e indulgente.

La joven madre se iba recuperando poco a poco, y estaba acostada, con suaves muselinas y lazos blancos, en un sofá. El bebé estaba a su lado,

---

[1] La *corbeille de mariage* era una cesta de regalos que el novio entregaba a la novia en el momento de la firma del contrato de matrimonio.

dormido junto a su pecho. La enfermera estaba sentada junto a la ventana, abanicándose.

Madame Valmondé inclinó su corpulenta figura sobre Désirée y le dio un beso, sujetándola por un instante con ternura en sus brazos. Luego se volvió al niño.

—¡Este no es el niño! —exclamó, en tono sobresaltado. En aquella época era el francés el idioma que se hablaba en Valmondé.

—Sabía que te sorprenderías —se rio Désirée— al ver cómo ha crecido. ¡Este pequeño *cochon de lait*! Mira las piernas, mamá, y las manos y las uñas, uñas de verdad. Zandrine se las ha cortado esta mañana. ¿A que sí, Zandrine?

La mujer inclinó con majestuosidad su cabeza envuelta en un turbante:

—*Mais si,* madame.

—Y cómo llora —continuó Désirée—. Es ensordecedor. Armand lo oyó el otro día desde la cabaña de La Blanche.

Madame Valmondé no había apartado ni un momento los ojos del niño. Lo tomó en brazos y caminó con él hasta la ventana, donde había más luz. Lo examinó de cerca, luego miró con la misma intensidad a Zandrine, que había vuelto el rostro y contemplaba los campos.

—Sí, el niño ha crecido, ha cambiado —dijo madame Valmondé, despacio, mientras lo dejaba de nuevo junto a su madre—. ¿Qué dice Armand?

El rostro de Désirée irradió un brillo que era la felicidad misma.

—Oh, Armand es el padre más orgulloso de la parroquia, creo, sobre todo porque es un niño y llevará su apellido; aunque él dice que no, que hubiera estado igual de feliz con una niña. Pero sé que no es verdad. Sé que lo dice para complacerme. Y, mamá —añadió, haciendo que madame Valmondé acercara su cabeza y hablándole en un susurro—: no ha castigado ni a uno, ni a uno solo, desde que ha nacido el niño. Ni siquiera a Négrillon, que hizo ver que se había quemado la pierna para librarse de ir a trabajar; solo se rio y dijo que Négrillon era un auténtico granuja. Oh, mamá, estoy tan feliz que me da miedo.

Lo que decía Désirée era cierto. El matrimonio y, después, el nacimiento del hijo habían atemperado de forma notable la naturaleza imperiosa y exigente de Armand Aubigny. Eso era lo que hacía tan feliz a la dulce Désirée, porque lo amaba desesperadamente. Cuando él fruncía el ceño, ella temblaba, pero lo amaba. Cuando él sonreía, ella no podía pedir mayor bendición a Dios. Pero el rostro moreno y atractivo de Armand no se había desfigurado apenas por los ceños fruncidos desde el día en que se enamoró de ella.

Cuando el bebé tenía unos tres meses, Désirée se despertó un día convencida de que había algo en el aire que amenazaba su paz. Al principio fue algo demasiado sutil como para poder definirlo. Había sido solo una sugerencia inquietante; una sombra de misterio entre los negros; visitas inesperadas de vecinos venidos de lejos sin motivo aparente. Luego un cambio extraño, horrible, en el comportamiento de su marido, que ella no se atrevió a pedir que le explicara. Cuando le hablaba, era con ojos desconfiados, en los que parecía haberse apagado la vieja luz del amor. Se ausentaba de casa y cuando estaba allí, evitaba su presencia y la del niño, sin excusa alguna. Y parecía que el mismo Satanás lo había de pronto poseído por la forma en que trataba a sus esclavos. Désirée se sentía tan desgraciada que quería morir.

Estaba sentada en su habitación con su *peignoir,* una calurosa mañana, pasándose indolente los dedos por los mechones de aquella melena castaña y sedosa que le llegaba hasta los hombros. El niño, medio desnudo, dormía en su propia gran cama de caoba, que era como un trono suntuoso, con su medio dosel de líneas satinadas.

Uno de los pequeños cuarterones[2] de La Blanche, medio desnudo también, estaba allí, abanicando despacio al niño con un abanico de plumas de pavo real. Désirée se había quedado mirando al niño, ausente y triste, mientras se esforzaba por penetrar la amenazante niebla que sentía cada vez más cerca. Pasó los ojos del bebé al niño que estaba a su lado y luego al bebé de nuevo. Una y otra vez. «¡Ay!», fue la exclamación que no pudo evitar, que no era consciente de haber pronunciado. La sangre se convirtió en hielo en sus venas, y una humedad fría le recorrió el rostro.

Trató de hablar a aquel muchacho cuarterón, pero no salió sonido alguno de su boca al principio. Cuando él oyó su nombre, levantó la vista,

---

2   Un cuarterón es una persona que es hija de una persona blanca y otra mestiza o mulata.

y su señora señalaba hacia la puerta. Dejó a un lado aquel enorme y suave abanico y, obedientemente, se deslizó descalzo, de puntillas, por el suelo pulido.

Ella permaneció inmóvil, con la mirada puesta en el niño, y en su rostro la imagen misma del miedo.

En ese momento entró su marido en la habitación y, sin fijarse en ella, se dirigió a una mesa y empezó a rebuscar entre los papeles que había encima.

—Armand —lo llamó ella, en una voz que lo hubiera atravesado como un cuchillo, de haber sido él humano. Pero él no hizo caso—. Armand —dijo ella de nuevo. Entonces se levantó y avanzó hacia él—. Armand —suplicó una vez más, agarrándole el brazo—. Mira a nuestro hijo. ¿Qué significa esto? Dímelo.

Él soltó con frialdad pero sin violencia los dedos de su brazo y la apartó de él.

—Dime qué significa —gritó, desesperada.

—Significa —respondió enseguida— que el niño no es blanco; significa que tú no eres blanca.

Al comprender de pronto todo lo que aquella acusación significaba para ella sintió el insólito impulso de negarlo:

—Es mentira; no es verdad. ¡Soy blanca! Mira mi pelo, es castaño; y mis ojos son grises, Armand, tú sabes que son grises. Y tengo la piel clara —agarrándole la muñeca—. Mira mi mano; es más blanca que la tuya, Armand —rio, histérica.

—Tan blanca como la de La Blanche —respondió con crueldad; y se fue dejándola sola con el niño.

Cuando fue capaz de sujetar una pluma en la mano, envió una carta desesperada a madame Valmondé:

> Madre, me dicen que no soy blanca. Armand me ha dicho que no soy blanca. Por amor de Dios, diles que no es verdad. Tú sabes que no es verdad. Me voy a morir. Me quiero morir. No puedo ser tan desgraciada y seguir viviendo.

La respuesta que obtuvo fue igual de breve:

Mi querida Désirée, ven a casa a Valmondé; ven con tu madre que te quiere. Ven con el niño.

Cuando Désirée recibió la carta se fue con ella al estudio de su marido y la dejó en el escritorio ante el cual él estaba sentado. Desirée parecía una estatua: muda, blanca, inmóvil después de ponerla allí.

En silencio, él recorrió con los ojos las palabras. No dijo nada.

—¿Debo irme, Armand? —preguntó ella en agónico suspense.

—Sí. Vete.

—¿Quieres que me vaya?

—Sí, quiero que te vayas.

Él creía que Dios Todopoderoso lo había tratado con crueldad e injusticia; y sentía, de algún modo, que le estaba pagando con la misma moneda al lanzar aquel puñal al alma de su esposa. Además, ya no la amaba, por el perjuicio inconsciente que había causado a su casa y a su apellido.

Ella se giró como si le hubieran dado un golpe mortal y caminó despacio hacia la puerta, esperando que la llamara.

—Adiós, Armand —gimió.

Él no respondió. Aquel fue su último puñetazo al destino.

Désirée fue a buscar al niño. Zandrine recorría la galería en sombra con él. Tomó al pequeño de los brazos de la niñera sin dar ninguna explicación y, bajando los escalones, empezó a alejarse bajo las ramas de los robles.

Era una tarde de octubre; se estaba poniendo el sol. Afuera, en los campos quietos, los negros recogían algodón.

Désirée no se había cambiado el ligero vestido blanco ni las zapatillas que llevaba. No se había puesto sombrero y los rayos de sol arrancaban un brillo dorado a su cabello trenzado. No tomó la carretera ancha y frecuentada que llevaba a la lejana plantación de Valmondé. Caminó por un campo desierto, donde la maleza le arañó los pies, tan suaves, y envueltos en aquel delicado calzado, y dejó hecho jirones su frágil vestido.

Desapareció entre los juncos y los sauces que crecían frondosos junto a las riberas del profundo y pantanoso *bayou*. Y no volvió nunca más.

Algunas semanas después se produjo una curiosa escena en L'Abri. En el centro del patio, bien barrido, había una gran hoguera. Armand Aubigny estaba sentado en el amplio vestíbulo desde donde podía ver el espectáculo; y era él el que entregaba a media docena de negros el material que mantenía vivo el fuego.

Una elegante cuna de sauce, con todos sus delicados detalles, estaba en medio de la pira, que se había alimentado antes con una valiosa *layette*.[3] Luego fueron los vestidos de seda, y los de terciopelo y satén; encajes también, y bordados; capotas y guantes; porque la *corbeille* había sido de extraordinaria calidad.

Lo último en arrojar al fuego fue un pequeño hatillo de cartas, notas inocentes que Désirée le había enviado durante sus días de noviazgo. Había un trozo de carta al fondo del cajón de donde las había sacado. Pero no era de Désirée; era parte de una vieja carta de la madre de él a su padre. La leyó. Daba gracias a Dios por la bendición del amor de su marido:

> Pero, por encima de todo —había escrito—, día y noche, doy gracias a Dios por haber permitido que nuestro querido Armand no supiera nunca que su madre, que lo adora, pertenece a esa raza maldecida por el estigma de la esclavitud.

---

3 Canastilla que contiene sábanas y ropa de bebé.

EMILIA PARDO BAZÁN

UN DESTRIPADOR DE ANTAÑO

(1900)

La leyenda del *Destripador,* asesino medio sabio y medio brujo, es muy antigua en mi tierra. La oí en tiernos años, susurrada o salmodiada en terroríficas estrofas, quizá al borde de mi cuna por la vieja criada, quizá en la cocina aldeana, en la tertulia de los gañanes, que la comentaban con estremecimientos de temor o risotadas obscuras. Volvió a aparecérseme, como fantasmagórica creación de Hoffman, en las sombrías y retorcidas callejuelas de un pueblo que hasta hace poco permaneció teñido de colores medioevales, lo mismo que si todavía hubiese peregrinos en el mundo y resonase aún bajo las bóvedas de la catedral el himno de *Ultreja.* Más tarde, el clamoreo de los periódicos, el pánico vil de la ignorante multitud hacen surgir de nuevo en mi fantasía el cuento, trágico y ridículo como Cuasimodo, jorobado con todas las jorobas que afean al ciego Terror y a la Superstición infame. Voy a contarlo. Entrad conmigo valerosamente en la zona de sombra del alma.

I

El paisajista sería capaz de quedarse embelesado si viese aquel molino de la aldea de Tornelos. Caído en la vertiente de una montañuela, dábale alimento una represa que formaba lindo estanque natural, festoneado de cañas y poas, puesto, como espejillo de mano sobre falda verde, encima del terciopelo de un prado donde crecían áureos ranúnculos y en otoño abrían sus corolas morados y elegantes lirios. Al otro lado de la represa habían trillado sendero el pie del hombre y el casco de los asnos que iban y volvían cargados de sacas, a la venida con maíz, trigo y centeno en grano; al regreso con harina obscura, blanca o amarillenta. ¡Y qué bien *componía,* coronando el rústico molino y la pobre casuca de los molineros, el gran castaño de horizontales ramas y frondosa copa, cubierto en verano de pálida y desmelenada flor, en octubre de picantes y reventones erizos! ¡Cuán gallardo y majestuoso se perfilaba sobre la azulada cresta del monte, medio velado entre la cortina gris del humo que salía, no por la chimenea —pues no la tenía la casa del molinero, ni aun hoy la tienen muchas casas de aldeanos de Galicia—, sino por todas partes, puertas, ventanas, resquicios del tejado y grietas de las desmanteladas paredes!

El complemento del asunto —gentil, lleno de poesía, digno de que lo fijase un artista genial en algún cuadro idílico— era una niña como de trece a catorce años, que sacaba a pastar una vaca por aquellos ribazos siempre tan floridos y frescos, aun en los rigores invernales, cuando los lobos aúllan en la sierra. Minia encarnaba el tipo de la pastora: armonizaba con el fondo. En la aldea la llamaban pero en sentido de rubia, pues tenía el pelo del color del cerro que a veces hilaba, de un rubio pálido, lacio, que a manera de vago reflejo lumínico rodeaba la carita, algo tostada por el sol, oval y descolorida, donde solo brillaban los ojos con un toque celeste, como el azul que a veces se entrevé al través de las brumas del montañés celaje. Minia cubría sus carnes con un refajo colorado desteñido ya por el uso; recia camisa de estopa velaba su seno, mal desarrollado aún; iba descalza, y el pelito lo llevaba envedijado y revuelto, y a veces mezclado —sin asomo de ofeliana coquetería— con briznas de paja o tallos de yerba de la que segaba para la vaca en los linderos de las heredades. Y así y todo estaba bonita, bonita como un ángel, o, por mejor decir, como la patrona del santuario próximo, con la cual ofrecía —al decir de las gentes— singular parecido.

La célebre patrona, objeto de fervorosa devoción para los aldeanos de aquellos contornos, era un *cuerpo santo,* traído de Roma por cierto industrioso gallego, especie de Gil Blas, que, habiendo llegado por azares de la fortuna a servidor de un cardenal romano, no pidió otra recompensa, al terminar por muerte de su amo diez años de buenos y leales servicios, que la urna y efigie que adornaban el oratorio del cardenal. Diéronselas, y las trajo a su aldea, no sin aparato. Con sus ahorrillos y alguna ayuda del arzobispo, elevó modesta capilla, que a los pocos años de su muerte las limosnas de los fieles, la súbita devoción despertada en muchas leguas a la redonda, transformaron en rico santuario, con su gran iglesia barroca y su buena vivienda para el santero, cargo que desde luego asumió el párroco, viniendo así a convertirse aquella olvidada parroquia de montaña en pingüe canonjía. No era fácil averiguar con rigurosa exactitud histórica, ni apoyándose en documentos fehacientes e incontrovertibles, a quién habría pertenecido el huesecillo de cráneo humano incrustado en la cabeza de cera de la santa. Solo un papel amarillento, escrito con letra menuda y firme y pegado en el fondo de la urna, afirmaba ser aquellas las reliquias de la bienaventurada Herminia, noble virgen que padeció martirio bajo Diocleciano. Inútil parece buscar en las actas de los mártires el nombre y género de muerte de la bienaventurada Herminia. Los aldeanos tampoco lo preguntaban, ni ganas de meterse en tales honduras. Para ellos, la santa no era una figura de cera, sino el mismo cuerpo incorrupto; del nombre germánico de la mártir hicieron el gracioso y familiar de *Minia,* y a fin de apropiársele mejor, le añadieron el de la parroquia, llamándola Santa Minia de Tornelos. Poco les importaba a los devotos montañeses el cómo ni el cuándo de su santa; veneraban en ella la inocencia y el martirio, el heroísmo de la debilidad; cosa sublime.

A la rapaza del molino le habían puesto Minia en la pila bautismal, y todos los años, el día de la fiesta de su patrona, arrodillábase la chiquilla delante de la urna, tan embelesada con la contemplación de la santa que ni acertaba a mover los labios rezando. La fascinaba la efigie, que para ella también era un cuerpo real, un verdadero cadáver. Ello es que la santa estaba preciosa; preciosa y terrible a la vez.

Representaba la cérea figura a una jovencita como de quince años, de perfectas facciones pálidas. Al través de sus párpados cerrados por la muerte, pero ligeramente revulsos por la contracción de la agonía, veíanse brillar los ojos de cristal con misterioso brillo. La boca, también entreabierta, tenía los labios lívidos, y trasparecía el esmalte de la dentadura. La cabeza, inclinada sobre el almohadón de seda carmesí que cubría un encaje de oro ya deslucido, ostentaba encima del pelo rubio una corona de rosas de plata; y la postura permitía ver perfectamente la herida de la garganta, estudiada con clínica exactitud; las cortadas arterias, la laringe, la sangre, de la cual algunas gotas negreaban sobre el cuello. Vestía la santa dalmática de brocado verde sobre túnica de tafetán color de caramelo, atavío más teatral que romano, en el cual entraban como elemento ornamental bastantes lentejuelas e hilillo de oro. Sus manos, finísimamente modeladas y exangües, se cruzaban sobre la palma de su triunfo. Al través de los vidrios de la urna, al reflejo de los cirios, la polvorienta imagen y sus ropas, ajadas por el transcurso del tiempo, adquirían vida sobrenatural. Diríase que la herida iba a derramar sangre fresca.

La chiquilla volvía de la iglesia ensimismada y absorta. Era siempre de pocas palabras; pero un mes después de la fiesta patronal, difícilmente salía de su mutismo, ni se veía en sus labios la sonrisa, a no ser que los vecinos la dijesen que «se parecía mucho con la santa».

Los aldeanos no son blandos de corazón; al revés, suelen tenerlo tan duro y calloso como las palmas de las manos; pero cuando no está en juego su interés propio, poseen cierto instinto de justicia que les induce a tomar el partido del débil oprimido por el fuerte. Por eso miraban a Minia con profunda lástima, tana de padre y madre, la chiquilla vivía con sus tíos. El padre de Minia era molinero, y se había muerto de intermitentes palúdicas, mal frecuente en los de su oficio; la madre le siguió al sepulcro, no arrebatada de pena, que en una aldeana sería extraño género de muerte, sino a poder de un dolor de costado que tomó saliendo sudorosa de cocer la hornada de maíz. Minia quedó solita a la edad de año y medio, recién destetada. Su tío, Juan Ramón —que se ganaba la vida trabajosamente con el oficio de albañil, pues no era amigo de labranza—, entró en el molino como en casa propia, y encontrando la industria ya fundada, la clientela establecida, el negocio entretenido y cómodo, ascendió a molinero, que en la aldea es ascender a personaje. No tardó en ser su consorte la moza con quien tenía trato, y de quien poseía ya dos frutos de maldición, varón y hembra. Minia y estos retoños crecieron mezclados, sin más diferencia aparente sino que los chiquitines decían al molinero y a la molinera *papai* y *mamai,* mientras Minia, aunque nadie se lo hubiese enseñado, no les llamó nunca de otro modo que *señor tío* y *señora tía.*

Si se estudiase a fondo la situación de la familia, se verían diferencias más graves. Minia vivía relegada a la condición de criada o moza de faena. No es decir que sus primos no trabajasen, porque el trabajo a nadie perdona en casa del labriego; pero las labores más viles, las tareas más duras, guardábanse para Minia. Su prima Melia, destinada por su madre a costurera, que es entre las campesinas profesión aristocrática, daba a la aguja en una sillita, y se divertía oyendo los requiebros bárbaros y las picardigüelas de los mozos y mozas que acudían al molino y se pasaban allí la noche en vela y broma, con notoria ventaja del diablo y no sin frecuente e ilegal acrecentamiento de nuestra especie. Minia era quien ayudaba a cargar el carro de tojo; la que, con sus manos diminutas, amasaba el pan; la que echaba de comer al becerro, al cerdo y a las gallinas; la que llevaba a pastar la vaca, y, encorvada y fatigosa, traía del monte el haz de leña, o del soto el saco de castañas, o el cesto de yerba del prado. Andrés, el mozuelo, no la ayudaba poco ni mucho; pasábase la vida en el molino, ayudando a la molienda y al maquileo, y de *ríola,* tiesta, canto y repiqueteo de pandereta con los demás rapaces y rapazas. De esta temprana escuela de corrupción sacaba el muchacho pullas, dichos y barrabasadas que a veces molestaban a Minia, sin que ella supiese por qué, ni tratase de comprenderlo.

El molino, durante varios años, produjo lo suficiente para proporcionar a la familia cierto desahogo. Juan Ramón tomaba el negocio con interés, estaba siempre a punto aguardando por la parroquia, era activo, vigilante y exacto. Poco a poco, con el desgaste de la vida que corre insensible y grata, resurgieron sus aficiones a la holgazanería y al bienestar, y empezaron los descuidos, parientes tan próximos de la ruina. ¡El bienestar! Para un labriego estriba en poca cosa: algo más de torrezno y unto en el pote, carne de vez en cuando, *pantrigo* a discreción, leche cuajada o fresca; esto distingue al labrador acomodado del desvalido. Después viene el lujo de la indumentaria: el buen traje de *rizo,* las polainas de prolijo pespunte, la camisa labrada, la faja que esmaltan flores de seda, el pañuelo majo y la botonadura de plata en el rojo chaleco. Juan Ramón tenía de estas exigencias, y acaso no fuesen ni la comida ni el traje lo que introducía desequilibrio en su presupuesto, sino la pícara costumbre, que iba arraigándose, de «echar una pinga» en la taberna del Canelo, primero todos los domingos, luego las fiestas de guardar, por último muchos días en que la Santa Madre Iglesia no impone precepto de misa a los fieles. Después de las libaciones, el molinero regresaba a su molino, ya alegre, como unas pascuas, ya tétrico, renegando de su suerte y con ganas de arrimar a alguien un sopapo. Melia, al verle volver así, se escondía; Andrés, la primera vez que su padre le descargó un palo con la tranca de la puerta, se revolvió como una fiera, le sujetó, y no le dejó ganas de nuevas agresiones; Pepona, la molinera, más fuerte, huesuda y recia que su marido, también era capaz de pagar en buena moneda el cachete; solo quedaba Minia, víctima sufrida y constante. La niña recibía los golpes con estoicismo, palideciendo a veces cuando sentía vivo dolor —cuando, por ejemplo, la hería en la espinilla o en la cadera la punta de un zueco de palo—; pero no llorando jamás. La parroquia no ignoraba estos tratamientos, y algunas mujeres compadecían bastante a Minia. En las tertulias del atrio, después de misa, en las deshojas del maíz, en la romería del santuario, en las ferias, comenzaba a susurrarse que el molinero se empeñaba, que el molino se hundía, que en las maquilas robaban sin temor de Dios, y que no tardaría la rueda en pararse y los alguaciles en entrar allí para embargarles hasta la camisa que llevaban sobre los lomos.

Una persona luchaba contra la desorganización creciente de aquella humilde industria y aquel pobre hogar. Era Pepona la molinera, mujer avara, codiciosa, ahorrona hasta de un ochavo, tenaz, vehemente y áspera. Levantada antes que rayase el día, incansable en el trabajo, siempre se la veía, ya inclinada labrando la tierra, ya en el molino regateando la maquila, ya trotando, descalza, por el camino de Santiago adelante con una cesta de huevos, aves y verduras en la cabeza, para ir a venderla al mercado. Mas ¿qué valen el cuidado y celo, la economía sórdida de una mujer, contra el vicio y la pereza de dos hombres? En una mañana se bebía Juan Ramón, en una noche de tuna despilfarraba Andrés el fruto de la semana de Pepona.

196

Mal andaban los negocios de la casa, y peor humorada la molinera, cuando vino a complicar la situación un año fatal, año de miseria y sequía, en que, perdiéndose la cosecha del maíz y trigo, le gente vivió de averiadas habichuelas, de secos habones, de pobres y éticas hortalizas, de algún centeno de la cosecha anterior, roído ya por el cornezuelo y el gorgojo. Lo más encogido y apretado que se puede imaginar en el mundo no acierta a dar idea del grado de reducción que consigue el estómago de un labrador gallego, y la vacuidad a que se sujetan sus elásticas tripas en años así. Berzas espesadas con harina y suavizadas con una corteza de tocino rancio; y esto un día y otro día, sin substancia de carne, sin gota de vino para reforzar un poco los espíritus vitales y devolver vigor al cuerpo. La patata, el pan del pobre, entonces apenas se conocía, porque no sé si dije que lo que voy contando ocurrió en los primeros lustros de este siglo.

Considérese cuál andaría con semejante añada el molino de Juan Ramón. Perdida la cosecha, descansaba forzosamente la muela. El rodezno, parado y silencioso, infundía tristeza; semejaba el brazo de un paralítico. Los ratones, furiosos de no encontrar grano que roer, famélicos también ellos, correteaban alrededor de la piedra, exhalando agrios chillidos. Andrés, aburrido por la falta de la acostumbrada tertulia, se metía cada vez más en danzas y aventuras amorosas, volviendo a casa como su padre, rendido y enojado, con las manos que le hormigueaban por zurrar. Zurraba a Minia con mezcla de galantería rústica y de brutalidad, y enseñaba los dientes a su madre porque la pitanza era escasa y desabrida. Vago ya de profesión, andaba de feria en feria buscando lances, pendencias y copas. Por fortuna, en primavera cayó soldado y se fue con el chopo camino de la ciudad. Hablando como la dura verdad nos impone, confesaremos que la mayor satisfacción que pudo dar a su madre fue quitársele de la vista: ningún pedazo de pan traía a casa, y en ella solo sabía derrochar y gruñir, confirmando la sentencia «donde no hay harina, todo es mohína».

La víctima propiciatoria, la que expiaba todos los sinsabores y desengaños de Pepona, era…, ¿quién había de ser? Siempre había tratado Pepona a Minia con hostil indiferencia; ahora, con odio sañudo de impía madrastra. Para Minia los harapos, para Melia los refajos de grana: para Minia la cama en el duro suelo, para Melia un *leito* igual al de sus padres: a Minia se le arrojaba la corteza de pan de borona enmohecido, mientras el resto de la familia despachaba el caldo calentito y el *compango* de cerdo. Minia no se quejaba jamás. Estaba un poco más descolorida y perpetuamente absorta, y su cabeza se inclinaba a veces lánguidamente sobre el hombro, aumentándose entonces su parecido con la santa. Callada, exteriormente insensible, la muchacha sufría en secreto angustia mortal, inexplicables mareos, ansias de llorar, dolores en lo más profundo y delicado de su organismo, misteriosa pena, y, sobre todo, unas ganas constantes de morirse para descansar yéndose al cielo... Y el paisajista o el poeta que cruzase ante el molino y viese el frondoso castaño, la represa con su agua durmiente y su orla de cañas, la pastorcilla rubia, que, pensativa, dejaba a la vaca saciarse libremente por el lindero orlado de flores, soñaría con idilios y haría una descripción apacible y encantadora de la infeliz niña golpeada y hambrienta, medio idiota ya a fuerza de desamores y crueldades.

II

Un día descendió mayor consternación que nunca sobre la choza de los molineros. Era llegado el plazo fatal para el colono: vencía el término del arriendo, y, o pagaban al dueño del lugar, o se verían arrojados de él y sin techo que los cobijase, ni tierra donde cultivar las berzas para el caldo. Y lo mismo el holgazán Juan Ramón que Pepona la diligente profesaban a aquel quiñón de tierra el cariño insensato que apenas profesarían a un hijo pedazo de sus entrañas. Salir de allí se les figuraba peor que ir para la sepultura: que esto, al fin, tiene que suceder a los mortales, mientras lo otro no ocurre sino por impensados rigores de la suerte negra. ¿Dónde encontrarían dinero? Probablemente no había en toda la comarca las dos onzas que importaba la renta del lugar. Aquel año de miseria —calculó Pepona— dos onzas no podían hallarse sino en la *boeta* o cepillo de Santa Minia. El cura sí que tendría dos onzas, y bastantes más, cosidas en el jergón o enterradas en el huerto... Esta probabilidad fue asunto de la conversación de los esposos, tendidos boca a boca en el lecho conyugal, especie de cajón

198

con una abertura al exterior, y dentro un relleno de hojas de maíz y una raída manta. En honor de la verdad, hay que decir que a Juan Ramón, alegrillo con los cuatro tragos que había echado al anochecer para confortar el estómago casi vacío, no se le ocurría siquiera aquello de las onzas del cura hasta que se lo sugirió, cual verdadera Eva, su cónyuge; y es justo observar también que contestó a la tentación con palabras muy discretas, como si no hablase por su boca el espíritu parral.

—Oyes tú, Juan Ramón... El clérigo sí que tendrá a rabiar lo que aquí nos falta... Ricas onciñas tendrá el clérigo. ¿Tú roncas, o me oyes, o qué haces?

—Bueno, ¡rayo!; y si las tiene, ¿qué rayo nos interesa? Dar, no nos las ha de dar.

—Darlas, ya se sabe; pero... emprestadas...

—¡Emprestadas! Sí, ve a que te empresten...

—Yo digo emprestadas así, medio a la fuerza... ¡Malditos!...; no sois hombres, no tenéis de hombres sino la parola... Si estuviese aquí Andresiño..., un día al obscurecer...

—Como vuelvas a mentar eso, los diaños lleven si no te saco las muelas del bofetón...

—Cochinos de cobardes; aun las mujeres tenemos más riñones...

—Loba, calla. Tú quieres perderme· el clérigo tiene escopeta..., y a más quieres que santa Minia mande una centella que mismamente nos destrice...

—Santa Minia es el miedo que te come...

—Toma, malvada...

—Pellejo, borrachón...

Estaba echada Minia sobre un haz de paja, a poca distancia de sus tíos, en esa promiscuidad de las cabañas gallegas, donde irracionales y racionales, padres e hijos, yacen confundidos y mezclados. Aterida de frío bajo su ropa, que había amontonado para cubrirse —pues manta Dios la diese—, entreoyó algunas frases sospechosas y confusas, las excitaciones sordas de la mujer, los gruñidos y chanzas vinosas del hombre. Tratábase de la santa... Pero la niña no comprendió. Sin embargo, aquello le sonaba mal; le sonaba a ofensa, a lo que ella, si tuviese nociones de lo que tal palabra significa, hubiese llamado desacato. Movió los labios para rezar la única oración que sabía, y así, rezando, se quedó traspuesta. Apenas la salteó el sueño, le pareció que una luz dorada y azulada llenaba el recinto de la choza. En medio de aquella luz o formando aquella luz, semejante a la que despedía la *madama de fuego* que presentaba el cohetero en la fiesta patronal, estaba la Santa, no reclinada, sino de pie, y blandiendo su palma como si blandiese un arma terrible. Minia creía oír distintamente estas palabras: «¿Ves? Los mato». Y mirando hacia el lecho de sus tíos, los vio cadáveres, negros, carbonizados, con la boca torcida y la lengua de fuera... En este momento se dejó oír el sonoro cántico del gallo; la becerrilla mugió en el establo reclamando el pezón de su madre... Amanecía.

Si pudiese la niña hacer su gusto, se quedaría acurrucada entre la paja la mañana que siguió a su visión. Sentía gran dolor en los huesos, quebrantamiento general, sed ardiente. Pero la hicieron levantar, tirándola del pelo y llamándola holgazana, y, según costumbre, hubo de sacar el ganado. Con su habitual pasividad no replicó; agarró la cuerda y echó hacia el pradillo. La Pepona, por su parte, habiéndose lavado primero los pies y luego la cara en el charco más próximo a la represa del molino, y puéstose el dengue y el mantelo de los días grandes, y también —lujo inaudito— los zapatos, colocó en una cesta hasta dos docenas de manzanas, una pella de manteca envuelta en una hoja de col, algunos huevos y la mejor gallina ponedera, y, cargando la cesta en la cabeza, salió del lugar y tomó el camino de Compostela con aire resuelto. Iba a implorar, a pedir un plazo, una prórroga, un perdón de renta, algo que les permitiese salir de aquel año terrible sin abandonar el lugar querido, fertilizado con su sudor... Porque las dos onzas del arriendo... ¡quiá!: en la boeta de santa Minia o en el jergón del clérigo seguirían guardadas, por ser un calzonazos Juan Ramón y faltar de la casa Andresiño..., y no usar ella, en lugar de refajos, las mal llevadas bragas del esposo.

No abrigaba Pepona grandes esperanzas de obtener la menor concesión, el más pequeño respiro. Así se lo decía a su vecina y comadre Jacoba de Alberte, con la cual se reunió en el crucero, enterándose de que iban a hacer la misma jornada —pues Jacoba tenía que traer de la ciudad medicina para su hombre, afligido con un asma de todos los demonios, que no le dejaba estar acostado, ni por las mañanas casi respirar—. Resolvieron las dos comadres ir juntas para tener menos miedo a los lobos o a los aparecidos, si al volver se les echaba la noche encima; y pie ante pie, haciendo votos por que no lloviese, pues Pepona llevaba a cuestas el fondito del arca, emprendieron su caminata charlando.

—Mi matanza —dijo la Pepona— es que no podré hablar cara a cara con el señor marqués, y al apoderado tendré que arrodillarme. Los señores de mayor señorío son siempre los más compadecidos del pobre. Los peores, los señoritos hechos a puñetazos, como don Mauricio el apoderado: esos tienen el corazón duro como las piedras y le tratan a uno peor que a la suela del zapato. Le digo que voy allá como el buey al matadero.

La Jacoba, que era una mujercilla pequeña, de ojos ribeteados, de apergaminadas facciones, con dos toques cual de ladrillo en los pómulos, contestó en voz plañidera:

—¡Ay, comadre! Iba yo cien veces a donde va, y no quería ir una a donde voy. ¡Santa Minia nos valga! Bien sabe el Señor nuestro Dios que me lleva la salud del hombre, porque la salud vale más que las riquezas. No siendo por amor de la salud, ¿quién tiene valor de pisar la botica de don Custodio?

Al oír este nombre, viva expresión de curiosidad azorada se pintó en el rostro de la Pepona, y arrugose su frente corta y chata, donde el pelo nacía casi a un dedo de las tupidas cejas.

—¡Ay! Sí, mujer... Yo nunca allá fui. Hasta por delante de la botica no me da gusto pasar. Andan no sé qué dichos de que el boticario hace meigallos.

—Eso de no pasar, bien se dice; pero cuando uno tiene la salud en sus manos... La salud vale más que todos los bienes de este mundo; y el pobre que no tiene otro caudal sino la salud, ¿qué no hará por conseguirla? Al demonio era yo capaz de ir a pedirle en el infierno la buena untura para mi hombre. Un peso y doce reales llevamos gastado este año en botica, y nada: como si fuese agua de la fuente; que hasta es un pecado derrochar los cuartos así, cuando no hay una triste espiga para llevar a la boca. De manera es que ayer por la noche mi hombre, que tosía que casi arreventaba, me dijo, dice: «Él, Jacoba; o tú vas a pedirle a don Custodio la untura, o yo espicho. No hagas caso del médico; no hagas caso, si a mano viene, ni de Cristo nuestro

Señor: a don Custodio has de ir; que si él quiere, del apuro me saca con solo dos cucharaditas de los remedios que sabe hacer. Y no repares en dinero, mujer, no siendo que quieras te quedar viuda». Así es que... —Jacoba metió misteriosamente la mano en el seno, y extrajo envuelto en un pape lito un objeto muy chico—. Aquí llevo el corazón del arca..., ¡un dobloncíño de a cuatro! Se me van los *espirtus* detrás de él; me cumplía para mercar ropa, que casi desnuda en carnes voy; pero primero es la vida del hombre, mi comadre..., y aquí lo llevo para el ladro de don Custodio, Asús me perdone.

La Pepona reflexionaba, deslumbrada por la vista del doblón y sintiendo en el alma una oleada tal de codicia que la sofocaba casi.

—Pero, diga, mi comadre —murmuró con ahínco, apretando sus grandes dientes de caballo y echando chispas por los ojuelos—. Diga: ¿cómo hará don Custodio para ganar tantos cuartos? ¿Sabe qué se cuenta por ahí? Que mercó este año muchos lugares del marqués. Lugares de los más riquísimos. Dicen que ya tiene mercados dos mil ferrados de trigo de renta.

—¡Ay, mi comadre! ¿Y cómo quiere que no gane cuartos ese hombre que cura todos los males que el Señor inventó? Miedo da el entrar allí; pero cuando uno sale con la salud en la mano... Ascuche: ¿quién piensa que le quitó la reuma al cura de Morían? Cinco años llevaba en la cama, baldado, imposibilitado..., y de repente un día se levanta bueno, andando como usted y como yo. Pues ¿qué fue? La untura que le dieron en los cuadriles, y que le costó media onza en casa de don Custodio. ¿Y el tío Gorio, el posadero de Silleda? Ese fue mismo cosa milagrosa. Ya le tenían puestos los santolios, y traerle un agua blanca de don Custodio... y como si resucitase.

—¡Qué cosas hace Dios!

—¿Dios? —contestó la Jacoba—. A saber si las hace Dios o el diaño... Comadre, le pido de favor que me ha de acompañar cuando entre en la botica.

—Acompañaré.

Cotorreando así, se les hizo llevadero el caminito a las dos comadres. Llegaron a Compostela a tiempo que las campanas de la catedral y de numerosas iglesias tocaban a misa, y entraron a oírla en las Ánimas, templo muy favorito de los aldeanos, y, por lo tanto, muy gargajoso, sucio y mal oliente. De allí, atravesando la plaza llamada del Pan, inundada de vendedoras de molletes y cacharros, atestada de labriegos y de caballerías, se metieron bajo los soportales, sustentados por columnas de bizantinos capiteles, y llegaron a la temerosa madriguera de don Custodio.

Bajábase a ella por dos escalones, y entre esto y que los soportales roban luz, encontrábase siempre la botica sumergida en vaga penumbra, resultado a que cooperaban también los vidrios azules, colorados y verdes, innovación entonces flamante y rara. La anaquelería ostentaba aún esos pintorescos botes que hoy se estiman como objeto de arte, y sobre los cuales se leían en letras góticas rótulos que parecen fórmulas de alquimia: *Rad. Polip. Q., Ra. Su. Eboris, Stirac. Cala;* y otros letreros de no menos siniestro cariz. En un sillón de vaqueta, reluciente ya por el uso, ante una mesa, donde un atril abierto sostenía voluminoso libro, hallábase el boticario, que leía cuando entraron las dos aldeanas, y que al verlas entrar se levantó. Parecía hombre de unos cuarenta y tantos años; era de rostro chupado, de hundidos ojos y sumidos carrillos, de barba picuda y gris, de calva primeriza y ya lustrosa, y con aureola de largas melenas, que empezaban a encanecer: una cabeza macerada y simpática de santo penitente o de doctor alemán emparedado en su laboratorio. Al plantarse delante de las dos mujeres, caía sobre su cara el reflejo de uno de los vidrios azules, y realmente se la podría tomar por efigie de escultura. No habló palabra, contentándose con mirar fijamente a las comadres. Jacoba temblaba cual si tuviese azogue en las venas, y la Pepona, más atrevida, fue la que echó todo el relato del asma, y de la untura, y del compadre enfermo, y del doblón. Don Custodio asintió inclinando gravemente la cabeza: desapareció tres minutos tras la cortina de sarga roja que ocultaba la entrada de la rebotica; volvió con un frasquito cuidadosamente lacrado; tomó el doblón, sepultolo en el cajón de la mesa, y devolviendo a la Jacoba un peso duro, contentose con decir: «Úntenlo con esto el pecho por la mañana y por la noche»; y sin más se volvió a su libro. Miráronse las comadres, y salieron de la botica como alma que lleva el diablo. Jacoba, fuera ya, se persignó.

Serían las tres de la tarde cuando volvieron a reunirse en la taberna, a la entrada de la carretera, donde comieron un *taco* de pan y una corteza de queso duro, y echaron al cuerpo el consuelo de dos deditos de aguardiente. Luego emprendieron el retorno. La Jacoba iba alegre como unas pascuas: poseía el remedio para su hombre; había vendido bien medio ferrado de habas, y de su caro doblón, un peso quedaba aún, por misericordia de don Custodio. Pepona, en cambio, tenía la voz ronca y encendidos los ojos; sus cejas se juntaban más que nunca; su cuerpo grande y tosco se doblaba al andar, cual si le hubiesen administrado alguna soberana paliza. No bien salieron a la carretera, desahogó sus cuitas en amargos lamentos; el ladrón de don Mauricio, como si fuese sordo de nacimiento o verdugo de los infelices: —La renta, o salen del lugar.— ¡Comadre! Allí lloré, grité, me puse de rodillas, me arranqué los pelos, le pedí por el alma de su madre y de quien tiene en el otro mundo... Él tieso.— La renta, o salen del lugar. El atraso de ustedes ya no viene de este año, ni es culpa de la mala cosecha... Su marido bebe y su hijo es otro que bien baila... El señor marqués le diría lo mismo... Quemado está con ustedes... Al Marqués no le gustan borrachos en sus lugares.— Yo replíquele: —Señor, venderemos los bueyes y la vaquiña..., y luego, ¿con qué labrarnos? Nos venderemos por esclavos nosotros...— La renta, les digo... y lárguese ya.— Mismo así, empurrando, empurrando..., echome por la puerta. ¡Ay! Hace bien en cuidar a su hombre, señora Jacoba... ¡Un hombre que no bebe! A mí me ha de llevar a la sepultura aquel pellejo... Si le da por enfermarse, con medicina que yo le compre no sanará.

En tales pláticas iban entreteniendo las dos comadres el camino. Como en invierno anochece pronto, hicieron por atajar, internándose hacia el monte, entre espesos pinares. Oíase el toque del *Angelus* en algún campanario distante, y la niebla, subiendo del río, empezaba a velar y confundir los objetos. Los pinos y los zarzales se esfumaban entre aquella vaguedad gris, con espectral apariencia. A las labradoras les costaba trabajo encontrar el sendero.

—Comadre —advirtió de pronto y con inquietud Jacoba—; por Dios le encargo que no cuente en la aldea lo del unto...

—No tenga miedo, comadre... Un pozo es mi boca.

—Porque si lo sabe el señor cura, es capaz de echarnos en misa una paulina...

—¿Y a él qué le importa?

—Pues como dicen que esta untura es de lo que es.

—¿De qué?

—¡Ave María de gracia, comadre! —susurró Jacoba, deteniéndose y bajando la voz, como si los pinos pudiesen oírla y delatarla—: ¿de veras no lo sabe? Me pasmo. Pues hoy en el mercado no tenían las mujeres otra cosa que decir, y las mozas primero se dejaban hacer trizas que llegarse al soportal. Yo, si entré allí, es porque de moza ya he pasado: pero vieja y todo, si usted no me acompaña, no pongo el pie en la botica. ¡La gloriosa santa Minia nos valga!

—A fe, comadre, que no sé ni esto... Cuente, comadre, cuente... Callaré lo mismo que si muriera.

—¡Pues si no hay más de qué hablar, señora! ¡Asús querido! Estos remedios tan milagrosos, que resucitan a los difuntos, hácelos don Custodio con unto de moza.

—¿Unto de moza...?

—De moza soltera, rojiña, que ya esté en sazón de se poder casar. Con un cuchillo les saca las mantecas, y va y las derrite, y prepara los medicamentos. Dos criadas mozas tuvo, y ninguna se sabe qué fue de ellas, sino que como si la tierra se las tragase, que desaparecieron y nadie las volvió a ver. Dice que ninguna persona humana ha entrado en la trasbotica: que allí tiene una trapela, y que muchacha que entra y pone el pie en la trapela..., ¡plas!, cae en un pozo muy hondo, muy hondísimo, que no se puede medir la perfundidad que tiene... y allí el boticario le arranca el unto.

Sería cosa de haberle preguntado a la Jacoba a cuántas brazas bajo tierra estaba situado el laboratorio del destripador de antaño; pero las facultades analíticas de la Pepona eran menos profundas que el pozo, y limitose a preguntar con ansia mal definida:

—¿Y para eso solo sirve el unto de las mozas?

—Solo. Las viejas no valemos ni para que nos saquen el unto siquiera.

Pepona guardó silencio. La niebla era húmeda: en aquel lugar montañoso convertíase en *brétema,* e imperceptible y menudísima llovizna calaba a las dos comadres, transidas de frío y ya asustadas por la obscuridad. Como se internasen en la escueta gándara que precede al lindo vallecito de

Tornelos, y desde la cual ya se divisa la torre del santuario, Jacoba murmuró con apagada voz:

—Mi comadre…, ¿no es un lobo eso que por ahí va?

—¿Un lobo? —dijo estremeciéndose Pepona.

—Por allí…, detrás de aquellas piedras…

—Dicen que estos días ya llevan comida mucha gente. De un rapaz de Morlán solo dejaron la cabeza y los zapatos. ¡Asús!

El susto del lobo se repitió dos o tres veces antes que las comadres llegasen a avistar la aldea. Nada, sin embargo, confirmó sus temores; ningún lobo se les vino encima. A la puerta de la casucha de Jacoba despidiéronse, y Pepona entró sola en su miserable hogar. Lo primero con que tropezó en el umbral de la puerta fue el cuerpo de Juan Ramón, borracho como una cuba, y al cual fue preciso levantar entre maldiciones y reniegos, llevándole en peso a la cama. A eso de media noche el borracho salió de su sopor, y con estropajosas palabras acertó a preguntar a su mujer qué teníamos de la renta. A esta pregunta, y a su desconsoladora contestación, siguieron reconvenciones, amenazas, blasfemias, un cuchicheo raro, acalorado, furioso. Minia, tendida sobre la paja, prestaba oído; latíale el corazón; el pecho se le oprimía; no respiraba; pero llegó un momento en que Pepona, arrojándose del lecho, la ordenó que se trasladase al otro lado de la cabaña, a la parte donde dormía el ganado. Minia cargó con su brazado de paja, y se acurrucó no lejos del establo, temblando de frío y susto. Estaba muy cansada aquel día; la ausencia de Pepona la había obligado a cuidar de todo, a hacer el caldo, a coger yerba, a lavar, a cuantos menesteres y faenas exigía la casa… Rendida de fatiga y atormentada por las singulares desazones de costumbre, por aquel desasosiego que la molestaba, aquella opresión indecible, ni acababa de venir el sueño a sus párpados, ni de aquietarse su espíritu. Rezó maquinalmente, pensó en la santa, y dijo entre sí, sin mover los labios: «Santa Minia querida, llévame pronto al cielo; pronto, pronto». Al fin se quedó, si no precisamente dormida, al menos en ese estado mixto propicio a las visiones, a las revelaciones psicológicas, y hasta a las revoluciones físicas. Entonces le pareció, como la noche anterior, que veía la efigie de la mártir; solo que, ¡cosa rara!, no era la santa: era ella misma, la pobre rapaza,

206

huérfana de todo amparo, quien estaba allí tendida en la urna de cristal, entre los cirios, en la iglesia. Ella tenía la corona de rosas; la dalmática de brocado verde cubría sus hombros; la palma la agarraban sus manos pálidas y frías; la herida sangrienta se abría en su propio pescuezo, y por allí se le iba la vida, dulce e insensiblemente, en oleaditas de sangre muy suaves, que al salir la dejaban tranquila, extática, venturosa... Un suspiro se escapó del pecho de la niña; puso los ojos en blanco, se estremeció..., y quedose completamente inerte. Su última impresión confusa fue que ya había llegado al cielo, en compañía de la Patrona.

III

En aquella rebotica, donde rizados informes de Jacoba de Alberte, traba nunca persona humana, solía hacer tertulia a don Custodio las más noches un canónigo de la Santa Metropolitana Iglesia, compañero de estudios del farmacéutico, hombre ya maduro, séquito como un pedazo de yesca, risueño, gran tomador de tabaco. Este tal era constante amigo e íntimo confidente de don Custodio, y, a ser verdad los horrendos crímenes que al boticario atribuía el vulgo, ninguna persona más a propósito para guardar el secreto de tales abominaciones que el canónigo don Lucas Llorente, el cual era la quinta esencia del misterio y de la incomunicación con el público profano. El tapujo, la reserva más absoluta tomaban en Llorente proporciones y carácter de manía. Nada dejaba transparentar de su ida y acciones, aun las más leves e inocentes. El lema del canónigo era: «Que nadie sepa cosa alguna de ti». Y aun añadía (en la intimidad de la trasbotica): «Todo lo que averigua la gente acerca de lo que hacemos o pensamos, lo convierte en arma nociva y mortífera. Vale más que invente que no que edifique sobre el terreno que le ofrezcamos nosotros mismos».

Por este modo de ser, y por la inveterada amistad, don Custodio le tenía por confidente absoluto, y solo con él hablaba de ciertos asuntos graves, y solo de él se aconsejaba en los casos peligrosos o difíciles. Una noche en que, por señas, llovía a cántaros y tronaba y relampagueaba a trechos, encontró Llorente al boticario agitado, nervioso, semiconvulso. Al entrar el canónigo se arrojó hacia él, y tomándole las manos y arrastrándole hacia el fondo de la rebotica, donde, en vez de la pavorosa *trapela* el pozo sin fondo, había armarios, estantes, un canapé y otros trastos igualmente inofensivos, le dijo con voz angustiosa:

—¡Ay, amigo Llorente! ¡De qué modo me pesa haber seguido en todo tiempo sus consejos de usted, dando pábulo a las hablillas de los necios! A la verdad, yo debí desde el primer día desmentir cuentos absurdos y disipar estúpidos rumores... Usted me aconsejó que no hiciese nada, absolutamente nada, para modificar la idea que concibió el vulgo de mí, gracias a mi vida retraída, a los viajes que realicé al extranjero para aprender los adelantos de mi profesión, a mi soltería y a la maldita casualidad —aquí el boticario titubeó un poco— de que dos criadas... jóvenes... hayan tenido que marcharse secretamente de casa, sin dar cuenta al público de los motivos de su viaje...; porque..., ¿qué calabazas le importaban al público los tales motivos, me hace usted el favor de decir? Usted me repetía siempre: «Amigo Custodio, deje correr la bola; no se empeñe nunca en desengañar a los bobos, que al fin no se desengañan, e interpretan mal los esfuerzos que se hacen para combatir sus preocupaciones. Que crean que usted fabrica sus ungüentos con grasa de difunto y que se los paguen más caros por eso, bien; dejarles, dejarles que rebuznen. Usted véndales remedios buenos, y nuevos, de la farmacopea moderna, que asegura usted está muy adelantada allá en esos países extranjeros que usted visitó. Cúrense las enfermedades, y crean los imbéciles que es por arte de birlibirloque. La borricada mayor de cuantas hoy inventan y propalan los malditos liberales es esa de ilustrar a las multitudes. ¡Buena ilustración te dé Dios! Al pueblo no puede ilustrársele: es y será eternamente un atajo de babiecas, una recua de jumentos. Si le presenta usted las cosas naturales y racionales, no las cree. Se pirra por lo raro, estrambótico, maravilloso e imposible. Cuanto más gorda es una rueda de molino, tanto más aprisa la comulga. Conque, amigo Custodio, usted deje andar la procesión, y si puede, apande el estandarte... Este mundo es una danza...».

—Cierto —interrumpió el canónigo, sacando su cajita de rapé y torturando entre las yemas el polvito—; eso le debí decir: y qué, ¿tan mal le ha ido a usted con mis consejos? Yo creí que el cajón de la botica estaba de duros a reverter, y que recientemente había usted comprado unos lugares muy hermosos en Valeiro.

—¡Los compré, los compré; pero también los amargo! —exclamó el farmacéutico— ¡Si le cuento a usted lo que me ha pasado hoy! Vaya, discurra. ¿Qué creerá usted que me ha sucedido? Por mucho que prense el entendimiento para idear la mayor barbaridad…, lo que es con esta no acierta usted, ni tres como usted.

—¿Qué ha sido ello?

—¡Verá, verá! Esto es lo gordo. Entra hoy en mi botica, a la hora en que estaba completamente sola, una mujer de la aldea, que ya había venido días atrás con otra a pedirme un remedio para el asma: una mujer alta, de rostro duro, cejijunta, con la mandíbula saliente, la frente chata y los ojos como dos carbones: un tipo imponente, créalo usted. Me dice que quiere hablarme en secreto, y después de verse a solas conmigo y en sitio seguro, resulta… ¡Aquí entra lo gordo! Resulta que viene a ofrecerme el unto de una muchacha, sobrina suya, casadera ya, virgen, roja, con todas las condiciones requeridas, en fin, para que el unto convenga a los remedios que yo acostumbro a hacer… ¿Qué dice usted de esto, canónigo? A tal punto hemos llegado. Es por ahí cosa corriente y moliente que yo destripo a las mozas, y que, con las mantecas que les saco, compongo esos remedios maravillosos, ¡puf!, capaces hasta de resucitar a los difuntos. La mujer me lo aseguró. ¿Lo está usted viendo? ¿Comprende la mancha que sobre mí ha caído? Soy el terror de las aldeas, el espanto de las muchachas y el ser más aborrecible y más cochino que puede concebir la imaginación.

Un trueno lejano y profundo acompañó las últimas palabras del boticario. El canónigo se reía, frotando sus manos sequitas y meneando alegremente la cabeza. Parecía que hubiese logrado un grande y apetecido triunfo.

—Yo sí que digo: ¿lo ve usted, hombre? ¿Ve cómo son todavía más bestias, animales, cinocéfalos y mamelucos de lo que yo mismo pienso? ¿Ve cómo se les ocurre siempre la mayor barbaridad, el desatino de más grueso calibre y la burrada más supina? Basta que usted sea el hombre más sencillo, bonachón y pacífico del orbe; basta que tenga usted ese corazón blandujo, que se interese usted por las calamidades ajenas, aunque le importen un rábano; que sea usted incapaz de matar a una mosca y solo piense en sus librotes, y en sus estudios, y en sus químicas, para que los grandísimos salvajes le tengan por un monstruo horrible, asesino, reo de todos los crímenes y abominaciones.

—Pero ¿quién me habrá inventado estas calumnias, Llorente?

—¿Quién? La estupidez universal…, forrada en la malicia universal también. La bestia del Apocalipsis…, que es el vulgo, créame, aunque san Juan no lo haya dejado muy claramente dicho.

—¡Bueno! Así será; pero yo, en lo sucesivo, no me dejo calumniar más: no quiero; no, señor. ¡Mire usted qué conflicto! ¡A poco que me descuide, una chica muerta por mi culpa! Aquella fiera, tan dispuesta a acogotarla. Figúrese usted que me decía: «La despacho y la dejo en el monte, y digo que la comieron los lobos; andan muchos por este tiempo del año, y verá cómo es cierto, que al día siguiente aparece comida». ¡Ay, canónigo! ¡Si usted viese el trabajo que me costó convencer a aquella caballería mayor de que ni yo saco el unto a nadie, ni he soñado en tal! Por más que le repetía: «Eso es una animalada que corre por ahí, una infamia, una atrocidad, un desatino, una picardía; y como yo averigüe quién es el que lo propala, a ese sí que le destripo», la mujer, firme como un poste, y erre que erre. «Señor, dos onzas nada más… Todo calladito, todo calladito… En dos onzas tiene los untos. Otra proporción tan buena no la encuentra nunca.» ¡Qué víbora malvada! Las furias del infierno deben de tener una cara así… Le digo a usted que me costó un triunfo persuadirla. No quería irse. A poco la echo con un garrote.

—¡Y ojalá que la haya usted persuadido! —articuló el canónigo, repentinamente preocupado y agitado, dando vueltas a la tabaquera entre los dedos—. Me temo que ha hecho usted un pan como unas hostias. ¡Ay, Custodio! La ha errado usted; ahora sí que juro yo que la ha errado.

—¿Qué dice usted, hombre, o canónigo, o demonio? —exclamó el boticario, saltando en su asiento alarmadísimo.

—Que la ha errado usted; nada, que ha hecho una tontería de marca mayor, por figurarse, como siempre, que en esos brutos cabe una chispa de razón natural, y que es lícito o conducente para algo el decirles la verdad y argüirles con ella y alumbrarles con las luces del intelecto. A tales horas, probablemente la chica está en la gloria, tan difunta como mi abuela... Mañana por la mañana, o pasado, le traen el unto envuelto en un trapo... ¡Ya lo verá!

—Calle, calle... No puedo oír eso. Eso no cabe en cabeza humana... ¿Yo qué debí hacer? ¡Por Dios, no me vuelva loco!

—¿Que qué debió hacer? Pues lo contrario de lo razonable, lo contrario de lo verdadero, lo contrario de lo que haría usted conmigo o con cualquier otra persona capaz de sacramentos, y aunque quizá tan mala como el populacho, algo menos bestia... Decirles que sí; que usted compraba el unto en dos onzas, o en tres, o en ciento...

—Pero entonces...

—Aguarde, déjeme acabar... Pero que el unto sacado por ellos de nada servía; que usted en persona tenía que hacer la operación, y, por consiguiente, que le trajesen a la muchacha sanita y fresca... Y cuando la tuviese segura en su poder, ya echaríamos mano de la justicia para prender y castigar a los malvados...

»¿Pues no ve usted claramente que esa es una criatura de la cual se quieren deshacer, que les estorba, o porque es una boca más, o porque tiene algo y quieren heredarla? ¿No se le ha ocurrido que una atrocidad así se decide en un día, pero se prepara y fermenta en la conciencia a veces largos años? La chica está sentenciada a muerte. Nada; crea usted que a estas horas... (Y el canónigo blandió la tabaquera, haciendo el expresivo ademán del que acogota.)

—¡Canónigo, usted acaba conmigo! ¿Quién duerme ya esta noche? Ahora mismo ensillo la yegua y me largo a Tornelos...

Un trueno más cercano y espantoso contestó al boticario que su resolución era impracticable. El viento mugió y la lluvia se desencadenó furiosa, aporreando los vidrios.

—¿Y usted cree —preguntó con abatimiento don Custodio— que serán capaces de tal iniquidad?

—De todas. Y de inventar muchísimas que aún no se conocen. ¡La ignorancia es invencible, y es hermana del crimen!

—Pues usted —arguyó el boticario— bien aboga por la perpetuidad de la ignorancia.

—¡Ay, amigo mío! —respondió el obscurantista—. ¡La ignorancia es un mal; pero el mal es necesario y eterno, de tejas abajo, en este pícaro mundo! Ni del mal ni de la muerte conseguiremos jamás vernos libres.

¡Qué noche pasó el honrado boticario tenido en concepto del pueblo por el monstruo más espantable, y a quien tal vez, dos siglos antes, hubiesen procesado acusándole de brujería! Al amanecer echó la silla a la yegua blanca que montaba en sus excursiones al campo, y tomó el camino de Tornelos. El molino debía servirle de seña para encontrar presto lo que buscaba.

El sol empezaba a subir por el cielo, que después de la tormenta se mostraba despejado y sin nubes, de una limpidez radiante. La lluvia que cubría las yerbas se empapaba ya, y secábase el llanto derramado sobre los zarzales por la noche. El aire diáfano y transparente, no excesivamente frío, empezaba a impregnarse de olores ligeros que exhalaban los mojados pinos. Una pega, manchada de negro y blanco, saltó casi a los pies del caballo de don Custodio. Una liebre salió de entre los matorrales, y loca de miedo, graciosa y brincadora, pasó por delante del boticario. Todo anunciaba uno de esos días espléndidos de invierno, que en Galicia suelen seguir a las noches tempestuosas, y que tienen incomparable placidez. Y el boticario, penetrado por aquella alegría del ambiente, comenzaba a creer que todo lo de la víspera era un delirio, una pesadilla trágica o una extravagancia de Llorente. ¿Cómo podía nadie asesinar a nadie, y así, de un modo tan bárbaro e inhumano? Locuras, figuraciones del canónigo. ¡Bah! En el molino a tales horas, de fijo que estarían preparándose insensateces, a moler el grano; del santuario de Santa Minia venía, conducido por la brisa, el argentino toque de la campana, que convocaba a la misa primera: todo era paz, amor y serena dulzura en el campo... Don Custodio se sintió feliz y alborozado como un chiquillo, y sus pensamientos cambiaron de rumbo. Si la rapaza de los untos era bonita y humilde..., se la llevaría consigo a su casa, redimiéndola de la triste esclavitud y del peligro y abandono en que vivía. Y si resultaba buena, leal, sencilla, modesta, no como aquellas dos locas, que la una se había escapado a Zamora con un sargento, y la otra andado en malos pasos con un estudiante, para que al fin resultara lo que resultó y la obligó a esconderse… Si la molinerita no era así, y, al contrario, realizaba un suave tipo soñado alguna vez por el empedernido solterón…, entonces… ¿Quién sabe, Custodio? Aún no eres tan viejo que…

Embelesado con estos pensamientos, dejó la rienda a la yegua…, y no reparó que iban metiéndose monte adentro, monte adentro, por lo más intrincado y áspero de él. Notolo cuando ya llevaba andado buen trecho de camino; volvió grupas y lo desanduvo; pero con poca fortuna, pues hubo de extraviarse más, encontrándose en un sitio riscoso y salvaje. Oprimía su corazón, sin saber por qué, extraña angustia. De repente, allí mismo, bajo los rayos del sol, del sol alegre, hermoso, que reconcilia a los humanos consigo mismos y con la existencia, divisó un bulto, un cuerpo muerto, el de una muchacha… Su doblada cabeza descubría la tremenda herida del cuello; un *mantelo* tosco cubría la mutilación de las despedazadas y puras entrañas; sangre alrededor, desleída ya por la lluvia, las yerbas y malezas pisoteadas, y en torno el gran silencio de los altos montes y de los solitarios pinares…

IV

A Pepona la ahorcaron en La Coruña. Juan Ramón fue sentenciado a presidio. Pero la intervención del boticario en este drama jurídico bastó para que el vulgo le creyese más destripador que antes, y destripador que tenía la habilidad de hacer que pagasen justos por pecadores, acusando a otros de sus propios atentados. Por fortuna, no hubo entonces en Compostela ninguna jarana popular; de lo contrario, es fácil que le pegasen fuego a la botica, la cual haría frotarse las manos al canónigo Llorente, que vería confirmadas sus doctrinas acerca de la estupidez universal e irremediable.

GERTRUDE BONNIN (ZITKALA-SA)

LOS SIETE GUERREROS

(1901)

Una vez siete guerreros partieron dispuestos para la lucha: la Ceniza, el Fuego, el Odre, el Saltamontes, la Libélula, el Pez y la Tortuga. Mientras hablaban desaforados, alzando los puños con agresividad, una ráfaga de viento se llevó a la Ceniza.

—¡Ja! —gritaron los otros—. ¡Esta no sabía luchar!

Los seis siguieron corriendo más rápido para hacer la guerra. Descendieron un valle profundo; el Fuego iba en cabeza hasta que llegaron a un río. El Fuego dijo *«¡Hsss... tchu!»*, y se extinguió.

—¡Ja! —aullaron los otros—. ¡No sabía luchar, este!

Así que los cinco siguieron adelante más rápido aún para hacer la guerra. Llegaron a un gran bosque. Mientras lo atravesaban, se oyó al Odre decir en son de burla:

—¡Eh! Deberíais elevaros por encima de todo esto, hermanos.

Con esas palabras subió entre las copas de los árboles, pero el estramonio lo pinchó. Cayó a través de las ramas ¡y quedó en nada!

—¡Mira tú! —dijeron los cuatro—. ¡Este no sabía luchar!

Aun así, los demás guerreros no dieron media vuelta. Siguieron adelante los cuatro con arrojo a hacer la guerra. El Saltamontes con su prima, la Libélula, iban al frente. Llegaron a una región pantanosa, y el cieno era muy profundo. Mientras caminaban hundidos en el barro, al Saltamontes se le atascaron las patas, ¡y se las arrancó! Fue a rastras hasta un tronco y sollozó.

—¡Ya me veis, hermanos, no puedo ir!

La Libélula siguió adelante, llorando por su primo. No encontraba consuelo, porque lo quería mucho. Cuanto más se afligía, más fuertes eran sus lamentos, hasta que su cuerpo se estremeció con gran violencia. Se sonó la nariz roja e hinchada tan fuerte que su cabeza se desprendió del esbelto cuello, y cayó sobre la hierba.

—Ya veis cómo es, ¡estos no eran guerreros! —protestó el Pez dando coletazos con impaciencia—. ¡Adelante! Vamos a hacer la guerra.

Así, el Pez y la Tortuga llegaron a un gran campamento.

—¡Eh! —exclamó la gente de aquella aldea redonda de tipis—. ¿Quiénes son estos pequeñajos? ¿Qué buscan?

Ninguno de los guerreros llevaba armas, y su modesta estatura engañó a aquella gente curiosa.

El Pez era el portavoz. Con una curiosa omisión de sílabas, dijo:

—*¡Shu… hi pi!*

—*¡Wan!* ¿Qué? ¿Qué? —clamaron voces ansiosas de hombres y mujeres.

Y de nuevo el Pez dijo:

—*¡Shu… hi pi!*

Alrededor jóvenes y viejos aguzaron el oído, pero nadie adivinó lo que el Pez había farfullado. Entre la perpleja multitud se acercó el viejo y astuto Iktomi.

—¡Eh, escuchad! —gritó, frotándose las manos con picardía, porque allá donde se formaba algún jaleo, siempre se metía—. Este pequeño forastero dice «*¡Zuya unhipi!* ¡Venimos a hacer la guerra!*».

—¡Uun! —se ofendió la gente, desilusionada de pronto—. ¡Matemos a este par de bobos! ¡No pueden hacer nada! ¡No saben lo que dicen! ¡Hagamos un fuego y los cocemos a los dos!

—Si nos ponéis a cocer —dijo el Pez—, habrá problemas.

—¡Jo, jo! —rio la gente del pueblo—. Ya veremos.

Y así encendieron una hoguera.

—¡Nunca he estado tan furioso! —dijo el Pez.

La Tortuga, en un susurro, contestó:

—¡Vamos a morir!

Cuando unas manos fuertes lo levantaron sobre el agua borboteante, el Pez se puso boca abajo.

—¡*Whsssh!* —dijo.

Escupió a la gente el agua hirviendo, de modo que muchos quedaron escaldados y ciegos. Chillando de dolor, echaron a correr.

—Ay, ¿qué vamos a hacer con estos desgraciados? —dijeron.

Otros exclamaron:

—¡Llevémoslos a la ciénaga y ahoguémoslos!

En el acto echaron a correr con ellos. Arrojaron al Pez y la Tortuga a las aguas turbias. Hacia el centro de la gran ciénaga, la Tortuga se sumergió. Luego asomó la cabeza del agua y, saludando con una mano a la multitud, canturreó:

—¡Me quedo aquí a vivir!

El Pez nadó de un lado a otro con saltos tan juguetones que la aleta dorsal hacía volar el agua.

—*¡E han!* —aulló el Pez—. ¡Me quedo aquí a vivir!

—Oh, ¿qué hemos hecho? —decía la gente asustada—. Esta será nuestra ruina.

Entonces un jefe sabio dijo:

—Iya, el Devorador, vendrá y se tragará el lago.

Así que uno fue corriendo en su busca. Trajo a Iya, el Devorador; e Iya bebió todo el día en el lago hasta que su tripa fue como la tierra. Entonces el Pez y la Tortuga se hundieron en el cieno, e Iya dijo:

—No están dentro de mí.

Al oír eso, la gente lloró desconsolada.

Iktomi iba andando por la ciénaga y lo engulló como un mosquito flotando en el agua. En el interior del gran Iya, miró hacia el cielo. Tan profunda era el agua en la tripa del Devorador que la superficie del lago engullido casi tocaba el cielo.

—Iré por ese camino —dijo Iktomi, mirando el hueco que había al alcance de la mano.

Clavó el cuchillo hasta el fondo en la tripa del Devorador, y el agua al caer ahogó a la gente de la aldea.

Luego, una vez el agua volvió sobre su lecho, el Pez y la Tortuga fueron hasta la orilla. Regresaron a casa pintados como vencedores y cantando a viva voz.

Los Otros Dos

(1904)

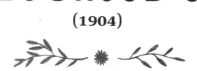

I

Waythorn esperaba frente a la chimenea de la salita a que su esposa estuviera lista y bajara para la cena.

Era su primera noche como marido y mujer bajo su propio techo y Waythorn se sentía desconcertado por la corriente de pueril agitación que le embargaba. No era tan mayor, el espejo le devolvió un poco más de los treinta y cinco que su mujer había confesado que aparentaba, pero él hubiera deseado encontrarse ya en una situación de menor agitación en su relación de pareja. Sin embargo, allí estaba, pendiente de escuchar sus pasos, con una suave emoción por todo lo que eso significaba, con el recuerdo de unos viejos versos sobre adornados dinteles de guirnaldas nupciales que flotaban en el aire mientras contemplaba la agradable sala y se regocijaba por la apetitosa cena que les esperaba justo en la habitación de al lado.

Habían sido abruptamente interrumpidos en su luna de miel por la enfermedad de Lily Haskett, hija del primer matrimonio de la señora Waythorn. La niña, por expreso deseo del señor Waythorn, había sido trasladada a su casa el día de la boda de su madre. El médico, a su llegada, les dio la noticia de que se encontraba enferma de tifoidea, aunque declaró que todos los síntomas parecían favorables. Lily podía demostrar doce años de salud sin mácula y el episodio prometía ser leve. La enfermera habló con la misma tranquilidad que el doctor y, tras el momento inicial de alarma, la señora Waythorn se hizo cargo de la situación. Lily era su debilidad, el cariño que mostraba por la niña había sido quizás su concluyente encanto a los ojos del señor Waythorn, pero la señora Waythorn poseía un carácter perfectamente equilibrado, rasgo que la niña había heredado, y ninguna mujer gastó nunca menos pañuelos en estériles desvelos. El señor Waythorn estaba por tanto seguro de que la vería entrar de un momento a otro, un poco tarde a causa de un último vistazo a Lily, pero tan apaciguada y serena como si su beso de buenas noches hubiera sido depositado en la frente de su hija sana. Su paz era un calmante para él; actuaba como niveladora de sus nervios, en cierto modo inestables. Al imaginarla inclinándose sobre la cama de la niña, pensó en lo tranquilizadora que su presencia debía ser ante la enfermedad: su sola presencia significaba una mejoría.

Su propia vida había sido una vida gris, más por su manera de ser que por otras circunstancias, y se había sentido atraído hacia ella por su imperturbable alegría, que la mantenía juvenil y lozana a una edad en la que la mayoría de las ocupaciones de las mujeres se vuelven blandas o febriles. Sabía lo que se decía de ella: conocida como era, siempre se había alzado a su alrededor un halo de apagadas murmuraciones. Cuando llegó a Nueva York, hacía ya nueve o diez años, lo hizo convertida en la bonita señora Haskett a la que Gus Varick había desenterrado de alguna parte. ¿La había encontrado en Pittsburg o en Utica? La clase alta, a pesar de que se había apresurado a aceptarla, se había también reservado el derecho a expresar una duda sobre su propia incapacidad de hacer un juicio. El posterior escrutinio evidenció, sin embargo, una indudable conexión con una familia influyente y ella explicó su reciente divorcio como la lógica conclusión de un emparejamiento rebelde de sus tiernos diecisiete años; y como nada se sabía del misterioso señor Haskett, fue fácil pensar mal de él.

La segunda boda de Alice Haskett con Gus Varick fue un salvoconducto para entrar en la alta sociedad cuyo reconocimiento ella ambicionaba y, durante algunos años, los Varick fueron la pareja más admirada de la ciudad. Desdichadamente, la unión fue breve y tormentosa, y esta vez el marido tenía sus defensores. A pesar de ello, hasta los más acérrimos partidarios del señor Varick admitieron que este no estaba hecho para el matrimonio y los oprobios que alegaba la señora Varick eran de los que soportarían la investigación de los juzgados de la ciudad. Un divorcio firmado en Nueva York era en sí mismo un certificado de virtud y, en la especie de viudedad de su segunda separación, la señora Varick adquirió un aire de santidad tal que le fue permitida la confesión de sus cuitas a los oídos más estirados de la sociedad. Pero cuando se supo que se iba a casar de nuevo con Waythorn hubo una misma reacción en todos los que la veneraban. Sus mejores amigas hubieran preferido verla permanecer en su papel de exesposa agraciada que le sentaba tan bien como el crepé a un cutis rosado. Cierto, había transcurrido un tiempo razonable desde la separación, y en ningún momento se había sugerido que Waythorn hubiera reemplazado a su predecesor. La gente, sin embargo, sacudió la cabeza ante la noticia y un suspicaz amigo, ante el que Waythorn afirmó que había tomado la decisión con los ojos completamente abiertos, respondió con sorna: «Sí, y con los oídos tapados».

Pero Waythorn podía permitirse sonreír ante tales insinuaciones. En jerga de Wall Street, digamos que las había «dado por descontadas». Sabía que la sociedad neoyorquina no se había acostumbrado todavía a las implicaciones del divorcio y que, hasta que la adaptación tuviera lugar, toda mujer que hiciera uso de la libertad que la ley le otorga debía de convertirse en su propia defensora ante la sociedad, y Waythorn tenía plena confianza en la habilidad de su mujer para justificar sus acciones. Sus expectativas se vieron colmadas y, antes de que el enlace tuviera lugar, las amistades de Alice Varick se habían manifestado abiertamente a su favor. Ella se tomó todo aquello de manera imperturbable, tenía una forma de superar los obstáculos sin parecer consciente de ellos y Waythorn hizo repaso con asombro de las trivialidades que ella había sorteado sin alterarse y que a él le habían dejado agotado. Tenía la sensación de haber encontrado cobijo en una naturaleza más compleja que la suya y su satisfacción, en ese momento, se incrementó con el pensamiento de que su mujer, una vez hubiera atendido a Lily en todo lo posible, no se sentiría culpable de bajar las escaleras con el propósito de disfrutar con él de una deliciosa cena.

La anticipación de ese momento no se reflejaba, sin embargo, en el encantador semblante de la señora Waythorn cuando esta se reunió con él. A pesar de que se había puesto su vestido de noche más favorecedor, había pasado por alto acompañar su atuendo con una sonrisa y Waythorn constató que nunca la había visto con un aire tal de preocupación.

—¿Qué ocurre? —preguntó—. ¿Algún problema con Lily?

—No, acabo de estar en su cuarto y todavía duerme. —La señora Waythorn dudó—. Pero ha sucedido algo que me inquieta.

Él la había tomado de ambas manos y ahora se daba cuenta de que había un papel arrugado entre ellas.

—¿Esta carta?

—Sí, el señor Haskett ha escrito. Quiero decir: su abogado ha escrito.

—¿De qué se trata?

—De las visitas a Lily. Ya sabes, los juzgados…

—Sí, sí —la interrumpió, nervioso.

Nada se sabía en Nueva York del señor Haskett. La idea general era que vivía en la gris periferia de la que su mujer había sido rescatada. Waythorn era uno de los pocos que estaba al corriente de que este había vendido su negocio en Utica y seguido a su exmujer a Nueva York con la intención de estar cerca de la niña. Durante los días de su noviazgo, Waythorn se había encontrado a menudo con Lily en la puerta de casa, sonrosada y sonriente, preparada «para visitar a papá».

—Siento que suceda esto —murmuró la señora Waythorn. Él se indignó.

—¿Pero qué es lo que quiere?

—Quiere verla, ya sabes que ella va a visitarle una vez por semana.

—Bien, imagino que él no pretenderá que la niña vaya a verle ahora, ¿no es así?

—No, sabe que está enferma. Lo que él desea es venir aquí.

—¿Aquí?

La señora Waythorn se sonrojó ante su reacción. Los dos miraron hacia otro lado.

—Me temo que tiene derecho..., verás... —Ella le tendió la carta. Waythorn dio un paso atrás con un gesto de rechazo. Permaneció de pie contemplando la estancia suavemente iluminada, la misma que apenas hacía un momento le había parecido tan acogedora para su intimidad matrimonial.

—Siento que suceda esto —repitió ella—. Si Lily no hubiera venido a vivir con nosotros...

—Eso está fuera de toda discusión —cortó él apresuradamente.

—Lo imagino.

Su labio superior estaba empezando a temblar y Waythorn se dijo a sí mismo que era un bruto.

—Puede venir, por supuesto —suspiró—. ¿Qué día es el convenido?

—Mañana.

—Muy bien, envía la nota de aceptación por la mañana.

El mayordomo entró en ese instante para anunciar que la cena estaba lista. Waythorn se acercó a su mujer.

—Vamos, tienes que estar agotada. Es molesto, pero trata de no pensar en ello —dijo tomándole la mano.

—Eres tan bueno, querido, lo intentaré —musitó.

Su rostro se había iluminado de nuevo. Ella le miró a través de las flores y, entre los rosados candelabros, el señor Waythorn vio cómo sus labios se distendieron en una sonrisa.

—¡Qué bonito está todo! —exclamó, complacida. Waythorn se dirigió al mayordomo.

—Traiga enseguida el *champagne,* por favor, la señora Waythorn está cansada.

Durante unos instantes sus ojos se encontraron por encima de las chispeantes copas. Los de ella eran limpios y confiados: su mujer había obedecido su recomendación y había olvidado en un instante sus pesares.

II

A la mañana siguiente, Waythorn se dirigió al trabajo más temprano de lo habitual. No era probable que el padre de la niña apareciera hasta la tarde, pero se dejó llevar por el instinto de la huida. Tenía intención de estar fuera de casa todo el día, había pensado en cenar en su club. Al cerrar la puerta tras él se dio cuenta de que, antes de que volviera a abrirla, habría estado en la casa otro hombre que tenía el mismo derecho que él a entrar y aquella idea le hizo sentir una extraña repulsión física.

Tomó el tren a la hora punta y se encontró a sí mismo aplastado entre dos capas de humanidad basculante. En la calle octava, el hombre que estaba frente a él se escabulló y otro ocupó su lugar. Waythorn levantó la mirada y vio que era Gus Varick. Los dos hombres estaban tan cerca uno del otro que fue imposible ignorar la sonrisa de reconocimiento en el recién afeitado rostro de Varick. Después de todo, ¿por qué no? Siempre se habían llevado bien y Varick estaba divorciado antes de que comenzaran las atenciones de Waythorn hacia su exmujer. Los dos intercambiaron unas palabras sobre la perenne situación de los trenes atestados y, cuando un asiento a su lado quedó milagrosamente libre, el instinto de conservación hizo que Waythorn se sentara después de que lo hiciera Varick.

Este último exhaló un profundo suspiro de alivio.

—Dios, estaba empezando a sentirme como una flor prensada.

E inclinó la cabeza, mirando despreocupadamente a Waythorn.

—Siento oír que Sellers está fuera de juego otra vez.

—¿Sellers? —repitió Waythorn, sobresaltado al escuchar el nombre de su socio.

Varick pareció sorprendido.

—¿No sabía que está en cama con gota?

—No, he estado fuera de la ciudad. Volví ayer por la noche —Waythorn se sonrojó, anticipando la sonrisa del otro.

—Ah, sí, por supuesto..., pues le dio un ataque hace dos días. Me temo que está bastante mal, lo cual es para mí un verdadero fastidio, puesto que acababa de encargarle un tema de suma importancia para el despacho.

—¿Ah, sí? —Waythorn se preguntó vagamente desde cuándo Varick había estado envuelto en «temas de suma importancia». Hasta ahora, que él supiera, su trabajo había consistido en retozar en las superficiales aguas de la especulación financiera, asuntos con los que el despacho de Waythorn normalmente no tenía nada que ver.

Se le ocurrió entonces que podía estar en realidad hablando por hablar, quizá para disimular lo embarazoso de la situación. La conversación se le hacía a Waythorn cada vez más incómoda y, cuando en Cortland Street descubrió a un colega del despacho entre la gente, tuvo la repentina visión de la imagen que los dos, sentados uno junto al otro en el tren, podían dar ante alguien que conociera su vínculo. Fue entonces cuando saltó de su asiento con una vaga excusa.

—Espero que encuentre a Sellers mejor —dijo Varick educadamente.

Él respondió:

—Si puedo serle de alguna ayuda...

Dejó que, acto seguido, la multitud le arrastrara hacia el andén.

Una vez en la oficina, descubrió que en efecto Sellers estaba enfermo con gota y que no podría salir de su casa en varias semanas.

—Lo lamento de veras, señor Waythorn —dijo su asistente con rostro serio—. El señor Sellers estaba muy contrariado con la idea de darle tal cantidad de trabajo extra precisamente ahora.

—Oh, no hay problema —se apresuró a responder.

Agradeció secretamente la presión de tareas añadidas y se recordó que tendría que visitar a su socio en el camino de regreso a casa, cuando la jornada hubiera terminado.

Salió tarde para comer a mediodía y decidió ir al restaurante más cercano en vez de ir a su club como acostumbraba. El local estaba lleno y el camarero le condujo a un rincón para sentarle en la única mesa libre. Envuelto en la nube de humo de cigarros, Waythorn no pudo en un principio distinguir a sus vecinos. Pero una vez sentado, mirando despreocupadamente en derredor suyo, descubrió a Varick sentado a poca distancia de él. Esta vez, por fortuna, estaban lo suficientemente apartados como para no poder conversar y era probable que Varick, que miraba hacia otro lado, no lo hubiera visto. No obstante, no podía negar que había cierta ironía en ese renovado encuentro.

Era sabido que Varick gustaba de la buena vida y, mientras Waythorn permanecía cabizbajo despachando su apresurado almuerzo, no pudo evitar lanzar vistazos con cierta envidia a la tranquila degustación que este hacía de su comida. Cuando entró en el restaurante, Varick se encontraba atacando una porción de camembert en su punto ideal de textura y ahora, terminado el queso, le observaba verter café de una pequeña jarra de porcelana a su taza. Lo hacía lentamente, su apuesto perfil inclinado, una blanca mano ensortijada sujetando la jarra; luego estiró otra mano hacia el decantador de coñac, llenó un vaso del licor, saboreó un sorbo y, a continuación, vertió el brandi en la taza de café.

Waythorn lo observaba con fascinación. ¿En qué estaría pensando?, ¿únicamente en la combinación entre el sabor del café y el brandi? ¿No había dejado el encuentro de aquella mañana algún rastro en sus pensamientos que pudiera delatar su rostro?

¿Estaba Alice tan lejos ya de su vida que incluso ese desconcertante encuentro, una semana después de su tercer matrimonio, no había sido más que un leve incidente en su rutina? Y mientras Waythorn se preguntaba tales cosas, otra idea le vino a la mente: ¿se habría encontrado Haskett alguna vez a Varick de la misma manera que él y Varick se acababan de encontrar? El recuerdo de Haskett le importunó sobremanera y se incorporó para abandonar el restaurante, sin olvidar tomar un rodeo para escapar del irónico y plácido gesto que Varick le dedicó al descubrir que se marchaba.

Eran más de las siete cuando Waythorn llegó a casa. Le dio la impresión que el criado que le abrió la puerta lo miraba con turbación.

—¿Cómo está la señorita Lily? —preguntó a toda prisa.

—Recuperándose muy bien, señor. Un caballero…

—Dígale a Barlow que retrase la cena media hora —le cortó Waythorn, apresurándose escaleras arriba.

Fue directo a su habitación y se vistió para la cena sin ver a su mujer. Cuando bajó a la sala de estar ella ya estaba allí, fresca y radiante. Lily había tenido tan buen día que el médico no iba a volver esa noche.

Durante la cena, Waythorn le habló de la enfermedad de su socio y las complicaciones que esta le supondría. Ella lo escuchó comprensiva, pidiéndole que no se dejara sobrepasar por el trabajo y haciéndole vagas preguntas sobre la rutina del despacho. Luego ella le habló del día de Lily; citó a la enfermera y al médico y le puso al corriente de quién había llamado para preguntar por la niña. Waythorn nunca la había visto tan serena y despejada. Se le ocurrió entonces, al tiempo que sentía un agradable vértigo, que ella era muy feliz por haberse casado con él, tan feliz que encontraba una pueril satisfacción en rememorar en su presencia los triviales incidentes del día.

Después de la cena fueron a la biblioteca y el criado colocó el café y los licores en la mesa baja donde acostumbraba, abandonando a continuación la estancia. Ella tenía esa noche un aspecto especialmente dulce y femenino, con su vestido rosa pálido, que contrastaba adorablemente con la piel oscura del sillón de cuando era soltero en el que ella estaba sentada. Un día antes, la visión de aquel contraste le hubiera conmovido.

Le dio la espalda para elegir un habano con afectada concentración.

—¿Vino Haskett? —preguntó sin mirarla.

—Oh, sí, vino.

—¿Y por supuesto no le viste? Ella dudó un momento.

—Le pedí a la enfermera que hablara con él.

Eso era todo. No había más que preguntar. Waythorn se volvió hacia ella, aplicando una cerilla encendida a su habano. Bien, en cualquier caso, todo habría terminado en una semana, intentaría no pensar en ello. Ella levantó la mirada hacia él, un poco más sonrosada que de costumbre y le preguntó, con una sonrisa en los ojos.

—¿Te sirvo un café, querido?

Waythorn se apoyó en la repisa de la chimenea mientras observaba cómo ella levantaba la cafetera. La luz de la lámpara hacía brillar sus pulseras y punteaba su claro cabello con destellos. ¡Qué esbelta y elegante era, y cómo cada gesto suyo fluía con gracia hacia el siguiente! Era una criatura colmada de armonía. Al tiempo que el recuerdo del señor Haskett se desvanecía, Waythorn se encontró a sí mismo cediendo otra vez al alborozo de la posesión. Eran suyas aquellas manos blancas de encantadores movimientos, suya la bruma castaña de su cabello, suyos los labios y los ojos... Ella devolvió la cafetera a su sitio y, tomando la botella de coñac, llenó un vaso del licor y lo vertió a continuación en su taza.

Waythorn no pudo evitar una exclamación.

—¿Qué ocurre? —preguntó ella, sorprendida.

—Nada, solo que nunca tomo el café con coñac.

—Oh, estúpida de mí.

Sus ojos se encontraron y su piel se encendió con un súbito y avergonzado rubor.

III

Diez días más tarde, el señor Sellers, todavía enclaustrado en su casa, pidió a Waythorn que fuera a verle al salir del trabajo.

El veterano socio, con el pie vendado y extendido junto al fuego, saludó a su joven colega con cierto embarazo.

—Lo siento, mi estimado Waythorn, pero he de pedirte que hagas algo inusual por mí.

Waythorn esperó a que hablara y el otro, tras una pausa tomada aparentemente para ordenar sus frases, dijo:

—La cosa es que en el momento del inoportuno ataque llevaba entre manos un negocio bastante complicado: Gus Varick.

—Continúa.

—Bien, pasó lo siguiente: Varick vino a verme el día anterior a mi ataque. Había recibido sin duda algún soplo de alguien en Wall Street y se había hecho en un abrir y cerrar de ojos con unos cien mil dólares. Me pidió que le indicara cómo moverlos antes de levantar sospechas y yo le sugerí que acudiera a Vanderlyn.

—¡Caray! —exclamó Waythorn, comprendiendo en un segundo lo que había ocurrido. El negocio era de lo más atractivo, pero requería de consejo especializado y cierta negociación. Atendió en silencio mientras Sellers exponía el caso y, cuando terminó, preguntó.

—¿Me estás pidiendo que vaya a ver a Varick?

—Me temo que yo no puedo hacerlo. El médico no está dispuesto a soltarme y este asunto no puede esperar. Odio tener que pedírtelo a ti, pero eres el que mejor conoce en el despacho cómo negociar con estas sumas de dinero.

Waythorn permaneció callado. Le importaba un comino el éxito de la aventura de Varick, pero el prestigio del despacho estaba en entredicho y no podía negarse a complacer a su socio.

—De acuerdo, lo haré.

Aquella tarde, tras una conversación telefónica, Varick acudió a su despacho. Waythorn lo esperaba preguntándose qué pensarían los demás cuando lo vieran reunirse con él a puerta cerrada. Todos los periódicos, cuando se celebró la boda con la señora Waythorn, habían deleitado a sus lectores con detalles de sus aventuras matrimoniales previas y Waythorn podía imaginarse a sus empleados sonriendo a sus espaldas cuando Waythorn lo guiara hasta su despacho.

Pero Varick se condujo admirablemente. Aceptó los consejos con humildad, pero sin parecer por ello sumiso, y Waythorn fue consciente de que se encontraba ante un hombre mucho menos intimidante de lo que aparentaba. Varick no tenía ninguna experiencia en esa clase de negocios y la conversación se prolongó por más de una hora mientras Waythorn cerraba con escrupulosa precisión todos los detalles de la operación propuesta.

Varick sonrió y Waythorn no pudo negar reconocer que había algo agradable en su sonrisa.

—Se siente uno raro teniendo de repente suficiente dinero como para pagar todas las facturas. ¡Hubiera vendido mi alma al diablo por esto unos años atrás!

Waythorn captó de lo que estaba hablando. Había oído rumores que apuntaban a que fueron los problemas de dinero una de las causas que llevaron a su divorcio, aunque no le pareció que hubiera pronunciado aquello intencionadamente. Parecía, sin embargo, que el afán de mantener al margen de la conversación ciertos temas delicados le hubiera llevado, irónicamente, a caer en ellos sin remedio.

—Haremos todo lo que esté en nuestra mano para multiplicar su dinero —dijo Waythorn—. Creo que esta es una oportunidad magnífica.

—Oh, estoy seguro de que es excepcional. Me alegro de oírle decir eso. —Varick se detuvo, azorado—. Imagino que ya está todo organizado, ¿no es así?

—Si sucediera algo antes de que Sellers regrese, le llamaría para vernos de nuevo —respondió Waythorn con tono calmado.

No pudo evitar sentirse complacido al ver que, al final, él aparecía como el más seguro de sí mismo de los dos.

La enfermedad de Lily transcurrió sin sobresaltos y, a medida que los días pasaban, Waythorn se acostumbró a la idea de la visita semanal de Haskett a su casa. La primera vez que este vino, Waythorn permaneció fuera hasta tarde y solo al final del día preguntó a su mujer sobre la visita. Ella le contó que Haskett había visto únicamente a la enfermera, ya que el doctor no deseaba que entrara gente a la habitación de la niña hasta que no hubiera pasado lo más grave de la crisis.

A la semana siguiente, Waythorn fue otra vez consciente de que habría otro día de visita pero, para cuando regresó a casa a la hora de cenar, ya lo había olvidado, por lo que ni siquiera preguntó por ella. Lo peor de la enfermedad de Lily ya había pasado y, unos días después, tras un rápido descenso de la fiebre, el doctor declaró a la niña fuera de peligro. En medio de la alegría que siguió a la noticia, Waythorn dejó de pensar en Haskett y, una tarde, tras abrir la puerta de la casa con su propia llave, se dirigió a la biblioteca sin reparar en el sombrero gastado y el paraguas que reposaban en el perchero de la entrada.

Fue allí donde se encontró con un pequeño hombre de aspecto humilde que tenía una barbita canosa, sentado en el borde de una silla. El desconocido podía haber sido desde un afinador de pianos hasta una de esas personas misteriosamente eficientes a las que se acude en las emergencias domésticas por ser capaces de reparar cualquier aparato estropeado.

El hombrecillo pestañeó en dirección a Waythorn a través de sus gafas de montura dorada:

—El señor Waythorn, supongo. Soy el padre de Lily. Waythorn enrojeció.

—¡Oh! —exclamó turbado.

Se detuvo, temiendo parecer maleducado, aunque internamente estaba intentando encajar el aspecto del Haskett actual con la imagen que de él se había hecho tras las evocaciones de su esposa. Waythorn había sido llevado a pensar que el primer marido de Alice era una especie de bruto y un grosero.

—Siento molestar —dijo Haskett, con el tono de voz de un atento dependiente.

—No se apure —respondió Waythorn recomponiéndose—. ¿Supongo que ya se ha avisado a la enfermera de su presencia?

—Me imagino. Puedo esperar, no se preocupe.

Poseía un tono de voz resignado, como si los años transcurridos hubieran acabado con todos sus poderes de resistencia naturales.

Waythorn permaneció de pie junto a la puerta, tirando nerviosamente de sus guantes.

—Siento que tenga que esperar. Haré llamar a la enfermera de inmediato —dijo, y al abrir la puerta añadió con esfuerzo—: Me alegro de que podamos darle buenas noticias sobre Lily.

Hizo una mueca al percatarse del «podamos», pero Haskett pareció no haberlo percibido.

—Gracias señor Waythorn, han sido semanas duras para mí.

—Bueno, ya ha pasado. Muy pronto la niña podrá ir a verle —saludó con la cabeza y salió.

Una vez en su habitación, se paseó de un lado a otro con un gemido interno. Odiaba aquella sensibilidad femenina que le hacía sufrir tan severamente con las grotescas situaciones de la vida. Cuando se casó, sabía que los maridos anteriores de su mujer estaban vivos y que, entre las múltiples relaciones de la vida actual, había muchas posibilidades de que algún día se topara con ellos. Aun así, se encontraba tan afectado por aquel breve encuentro que era como si la ley que había servido para apartar diligentemente todo aquello que impedía que se encontraran fuera de lo más injusta.

Waythorn recorrió de arriba abajo la habitación con un gruñido. No había sufrido ni la mitad de lo que sufría ahora en sus dos encuentros con

Varick. Sin duda, era la presencia de Haskett en su casa lo que hacía la situación tan intolerable. Se quedó de pie, escuchando pasos en el pasillo.

—¡Por aquí, por favor! —oyó decir a la enfermera.

Haskett fue conducido al piso de arriba, por lo tanto solo en aquel rincón de la casa podía sentirse seguro. Waythorn se dejó caer en una silla, mirando vagamente a la pared de enfrente. Sobre la cómoda había una fotografía de Alice tomada en la época en la que acababan de conocerse. Era en ese tiempo Alice Varick. Qué delicada y exquisita le pareció, y aquello alrededor de su cuello eran perlas que Varick le había regalado. A solicitud de Waythorn, las perlas habían sido devueltas al exmarido antes de la boda. Se preguntó entonces si Haskett habría regalado alguna vez joyas a Alice y qué habría sido de ellas en ese caso. De repente se dio cuenta de que no sabía apenas nada del pasado o presente de Haskett, a pesar de que por su aspecto y manera de hablar creía que podría reconstruir con extraña precisión el ambiente que tuvo que rodear a Alice durante su primer matrimonio. Le sorprendió constatar que ella había vivido, en su opaco pasado, una clase de existencia radicalmente diferente a todo lo que él hubiera podido pensar de ella. Varick, cualquiera que fueran sus defectos, era un caballero en el sentido tradicional y convencional del término, en el sentido que en aquel momento parecía, curiosamente, tener la mayor lógica para Waythorn. Él y Varick frecuentaban los mismos círculos sociales, hablaban el mismo lenguaje, se amoldaban a las mismas convenciones. Pero este otro hombre… Para la mentalidad de Waythorn, lo más difícil de aceptar era que en el atuendo de Haskett destacaba una anticuada pajarita sujeta con una goma elástica. Pero ¿por qué debería ese ridículo detalle retratar al hombre completo? Waythorn se sentía irritado con su propia superficialidad, aunque no pudo evitar que el hecho de la pajarita estirada, sujeta de aquella manera a su cuello, se convirtiera en una especie de clave de lo que había sido el pasado de Alice. Podía verla entonces como la señora de Haskett, sentada en una sala de estar forrada de terciopelo, con una pianola y una copia de *Ben Hur* en la mesita de centro. Pudo verla también acudiendo al teatro con Haskett o quizá incluso a un sermón a la iglesia, ella con un gran sombrero y Haskett con una levita negra un poco arrugada y con aquella pajarita torcida sujeta con un elástico. De regreso a casa, los dos se detendrían delante de los escaparates iluminados, comentando entre ellos las fotografías de las actrices de Nueva York. Los domingos por la tarde Haskett saldría a dar un paseo con ella, mientras su ahora adorada esposa empujaba un cochecito de bebé esmaltado en blanco. También tuvo una visión de la gente con la que se pararían a conversar, podía imaginarse lo preciosa que estaría Alice, con un vestido bien cortado que siguiera las sugerencias de alguna revista de moda de Nueva York, y cómo ella miraría a las otras mujeres, irritada con su vida y sintiendo secretamente que pertenecía a un lugar mejor.

En aquellos instantes, su sentimiento más punzante era el de asombro ante la manera en la que ella había hecho desaparecer aquella época de su vida en que había estado casada con Haskett. Era como si su actual apariencia, cada gesto, cada inflexión de su voz, cada alusión fueran una estudiada negación de aquel periodo de su vida. Si ella hubiera negado haber estado casada con Haskett habría sido más convincente que aquella supresión deliberada de su pasado como mujer casada. Waythorn comenzó a cuestionar las razones que ella había dado para justificar su matrimonio con Haskett. ¿Qué derecho tenía a crear una maravillosa imagen de su mujer para después juzgarla? Ella había hablado vagamente de aquel matrimonio como un matrimonio infeliz, había sugerido también con cierta reticencia que Haskett había destruido sus jóvenes e inocentes ilusiones... Era un choque para la tranquilidad mental de Waythorn descubrir que el aspecto indefenso de Haskett otorgaba una nueva luz a la naturaleza de las inocentes ilusiones de Alice. Un hombre siempre preferiría creer que su mujer había sido maltratada por su primer marido antes que descubrir que la situación se había dado de manera inversa.

IV

—Señor Waythorn, no me gusta esa institutriz francesa de Lily.

Haskett, manso e inmóvil, permaneció de pie frente a Waythorn en la biblioteca, haciendo girar su sombrero gastado entre las manos. Waythorn, sorprendido en su sillón leyendo el periódico de la tarde, devolvió, perplejo, su mirada al visitante.

—Disculpe que haya venido a verle —continuó Haskett—, pero esta es mi última visita y pensé que si pudiera tener una conversación con usted sería mucho mejor que escribir al abogado de la señora Waythorn.

Waythorn se incorporó, incómodo. A él tampoco le gustaba la institutriz francesa, pero aquel asalto no le pareció en absoluto procedente.

—No estoy tan seguro de que yo pueda hacer algo —respondió secamente—, pero si es su deseo le daré su mensaje a mi mujer.

Siempre dudaba con el pronombre posesivo «mi» al dirigirse a Haskett. Este último suspiró.

—No sé si eso servirá de algo. A ella no le gustó cuando se lo mencioné.

Waythorn se sorprendió.

—¿Cuándo ha hablado con ella?

—No la he vuelto a ver desde el primer día que vine a ver a Lily, inmediatamente después, la niña cayó enferma, pero aquel día le dejé claro que no me gustaba la institutriz para mi hija.

Waythorn no dijo nada, recordaba claramente que, después de aquella primera visita, había preguntado a su mujer si había visto a Haskett. Ella le había mentido entonces, pero al menos había respetado su solicitud desde aquel momento. El incidente proyectaba una perspectiva inédita sobre su personalidad, el hecho de que ella no hubiera adivinado que él desaprobaría ese encuentro era casi tan desagradable como el descubrir que le había mentido.

—No me gusta esa mujer —estaba diciendo Haskett con moderada persistencia—, no es trigo limpio, señor Waythorn, enseñará a la niña a no ser honesta. He notado un cambio en Lily, está demasiado ansiosa por agradar, y no siempre dice la verdad. Ella solía ser una niña muy sincera, señor Waythorn. —Después aclaró, con la voz un poco más firme—: No es que no desee que la niña tenga una buena educación.

Waythorn comprendió.

—Lo siento, señor Haskett, pero francamente no veo muy bien qué es lo que puedo hacer yo.

Haskett dudó, depositó su sombrero sobre la mesa y se aproximó a la chimenea. No había nada intimidatorio en sus modales, a pesar de que su actitud estaba teñida de la solemnidad que un hombre tímido había decidido imprimir a una actuación para él decisiva.

—Hay una cosa que sí puede hacer, señor Waythorn —dijo—: puede recordarle a la señora Waythorn que por disposición del juzgado estoy legitimado a tener algo que decir sobre el modo en el que se educa a mi hija.

Se detuvo y continuó enseguida, con un tono más condescendiente:

—No soy el tipo de persona que reivindica sus derechos, señor Waythorn. No sé ni siquiera si un hombre posee derechos si este no sabe cómo ejercerlos. Pero en el caso de la niña es diferente. Nunca cederé en eso, no tengo intención de hacerlo.

La conversación dejó a Waythorn profundamente afectado. De diferentes maneras, había ido descubriendo, desconcertado, cómo era Haskett, y todo lo que había descubierto hasta ahora era favorable. El insignificante caballero, para poder estar cerca de su hija, había vendido su participación en un exitoso negocio en Utica y aceptado un humilde empleo en una fábrica de Nueva York. Alquiló un apartamento en un barrio modesto y vivía en una ciudad en la que apenas tenía conocidos. Su amor por Lily llenaba su vida. Waythorn se dio cuenta de que conocer a Haskett era como ir tanteando con una linterna en las sombras del pasado de su mujer, pero ahora veía que había profundidades a las que la luz de su antorcha no había llegado. La verdad era que nunca se había preguntado sobre las circunstancias exactas de la ruptura de su primer matrimonio. En apariencia todo había sido de mutuo acuerdo, ella había sido quien había pedido el divorcio y el juzgado le había otorgado la custodia de la niña. Pero Waythorn sabía cuántas ambigüedades podía ocultar una sentencia como aquella, el mero hecho de que Haskett retuviera un derecho sobre su hija implicaba la existencia de un pacto desconocido entre ellos.

Waythorn era un soñador, negándose siempre a reconocer la existencia de circunstancias engorrosas hasta que no se encontraba frente a ellas, y era entonces cuando las veía encadenadas a una borrosa serie de consecuencias. Los días siguientes a su conversación con Haskett estuvieron dominados por el recuerdo de aquella y, finalmente, se propuso acabar con las sombras, conjurándolas en presencia de su esposa.

Cuando le comunicó la petición de Haskett, una vaharada de ira encendió su rostro y, a pesar de que se dominó al instante, no pudo evitar hablar con un ligero temblor de ultrajado sentimiento maternal.

—Es muy poco caballeroso por su parte —dijo. La expresión irritó a Waythorn.

—No importa que me lo haya dicho a mí o ante el juzgado, es una simple cuestión de derechos.

Ella musitó:

—No, no lo es, porque no es de ayuda alguna a Lily.

Waythorn enrojeció, eso era algo que tampoco le gustó escuchar.

—La cuestión es —repitió— ¿qué autoridad tiene tu exmarido sobre la niña?

Alice bajó la mirada, removiéndose un poco en la silla.

—Estoy dispuesta a ir a verle, pero creí que tú te opondrías —vaciló.

En un instante comprendió que ella conocía el alcance de las reivindicaciones de Haskett. Quizás esta no era la primera vez que se resistía a ellas.

—A lo que me refiero no tiene nada que ver con que vayas o no a verle —respondió fríamente—. Lo que quiero decir es que si Haskett tiene derecho a ser consultado en decisiones que atañen a Lily, tu deber es consultarle.

Ella rompió a llorar y Waythorn se dio cuenta de que ella lo hacía porque esperaba que él la contemplara como una víctima. Lo que tenía claro era que Haskett no se había sobrepasado al reivindicar sus derechos, Waythorn había sentido con total seguridad que no lo había hecho. Como consecuencia de ello la institutriz fue despedida y, de cuando en cuando, el inofensivo padre solicitaba una reunión con Alice. Tras la inicial ofuscación, ella aceptó la situación con su habitual flexibilidad. Haskett le había recordado una vez a Waythorn al afinador de pianos y la señora Waythorn, después de un mes o dos, pareció catalogarlo también como ese empleado doméstico. Waythorn no podía más que admirar la tenacidad del padre. Al principio había intentado convencerse a sí mismo de que Haskett pretendía en realidad actuar de manera poco limpia, que su última intención era asegurarse un lugar perturbador en la casa, pero en el fondo de su corazón Waythorn estaba seguro de la simpleza de sus intenciones; incluso imaginó un ligero desprecio por las evidentes ventajas que su relación con el matrimonio Waythorn pudieran ofrecerle. La sinceridad en las intenciones de Haskett lo hicieron invulnerable, y su sucesor no tuvo más remedio que aceptarle como se acepta una hipoteca sobre la propiedad.

El señor Sellers fue enviado a Europa para recuperarse de su gota y los negocios de Varick pasaron a manos de Waythorn. Las negociaciones fueron largas y complejas, requirieron de frecuentes reuniones entre los dos hombres y los intereses de la firma rechazaron la sugerencia de Waythorn de que fuera otro empleado el que, llegado cierto punto, se hiciera cargo de las negociaciones con Varick.

Este último se comportó excelentemente. En momentos de distensión su sentido del humor aparecía y Waythorn no podía evitar temer sus sarcásticos golpes de ingenio; pero en el despacho Varick era sensato y se comportaba sin dobleces, con una halagadora consideración por el criterio de Waythorn. Su relación de negocios se había establecido con tal cordialidad que para los dos hombres hubiera sido absurdo que se ignoraran en público.

La primera vez que se encontraron, una vez forjado el vínculo profesional, fue en el salón de conocidos comunes. Tras el encuentro, Varick continuó con la conversación en el mismo tono distendido, y la expresión agradecida del anfitrión obligó a Waythorn a participar en la misma amablemente. Después de eso se encontraron con frecuencia y, una noche en un baile, mientras Waythorn atravesaba las salas más alejadas del salón donde se daba la fiesta, descubrió a Varick sentado en un rincón al lado de su mujer, Alice. Ella se ruborizó un poco y vaciló en continuar con lo que estaba diciendo, pero Varick inclinó la cabeza en dirección a Waythorn sin hacer amago de levantarse y este pasó de largo fingiendo tranquilidad.

En el carruaje de vuelta a casa, sin embargo, estalló:

—No sabía que hablaras con Varick.

La voz de ella tembló un poco.

—Es la primera vez, él se puso junto a mí y no supe qué hacer. Es tan raro encontrarlo por todas partes. Me dijo que tú estabas siendo muy amable con él en no sé qué negocio.

—Eso es diferente —dijo Waythorn.

Ella calló un momento.

—Haré lo que desees —repuso dócilmente—. Creí que sería menos raro hablarle que salir huyendo.

Su docilidad estaba empezando a desagradarle. ¿Es que acaso no tenía voluntad propia ni teoría alguna sobre su relación con esos hombres? Ella se había prometido a Haskett. ¿Quiso igualmente prometerse a Varick?

Fue «menos raro» hablarle, había dicho ella, y con súbita vividez Waythorn imaginó cómo había nacido y se había desarrollado aquella forma suya de enfrentarse a las dificultades. Ella era tan «flexible como una zapatilla usada», una zapatilla que había calzado muchos pies. Su elasticidad era el resultado de tirar en demasiadas direcciones: Alice Haskett, Alice Varick, Alice Waythorn. Había sido cada una de ellas por turnos, y había dejado en cada una de esas mujeres un poco de su intimidad, un poco de su personalidad, un poco de su más profundo yo donde el misterioso dios habita.

—Sí, tienes razón, creo que es mejor hablar con Varick —respondió Waythorn con desfallecimiento.

V

Llegó el invierno y sus amistades tomaron ventaja de la aceptación mostrada por los Waythorn hacia los Varick. Anfitriones antaño desesperados agradecieron que se hubieran pulido las asperezas de aquella dificultad para las relaciones de sociedad y, como consecuencia de ello, la señora Waythorn fue elevada a un icono de buen gusto. Algunos espíritus curiosos no pudieron resistirse al entretenimiento de invitar a Varick y a su exmujer a la misma fiesta y hubo aquellos que opinaron que esta encontraba cierto placer en esa proximidad. Pero el comportamiento de la señora Waythorn siguió siendo irreprochable, ni evitaba a Varick ni parecía buscarle. Ni siquiera Waythorn podía dejar de reconocer que había sido ella quien había dado con la solución a aquel acuciante problema para sus relaciones sociales.

La verdad era que él se había casado con ella sin dedicarle un segundo a aquella dificultad. Ingenuamente, había imaginado que una mujer podía librarse de su pasado de la misma manera que un hombre. Pero ahora veía con claridad que Alice estaba ligada a sus dos exmaridos por circunstancias que la forzaban a continuar atada a su pasado y, sobre todo, por las huellas que los anteriores matrimonios habían dejado en su carácter. Con amarga ironía se comparó a sí mismo con el accionista de una empresa: poseía numerosas acciones de la personalidad de su mujer y sus predecesores eran sus socios minoritarios en el negocio. Si hubiera algún elemento de pasión en aquella alianza se hubiera sin duda sentido menos afectado, pero el hecho de que Alice hubiera tomado el cambio de marido como un cambio de tiempo reducía la situación a algo con menos brillo de lo esperado. Él podría haberle perdonado sus torpezas, sus excesos, su rebelión contra el bueno de Haskett, su sumisión a Varick; le hubiera perdonado cualquier cosa excepto su amabilidad y su fácil trato. Alice le recordaba a un malabarista arrojando cuchillos, cuchillos que no estaban afilados y que ella sabía que nunca le dañarían.

Y entonces, con el tiempo, la costumbre creó una capa protectora contra las susceptibilidades. Si el precio que había pagado a cambio de un completo bienestar había sido un pequeño desliz en sus expectativas, valoraba cada día más la tranquilidad ganada y se iba preocupando menos por lo que había perdido. Su vida había virado hacia una aburrida proximidad con Haskett y Varick y, extrañamente, encontró refugio en el previsible placer de reírse de la situación. Empezó incluso a reconocer las ventajas que se derivaban de aquello, a preguntarse a sí mismo si no era mejor poseer un tercio de una mujer que sabía cómo hacer a un hombre feliz que una mujer entera que no había tenido la oportunidad de adquirir ese arte. Porque en verdad era un «arte» perfeccionado, como todas las artes, mediante sacrificios, concesiones y engalanamientos; luces exhibidas sensatamente y sombras rebajadas con tino. Su mujer sabía cómo manejar las luces y las sombras a la perfección y él sabía exactamente cuál había sido el matrimonio del que derivaba aquella habilidad. Incluso intentó rastrear la fuente de sus destrezas para distinguir las influencias que se habían fundido para crear su propia felicidad doméstica. Así, se dio cuenta de que el conservadurismo de Haskett había hecho de Alice una devota de la limpieza y el orden, igual que la concepción liberal del matrimonio de Varick le había enseñado a valorar las ventajas de la vida conyugal. Por ello, debía a sus predecesores la devoción con la que ella hacía que su vida matrimonial fuera sumamente agradable, por no decir estimulante.

Desde esta fase pasó a aquella otra de completa aceptación de la situación. Dejó de sentirse avergonzado de sí mismo gracias a que el tiempo rebajó la ironía de las circunstancias y el chiste perdió su gracia como la abeja pierde su aguijón. Incluso la visión del sombrero de Haskett sobre la mesa del *hall* había dejado de abrir la espita de las preguntas. El sombrero se veía a menudo reposando allí, pues habían decidido que era mejor que el padre de Lily visitara a la niña en la casa a que esta fuera a su apartamento. Waythorn, habiendo consentido en tal decisión, se había sorprendido al descubrir lo poco que cambiaba su rutina a pesar de ello. Haskett no era en absoluto entrometido, y las pocas visitas que a veces se lo cruzaron en las escaleras desconocían su identidad. Waythorn no tenía ni idea de con qué frecuencia él se veía con Alice, pero él mismo apenas tenía contacto con su exmarido.

Una tarde, sin embargo, le anunciaron que el padre de Lily le esperaba para hablarle. Encontró a Haskett en la biblioteca, sentado con su habitual actitud de estar de paso. Waythorn siempre se sentía agradecido de que no se arrellanara confortablemente en el sofá.

—Espero que me disculpe, señor Waythorn —dijo poniéndose en pie al verle—. Quería ver a la señora Waythorn para hablar de Lily y su mayordomo me pidió que esperara aquí hasta que ella volviera.

—Por supuesto —dijo Waythorn recordando que una gotera inesperada aquella mañana había hecho que la sala de estar estuviera ocupada por los albañiles.

Abrió la caja de puros y se la tendió a la visita: la aceptación de Haskett pareció señalar una nueva etapa en su relación. El comienzo de la tarde de primavera era fresco y Waythorn le sugirió que acercara su sillón a la chimenea. Tenía la intención de buscar una excusa para dejar a Haskett a solas enseguida, pero estaba cansado y tenía frío, y después de todo aquel hombrecillo ya no suponía ninguna amenaza para él.

Se encontraban los dos ensimismados en los arabescos de humo de sus respectivos cigarros cuando la puerta se abrió repentinamente y Varick entró en la habitación. Waythorn se puso en pie abruptamente. Era la primera vez que Varick aparecía en su casa y la sorpresa de verle, junto con la particular inoportunidad de su llegada, dio un nuevo vuelco a las adormecidas susceptibilidades de Waythorn.

Varick pareció preocuparse al darse cuenta de la turbación de su anfitrión.

—Mi querido amigo —exclamó en su más bondadoso tono—. Debo disculparme por presentarme de esta manera, pero iba con demasiado retraso como para pasarme por su despacho y pensé... —Se detuvo al descubrir a Haskett y su rubicundo tono de piel se tornó en carmesí, extendiéndose vívidamente hasta la raíz de su rubio cabello. Sin embargo, mantuvo la compostura y saludó a Haskett con un movimiento de cabeza. Este devolvió el saludo en silencio, y Waythorn se encontraba todavía buscando las palabras cuando un criado entró en la biblioteca empujando una mesita de té. La interrupción proporcionó a Waythorn el fuelle necesario para aliviar su tensión.

—¿Para qué diantres trae el té a esta habitación? —preguntó.

—Pido disculpas, señor, pero los obreros continúan aún en la sala de estar y la señora Waythorn dijo que tomaría el té en la biblioteca.

El tono perfectamente educado del sirviente apeló a la razonabilidad de Waythorn.

—De acuerdo —musitó resignadamente, y el criado procedió a abrir la mesita de té extensible y a colocar sobre ella todos los enseres necesarios. Mientras este interminable proceso tenía lugar, los tres hombres permanecieron inmóviles, contemplando el quehacer del criado con la mirada fija hasta que Waythorn, para romper el hielo, se dirigió a Varick.

—¿Un habano?

Alargó la caja de puros que acababa de ofrecer a Haskett y Varick se sirvió con una sonrisa. Waythorn buscó una cerilla y, al no encontrar ninguna, le ofreció lumbre de su propio puro. Haskett, detrás de ellos, mantenía el tipo, examinando de vez en cuando el ascua de su cigarro y dando un paso en el momento justo para dejar caer la ceniza al fuego.

El sirviente terminó por fin y Varick volvió a hablar en cuanto este hubo salido.

—Tan solo necesitaré cinco minutos.

—Por supuesto —tartamudeó Waythorn—. Mejor vayamos al salón. Pero en el momento en el que alargaba la mano hacia la puerta, esta se abrió y su mujer apareció radiante, ligera y sonriente, en su traje de calle y aún con el sombrero. Una suave fragancia emanaba de la boa que se estaba aflojando del cuello.

—¿Tomamos el té aquí, querido? —exclamó y entonces se dio cuenta de la presencia de Varick. Su sonrisa se acentuó, velando un leve temblor de sorpresa—. Oh, ¿cómo estás? —dijo con un acentuado tono de deleite.

Al estrechar la mano de Varick su mirada tropezó con Haskett, que se encontraba de pie, detrás de este. La sonrisa desapareció por un instante, pero se recompuso enseguida y, lanzando una elocuente mirada de reojo a Waythorn, preguntó:

—¿Cómo se encuentra, señor Haskett? —le tendió la mano con un gesto menos cordial.

Los tres hombres permanecieron incómodamente de pie frente a ella hasta que Varick, siempre el más resuelto de los tres, vio necesario dar una explicación.

—Tenía que ver a su marido un momento por negocios —dijo, encarnado desde la barbilla hasta la frente.

Haskett dio un paso al frente con su aire de medida sobriedad.

—Siento molestar pero me dijiste que viniera a las cinco —y dirigió su resignada mirada hacia el reloj que había sobre la mesa.

Ella hizo desaparecer la tensión con un encantador mohín de disculpa.

—Lo siento mucho, siempre llego tarde, ¡pero el día era tan precioso!

Permaneció tranquila, quitándose lentamente los guantes, acogedora y grácil, exhalando un aire de amable familiaridad que hizo que la situación perdiera su carácter grotesco.

—Pero antes de hablar de otros asuntos —repuso alegremente—, estoy segura de que todo el mundo quiere una taza de té.

Y se dejó caer en el silloncito, junto a la mesa de té abierta, y los dos visitantes, como atraídos por su sonrisa, se acercaron a recoger las tazas que ella les tendió.

Ella dirigió su mirada a Waythorn y este recibió la tercera taza con una carcajada.

CARMEN DE BURGOS

LA MUERTE DEL RECUERDO

(1908)

Sentado cerca de la lumbre, perezosamente envuelto en su pelliza, el viejo senador contemplaba cómo caía la nieve en el jardín.

Los delicados cristalillos prismáticos venían, en una lluvia de pétalos de jazmín, a cubrir con su blancura la desolada tristeza de los desnudos troncos, empavesados por la nieve, como si les envolviesen guirnaldas de misteriosas flores nacidas en el aire.

Un criado anunció desde la puerta:

—El señor está servido.

Al mismo tiempo los cristales y el pavimento retemblaban con el rodar silencioso de las ruedas de un coche en el patio.

Perezosamente se rodeó el anciano al cuello la bufanda de piel forrada en seda; se abotonó el abrigo de arriba abajo; introdujo en el bolsillo la tabaquera; afianzó sobre la nariz las gafas que ocultaban los hundidos ojos, y, después de calarse reposadamente los guantes de piel, tomó el bastón y el sombrero, que le sostenía el ayuda de cámara, y salió tapándose la boca con el pañuelo, tardo el paso, como si le costase trabajo dejar su gabinete en aquel día de frío.

Un secretario alto, rubio, atildado, de patillas simétricas e irreprochable traje se inclinó a su paso ceremoniosamente, esperando que el señor se dignase dirigirle la palabra; pero don Juan pasó sin mirarlo.

—¿Deja mandado algo el señor? —preguntó con timidez.

—Nada.

Ya el lacayo sujetaba abierta la portezuela del coche... El secretario volvió a inclinarse con esa rigidez de los aduladores, que parecen tener una articulación más en su espina dorsal para doblar servilmente el cuerpo, y el carruaje partió con el cadencioso trotar de su tronco normando.

Encendió un cigarro don Juan y se arrellanó sobre los almohadones azules, mientras el coche cruzaba las calles del Caballero de Gracia, de Peligros y Alcalá, para salir al Prado.

Allí lucía con toda su hermosura la nieve. Grupos de chiquillos y mozalbetes corrían sobre ella, ensuciando con los pies su transparencia, contentos y satisfechos los pulmones de respirar aquel aire puro y sereno, cuya ligereza centuplicaba la actividad. Perseguíanse unos a otros arrojándose puñados de nieve, que se deshacía en espuma blanca; rodaban algunos esas enormes bolas, consagradas como imagen de la murmuración y de la calumnia, porque según corren engruesan y se enlodan. Varios artistas improvisados se entretenían en modelar con aquel mármol blando estatuas y caricaturas, con tanto esmero como si algunas horas más tarde su obra no hubiera de convertirse en agua sucia.

Se respiraba la poesía de la blancura de la nieve, cuyo gran encanto consiste en su misma fragilidad, en lo inestable, en lo fantástico, lo ideal de su vida corta..., símbolo de lo irrealizable, de lo soñado, de todas las ilusiones que no pueden detenerse.

Había un rayo de envidia en los apagados ojos del viejo senador viendo a los muchachos correr, azotarse, caer y revolcarse sobre aquella alfombra, que se hundía a su peso como mullido vellón de lana, con crujido de cristalillos que se quiebran.

Recordaba en su abrigado coche la época feliz de la infancia, de la adolescencia, cuando medio desnudo y hambriento jugaba entre los copos de nieve en el Retiro o la Moncloa.

¡Cuán lejos estaba aquel tiempo! ¡Era una existencia pasada!

Se recordaba con tristeza: no había nada de común entre él, don Juan, y aquel Juanillo de los primeros años de su vida. ¡Juanillo había muerto! Ni una molécula del cuerpo joven, fuerte, gracioso, quedaba en su pobre, achacosa y vieja armadura. Solo escasas reminiscencias de la voluntad, de los afectos que *el otro* sintió vivían aún *en este.*

Pensaba con terror que se muere varias veces antes que la descomposición final del individuo disgregue las moléculas de su cuerpo para formar otras combinaciones en el transcurso de los siglos. Sí; se muere varias veces. Cada una de las nuevas épocas de la vida, cada uno de esos cambios de costumbres, de afectos que se verifican en nosotros, es la muerte de nuestro propio ser, la renovación de un *yo* que expira. ¿Qué le quedaba de las edades anteriores? Tristeza, cansancio, desengaños, amargura de los recuerdos vividos, de aquellos desdoblamientos de su mismo ser ya sepultados.

Así la monotonía de la existencia nos aflige como una vejez anticipada y los cambios nos apenan. Lo que se separa, lo que se aleja, lo que se olvida, muere. Por eso es tan triste olvidar.

Recordaba sus existencias pasadas: había muerto ya la niñez miserable y feliz, la adolescencia trabajosa y mezquina, la juventud de luchas, ambiciones... y hasta bajezas, con tal de sobresalir entre la vulgaridad de las comparsas humanas, nacidas para asistir a las representaciones de la vida de los demás, aplaudiendo o censurando las comedias que se hacen a sus expensas, pero sin pasar jamás de las galerías al escenario.

Era esta la época en que más había vivido el cielo de las esperanzas, del amor. Don Juan recordaba la imagen de una mujer que iluminó su vida con reflejos de ópalo.

Sacrificó el amor a la ambición, a un casamiento que le abrió las puertas de la política y del gran mundo. Había logrado sus esperanzas: lujo, influencia, poderío, pero nunca volvió a ver a la mujer que amaba. Supo que era directora de un centro de enseñanza oficial en una provincia, y que continuaba siempre soltera; pero el abandono de que la hizo víctima había sido tan infame, tan cobarde, que jamás se decidió a intentar una reconciliación, que seguramente hubiera sido rechazada.

Y, sin embargo, ¡cuánto la había amado! ¡Cuántas veces la recordó en el solitario hogar de viudo sin hijos ni familia! En muchas ocasiones pensaba cuánta alegría pudo traer a aquella casa la mujer inolvidable, compañera de sus luchas y ambiciones juveniles... Hasta algún día tuvo intención de ir a buscarla, pedirle perdón, ser feliz con la dulce abnegación de aquella vestal de un amor único.

Unas veces, la reflexión de sus diferentes posiciones sociales triunfó de su sentimiento; otras las tareas urgentes del Parlamento y la organización del partido aplazaron su resolución... Algunas, los éxitos y las ocupaciones se la hicieron olvidar.

¿Por qué surgía de nuevo en aquel día de invierno, entre la nieve de su ancianidad, la imagen de aquella mujer? Era una evocación extraña, una especie de telepatía, como si una corriente eléctrica le agitase. Por un momento creyó no estar solo, sentir un aliento a su lado, la proximidad de otro ser, de un fluido, de un pensamiento que solicitase con fuerza el suyo... Miró en torno sobresaltado.

La figura de Alicia se conservaba en su memoria tal como la última vez que la vio: sonriente, tranquila, sin desconfiar de su amor; sin que ni un solo latido de su pecho le anunciase la perfidia del amante que la sacrificaba a la ambición. ¡Cuánto sufrió él también! Necesitó recordar todos los placeres que el mundo le ofrecería después del matrimonio, para consumar su traición. Hasta se engañó á sí mismo, para poderse ir, diciéndose que volvería de nuevo.

¡Pobre Alicia! Soportó su abandono sin un grito, sin una queja... No le molestó jamás... Y, sin embargo, él supo que no dejó de amarle nunca... Se lo habían asegurado viejos amigos... Lo escuchaba siempre con satisfacción... Ya hacía muchos años que nadie le hablaba de la historia aquella... enterrada en un pasado remoto.

Creía aún ver a Alicia con su belleza rubia, menudita, pálida, de rostro de marfil y manos de hostia, quebradiza y frágil como flor de almendro temprano. Le parecía que se acercaba a él con la mirada dulce de sus ojos claros, de extraños cambiantes de acero, tan ingenuos y tan puros como un lago que dejase ver el fondo limpio de sus pensamientos.

Ni por un momento le ocurrió nunca la idea de las transformaciones que habría operado el tiempo. La veía alta, erguida, grácil, con su talle delicado y esbelto. Más de una vez volvió la cabeza en la calle al paso de una joven rubia, delgada y frágil, diciendo: «¿Será ella?».

El coche se detuvo en la puerta de los ministerios de Instrucción Pública y de Fomento. Dentro del gran patio de ladrillitos cuadrados, que desvanece con sus cambiantes de agua rizada, esperaban dos soberbios coches de ministro, con lacayos galoneados en el pescante. Los coches en que se suceden unos a otros. Por ir en ellos sacrificó él sus sentimientos más nobles, lo que no podría recobrar nunca en su triste vejez solitaria. ¡Han rodado la fe y la dignidad de tantas personas ante aquellos estribos!

Subió la escalera lentamente, tapándose la boca con el pañuelo y devolviendo los saludos sin pararse. A pesar del mal tiempo, la afluencia de pretendientes era grande. Los empleados iban de acá para allá, presurosos y de mal humor, rebuscando *Gacetas* y reales órdenes entre el continuo tejer y destejer de una legislación que se pliega a todos los caprichos de los influyentes, a quienes se necesita complacer, sin reparar en la justicia de sus peticiones.

Un jefe de negociado, alto, de mal guarnecido cráneo y aspecto de necio satisfecho, se pavoneaba ante la mesa de su despacho. El senador le saludó con la mano, recordando cuántas veces se humilló en su presencia para obtener aquel puesto de pequeño tiranuelo, y penetró en la sala de espera.

—¿Aviso al señor subsecretario? —preguntó el portero.

—No; no tengo prisa; esperaré a que haya terminado su tarea —murmuró don Juan, sentándose en el ángulo del sofá, cerca de una ventana.

Quedaban unos diez visitantes, que iban siendo llamados por turno ante el subsecretario. La prontitud con que se hacían los llamamientos probaba la poca atención que se les prestaría. Pero los pretendientes iban contentos, creyendo haber sido escuchados.

Don Juan vio con satisfacción que no había mujeres jóvenes y bonitas, pues ya sabía por experiencia que esas tardan más en salir de los despachos de los ministros y de los subsecretarios.

Desde el gabinete cercano llegaban las conversaciones de los escribientes, que abrían y comentaban la correspondencia del jefe.

La gran antesala, alta de techo y poco guarnecida de muebles, tenía algo de solemne; todos hablaban en voz baja, y los desconocidos se miraban unos a otros con recelo. De vez en cuando se apartaba el portier, y un nuevo visitante se detenía deslumbrado junto a la puerta, buscando una orientación entre todas aquellas gentes que esperaban.

Algunos jefes de negociado, con la cabeza descubierta, paso ligero y el legajo de papeles debajo del brazo, entraban y salían del despacho del subsecretario, causando la envidia de los atormentados por larga espera.

Don Juan lo contemplaba todo. En el estado de su espíritu veía lo ridículo, lo cómico, lo vano de toda aquella farsa de egoísmos, luchas y miserias. Sin duda acababa también de morir en su alma la ambición, y veía claro la insignificancia de lo que antes le parecía grande.

Una señora, sentada en el otro extremo del sofá, atrajo al cabo su atención. Llevaba un traje color marrón y una capota violeta sobre los cabellos blancos, blancos como la nieve del jardín. Sostenía con trabajo el corsé un cuerpo flácido, de pecho hundido, al que no se ceñía la floja tela de su traje; la carita arrugada, color tabaco seco; sumida la desdentada boca; en punta la barbilla y tallado en nervios el cuello. Aquella anciana tenía para don Juan un extraño encanto. ¿Por qué? Acaso por la plata de los cabellos, sobre los que parecía un pensamiento temprano la gorrita violeta... Acaso por los ojos claros, dulces, tranquilos, que brillaban juveniles dentro de las hundidas órbitas sin pestañas. Le parecía conocer la caricia de una mirada semejante...

—Doña Alicia Moreno —dijo el portero mayor, llamando a la anciana, que se dirigió con paso vacilante al despacho del subsecretario.

¡Alicia Moreno! ¡Alicia Moreno!

¿Había oído bien? Trémulo, formuló don Juan su pregunta al portero:

—¿Quién es esa señora?

—Doña Alicia Moreno, directora de la escuela de Ávila.

¡Oh! ¡Era ella! ¡No cabía duda!

Entonces pensó por vez primera en las transformaciones de los años desaparecidos. ¡Sus existencias de jóvenes habían pasado hasta el punto de no conocerse!

Y sintió una amargura, una amargura infinita, al perder la visión de aquel rostro juvenil y fresco, para sustituirlo con la imagen de la anciana de los cabellos blancos. ¡Imposible!

Alicia seguiría viviendo joven en sus recuerdos; la anciana no tenía nada de común con ella.

Entonces, con temor supersticioso, se explicó el pertinaz recuerdo de antes hacia aquella mujer que se le acercaba. ¿Le recordaría ella también? Evocó la caricia de los ojos claros, la misteriosa simpatía que les aproximaba, y por un momento pensó en los últimos días de una vejez dulce, con las remembranzas de queridas memorias... Sí; al salir Alicia de aquel despacho, la seguiría, le pediría perdón... En su memoria se confundían de nuevo, bajo la mirada clara, la Alicia de cabellos blancos y la Alicia de cabellos rubios.

Se entreabrió la puerta y apareció entre las cortinas la curva silueta de la anciana.

—¡Señora!... —murmuró don Juan aproximándose.

Se detuvo ella, y miró tranquila, esperando.

Él no hallaba qué decir. ¡No le conocía! ¡Sin duda, ella guardaba otra imagen de juventud!

—¡Caballero! ...—repuso al fin una voz cascada, extrañando aquel largo silencio.

—Este pañuelo, ¿es de usted? —preguntó el senador recogiendo el suyo del sofá.

—No, señor.

—Creí... —tartamudeó.

—Gracias.

—¡*No* me ha reconocido! —exclamó él viéndola alejarse lentamente. ¡Más vale así! Es preferible que no conozca el dolor de ver morir en el alma una imagen de juventud y amor acariciada tanto tiempo... ¡Para ella, al menos, vivirá el recuerdo!

Y se limpió apresuradamente los ojos con el pañuelo, mientras guardaba con la otra mano en el bolsillo los s lentes, para entrar en el despacho del subsecretario, que llamaba obsequioso desde la puerta:

—¡Mi querido don Juan!...

CONCEPCIÓN GIMENO DE FLAQUER

UNA EVA MODERNA

(1909)

Para la notable escritora peruana
Clorinda Matto de Turner.

—Sí lo creo firmemente; debías revelar a tu marido ese estado de alma. Antonio apartará a su amigo de ti, y no viéndole, te curarías de un amor que puede causaros serios disgustos.

—Parece imposible que mi prima, a quien quiero como a una hermana, sea la que me aconseje de tal modo.

Fuera grandeza de alma, y a ti te seduce lo extraordinario.

—No concibo tan salvaje heroísmo, Mercedes, y te aseguro que no tiemblo por mí, temo por mi marido.

—¿Por qué turbar su tranquilidad? ¿Por qué envenenar su vida?

—Más graves son las consecuencias de ese afecto, que, aunque naciente, crecerá, dado tu temperamento.

—Lo que me propones es una cobardía. Tengo entereza para defenderme sin buscar paladín.

—¡Ay, Luisa! Tus palabras son sofismas del sentimiento.

—No, Mercedes; tu consejo me recuerda una novela de Madame La Fayette. La princesa de Cleves, en un arranque que supone honrado, y que a mí paréceme brutal, revela a su marido su amor a Nemours. ¿Y sabes lo que consigue? Destruir la tranquilidad del compañero de su vida.

El marido, obsesionado por la revelación, no tiene momento de reposo. Agítase convulso, pensando en que su mujer pueda cansarse de ser leal y le engañe; la duda le atenaza, prodúcele insomnio, desequilibra su sistema nervioso, créale una melancolía invencible, un estado patológico que la ciencia médica no sabe curar. El atormentado marido muere destrozado por la duda.

—Piensa que tu caída será inevitable.

—Calumnias al ser humano. Si al sentir un afecto legítimo hemos de ser arrollados por él, menguada idea tienes del poder de la razón.

—¡Ay, Luisa, nuestra naturaleza es débil!

—No lo creas.

—Sí, prima; el considerarnos fuertes nos acerca más al abismo. La razón que invocas encuentra, inconscientemente, supercherías para defender la sin razón de lo que te halaga.

—El amor ha tomado en mí la plaza por asalto; yo no he capitulado. Como tú te casaste con el hombre que amabas, te es fácil convertirte en moralista.

—Ya te veo dispuesta a invocar el argumento del sacrificio que hiciste por salvar a tu padre de la ruina.

—Te equivocas; no pretendo aducir tal cosa en mi defensa, ni tampoco el no ser comprendida por mi marido, como hacen las heroínas de novela cursi. Antonio no es malo; es un ser del montón, criatura para quien la existencia no tiene más objetivo que los deportes y el casino. Es un hombre abúlico, indiferente a la vida del espíritu.

—Tu instrucción os aleja. Mientras tú estudiabas el bachillerato, yo me divertía, y no me arrepiento.

—La iniciativa de mi padre por la cultura femenina no fue imposición; satisfizo aspiraciones mías.

—Pienso que mi tío te perjudicó; familiarizado con la instrucción de la mujer francesa, no calculó que en España debía adaptarse al medio ambiente. Ya sabes que cuando aquí adquiere una joven fama de instruida, dificúltase su casamiento.

—¡Qué tal serán los que buscan mujer ignorante!

—Déjate de filosofías, hay que aceptar los hechos como son.

—Sin embargo, el desamor de Carlos a María consiste en que la encuentra muy inferior a él.

—Pudo conocerla antes de casarse.

—Le deslumbró la belleza; a los veinticinco años habla más alto la materia que el espíritu.

—Y hoy se deslumbra con tu cultura, acaso porque no eres su esposa. Nuestros hombres, cuando son ilustrados, quieren a su mujer ignorante, y buscan a la instruida en el huerto del fruto prohibido. Además, Carlos, abogado, artista, orador, poeta, es ser excepcional; su espíritu tiene exigencias que no tienen otros hombres. Poeta, sobre todo poeta; esto es lo grave. Los poetas son encantadores en sus libros, pero insoportables en el hogar. Quieren hacer de la vida una epopeya (como dirías tú), y al no conseguirlo, vuélvense ariscos.

—No digo que se convierta el vivir en canción de gesta, pero si no sabemos alzarnos un poco sobre lo vulgar, nuestras facultades anímicas se asfixiarán en mefítico ambiente.

—Te repetiré lo que dice mi marido: eso son floreos retóricos.

—No podemos entendernos.

—Yo estoy en lo real.

—¿Acaso en la realidad no hay rosas y cardos? ¿Por qué buscar estos en vez de aquellas?

—Pero nos alejamos de lo importante; Carlos no tiene motivos para desdeñar a María; es una mujer muy buena, una mujer que le adora.

—Es preciso ser algo más que buena; tú lo has dicho: el ser espiritual de Carlos tiene exigencias. Figúrate a qué nivel se hallará la mentalidad de María, cuando ella misma es quien me hizo conocer la pasión de su marido.

—No es posible.

—Vaya si lo es.

—Explícame tan raro caso.

—Él no se había atrevido a revelarme sus sentimientos más que con la mirada, pero desahogaba su pasión escribiendo versos, que rompía después de escritos. Una vez se olvidó de romperlos, los dejó en su despacho, cayeron en manos de María y me los trajo para consultarme qué debía hacer. Me pidió que la ayudara a describir a la desconocida Laura. Yo la convencí de que los poetas se fingen para sus trovas Lauras o Eleonoras, que la musa que les inspira no es humana, y no siéndolo, no debe inspirar celos. ¿Sabes qué hizo María? Referirle a Carlos cuanto la dije. Así es que Carlos está enterado por su propia mujer de que conozco su amor.

Sostenían tan animado diálogo las dos damas, conducidas en elegante carruaje por el paseo de Rosales, único de Madrid que ofrece a la contemplación de la mirada paisaje pintoresco. La cordillera de Guadarrama, que se recorta en crestería de nevado encaje, festoneada de azul, forma dosel al parque del Oeste, que presenta, al ocultarse el sol, una de esas perspectivas de las que da intensa impresión de belleza Oscar Wilde, poeta de pluma rembranesca, cantor de paisajes crepusculares.

La tarde apacible de uno de esos días de febrero, diáfanos, luminosos, que ofrecen anticipos primaverales, permitió a Luisa y Mercedes recorrer la Moncloa, hasta que el atardecer, con variados tonos de opalinas y carmíneas tintas, dibujó caprichosos celajes que la primera hora nocturna envolvió en negros jirones.

Las mil luces de la Carrera de San Jerónimo, punto de cita, al regresar de los paseos, iluminaron las siluetas de las dos damas.

Luisa no era hermosa, era, como dicen los franceses, *pire que belle:* su fascinador encanto consistía en la móvil expresión de su rostro, en la gracia de sus actitudes, en el agudo fraseo de su amena conversación. De mediana estatura, figura grácil, elegante en su atavío, en sus maneras, con gran conocimientos de la sociedad, pasaba por mujer peligrosa. En su rostro, de líneas suaves, aunque no perfectamente correctas, alboreaba luz intelectual: en sus ojos, garzos, relampagueaban chispas mágicas de hechicera de serpientes. Su ondulada cabellera, de un cálido rubio veneciano, nimbaba una frente nacarina que solía rizar ligeramente el vigor del pensamiento más que la acción de los treinta años.

Mercedes, su prima, frisaba en los cuarenta. Morena, de oscura cabellera, distinguíase por su aspecto señoril. Poseía inteligencia clara, no cultivada. Mujer de sentido práctico, de gran rectitud, no aceptaba distingos casuísticos; aconsejaba a su prima tratando de evitar lo que consideraba amoral, germen de infortunio, pero era benévola, como lo son las mujeres inmaculadas; solo las de historia manchada tienen para las otras mujeres una severidad que no han tenido para sí mismas.

II

Artístico *boudoir,* tapizado de azul, transparentábase al través del blanco *stort* en el cuarto bajo de suntuosa casa de la calle de la Lealtad.

Los postigos, mal cerrados, permitían al transeúnte incompleto curioseo. Una planta de amplias hojas, fulgurando con sus flores de luz desde un libor de mayólica, erguido sobre dorada columna, iluminaba, en unión de un foco eléctrico del copete del espejo de la chimenea, aquella habitación, cayendo los rayos de luz sobre cuadros de Goya y de Ribera, sobre otomana sillería, coquetón escritorio de nogal y caprichosa vitrina en forma de litera, que guardaba figulinas de Tanagra, ánforas etruscas, páteras áticas, una esfinge y algún fragmento egipcio, que debió pertenecer a obelisco monolítico.

Los objetos de la vitrina eran manifestación de gustos artísticos y arqueológicos; afición al conocimiento de lejanas civilizaciones, entusiasmo por lo que fue, por lo pasado, muy a la moda entre espíritus cultivados, porque hoy lo más moderno es la afición a lo antiguo.

Cómoda *chaise-longue* estilo Imperio y mullido diván oriental, con profusión de almohadones de distintos tamaños, delataban coquetería y afán de bienestar de elegante dama.

Una redonda mesita giratoria, mesita-estante cargada de libros, colocada ante el diván, completaba con pequeño *bis a bis* el mobiliario de la habitación. Era el *boudoir* de Luisa, la señora del opulento hacendado Antonio Barolt.

En la mesita-estante veíanse hacinados libros que descubrían el espíritu moderno de la poseedora de ellos. Eran obras feministas de Bebel, Stuart Mill, Rosler, Novicow, Minghetti, Lamy, Legouvé y Bois. Entre estas aparecían opúsculos de Teresa Labriola y Olga Lodu, esas dos italianas que tan incansablemente luchan por la mejora de la suerte de la mujer, y algunas conferencias de Marya Chéliga, Margarita Durán, mademoiselle Schemall, Dik May y Clemencia Royer. También había novelas de Marcela Tynaire, Matilde Serao, Gracia Deledda, Dora Melegari y madame Adam.

Luisa leía estos libros en el idioma en que los escribieron sus autores: su cultura permitíala hacer del arte y la literatura fiesta del espíritu.

Era una intelectual que, no encontrando atractivo en el visiteo a que son tan aficionadas las mujeres ignaras, dedicaba su tiempo a la lectura y a la contemplación de obras artísticas esparcidas por pinacotecas y museos.

Había convertido en precepto esta frase de Cristina de Suecia: «Conviene la lectura para instruirse, corregirse y consolarse».

Luisa recibió educación estética; era una mujer de claro criterio, libre de rutinas y prejuicios, un ser que se adaptaba a los ideales del progreso, un espíritu abierto a reformas e innovaciones. Su decisión e iniciativas hacíala dirigir los acontecimientos en vez de ser dirigida por ellos: semejaba la mujer fuerte de un futuro Evangelio.

Las nueve de la noche sonaron en el artístico reloj de la chimenea, Luisa hallábase tendida en la *chaise-longue,* leyendo *Philosophie de l'Art,* de Taine. Un criado interrumpió su lectura, diciendo:

—El Sr. Lavistal.

Entró un caballero alto, de moreno y oblongo rostro, ojos negros, de mirada audaz, aspecto caballeresco, vestido con esa natural, masculina, sencilla desafectación que recomienda Brummel, árbitro de las elegancias. Representaba cuarenta y cinco años.

Luisa tendiole la mano sonriendo.

—¿Qué leía usted?

La dama acercole el libro.

—Es delicioso encontrar una española con quien poder comentar el concepto estético de Ruskin y Taine.

—Con muchas podría ocurrir lo mismo si todos los hombres pensaran como mi padre. Él me despertó el afán de saber, pero la mayor parte de nuestros hombres opinan, como Moebius, que la mujer debe ser sana y tonta, por eso no se cultiva la inteligencia femenina.

—Hacen muy mal los que se oponen a la cultura de la mujer; no conocen su propio interés. La comedia del matrimonio tiene largos entreactos, y una mujer insustancial no puede amenizarlos.

—Sin embargo, los hombres prefieren generalmente a la mujer ignorante, porque la ignorancia de ella les diviniza.

—No comprendo qué pueda halagar la admiración de los páparos. Yo anhelo brillar en el Congreso por merecer elogio de usted. Ese sería mi bien supremo. Una mujer vulgar no me inspiraría tal deseo.

—Voy a ofrecerle ocasión de hacer algo grande a favor de mi sexo.

—¡Qué felicidad!

—Uno de los problemas que más agitan el pensamiento contemporáneo es el feminista, síntesis de varios problemas. Presente usted en el Congreso una enmienda a algunos artículos del código, que nos perjudican.

—Acepto, entusiasmado, pero fijémonos en lo más urgente, porque un código no se reforma tan de prisa.

—Es verdad; lo más importante es la independencia económica de la mujer. La rica, que pueda administrar su fortuna, la pobre, disponer del producto de su trabajo.

—Estamos de acuerdo; es incomprensible que en España, donde la abolición de la ley sálica costó derramamiento de sangre, carezca la mujer de capacidad legal.

—Verdaderamente; es cruel ironía que nos denominen diosas del hogar y no nos permitan figurar en el consejo de familia.

—Estoy dispuesto a proclamar que la mujer ha sido explotada en la distribución de los derechos y deberes. Eternamente menor, moralmente esclava, inferior en el Código Civil al varón, solo es igualada a él en el Código Penal, mientras no se trata de adulterio, pues al tratarse de este, toda la benevolencia de la ley es para el hombre.

—Los códigos son la ley del varón, y es preciso que sean ley de la humanidad.

—Tiene usted sobrada razón; nos regimos los pueblos latinos por el Código Napoleónico, inspirado por un autócrata que despreciaba a la mujer.

—Solo veía en nosotras máquinas para producir soldados.

—Nuestra época, más humana, más justiciera, está corrigiendo los errores de aquel déspota. No merecía centenario, no debía esperarse la glorificación de un código que desagrada a la mitad de la humanidad.

—Por eso protestaron las francesas contra tal glorificación, quemando un ejemplar de la obra de que se enorgullecía el capitán del siglo xix.

—Por fortuna, Magnaud, *el Buen Juez,* hállase al frente de la comisión encargada de revisar el famoso código, y las mujeres pueden esperar mucho de la equidad de Magnaud. Ya se ha borrado en Italia el artículo 213 del Código Napoleón.

—¿Qué artículo es ese?

—El que declara la sumisión de la mujer al marido y la protección de él a la esposa.

—¡Qué absurdo! Esa protección permite mil iniquidades al hombre. Ya sabemos cuál es la protección del fuerte al indefenso. Es preciso que usted, diputado batallador, conquiste nuestra independencia legal.

—Con una Egeria cual usted, me creo un Numa. ¡Qué encantadora es la asociación del pensamiento con la criatura que satisface nuestro espíritu! He pasado los más hermosos días de mi vida esperando a una mujer que no llegaba; renuncié a la dicha de encontrarla, pero, ¡oh sorpresa!, esa mujer ha llegado. Véola coronada con la resplandeciente aureola con que aparecía en mis ensueños. La primavera de mi vida se difuminó sin gustar la felicidad; he vivido solo, sin entender a mis íntimos ni ser entendido por ellos. Usted ha cruzado en mi camino como ilusión real, como quimera personificada, y puede dejar en mi existencia armonías y fragancias. Al encontrarme con un ser que sabe poetizar el vulgar vivir, vuelvo de nuevo a la vida. La mujer soñada llegó: ha llegado, me dicen voces misteriosas del corazón; ha llegado, repito yo, haciéndome eco de ellas, inconscientemente, como un ciego que abriera los ojos de repente y gritara: luz, luz. Me duermo acariciando el recuerdo de usted; al despertar, creo haber soñado; pero contemplo su retrato, y su inteligente rostro me da la visión real, haciéndome estremecer de contento.

—Nos hemos conocido tarde.

—Ese pesimismo no es digno de usted; los fuertes lo rechazan porque saben crearse nueva vida. Para la dicha no existe el tiempo.

—Los dos estamos encadenados.

—El espíritu no puede encadenarse; el nuestro es libre. Para una mujer de la poderosa voluntad de usted, no hay diques. El amor es más fuerte que los lazos creados por los hombres. No es usted tipo de mujer cobarde.

—Estoy dispuesta a defenderme de este naciente afecto, porque si lo dejara apoderarse de mí, debilitaría el cariño a mi hija.

—¿Qué le falta a Nina? ¿No tiene su institutriz?

—Creo que la he buscado sin darme cuenta, por verme más libre, y al advertirlo confusamente me avergüenzo. Por eso quiero alejar a usted de mí, y en este rechazo no hay humillación para su amor propio.

—Entre nosotros no caben ofensas de amor propio, no hay vencido ni vencedor; es el amor quien nos vence. Bendito sea; ha rozado con sus alas nuestras almas y canta victoria.

—Solo podemos encontrar en el cáliz del amor amargos sedimentos. Para nosotros no hay más que dolor en ese afecto.

III

—Te aseguro, Mercedes, que mi resolución de alejar a Carlos era sincera, pero él no entendió mi carta y ha vuelto.

—Y tú, ¿has visto con alegría que no te entendiera, o más bien que no quisiera entenderte?

—Es verdad. Mi carácter debe parecerle desigual, porque, realmente, mi cariño a Carlos fórmase de contradicciones. Yo, antes tan atrevida, siento ante él timideces de colegiala. En mi ser libran formidable combate el pudor y la pasión; el pudor, vergüenza de las almas castas. El sentimiento toma formas muy extrañas en mí. Paréceme ilógico cuanto me sucede, y es que no hay que buscar lógica en mi perturbador afecto. Mi estado de espíritu no cristaliza en forma fija. ¡Qué complejidades tiene el amor! No es más grande cuando nos sorprende en la edad temprana, aprovechando el sueño de la razón, sino cuando nos subyuga en el otoño de la vida, recibiendo la sanción de nuestra mente. Entonces su inconmensurable poder domina todas las facultades afectivas y sensitivas, y, escudado en su fuerza, destruye argumentaciones contrarias a él, rechaza cuantas leyes se le oponen.

261

Y lo raro es que las penas del amor, lejos de atrofiar el corazón, hácenle palpitar con más fuerza. ¡Qué importa el sufrimiento, que es vida, si evita el tedio!

Cuando el amor se acaba, ha dejado de vivir la criatura; su aparente existencia no es más que galvanismo.

—Estás enferma, primita.

—Sí que lo estoy; ríete, Mercedes.

»Al adivinar Carlos que le quería, sentí rubor; hoy, que ha sospechado mi temperamento, siento indignación contra mí misma. No puedes calcular mis esfuerzos para que no me conozca. Procuro mixtificarme, apareciendo fría para ocultarle mi ser fisiológico. Apago los rugidos de la bestia humana con frases espirituales, y, a pesar de ello, temo verme descubierta. Una ola de fuego abrasa mi corazón y mi cerebro. El amor es espiritual mientras se halla en la infancia, pero dolorosa experiencia me enseña que al llegar a su mayor edad se hace impetuoso, ardiente, derrumba barreras platónicas.

—Ya te lo indiqué.

—Quería espiritualizar la materia, y veo que se va materializando mi espíritu.

—Lo temía.

—Estoy triunfando de mí misma todos los días, siempre que Carlos acaricia mi mano y la retiro, siempre que juguetea con las cintas de mi bata y me separo.

—Veo que tienes por puente levadizo una cinta de seda.

—Es cinta muy larga.

—Hemos de convenir en que tu escudo es de raso.

—No seas guasona.

—Soberbia trinchera.

—Veo que estás de buen humor.

—Te parepetas tras los tenues hilos de sedoso tejido. Buena fortificación, gran baluarte.

—Mi situación no es para bromas. Me expansiono contigo, porque solo a ti puedo revelar mis dolores. Siento algo, contra lo que protesto: hervores de la sangre, palpitaciones en las venas, punzadas en el corazón. Algo que no puedo definir.

—Me lo explico fácilmente.

—Yo no.

—Nada más fácil: es la materia, imponiéndose al espíritu.

—Buscaré el triunfo en la voluntad.

—El mejor remedio es volver la espalda al enemigo. La huida es la victoria.

—No hay gloria sin combate. Ahora estoy más segura desde que ha venido Antonio.

—Acaso es peor esto.

—¿Por qué?

—La necesidad de hablaros sin testigos pudiera llevarte más lejos, porque os abrasa el mismo fuego.

—Nos hablaremos en los teatros y reuniones. Yo no iré nunca a una cita.

—Temo tu cambio de resolución. Vuestra vehemencia tiene que ser mayor, porque vuestro amor no ha sido satisfecho.

—No debiera apurarse nunca la copa del placer para que no languideciera el amor. El amor es triste como el abismo, como la muerte.

—Es peor que eso, Luisa, porque es mendigo importuno que pide imperiosamente y hay que darle.

—En mi resistencia encuentro más voluptuosidad que en la dulce fragilidad de otras mujeres.

—Denominas dulce a la fragilidad con gran delectación.

—No es culpa mía. Cruel sarcasmo el de mi contextura; tengo temperamento de fuego con ideas de Lucrecia. Muchas noches despierto llorando, porque la lucha del día me persigue en sueños; padezco convulsiones. Siento un infierno dentro de mí.

—Puedes curarte de ese estado; no vuelvas a ver a Carlos.

—Las penas que causa el amor son tristes placeres, pero placeres al fin. Esas penas nos libran del aburrimiento, tormento superior a los más formidables. Hay deleite en algunos sufrimientos. Los primitivos cristianos buscaban el martirio.

—Padecían por un Dios.

—¿Quieres dios más universal que el amor? Sus mártires voluntarios cuéntanse por legiones.

—Eres incurable. Pero, hablando de otra cosa, ¿ha presentado Carlos la enmienda a los artículos del Código que perjudican a la mujer?

—Le dicen los amigos que han de apoyarle, que es prematura tal iniciativa, que antes hay que hacer opinión favorable a la idea en la prensa.

—Yo nunca me había ocupado en estas cosas; pero desde que te oigo hablar de ello, he pensado en que tengo tres hijas y que me conviene lo que proyectáis.

—Ha pocos días, un grupo de liberales pidió el derecho de la mujer al voto.

—¿Y cuál fue el resultado?

—Se denegó por gran mayoría. Pero solo el que haya sido propuesto es un avance. Dicen que no está preparada la conciencia política de la mujer, pero tampoco tiene educación política el deshollinador, y vota.

—¿Qué se ganaría con el sufragio femenino?

—Llevar a las Cámaras defensores de nuestros intereses. Pretendemos que la mujer sea electora no elegible: los cargos políticos para el hombre. Pediremos los administrativos.

—Os dirán que siempre ha vivido la mujer fuera de ese ambiente.

—¿Acaso debe perpetuarse la injusticia porque cuente siglos de existencia? La mujer ha de ganarse el sustento porque, como el hombre, tiene derecho a la vida.

—Añadirán que la mujer no debe salir del hogar.

—Bien sale para ir a la fábrica, al taller, a las minas; lo que se le regatea son los empleos intelectuales. Es inútil que argumenten con la tan cacareada debilidad, porque en los muelles las cargadoras actúan de grúas.

—Magna es vuestra empresa.

—Hay que luchar por lo difícil.

—¿Crees en el triunfo de esos ideales?

—Nuestra generación no lo ha de ver; entre nosotros cuesta trabajo arrancar la corteza que envuelve rutinas tradicionales, demoler lo caduco, lo arcaico. Somos misoneístas; si seguimos estacionados, España no será más que museo arqueológico, panteón de glorias, la última trinchera de la tradición.

—Procurad que no ocurra aquí lo que cuentan los periódicos de las sufragistas inglesas.

—Aquello fue espantoso. Nos ha hecho retroceder en la opinión. La violencia no es buena en nada. Hay que ir lentamente en las reformas. Para que se acepten los nuevos ideales, deben rodearse de respeto.

—Se pusieron muy en ridículo aquellas mujeres de Londres.

—Eso es lo grave: chillaron como furias, parecían euménides.

—¡Qué imprudentes!

—Dieron un espectáculo capaz de desacreditar la más sacrosanta de las causas.

—Creo que un policía, para acabar discusiones, cogió a una sufragista y la levantó en alto.

—Sí, y al ver herida su dignidad enmudeció de soberbia; cuando la dejó en el suelo quedó inmóvil como una estatua. Estaba anonadada; a diferencia de Anteo que al tocar tierra adquiría nuevas fuerzas, en ella se paralizaron.

—¿Y qué hicieron sus compañeras?

—Apedrear a los guardadores del orden.

—¡Qué escándalo!

—Eso no es feminismo, es histerismo. Los feministas sanos son sensatos; en la patología social hay muchos exaltados que por falta de cordura mixtifican los más nobles propósitos. Muchas doctrinas son tan desfiguradas por los sectarios que el iniciador de ellas no las conocería.

IV

Nina, la hija de Luisa, una preciosa chiquilla de gran precocidad intelectual, y solo nueve años de edad, hallábase en el cuarto de las muñecas charloteando con ellas.

Su madre, dispuesta para salir a la calle, al ir a darle el beso de despedida detúvose escuchando la extraña garrulería.

—Mira, Lulú, decía la chicuela, si eres mala te pondré una institutriz tan cargante como Mademoiselle y saldrás siempre con ella; no es moda que las niñas paseen con sus mamás.

»No tendrás amigas, porque tu Mademoiselle no lo consentirá y te fastidiarás, como yo, que solo me deja jugar con los chicazos que acompaña Miss Lelia, esa amiga suya que le dice que tiene dos maridos, uno pobre y otro rico. Si eres buena tú también tendrás dos maridos; pero los dos ricos.

»Si me desobedeces te buscaré una Mademoiselle tan tonta como la mía, pues cuando la dicen guapa, no oye ni ve venir los automóviles.

Luisa entró en el cuarto de las muñecas y acariciando la rubia cabellera cascada de bucles que saltaba sobre el trajecito azul de la niña, díjola:

—Así, así, Nina, todo lo que te pase cuéntaselo a las muñecas. ¿Quién ha vestido a Mignon en traje de novia?

—La costurera. Mademoiselle le puso la corona de azahar y me ha dicho que me explicará lo que significa esa flor.

—No, no, vida mía, que no te lo explique ella; ya te lo explicaré yo.

—Lo prefiero. Tú me contestas a todo lo que te pregunto y ella a veces no sabe contestarme. El otro día en el Retiro oí decir a una mamá, de esas mamás pobres que acompañan a sus hijas a paseo: «Ven alma mía». Pregunté a Madamoiselle: «¿Qué es alma?» Y me dijo que las niñas no deben hacer preguntas. ¿Es verdad, mamita, que es feo preguntar?

—No, hijita, las niñas deben preguntar mucho, porque lo ignoran todo.

—Pues bien, dímelo tú.

—Escucha: una niña pequeñita, más pequeña que tú, pues solo tenía siete años, hizo esa misma pregunta a su mamá, y ella la dijo: «El alma es un lugar donde existen los deseos de lo que más nos gusta, las esperanzas de lo que anhelamos alcanzar, el recuerdo de lo que nos ha conmovido, lo que nos alegra o entristece, el sentimiento que nos causa la falta de cariño de los seres más queridos».

Y la niña la interrumpió, exclamando:

—Ya lo entiendo; con el alma es con lo que yo te quiero.

—Yo, mamita, te quiero con todo mi corazón, y es quererte más, porque al corazón le oigo y al alma no la oigo ni la veo.

—El pensamiento, hijita, es el órgano del alma, como los sentidos son el órgano del pensamiento. El alma es un poder, como es el corazón una fuerza.

—Pero si no se ve el alma, ¿cómo sabes que existe?

—Tampoco conocemos los fenómenos eléctricos y ya ves que la electricidad alumbra nuestra casa y el palacio de tus muñecas. El alma no se toca, pero tampoco pueden palparse el sonido, el color y el perfume.

—Entonces el alma es el perfume de la flor. ¿Verdad, mamita?

—Perfectamente.

—Pero, dime, ¿y las flores que no tienen aroma?

—No tienen alma; también hay criaturas que carecen de ella.

—¿Quiénes son esas?

—Son varias, querida curiosilla. Los idiotas no tienen alma, o la tienen inferior, que equivale a no tenerla.

—Ah, ya, el idiota que pide limosna en San Pascual no tiene alma, ¿verdad?

—No, no la tiene, pero hay otras personas que no van astrosas, como el viejecito a quien das limosna, otras personas muy bien vestidas que tampoco tienen alma.

»Y basta por hoy, que voy a un taller de caridad para entregar ropita para niños huérfanos. ¿Qué hace Madmoiselle que no te lleva a paseo?

—Está acabando de vestirse.

—Voy a ordenarla que te saque más temprano todos los días, porque quiero que estés mucho tiempo al aire libre. Me tiene disgustada su comportamiento; no envejecerá en mi casa.

Nina quedose colocando macelitas en la *serre* del palacio de sus muñecas, edificio de dos pisos, en el que enlazábanse con graciosa euritmia los órdenes dórico, jónico y corintio, formando un caprichoso estilo compuesto, de gran elegancia, en el que dominaba la hoja de acanto para la ornamentación.

Dos habitaciones contiguas al cuarto de las muñecas, tapizadas de blanco, con muebles a la inglesa, servían de tocador y dormitorio a Nina, no lejos de las habitaciones de su madre y al lado de las de la institutriz.

V

Luisa se apeó del coche ante un hotel del paseo de la Castellana. El lacayo, adelantándose por la escalera de servicio, anunció a su señora y entregó a los criados un envoltorio.

Era la ropa que había cosido para el taller de caridad que presidía su amiga María, la señora de Lavistal, en cuya casa se reunían los miércoles las asociadas.

María salió al encuentro, exclamando efusivamente:

—¡Qué tarde vienes, queridiña!

—Nina me detuvo.

—Ya se ha leído el acta de la sesión anterior y se han presentado los nuevos proyectos.

—Contáis con mi adhesión en todos los casos.

La señora de Lavistal, una gallega ingenua, desconocedora de la farsa social, había tomado en serio, sin fatuidades, el cargo de presidenta que le confirieran sus amigas, ansiosa de realizar obra benéfica.

Admiraba a Luisa reconociéndola superioridad intelectual; queríala sinceramente, porque la admiración es amor.

Luisa sabía hacerse querer; la vida más íntima es siempre la que engaña mejor.

Era la señora Lavistal hermosa figura, un tipo de Rubens, de formas demasiado opulentas. Su rostro de armónicas, correctas líneas, tenía expresión juvenil aunque en sus cabellos brillaban algunos hilillos plateados que denotaban a la mujer de *cierta edad,* como decimos precisamente cuando su edad es dudosa. El descuido de los blancos cabellos y la región abdominal algo protuberante, reveladora de la falta de corsé recto, indicaban carencia de coquetería femenil, y hasta descuido en el atavío.

Entraron en el taller de caridad que tenía en el centro amplia mesa en la que se mezclaban alfileteros, dedales, acericos, tijeras, con carretes de hilo, lana y seda. Cubrían los muros de la habitación grandes estanterías de casilleros marcados con letras del abecedario, que indicaban, para mayor facilidad, las prendas que cada casillero contenía.

Si la señora de Lavistal trabajaba de buena fe, no a todas sus consocias ocurríalas lo mismo. Muchas de ellas reuníanse para matar el tiempo, ese tiempo que tanto pesa a los desocupados, que tanto abruma a las personas frívolas.

Oigamos las conversaciones de un grupo de muchachas que mientras cosían para las pobres, descosían a las ricas.

—Irene, ¿en qué quedó lo de la diadema de esmeraldas? —decía una rubia delicada como Ofelia a una muchacha de tipo goyesco.

—Esa diadema ha dado más juego que el famoso collar de María Antonieta.

—Qué, ¿ha causado una revolución como el collar de la reina?

—Todo lo contrario: el conde es un infeliz; la condesa no solo le hizo creer que ha comprado de lance la diadema, sino que le ha hecho pagar el regalo del amante, obligándole a que agradezca el buen negocio que le ha proporcionado. Es muy traviesa.

—Calla, que se acerca la presidenta —musitó Irene—, y no la gusta el sabroso manjar de la murmuración.

—Ya os he oído, picaronas; vosotras encendéis una vela a san Miguel y otra al diablo; pues mientras vuestros dedos hacen el bien, vuestra lengua lanza proyectiles envenenados.

—Esto ocurre siempre que se reúnen mujeres —añadió Luisa—. ¿Sabéis lo que se dijo ayer en la Kermesse del distrito del Congreso al ver que la marquesa de Siete Torres ostentaba en el pecho una cruz de Beneficencia?

—Cualquier disparate —repuso María.

—Que la ha debido ganar apagando *algún incendio.* La frase hizo fortuna.

—¡Qué atrocidad! —se oyó gritar en un grupo de jovencitas coro de vírgenes, que no tuvo el pudor de fingir el desconocimiento de la intención de la frasecilla.

—Hobbes asevera —dijo Luisa— que el hombre es lobo del hombre; pero olvidó afirmar que la mujer es la víbora de la mujer. Las personas que al ocurrir un cataclismo apellidan madrastra a la naturaleza porque destruye a los seres que ha creado se causan más daño que los fenómenos sísmicos.

—Empieza a perorar la sabihonda —murmuró una solterona en voz sabéis quién es—, al denominar palimpsesto a la retocada reina de baja.

Preguntémosla qué quiso decir el duque de la Gardenia, ya los últimos Juegos florales y apodarla macrobiana.

Una viudita verde acercose a Luisa para que se lo explicara.

Esta tomó la palabra:

—Palimpsesto era el pergamino antiguo donde se borraba lo escrito para volver a escribir, resultando que contenía muchas raspaduras.

La dama en cuestión usa afeites, es verdad, pero tratándose de una mujer de su talento está más en carácter en una fiesta intelectual que una fresca beldad ignorante. Macrobiana significaba vieja, porque según la fábula los macrobianos vivían mil años.

—Sí, vamos, el palimpsesto tomado por el rostro equivale a lo que los franceses denominan artillería de Cupido —objetó la viudita—. Es el esfuerzo, los ardides empleados por una mujer que ya no es joven, y todavía no es vieja, para ocultar el secreto que guardamos mejor, el de nuestra edad.

—Es lícito, no hay que censurarlo —repuso Luisa—. Todas las mujeres quisieran gozar como Hebe de eterna juventud.

—Por eso —chilló la solterona— algunas se lo tiñen todo, hasta la partida bautismal. ¿Verdad, Luisa?

—Defensa justificada: sabido es que la mujer muere dos veces, la primera al dejar de ser bella. No debe sorprender que la mujer de cierta edad, o sea de edad dudosa, despliegue gran batería de campaña para defenderse contra la cruel mano del Tiempo, que hace con el sexo hermoso lo que los soldados de César con los pompeyanos: *apuntar al rostro.* El poder de la *artillería de Cupido* lo conocían ya, Aspasia en Grecia, Helena en Esparta, la princesa de Éboli, encanto del frío Felipe II, la princesa de los Ursinos, ídolo de Felipe V, la duquesa de Valentinois, que tenía hechizado a Enrique II a pesar de doblarle la edad, y muchas otras.

»En modernos tiempos Mme. Draga Maschín fue llevada al altar por el rey de Servia contra la voluntad del Consejo de ministros, gracias al arte del afeite. Satisfecho argumentaba el soberano: «Decís que mi novia cuenta cuarenta años, miradla y miradme. Ella tiene rosas primaverales en las mejillas y yo nieve en los cabellos. Nada supone la edad».

»Realmente una mujer es joven mientras inspira amor, qué importa que se valga del arte para inspirarlo. Pero basta de filosofías ligeras.

—Observo, niñas, que habéis trabajado poco —dijo la presidenta—. Luisa os distrae con su interesante conversación.

—Yo no tengo la culpa, María. Creo que vengo aquí en miércoles por no desairarte, pero no me gusta la caridad colectiva, reglamentada. Para ejercerla no hay que agremiarse. Detesto la kermesse en donde se da el dinero por vanidad, con aparatosa exhibición. Parécenme absurdas las corridas de toros de beneficencia, porque para auxiliar a los necesitados, se expone la vida de hombres, lo cual es inmoral, se maltrata a los animales, lo cual es de pésimo gusto. En suma, se da una fiesta bárbara, pagana, en nombre de la caridad cristiana. ¿Qué idea puede una formarse de la humanidad, sabiendo que hay que halagar sus instintos egoístas, sus pasiones sensuales para hacerle soltar pesetas para el menesteroso, es decir, para que facilite lo que le sobra al que carece de todo?

»La mayor parte de las asociaciones benéficas que organizan las mujeres es por figurar: a la burguesa le halaga codearse con la aristócrata, y aprovecha una ocasión que no encuentra en su círculo; a la noble, título de nueva emisión, le satisface ejercer cargos honoríficos, disfrutar de homenajes que no le han de prodigar las aristócratas de elevada estirpe. Cuando llega una provinciana a Madrid la dicen sus amigas que entre en sociedades benéficas para adquirir relaciones.

—Hágase el bien —añadió María— sin analizar sus móviles.

—Tienes razón, sin esos móviles no se haría. Pero no deja de causarme risa, entre otras cosas, que cuando se organiza alguna tómbola para allegar recursos en las catástrofes de la patria sea testimonio de patriotismo, de españolería, lucir mantilla blanca y un puñado de claveles rojos y amarillos. Es el único patriotismo de las que van a pedir para los damnificados; muchas no darían un duro si se prohibiera que figuraran los nombres de las donantes en las listas que se publican.

La entrada de Lavistal terminó estas declaraciones.

Luisa, pensando en aquellas lenguas de catapulta, acercose a María, hábilmente, tomando por escudo a la esposa de su adorador. Invitándola al teatro, segura de que no había de aceptar, por falta de salud, quedó citado su amigo.

VI

El Teatro Español estaba deslumbrador; celebrábase el beneficio de la Guerrero, con el interesante *Drama Nuevo,* de Tamayo y Baus, y habían acudido los admiradores de la gran actriz, la adorada sociedad que va a los teatros por exhibirse, escogiendo días de moda, estrenos o beneficio de afamado artista. Pocos son en Madrid los que acuden a representaciones teatrales buscando deleite estético.

Transcurrido el segundo acto, los caballeros empezaron a pulular por los palcos poniendo su vanidad en el mayor número de amigas a quienes tenían que visitar. Favorecido de visitas, con disimulado disgusto de Luisa, véase su palco.

Por fin salió su marido a fumar con un vecino de su cortijo de Andalucía. El marido de Luisa era uno de esos hombres que pasan inadvertidos en todas partes. Ni elegante ni desaliñado, sin nada que destacara en él, su persona como su ser psíquico, incoloro, carecía de relieve.

Luisa y Lavistal quedaron solos en el palco.

—No la entiendo a usted, Luisa —decía Lavistal muy agitado—. Para mirar a ciertas almas necesítase telescopio. Usted me rechaza y me atrae, es una nueva tela de Penélope la que usted está tejiendo.

»Es usted para mí más que el amor, porque es mi fe, mi esperanza, mi religión. En la hora más culminante de mi vida he encontrado una Beatriz que puede guiarme hacia las más altas esferas.

—Lástima que ese *arrullo* del corazón no fuera eterno, Carlos.

—Lo es para las almas fuertes, la inconstancia es de seres débiles. Hay pasiones que son un talismán para el tiempo; lo vencen. Solo el último amor de una mujer puede satisfacer el primero de un hombre.

»Bendigo la hora en que conocí a usted: en otra existencia ultramontana yo entraré con el sagrado fuego del que ama y cree. Al conocer a usted, la poesía y el amor han celebrado bodas inefables en mi alma.

—Amémonos, sin que se evapore la esencia que contiene el vaso. ¡Es tan delicada! Amémonos como sea ama a una ilusión, a la idea intangible, a la idea informe que adoramos los espiritualistas —profirió Luisa.

—No, no me arrojará usted del Paraíso después de haberme abierto la puerta de él. Había pasado la vida exclamando:

> ¡Ah!
> la dicha que el hombre anhela,
> ¿dónde está?

y hoy digo:

> ¡Ah!
> la dicha que yo he soñado
> en ti está.

»En las cartas de usted veo que su naturaleza se siente atraída hacia la mía con esa misteriosa fuerza de atracción con que el átomo se une al átomo. Toda la fortaleza de usted, toda su energía, toda su voluntad vense destruidas por otro poder más fuerte, el del amor. Usted, enamorada del triunfo, sufre al verse vencida. La materia no puede despreciarse porque es obra del Divino Hacedor. El alma necesita de la materia, como la idea de la forma, la elocuencia de la palabra, la armonía de la nota, el color de la luz.

»Estrechamente unidos el pensamiento sutil, puro, aéreo y la expresión humana son como el eslabón y la piedra; fallando uno de ellos no brotará la chispa. En lo moral y físico el enlace es intenso, estrecho. Rechacemos lo burdo, lo grosero, medio ambiente en que viven los seres vulgares, pero en vez de rechazar por sistema la materia, que es como rechazar la vida por sistema, hagámosla digna de servir en todo al espíritu que aprisiona, armonicémosla con él.

»Aceptemos la materia a condición de que sirva como un pretexto para que el alma permanezca en la tierra. No, Luisa, usted no puede dejar de pensar en mí; hay un fenómeno de telepatía que me lo asegura, y digo, extasiado, con nuestro gran poeta erótico:

> A mí te llevarán todas las sendas
> y de mí te hablarán todos los ecos.

Alzose el telón y el silencio reinó en la sala, terminando la representación entre atronadores aplausos, haciendo el público cariñosa despedida a María Guerrero y Fernando Mendoza, que preparaban su viaje para Buenos Aires.

VII

La sociedad cosmopolita de Biarritz acude de preferencia, en el mes de septiembre, a la aristocrática playa por ser la época de mayor animación.

En septiembre se abre el Golf Club, aumenta la concurrencia al tiro de pichón, se verifican carreras hípicas, empiezan las representaciones del Teatro del Mar, los casinos rivalizan en ofrecer bailes y conciertos. Los cotillones del Casino Bellevue son magníficos.

La playa, la plaza de la Mairie, las carreteras de San Juan de la Luz y de Bayona vense profusamente concurridas.

Cuando menos lo indicaba el cielo, formidable tempestad se desencadenó: cinco lanchas pescadoras fueron a pique, sepultando a todos los individuos que las tripulaban.

Para reunir fondos destinados a las viudas y huérfanos de las víctimas de la catástrofe marítima, pensose en algo de gran atractivo, resolviendo organizar un minué infantil en el Casino Municipal. Los pequeñuelos vestirían trajes Luis XV.

Ocho días después verificábase la fiesta en un atardecer apacible de fines de septiembre: la *Virgen de las Rocas,* que se alza esbelta entre alfombra de nevado encaje, presentaba su silueta bajo diáfano cielo, enfrenando con sus menudos pies el oleaje. Reinaba perfecta calma en el mar.

Los bailadores del minué estaban monísimos: Nina, la hija de Luisa, con un caballerito de su edad, dirigían el baile. El espectáculo era precioso: un cuadro de Watteau. Privado de contemplarlo viose el papá de la inteligente pequeñuela por haber recibido noticias telegráficas de la huelga de los labradores de su cortijo sevillano, rebeldes a la dirección de un administrador inepto.

Las parejitas del minué estaban adorables de gracia y coquetería: manejaban el monóculo, los impertinentes y el abanico con una intención que hubiera satisfecho a los cortesanos de la Pompadour.

Luisa hallábase en animada plática con el padre de uno de los protagonistas de la fiesta. Lavistal, ceñudo, mirábala desde lejos con gesto tan hostil que, a no hallarse los concurrentes tan distraídos, hubieran notado la alteración de su rostro, la agitación de sus movimientos.

Terminando el minué, enteráronse los espectadores de que la recaudación era escasa, y algunas damas desprendiéronse de sus joyas para subastarlas. Una señora rusa subastó un brazalete; una inglesa una sortija; una española un bibelot de la cadena de su reloj.

Levantóse de su asiento una cupletista francesa y dijo con gran soltura:

—Yo subasto un beso.

¡Gran expectación!

La cupletista era una hermosa mujer que apenas contaba veinticinco años de edad.

Llevaba soberbio traje de encaje blanco con áureas aplicaciones; estaba elegantísima.

La subasta creció pronto con valiosas pujas.

—Yo doy dos mil francos —vociferó un inglés.

—Tres mil —ofreció un alemán.

—Vayan cuatro mil —añadió un conterráneo de la subastadora.

—Yo doy cuatro mil quinientos —dijo abriéndose paso Lavistal, fijando dura mirada en Luisa, que, aunque trató de dominarse, palideció.

—Yo daré seis mil —exclamó un porteño.

Lavistal se retiró; la palidez de Luisa, su alteración habían satisfecho sus deseos.

Al oír la espléndida puja del porteño, gritó un español:

—Bien por la raza. Ese americano es de los nuestros.

Hubo un momento de silencio; todas las miradas se fijaron en el argentino.

La sensualidad de los hombres estaba tan aguijoneada como la curiosidad de las mujeres.

Rápidamente, el argentino tomó en brazos a un chiquitín, y, acercándole su carita a los labios de la cupletista, exclamó:

—El beso para mi hijo.

¡Bravo, bien, *magnifique ravissant*! eran las exclamaciones que se oyeron entre atronadora gritería.

—¿Quién es ese americano? —preguntó Luisa a su acompañante, esforzándose por aparecer serena tras las pasadas emociones.

—Es un millonario de Buenos Aires, muy original; tan desfacedor de entuertos, tan altruista, tan supercaballero que le denominan *el Quijote de Ultramar*.

—¡Los argentinos son encantadores! —repuso Luisa, alzando la voz al ver acercarse a Lavistal.

—¿Qué se cuenta por ahí? —dijo este, haciendo alarde de tranquilidad.

—Se comenta el último chiste de Gloria Laguna antes de salir de Madrid —repuso Luisa, serena aparentemente.

—¿Qué dijo?

—Hallábanse en un té, y Gloria preguntó a la solterona señorita Deledan:

—¿Cómo estás tan callada, Olga? Eres más fría que tu nombre ruso.

—En boca cerrada no entra mosca, hija mía.

—Ni en Puerta Cerrada, marido —exclamó Gloria con inimitable gracejo.

Como todos los de la reunión sabían que la incansable Olga habitaba en la plaza de Puerta Cerrada, la cáustica frase fue muy reída.

La sociedad, pidiéndole chistes a Gloria, hace de ella mujer terrible. Y, sin embargo, Gloria, que parece agresiva, es bondadosa. Los satíricos siempre pasan por malévolos.

A Gloria no se le perdona en esta sociedad hipócrita su franqueza, su independencia de carácter, su antipatía a lo vulgar, al tópico corriente.

—Si Gloria escribiera, ¡qué verdades diría! —objetó Luisa.

—Podía publicar un libro titulado *La sociedad sin careta* —repuso Lavistal.

—Ella, que tiene talento observador —añadió Luisa—, debiera llamar la atención sorbe la palabra amiga. Figúrense ustedes qué confianza tendrán las mujeres en lo que representa el vocablo que, al terminar una carta, necesitan acompañarla de algún adjetivo: tu leal amiga, tu sincera amiga, tu amiga de corazón. ¿Por qué esa redundancia, ese pleonasmo? Porque las mujeres desconfiamos unas de otras. Si la voz amiga la usáramos en su verdadera acepción, si no hubiera perdido su valor, no habría que adjetivarla.

»Quien vea a las mujeres reunirse en todas partes, creerá que se quieren; nada de eso: se buscan porque se aborrecen; son antropófagas, necesitan devorarse.

»Si el cadáver de un enemigo nunca huele mal, la derrota de las llamadas amigas regocija más que apena.

VIII

Al siguiente día, mientras Nina cogía conchas en la playa, acompañada de la institutriz, Luisa y Lavistal dialogaban, fijando distraída mirada en las olas.

—Es indudable —decía él— que el amor tiene que pasar por el crisol del martirio para demostrar que es de buena ley. No nos atormentemos más. Usted me hizo sentir celos, y yo necesitaba verla sufrir para consolarme. Benditas sean las amarguras que usted causa, porque dan la felicidad. He visto asomar en usted la pasión, y ya estoy compensado. ¿Por qué esa afectada indiferencia de hoy, si vi relampaguear el sentimiento en sus ojos cuando traté de sondarla? Usted lleva el nirvana filosófico hasta el amor, y el budismo es filosofía que pasó de moda. Es usted incomprensible: no me explico su pasividad. Usted no puede prescindir de mí, porque he derramado la mitad de mi alma en la suya. Aunque pretenda usted olvidarme, no lo conseguirá. Lleva usted el tatuaje de mi amor; el tatuaje solo se extirpa con la amputación, y no se puede amputar el espíritu.

»Nuestro ser moral está tan enlazado que en las diversas transformaciones de la existencia, al sentir correr sus ondas fugitivas en las variadas formas de que el sepulcro es cuna, hemos de encontrarnos atraídos con la potente y misteriosa fuerza con que las partes simpáticas y armónicas se unen para formar un solo todo en la naturaleza.

»Cuando nuestra vida individual se confunda en la vida universal, fuente inagotable, a que preside la atracción y el amor consagra, ¿por qué espíritu o esencia, alma o fuerza vital, átomos armónicos de un lodo consciente, no hemos de unirnos como la flor al tallo y al pétalo la flor? Y ya que la muerte no logra destruirnos, ¿por qué, aunque sea sin conciencia de lo pasado, no hemos de amarnos con otra conciencia nueva, tal vez más llena, al contrario de lo que hoy nos ocurre, más llena de placer que de pesadumbre?

»Esa es la inmortalidad que sueño, que anhelo. Usted, con ese algo divino que lleva dentro de sí, me hace creer en los sobrenatural.

»Ha llegado el momento de realizar una ilusión de los dos, de los dos, no me lo niegue.

—¿Cuál?

—Sentir simultáneamente la emoción pasional y la artística: las circunstancias nos ayudan para realizar un viaje juntos. He recibido encargo de una sociedad egiptóloga tan respetable que existe desde las conquistas napoleónicas, para hacer unos estudios en unas ruinas. Usted siente entusiasmo por la arqueología. Como piensa usted ir a París, a dejar a Nina en el colegio, como su amiga Teresa le puede dirigir las cartas a su marido desde París, podemos pasar un mes en Egipto, muy tranquilos. Ya sabe usted que los españoles no viajan. Tendremos la suerte de no encontrar a ningún conocido.

—Siempre me interesó esa tierra de la filosofía, único pueblo de la antigüedad donde alcanzó la mujer libertad relativa. Demostrado está que en el valle del Nilo existió el matriarcado, ya que en tumbas, en papiros y monumentos se observa que los hijos tienen filiación uterina, llevando como primer apellido el de la madre.

—Sí, ante aquellos jurisconsultos tenía más importancia la maternidad que la paternidad, lo cual se explica por ser la única segura. No existió el gineceo en Egipto, pues si permanecían las mujeres recluidas temporalmente, era precaución higiénica que se tomaba mientras estaban bajo la influencia del fenómeno catamenial.

—He observado en mis lecturas de libros históricos que la religión verdaderamente indígena de los egipcios revela el prestigio alcanzado no solo por la madre, sino por la mujer.

—Es verdad: la fe en la superioridad de Isis, bienhechora del país, a la que se atribuyen todos los dones de la naturaleza, inspira la consideración al sexo femenino que existe en la tierra faraónica.

»Además, la mujer, tratada siempre de falsa, de impostora, debe agradecer que la representación de la verdad en Egipto encarne en la diosa Men.

»La reina, hermana y esposa del rey, era considerada ser divino, tenía atributos hieráticos. Un país que concede tanta importancia a la mujer en su teogonía no podía negársela en la vida social.

—Claro está. La mujer, considerada fisiológicamente, obtuvo allí superioridad sobre el varón por su exquisito temperamento nervioso, que la dota de sentidos más aguzados, más sutiles.

—Gran diferencia, querida Luisa, con otros pueblos, que siguen denominándola «la enferma, la eterna niña».

—Adoradora yo de las glorias femeninas, tengo en el altar de mi pensamiento un hermoso tríptico egipcio, formado por Hipatia, Catalina de Alejandría y Cleopatra.

—Mi corazón me anuncia que haremos ese viaje encantador; pero necesito oírselo decir, quiero la promesa suya, a la que sé no ha de fallar, porque conozco su carácter.

—Dígame, vida de mi vida, dígamelo, ¿iremos?...

—Sí... —suspiró lánguidamente, con desfallecimiento, vencida, envolviéndole en una mirada que a él le pareció voluptuosa.

—¡Bendito momento! Quisiera, Luisa mía, que se nublara el sol en este instante para arrojarme a tus pies, para permanecer de rodillas ante ti toda una vida. Iremos juntos; allá descifraré en ti algo más difícil de descifrar que los jeroglíficos egipcios, rasgaré velos tuyos, más densos que los de Isis; adivinaré en ti, esfinge mía, enigmas que Edipo no adivinó; tejeré con pétalos de loto y plumas del sacro ibis una alfombra para ti, que no tuvo diosa alguna: haremos de la prosa poesía vivida.

***

Carlos estaba ebrio de felicidad: no es que anhelara la posesión de la mujer, amada por egoísta sensualidad; es que sabía bien que las mujeres delicadas se adhieren espiritualmente al hombre amado, mucho más, desde el momento en que son poseídas por él.

Todos los cementerios son muy visitados, especialmente los primeros días de noviembre, siendo el cementerio del Père Lachaise el preferido por literarios, artistas y amantes desgraciados.

El mausoleo de Abelardo y Eloisa tiene siempre flores frescas, porque la religión del amor es la que cuenta con más prosélitos, la que nunca ha de tener ateos.

Mientras los parisienses dirigíanse a las necrópolis, Luisa subía en un coche para llevar a su hija al Colegio del *Sacré-Cœur*.

Hubieran preferido un colegio más en armonía con las corrientes modernas; pero se decidió por el convento, porque en él se hallaban varias niñas españolas que podían hacer, con su compañía, grata la estancia de su hija.

Nina no iba de buena gana. Entraron en la sala de visitas, adelantándose la superiora con la cortés sonrisita que hace simpáticos a los franceses.

Quiso enseñarles todos los departamentos del convento, y al ver a Nina cuadros murales con Cristos sangrientos y corazones de Dolorosas atravesados por espadas, se iba entristeciendo; ella que solo había contemplado en su casa ángeles y Concepciones de Murillo, sollozaba en voz baja, lloraba, no con llanto estridente de chiquilla, sino con lágrimas de esas que no asoman a los párpados porque quedan en el alma.

Repentinamente, cogiose al vestido de su madre, exclamando:

—No, mamita, no me dejarás aquí. Acuérdate que cuando encontré en el jardín de Biarritz a la golondrina muerta me dijiste que murió porque su madre la había abandonado; yo también me moriré si me dejas.

—Aquí estarás muy bien, tendrás amigas españolas y no volverás a ver a esa mademoiselle, a la que tanto aborreces.

—No, no, no quiero quedarme; prefiero a mademoiselle.

Una monja, encargada de las colegialas de primer curso, apareció para llevar a Nina con las compañeras.

Sor Benigna mostraba en su severo rostro la más perfecta antífrasis de su nombre. Su aspecto era repulsivo: de estatura colosal, abultadas facciones, duras, varoniles, semejaba un filisteo con hábito femenino.

Fue a tomar a Nina de la mano y esta dio un grito de terror. Insistió sor Benigna en llevársela y la chiquilla tirose al suelo presa de convulsión nerviosa.

Hubo que acudir al botiquín del colegio.

Ante aquella dolorosa escena, Luisa tuvo un arranque maternal y dijo a la superiora:

—Ya ve usted que la vida de mi hija peligra.

—No seré yo quien aconseje a usted que deje a la niña en tal estado. Quizás cuando sea mayor podrá entrar en esta casa; ahora es imposible.

Gran reacción sentimental operose en el alma de aquella madre. Despertó su conciencia adormecida por arrullos morbosos, diose cuenta de sagrados deberes olvidados; llegó al hotel donde se hospedaba, ordenó que no recibieran a nadie, y escribió extensa carta a Carlos, refiriéndole lo ocurrido, en la que se leían estos párrafos:

> Las lágrimas de mi hija han hecho florecer en mí sentimiento agostados.
>
> He cambiado de resolución.
>
> Mi padre me hizo amar la filosofía kantiana, y en ella esa ley moral que la razón impone a la voluntad con la fórmula del *imperativo categórico.*
>
> Mi *imperativo categórico* me aleja de V.
>
> La devoción a Kant, el hombre más virtuoso y sabio del siglo XIX, no le parecerá a usted fetichismo, porque V. le ha elogiado calurosamente más de un vez.
>
> Marcho a Andalucía, al lado de mi marido, para ayudarle a conservar la fortuna de Nina, que se está desmoronando por ineptitud de unos y negligencia de otros.
>
> Felizmente, no tengo que avergonzarme de nada ante usted; más tarde, pasada la tempestad sentimental, podremos ser amigos.
>
> Consuelo grande es para mí la seguridad de poder contar con su respeto, respeto que un amor satisfecho hubiera destruido.
>
> Nina no necesita institutriz ni colegio: yo seré su maestra.
>
> La educación de una hija puede llenar una vida.

ALICE DUNBAR-NELSON

LAS PIEDRAS DEL PUEBLO

(1910)

V ictor Grabért bajaba dando trancos por la única calle ancha y arbola-
da del pueblo, y el corazón le latía con una amargura y una rabia que
parecían más de lo que podía soportar. Había vuelto a casa tantas
veces en ese mismo estado de ánimo, sin embargo, que ya le resultaba prácticamente natural aquel resentimiento sordo y hosco que de vez en cuando
se encendía en una sed de venganza casi asesina. Detrás de él flotaban risas burlonas y gritos, las provocaciones de aquellos salvajillos, niños de su
misma edad.

Llegó a la choza destartalada del final de la calle y se tiró en el escalón
combado del porche. *Grandmére*[1] Grabért estaba en la mecedora, balan-
ceándose despacio y canturreando el estribillo de una canción traída de las
Antillas muchos años atrás; pero cuando el chico se sentó en silencio y hundió la cabeza entre las manos, calló en mitad de la frase y lo observó con una
mirada sagaz, penetrante.

—¿Qué, Victor? —preguntó. Nada más, pero él entendió.

---

1 En el original se usa la tilde cerrada en *grandmère* (abuela) y *très* (muy), en lugar de la tilde abierta
normativa en francés, para reproducir el *patois* criollo que hablan los personajes. [*N. de la edición
original.*]

Levantó la cabeza y señaló enojado la calle, hacia la plaza iluminada que señalaba el centro del pueblo.

—Los niños esos —dijo, tragando saliva.

Grandmére Grabért le pasó una mano con ternura por sus rizos negros, pero la retiró enseguida.

—*Bien* —dijo enfadada—. Para qué te juntas con ellos, ¿eh? ¿Por qué no vas a la tuya? No te quieren, no les interesas. ¿Es que no te entra en la cabeza?

—Ah, pero *grandmére,* ¡quiero jugar! —se lamentó él.

La abuela se puso de pie delante de la puerta, y su silueta alta y enjuta se cernió amenazadoramente sobre él.

—Conque quieres jugar, ¿eh? ¿Y por qué? No necesitas jugar. Esos niños... —lanzó los brazos en un gesto magnífico hacia la calle— ¡son bobos!

—Si pudiera jugar con... —empezó Victor, pero su abuela lo agarró de la muñeca, apresándolo como un cepo.

—Calla —le gritó—. Solo dices disparates. —Y, sin soltarle la muñeca, lo arrastró adentro.

Era una casucha desangelada, pobre y miserable de dos habitaciones, pero a Victor nunca le había parecido tan precaria como esa noche. La cena fue frugal hasta el punto de la inanición. Comieron en silencio, y después Victor se tumbó en su catre en el rincón de la cocina y cerró los ojos. *Grandmére* Grabért pensó que estaba dormido y entornó la puerta sin hacer ruido cuando se fue a su cuarto. Pero estaba despierto, y su cabeza era un caleidoscopio cambiante de infortunios y pesares. Había vivido catorce años y recordaba la mayoría de ellos como años de desgracia. No había sabido lo que era el amor de una madre, porque su madre había muerto cuando él tenía pocos meses, según le contaron. Nadie le mencionaba nunca a un padre, y *grandmére* Grabért había sido su única familia. Era bondadosa, a su manera severa y fría, y lo cuidaba lo mejor que podía. Victor había estudiado un tiempo en la escuela parroquial, que dentro de todo estaba bien, pero había vivido tal sucesión de tropiezos que un día se rebeló y no quiso volver más allí.

Sus recuerdos más tempranos se concentraban en torno a aquella mísera casita. Podía verse dando sus primeros pasos en los escalones del porche destartalado, jugando solo con unos trozos de porcelana rota que su imaginación convertía en fabulosos juguetes. Recordaba su primera azotaina, también. Cansado un día de la soledad que ni siquiera la porcelana rota podía mitigar, había ido con pasitos vacilantes hasta el otro lado de la valla tras una alegre pandilla de críos negros y amarillos de su misma edad. Cuando *grandmére* Grabért, al ver que no estaba en su rincón habitual del jardín, salió a buscarlo, lo encontró tan contento sentado en la calle polvorienta en medio de un corro, mientras los demás críos le echaban solemnemente puñados de tierra que caían por sus piernas rollizas y desnudas. *Grandmére* lo levantó enojada y él gimoteó, pues estaba aprendiendo por primera vez lo que era el miedo.

—¿Qué haces? —le gruñó—. ¿Qué haces jugando en la calle con esos negros? —Y lo abofeteó con furia.

Victor alzó los ojos para mirar su cara de tez morena, rematada en una abundante cabellera de pelo negro y crespo ligeramente veteado de gris, pero estaba demasiado asustado para rechistar.

Desde entonces la soledad había sido su única compañera, porque los padres de los niños negros y amarillos, ofendidos por el trato que *grandmére* había dado a sus hijos, les prohibieron que volvieran a juntarse con él. Y cuando se acercó con paso indeciso a otros niños de tez blanca como la suya, también lo persiguieron entre abucheos burlones de «¡Largo de aquí, negro!», y, una vez más, no entendió nada.

Aun así, lo más duro fue cuando *grandmére* le exigió tajantemente que dejara de usar el suave *patois* criollo en el que ambos charlaban y lo obligó a aprender inglés. El resultado fue una confusa jerigonza que ni siquiera era una lengua; cuando la hablaba en la calle o en la escuela, todos los niños, blancos y negros y amarillos, lo abucheaban.

—¡Negro blanco, negro blanco! —le gritaban.

Aquella noche se retorció en el catre y revivió la angustia de todos esos años hasta que unas lágrimas abrasadoras le surcaron el rostro, y cayó en un duermevela inquieto donde lloró en sueños.

A la mañana siguiente, *grandmére* se fijó en sus ojos hinchados, y un estremecimiento pasajero de compasión la recorrió y se canalizó en la ternura desconocida que le demostró mientras le servía el desayuno. También ella había reflexionado durante la noche, y eso dio fruto de un modo inesperado.

Varias semanas después, Victor tocaba tímidamente el timbre de una casa en Hospital Street, Nueva Orleans. Su corazón palpitó en doloroso unísono con el tintineo del timbre. ¿Cómo iba a saber que la anciana *madame* Guichard, la única amiga de *grandmère* en la ciudad, a quien lo había confiado, sería una mujer cariñosa? Había ido andando desde el embarcadero del río hasta la casa, pidiendo tímidamente indicaciones a los ajetreados transeúntes. Estaba hambriento y asustado. Nunca había visto a tanta gente, y en las bulliciosas calles a nadie se le iluminaban los ojos al reconocerlo cuando cruzaban la mirada. Además, había sido una travesía agotadora desde el río Rojo y el Misisipi hasta finalmente llegar allí. Quizá no era un viaje carente de interés, en cierto modo, pero Victor no lo sabía. Se sentía demasiado descorazonado por haberse marchado de casa.

Pero *madame* Guichard era una mujer cariñosa. Lo recibió con una locuacidad y un derroche de ternura que fueron un bálsamo para la afligida criatura. De ahí en adelante se hicieron grandes amigos, incluso confidentes.

Victor debía encontrar trabajo. La idea de *grandmère* Grabért al enviarlo a Nueva Orleans fue que se hiciera «un hombre hecho y derecho», como decía ella. Y Victor, que se hizo mayor de repente al asumir esa responsabilidad, se lanzó a la busca valerosamente.

Un día vio un cartel en una vieja librería de Royal Street donde ponía en francés y en inglés que necesitaban a un aprendiz. Antes de darse cuenta había entrado en la tienda y empezó a hablar atropelladamente al viejecito que aguardaba detrás del mostrador.

El anciano miró al chico con atención por encima de los lentes y se frotó la calva con aire meditabundo. Para eso se tuvo que quitar un raído gorro negro de seda, que contempló con evidente pesar.

—Eh, ¿qué es lo que dices? —preguntó bruscamente, cuando Victor acabó de hablar.

—Yo... yo... busco un sitio para trabajar —tartamudeó de nuevo el chico.

—¡Ah, vaya! Bueno, ¿sabes leer?

—Sí, señor —contestó Victor.

El viejo se bajó del taburete, rodeó el mostrador y, poniéndole al chico un dedo debajo de la barbilla, lo miró a los ojos. El niño le devolvió la mirada sin inmutarse, aunque había una sospecha de emoción y timidez en el fondo oscuro de sus ojos.

—Sabes dónde vives, ¿eh?

—En Hospital Street —dijo Victor.

No se le ocurrió darle el número, y el viejo no lo preguntó.

—*Trés bien* —gruñó el librero, perdiendo el interés.

Dio unas breves instrucciones sobre el tipo de trabajo que Victor tendría que hacer y volvió a acomodarse en el taburete, sumiéndose en la lectura de su maltrecho libro con un ardor renovado.

Así empezó la vida comercial de Victor. Era una vida fácil. A las siete, abría los postigos de la tiendecita y barría y limpiaba el polvo. A las ocho, el librero bajaba las escaleras y salía a tomar un café en el restaurante del otro lado de la calle. A las ocho de la tarde, la tienda cerraba de nuevo. Nada más.

De tanto en tanto entraba un cliente, aunque no a menudo, porque allí solo había libros curiosos y rarezas, y quienes entraban solían ser viejos ratones de biblioteca quisquillosos y amarillentos, que pasaban horas husmeando y al marcharse dejaban muchos billetes. A veces había que hacer un recado o a veces venía un cliente cuando el dueño estaba fuera. Atenderlos era fácil. Bastaba con señalarles las estanterías y decir: «*Monsieur* vendrá inmediatamente», y asunto resuelto, porque allí entraban clientes que tenían tiempo de sobra y no les importaba esperar.

Así pasó un año, y luego dos y tres, y la vida de Victor discurría plácidamente sin contratiempos. Había crecido hasta ser un muchacho alto y delgado, y a menudo *madame* Guichard lo miraba y reía para sus adentros, pensando: «Ah, está hecho un fideo, sí, *mais...*», y en esa última palabra se insinuaba un mundo de reflexiones.

Victor se había quedado pálido de tanto leer. Como una sombra del viejo librero, se pasaba los días enfrascado en algún libro polvoriento y de hojas amarillentas, y su cabeza era una curiosa maraña de ideas. La historia y la filosofía y la economía social de la vieja escuela estaban entreveradas con el romanticismo francés y la mitología clásica, la astrología y el misticismo. Había hecho pocos amigos, porque su infancia en el pueblo lo volvió cauto con los desconocidos. Cada semana escribía a *grandmére* Grabért y le mandaba una parte de su sueldo. A su manera era feliz, y, si se sentía solo, había dejado de darle importancia, porque su mundo estaba habitado con las imágenes de sus propias fantasías.

Entonces, de repente, el mundo que había construido a su alrededor se derrumbó y Victor se quedó contemplando las ruinas con impotencia. El anciano librero murió un día y un sobrino sin escrúpulos al que no le importaban las encuadernaciones ni las preciadas páginas amarillentas, únicamente los burdos objetos materiales que el dinero puede comprar, vendió la tienda y los libros. Victor apretó los dientes cuando la voz estridente del subastador resonó en aquellas paredes donde antes reinaba el silencio, y lloró al ver algunos de sus libros favoritos en poder de hombres y mujeres que estaba seguro no sabrían apreciar su valor.

Sin embargo, se secó las lágrimas cuando al día siguiente un abogado llegó a la casa de Hospital Street y le informó con ademán solemne de que el librero le había dejado en herencia cierta suma de dinero.

Victor lo miró desconcertado. El dinero significaba poco para él. Nunca lo necesitaba, nunca lo usaba. Después de mandar a *grandmère* la remesa semanal, *madame* Guichard guardaba el resto y se lo administraba cuando le hacía falta para el transporte y la ropa.

—Los intereses de ese dinero —continuó el abogado, después de aclararse la garganta— bastarán para que usted viva holgadamente. Era el deseo de mi cliente que entrara en la Universidad de Tulane y se preparara para ejercer su profesión. Confiaba mucho en sus capacidades.

—¡La Universidad de Tulane! —exclamó Victor—. Pero... pero... pero...

Se calló de pronto, poniéndose colorado. Miró furtivamente alrededor. *Madame* Guichard no estaba; el abogado no había visto más que a él. Entonces, ¿para qué revelárselo? El corazón le saltaba en el pecho solo de pensarlo. Bueno, *grandmère* lo habría deseado así.

El abogado aguardaba educadamente a que acabara la frase.

—Pero... pero, para entrar ahí, debería estudiar —concluyó Victor sin mucha convicción.

—Exactamente —dijo el señor Buckley—. Y como, en cierto modo, me han nombrado tutor suyo, me encargaré de que así sea.

Victor murmuró unas palabras confusas de gratitud y le dijo adiós al señor Buckley. Después de que se marchara, el chico se sentó y se quedó mirando la pared, perplejo. Entonces escribió una larga carta a *grandmére*.

Una semana más tarde, por consejo del señor Buckley, se mudó y entró en un colegio privado donde se prepararía para ingresar en Tulane. Al final, *madame* Guichard y el señor Buckley no llegaron a encontrarse.

***

Era un despacho espléndidamente amueblado de Carondelet Street el que el abogado Grabért ocupaba varios años después. Tras dar por terminada la jornada laboral, se arrellanó en la butaca y sonrió satisfecho mirando por la ventana. Dentro había calidez, luz y alegría; fuera, el viento aullaba y las ráfagas de lluvia azotaban la ventana. El abogado Grabért sonrió de nuevo al ver las comodidades que lo rodeaban y se compadeció un poco de quienes iban por la calle capeando el temporal. Finalmente se levantó y, cuando se puso el abrigo, llamó a un coche para que lo llevara a sus dependencias, en la zona más moderna de la ciudad. Allí se encontró con su viejo amigo de la universidad, que lo esperaba con cierta impaciencia.

—Hombre, pensaba que no ibas a llegar nunca —fue su saludo.

Grabért sonrió cordialmente.

—Bueno, estaba un poco cansado, ya sabes —contestó—. Y me he quedado una hora sin hacer nada, relajándome.

Vannier le puso una mano en el hombro, con afecto.

—Ha sido un esfuerzo portentoso el que has hecho hoy —dijo con gesto solemne—. Desde luego, me siento orgulloso de ti.

—Gracias —contestó Grabért sin más, y los dos se sentaron un par de minutos en silencio.

—¿Vas a bailar al Charles esta noche? —preguntó finalmente Vannier.

—No creo que vaya. Estoy cansado y me da pereza.

—Te sentará bien. Vamos.

—No, quiero leer y rumiar.

—¿Rumiar sobre el golpe de suerte que has tenido hoy?

—Si quieres llamarlo así.

De todos modos, Grabért no solo meditó sobre el golpe de suerte de aquel día, sino sobre lo afortunado que había sido durante los últimos quince años. Del colegio al internado, y del internado a la Facultad de Derecho a la que había ido, y de ahí al bufete, donde ahora era un reconocido joven abogado de éxito. Su pequeña fortuna, que el señor Buckley generosamente había invertido con tan buen tino, casi se había doblado, y su carrera académica, aunque no brillante y meteórica, había sido grata y provechosa. Desde el principio entabló amistad con sus nuevos compañeros, que empezaron a invitarlo a casa. De vez en cuando los Buckley le invitaban a cenar, y en ocasiones se lo veía en su palco en la ópera. Se estaba haciendo rápidamente un nombre en sociedad y las chicas rivalizaban para que las sacara a bailar. Nadie le había hecho preguntas y él tampoco dio detalles personales. Vannier, a quien conoció en los tiempos del internado, había dicho que era un joven del campo con algo de dinero, sin familia y pupilo del señor Buckley, y, en contra de las costumbres sureñas, esa escueta presentación bastó; pero la familia de Vannier había sido un aval en sociedad durante muchos años, y Grabért tenía un carácter complaciente, sin ser servil, así que traspasó los portales de ese mundo hasta llegar al círculo más íntimo de la alta sociedad.

Un año, cuando estaba en Suiza con Vannier fingiendo escalar montañas imposibles y en realidad fumando varios habanos al día en las terrazas de los hoteles, a Grabért le llegó la carta del cura del pueblo de su infancia, donde le contaba que *grandmére* Grabért había sido enterrada en el cementerio de la parroquia. No había nada más que contar. La pequeña choza se había vendido para pagar los gastos del funeral.

—Pobre *grandmére* —suspiró Victor—. Se preocupó por mí, a su manera. Iré a visitar su tumba cuando vuelva.

Pero no fue, porque cuando regresó a Luisiana estaba demasiado ocupado, y luego decidió que era un capricho sentimental e inútil. Además, no albergaba ningún cariño por aquel viejo pueblo. Hasta el nombre le traía recuerdos que lo hacían volverse y mirar alrededor con inquietud. Hacía mucho que había eliminado a *madame* Guichard de su lista de conocidos.

Y, sin embargo, cuando se sentó en su acogedor estudio aquella noche, y sonrió al repasar mentalmente triunfo tras triunfo lo que había logrado desde los tiempos de la antigua librería en Royal Street, tomó conciencia de que un sutil malestar lo recorría, una especie de reserva mental que planeaba sobre cada recuerdo agradable.

—Pero ¿qué me pasa? —se preguntó levantándose y andando con impaciencia por la habitación.

Entonces trató de recordar el otro triunfo, el de aquel mismo día. El caso de Tate contra Tate, un famoso litigio por una herencia que llevaba siete años en los tribunales y que con su discurso de esa mañana por fin se había decidido. Aún podía oír el aplauso de la sala del juzgado cuando se sentó, pero sonaba hueco a sus oídos, pues recordó otra escena. El día antes había asistido a otro juicio y sintió interés por el acusado que se sentó en el banquillo. Se trataba de una infracción leve, un mero tecnicismo. Grabért advirtió cierta nobleza en el rostro del hombre, una pulcritud escrupulosa en el vestir, que seguía sobriamente el estilo actual. El procurador, sin embargo, fue seco y cortante.

—Wilson, Wilson... —gruñó—. Ah, sí, le conozco, siempre buscando pleitos por los asientos del teatro y de los coches. Hmmm, ¿qué pretende, acudiendo ante mí con una flor en el ojal?

El acusado se miró la solapa con indiferencia y no contestó.

—¡Oiga! —gruñó el procurador—. A ustedes los negros se les están subiendo mucho los humos, para mi gusto.

Cuando oyó la palabra prohibida, Grabért se sonrojó de rabia e hizo ademán de levantarse. Al cabo de un instante se había recuperado y enterró la cara en un papel. Después de que Wilson pagara la multa, Grabért lo miró con disimulo cuando salió. Su cara estaba perfectamente impasible, pero sus ojos brillaban desafiantes. El abogado tembló de rabia e indignación, aunque no lo hubieran insultado a él.

«Si el procurador Grant sospechara que soy como Wilson en cualquier sentido, no recibiría mejor trato», reflexionó amargamente.

Sin embargo, después de pensarlo durante la noche, decidió que era un iluso sentimental.

«¿Qué tengo yo que ver con ellos? —se preguntó—. Debo ir con cuidado.»

A la semana siguiente despidió al hombre que se encargaba de cuidar su despacho. Era negro, y Grabért en general no tenía nada que reprocharle, pero se daba cuenta de que sentía cada vez más simpatía hacia aquel hombre y desde el episodio en el juzgado estaba nerviosísimo temiendo dar un paso en falso que lo delatara. De ahí en adelante, un muchacho irlandés de ojos enormes se encargó de su despacho.

Los Vannier acostumbraban a sonreír con indulgencia ante cada paso que daba. Elise Vannier en particular estaba más que interesada en su trabajo. Victor solía dejarse caer cada noche por la casa y comentaba con ella sus casos y sus discursos en un acogedor rincón de la biblioteca. Ella derrochaba una simpatía reconfortante y ocurrencias ingeniosas para animar la conversación. De vez en cuando Victor se ponía sentimental con ella. Guardaba en la cartera una rosa disecada que ella se había puesto una vez en el pelo, y un día se rio al ver la flor e hizo ademán de tirarla a la papelera, pero en un impulso repentino la besó y volvió a guardarla en la cartera. Que a Elisa no le era indiferente saltaba a la vista; no había aprendido aún a velar la mirada y disimular sus emociones bajo la fría máscara de la superioridad. Cuando se encontraban lo tomaba de la mano con la impulsividad de una niña, y se le subían o se le mudaban los colores cuando él la miraba. A veces, cuando le sostenía la mano un poco más de lo necesario, sentía en la de ella un temblor incontrolable, y ella suspiraba ahogando un gemido que hacía palpitar su corazón y lo dejaba sin palabras.

Estaban apartados en el rincón de siempre una noche, y la conversación había derivado al problema de dónde iban a pasar el verano.

—Papá quiere ir a la casa del campo —dijo Elise con un mohín—, y mamá y yo no queremos ir. No es justo, desde luego, porque cuando vamos tan lejos, papá puede estar con nosotras solo unas semanas en las que puede ausentarse del despacho, mientras que si vamos al campo, puede venir cada pocos días... Pero aquello es tan aburrido, ¿no te parece?

Victor recordó algunos días estupendos de vacaciones en la casa de la plantación y se echó a reír.

—No, si tú estás allí.

—Sí, pero no voy a contarme a mí misma como compañía. Claro que, si me prometieras que vas a venir algunas veces, ya estaría mejor.

—Si me dais permiso, iré encantado.

Elise rio con complicidad.

—Permiso —contestó ella—, como si esa palabra tuviera que interferir en nuestros planes. Ay, Victor, ¿tú no tienes una hacienda en algún sitio? Me parece recordar que hace años oí a Steven hablar de tu casa en el campo, y a veces me sorprende que nunca la menciones ni hables de haber ido de visita.

Las cándidas palabras de la joven le provocaron a Victor un sudor frío en la frente; aunque sintió que se le trababa la lengua, se las ingenió para contestar quedamente:

—No tengo ninguna casa en el campo.

—Pero ¿en otro tiempo no la tenías o era de tu familia?

—La casa ya era vieja hace muchos años —repuso, y le vino a la mente una imagen de la choza, con sus escalones combados y su jardín invadido por la maleza.

—¿Dónde estaba? —preguntó Elise inocentemente.

—Bah, al norte de la parroquia de Saint Landry, un lugar demasiado perdido de la civilización como para mencionarlo.

Trató de reír, pero fue un intento hueco y forzado que sonó falso. Sin embargo, Elise estaba tan absorta pensando en el verano que no se dio cuenta.

—¿Y no tienes ningún pariente vivo? —continuó.

—Ninguno.

—Qué extraño. A mí me parece que si no tuviera medio centenar de primos y tíos en cierto modo sentiría que no estoy en contacto con el mundo.

Victor no replicó y ella siguió charlando de otro tema.

Cuando estuvo solo en su cuarto esa noche, empezó a dar vueltas de nuevo, mascando con ahínco un habano que se había olvidado de encender.

«¿Qué ha querido decir? ¿Qué ha querido decir?», se preguntaba una y otra vez. ¿Habría oído o sospechado algo e intentaba sonsacárselo? ¿Algún gesto o alguna imprudencia suya podía haber despertado los recelos de la familia? Pero pronto le pareció una idea indigna de él. Elise era una chica demasiado franca y transparente como para rebajarse a semejantes subterfugios. Cuando quería saber algo, lo preguntaba sin rodeos, y si alguna vez pensaba que alguien pretendía dárselas de lo que no era, lo decía abiertamente y evitaba su presencia.

Bueno, debía estar preparado para contestar preguntas si iba a casarse con ella. La familia querría saberlo todo sobre él, y la propia Elise tendría curiosidad más allá del escueto informe de su hermano, Steve Vannier. Pero ¿iba a casarse con Elise? Esa era la cuestión.

Se sentó y dejó caer la cabeza entre las manos. ¿Sería correcto casarse, especialmente tomar por esposa a una mujer como Elise, y de una familia como los Vannier? ¿Sería justo? ¿Sería lícito? Si lo sabían y estaban dispuestos, aún, pero no lo sabían, y de saberlo no consentirían. Imaginó a la delicada joven a la que amaba rehuyéndolo mientras le hablaba de *grandmére* Grabért y los niños del pueblo. Ese último pensamiento lo hizo apretar los dientes con fuerza y sonrojarse.

Bueno, y a fin de cuentas ¿por qué no? ¿Por qué no? ¿Qué diferencia había entre él y la hueste de pretendientes que rondaban a Elise? Tenían dinero; él también. Tenían estudios, buenos modales, cultura, posición social; él también. En cambio, ellos tenían una tradición familiar, mientras que él no tenía ninguna. La mayoría podía señalar una larga hilera de retratos de familia con justificado orgullo, mientras que si él conservara una imagen de *grandmére* Grabért la destruiría por miedo a que cayera en manos de algún fisgón. Esa era la sutil barrera que los separaba. Recordó con resquemor cuántas veces había tenido que aguardar tenso y en silencio cuando la conversación viraba hacia los ancestros y las costumbres familiares. Se sentía igual que sus compañeros y sus amigos en todos los sentidos, salvo en ese. Siempre se quedaría fuera, merodeando en la puerta, por así decirlo. Tal vez nunca compartiría la intimidad de su mundo social. La encantadora confianza de una relación entablada por los padres y los abuelos a él le estaba vedada. Siempre persistía cierta formalidad en el trato, incluso con sus amigos más cercanos. No tenía cincuenta primos, de modo que, como lo había expresado Elise, no estaba «en contacto con el mundo».

—Si alguna vez tengo un hijo o una hija, procuraré evitarle este suplicio —se dijo inconscientemente.

295

Entonces rio con amargura al comprender la ironía de ese razonamiento. En cualquier caso, Elise lo amaba. Era un dulce consuelo. Bastaba con mirarla a los ojos para ver el fondo de su alma. Tal vez ella se preguntaba por qué no había contestado. ¿Debía hablar? Ahí estaba de nuevo a vueltas con la misma cuestión.

«Según las convenciones del mundo, mi sangre está contaminada por partida doble —reflexionó—. ¿Quién lo sabe? Nadie salvo yo, y no lo contaré. Por lo demás, valgo lo mismo que el resto, y Elise me ama.»

Pero incluso la dulzura de ese pensamiento se diluía en un instante. Elise lo amaba porque no lo sabía. Sintió crecer en su interior una rabia nauseabunda y una repugnancia hacia los prejuicios de la gente que lo obligaba a vivir una vida de engaño. No pensaba atenerse más a sus tradiciones; sería honesto. Luego se echó atrás con un temor que le hizo cavilar. Era el mismo problema de antaño cuando vivía en el pueblo; y los niños blancos, negros y amarillos aguardaban igual que entonces con piedras en la mano, listos para lanzárselas.

Se fue a la cama agotado de tanto debatirse, pero todavía sin una idea definida de lo que iba a hacer. Dormir era imposible. Dio vueltas y se agitó penosamente, y maldijo el destino que lo había arrojado a esa situación. Hasta entonces nunca se lo había planteado muy en serio, sino que había seguido la corriente y había aceptado lo que viniera como una especie de recompensa que el mundo le debía por su infancia desdichada. Había conocido el miedo, sí, y la angustia de vez en cuando, y un vivo resentimiento cuando se sentía excluido por su condición innata, pero nada más. Elise le había despertado una odiosa voz interior que se le antojaba tan desagradable como innecesaria.

No podía dormir, así que se levantó y, después de vestirse, salió a la calle y se quedó en la acera. El rumor grave de la ciudad le llegó como el zumbido de un insecto somnoliento, y ocasionalmente el destello fugaz y el fuego de las plantas de gas como un inmenso ojo feroz parpadeaban iluminando el sur de la ciudad. A Victor le pareció indescriptiblemente reconfortante; la urbe ajena, rebosante de vida y de vidas cuya tristeza se burlaba de su propia tormenta en un vaso. Sonrió y se estremeció igual que un perro mojado sacudiéndose el agua del pelaje.

—Creo que un paseo me iría bien —dijo distraídamente.

Y sin más echó a andar por St. Charles Avenue, bordeó Lee Circle y bajó hasta Canal Street, donde se quedó un rato absorto en las luces y el resplandor. Salió del ancho bulevar hacia Claiborne Street, casi sin pensar, casi sin notar que estaba andando. Cuando se sintió totalmente agotado, volvió sobre sus pasos y se dejó caer desganado en un restaurante cerca de Bourbon Street.

—¡Hola! —saludó una voz familiar desde una mesa apenas entró.

Victor se volvió y reconoció a Frank Ward, un oculista bajito cuyo consultorio estaba en el mismo edificio que su despacho.

—Veo que no soy la única ave nocturna —se rio Ward, haciéndole sitio en su mesa—. ¿Tampoco tú puedes dormir, viejo amigo?

—No demasiado —dijo Victor, ocupando el asiento que le ofrecía—. Ando nervioso. Creo que necesito ponerme un poco a tono.

—Uy, pues te habrías puesto a tono si hubieras estado aquí hace unos minutos. Vaya, vaya... —Y a Ward se le escapó la risa recordando la escena.

—¿Qué ha pasado? —preguntó Victor.

—Vaya, pues entró un tipo, un tipo agradable, a primera vista, y quería cenar. Bueno, pues te puedes creer que, como no le han servido, se quería pelear con todo lo que veía. Ha sido emocionante durante un rato.

—¿Y por qué no le ha servido el camarero? —Victor trató de sonar indife rente, pero sintió que le temblaba la voz.

—¿Por qué? Pues porque era de color, claro está.

—Bueno, ¿y qué? —saltó Grabért con ferocidad—. ¿No era un hombre tranquilo, bien vestido, educado? ¿No tenía dinero?

—Amigo mío —empezó Ward burlonamente—. Te doy mi palabra, creo que estás perdiendo la cabeza. Necesitas ponerte a tono o algo. ¿Te apetecería... podrías...?

—Uf, bah —interrumpió Grabért—. Creo... creo que estoy perdiendo la cabeza. De veras, Ward, necesito algo para poder dormir. Me duele la cabeza.

Ward en el acto fue todo conmiseración y consejos, y regañó al camarero por su lentitud en servirles. Victor jugueteó con la comida y puso una excusa para marcharse del restaurante tan pronto como permitía el decoro.

—Cielo santo —dijo cuando estuvo a solas—. ¿Qué hago ahora?

Su arranque de indignación al oír la anécdota de Ward había salido de sus labios casi sin que se diera cuenta, y tenía miedo, miedo de su propia temeridad. No quería saber qué le había pasado para ponerse así.

—Debo ir con cuidado, debo ir con cuidado —musitó para sí—. Debo irme al otro extremo, si es necesario.

Volvía a estar dando vueltas en sus dependencias, cuando de repente se miró al espejo.

—No saldrías mejor parado que los demás —le dijo al reflejo—. Pobre diablo, ¿qué eres tú?

Cuando pensó en Elise, sonrió. La quería, aunque detestaba las tradiciones que ella representaba, y era consciente de una furia ciega que le exigía vengarse de esas costumbres, así como de un temor cobarde que clamaba por que mantuviera su posición a ojos del mundo y de Elisa a toda costa.

***

La señora Grabért estaba encantada con la visita de su antigua amiga del colegio, que había venido desde Virginia, y pasaron horas riendo al recordar sus aventuras de infancia e intercambiando cumplidos sobre sus retoños. Ambas estaban convencidas de que su bebé hacía las monerías más adorables, y, aunque por cortesía toleraban mutuamente las opiniones de la otra sobre ese particular, era una farsa en la que no había asomo de resentimiento.

—Pero, Elise —protestó la señora Allen—, me parece tan extraño que no tengas una nodriza negra para el pequeño Vannier. Lo cuidaría mucho mejor que esa jovencita blanca atolondrada que tienes.

—Igual pienso yo, Adelaide —suspiró la señora Grabért—. Se me hace extraño no tener una doncella de color en casa, pero Victor se niega. Lloré a mares por mi vieja mami, pero fue tajante. No le gusta la gente de color, dice que las nodrizas negras solo asustan a los niños y echan su infancia a perder. No entiendo cómo pudo decir algo así, ¿y tú?

Miró compungida a la señora Allen en busca de comprensión.

—No lo sé —meditó dicha señora—. A todos nos cuidaron nuestras mamis negras, y creo que son las mejores nodrizas.

—Además Victor no quiere tener sirvientes de color, ni aquí ni en el despacho. Dice que son perezosos e inútiles y que en general no valen para nada. Desde luego sabe de lo que habla, ha bregado mucho con ellos por su trabajo.

La señora Allen enlazó las manos en la nuca y miró fijamente el techo.

—Bah, bueno, los hombres no lo saben todo —dijo—. Quizá Victor entre en razón y acabe pensando igual que nosotras.

Era tarde aquella noche cuando el abogado llegó a casa a cenar. Sus ojos habían adquirido el hábito de velarse bajo las pestañas como si constantemente ocultaran algo que temían que les sacaran con una mirada. Estaba nervioso e inquieto, solía mirar a su alrededor furtivamente, y apretaba los labios crispándolos cuando acababa una frase, algo que de alguna manera recordaba a un juez bondadoso obligado a dictar una sentencia de muerte.

Elise fue a recibirlo a la puerta, como tenía por costumbre, y le bastó mirarlo a los ojos para saber que algo lo había irritado más de lo normal aquel día, pero se abstuvo de hacerle preguntas, porque sabía que se lo contaría cuando llegara el momento.

Estaban en su dormitorio esa noche cuando ya reinaba la calma en el resto de la casa. Se quedó un largo rato sentado mirando el fuego y se pasó la mano por la frente con aire de cansancio.

—He tenido una experiencia bastante desagradable hoy —empezó.

—¿Sí?

—Pavageau, otra vez.

Su esposa se estaba cepillando el pelo delante del espejo. Al oír el nombre se volvió rápidamente con el cepillo en la mano.

—No entiendo, Victor, por qué has de tratar con ese hombre. Te incordia continuamente. Yo no me relacionaría con él, así de simple.

—¡No lo hago! —dijo él, riéndose de aquel típico arrebato femenino—. No es cuestión de relacionarse, *chérie,* nos une un vínculo puramente profesional, si es que puede llamarse así.

Malhumorada, tiró el cepillo y fue a su lado.

—Victor —empezó, titubeante, rodeándole el cuello con los brazos y pegando la cara a la suya—. ¿No podrías... no podrías dejar la política por mí? Era mucho mejor cuando solo eras abogado y no aspirabas a nada más que a ser el mejor abogado del estado, sin preocuparte por la corrupción y los votos y esas cosas. Has cambiado, Victor, ¡ay, has cambiado tanto! Dentro de un tiempo el bebé y yo ni te conoceremos.

La sentó delicadamente en sus rodillas.

—No debes echarle la culpa a la política, cariño. ¿No crees, quizá, que con la edad inevitablemente todos nos endurecemos y se nos agria el carácter?

—¡No, no lo creo! —repuso ella con vehemencia—. ¿Por qué te metes en esa contienda, de todos modos? No tienes nada que ganar más que un prestigio vano. No te traerá más dinero, ni te hará más querido o respetado. ¿Por qué tienes que mezclarte con gente tan… tan odiosa?

—No lo sé —contestó él desalentado.

En verdad no lo sabía. Tras casarse con Elise había seguido enlazando un éxito tras otro. Parecía que la divina providencia lo hubiera elegido como el hombre del estado a quien colmar de las más profusas atenciones. Gozaba de la popularidad de una figura pública a la que el mundo tiene en alta estima, y precisamente por eso temblaba más todavía al pensar que, si su secreto salía a la luz, no podría soportar el impacto de la opinión pública que lo abrumaría.

«¿Qué secreto? —se decía con impaciencia cuando lo asaltaba una idea como esa—. ¿Cómo saldría a la luz? Y además, ¿qué hay que revelar?»

Así se engañaba durante un mes, a lo sumo.

Se quedó sorprendido al encontrar esperándolo en su despacho a Wilson, el hombre a quien recordaba del juzgado ante el procurador Grant. Sorprendido y sobresaltado. ¿Por qué acudía a su despacho? ¿Aquel día había recelado al ver cómo se ruborizaba?

Pero enseguida fue evidente que Wilson ni siquiera se acordaba de haberlo visto antes.

—He venido a preguntarle si podría contratarle para un caso —empezó, una vez se acabaron las típicas formalidades del saludo.

—Me temo, buen hombre —dijo Grabért bruscamente—, que se ha confundido usted de despacho.

Wilson se acaloró ante aquel trato, pero siguió hablando con aplomo.

—No me he confundido de despacho. Sé que usted es el mejor abogado civil de la ciudad y quiero sus servicios.

—Eso es imposible.

—¿Por qué? ¿Está demasiado ocupado? Mi caso es un asunto sencillo, un mero aspecto legal, pero quiero contar con el mejor experto y la opinión más autorizada al respecto.

—No podría serle de ayuda, y me temo que no nos entendemos: no deseo hacerlo. —Se volvió hacia su escritorio abruptamente.

«¿Qué pretendía acudiendo a mí? —se preguntó con temor cuando Wilson salió del despacho—. ¿Acaso parezco dispuesto a ocuparme de sus contiendas imposibles?»

Ni lo parecía, ni lo estaba. En cualquier asunto relacionado con los negros, Victor Grabért tenía fama por su severidad y su postura inexorable; era lisa y llanamente imposible convencerlo de que en esa raza hubiera nada más que pura incompetencia. Para él, no podía salir nada bueno de esa Nazaret. Se había ganado el aprecio y el respeto de hombres de su mismo credo político, porque, aunque era candidato a una magistratura, ni el dinero ni la posibilidad de un diluvio de votos del primer y del cuarto distrito podían moverlo ni un ápice de la opinión que le merecían los habitantes negros de esos distritos.

Pavageau, sin embargo, era su bestia negra. Pavageau era abogado, un hombre de cabeza fría, calculador, con unos ojos acerados en un rostro negro y adusto. Se habían conocido primero en la sala del juzgado, a raíz de un caso donde había que dirimir si un hombre podía desoír la voluntad de su padre que, sin tener en cuenta a los vástagos legales de una raza distinta de la suya, decide dejar su propiedad a instituciones educativas que no habrían admitido a ese hijo. Pavageau representaba al hijo. Perdió, por supuesto. El juez, el jurado, los asistentes y Grabért estaban en contra suya; pero peleó su lucha con una tenaz determinación que inspiró la admiración y el respeto de Victor.

—Ilusos —dijo entre dientes para sí, cuando se apiñaron a su alrededor para felicitarlo—. Ilusos, ¿no ven quién es el más capaz de los dos?

Quiso acercarse a Pavageau y estrecharle la mano; decirle que estaba orgulloso de él y que había ganado el caso, pero que tenía a la opinión pública en contra; pero no se atrevió. Otro de sus colegas quizá sí, pero a él le daba miedo. Pavageau y el mundo podrían malinterpretarlo, ¿o entenderlo, más bien?

A partir de entonces se encontraban a menudo. Por algún extraño azar, o porque tenía un sentido muy audaz de las posibilidades de su posición, Pavageau estaba en el mismo bando político que Grabért. En secreto lo admiraba, lo respetaba, le caía bien, de ahí que siempre estuviera preparado con pullas o invectivas para él. Se ensañaba confrontándolo cuando no había necesidad de pelear y Pavageau se convirtió en su enemigo, y su nombre en el sinónimo mismo del horror para Elise, que aprendió a atribuir los cambios de humor y los estados de abatimiento de su esposo a ese único origen.

Mientras, Vannier Grabért iba creciendo, era un muchacho bien plantado, con la belleza de su padre y de su madre, y una fuerza y una entereza de carácter que no sacaba de ninguno de ellos. Para Grabért era una reparación de las injusticias y los sufrimientos de su infancia. El chico era la viva imagen de sus propios deseos: tenía tradiciones familiares, una posición social que le pertenecía de nacimiento y un derecho inalienable a llevar la cabeza alta sin que ningún temor desconocido atenazara su corazón. Grabért sentía que podía perdonarlo todo: a los chicos del pueblo de antaño y a los chicos del pueblo imaginario de hoy cuando miraban a su hijo. Había comprado y pagado la libertad y la felicidad de Vannier. Las monedas tal vez fuesen cada gota de sangre de su corazón, pero había calculado el coste antes de entregarlo.

Le producía un gran orgullo llevar al chico al juzgado, y un sábado por la mañana, cuando se disponía a irse, Vannier le preguntó si podía ir con él.

—Hoy no hay nada que te vaya a interesar, *mon fils* —dijo con ternura—, pero puedes venir.

En efecto, ese día no había nada interesante, únicamente una señora mayor conflictiva que, en lugar de sacar a su nieto de piel clara de la escuela donde se había averiguado que no correspondía, había preferido llevar el asunto a los tribunales. La representaba Pavageau. Por supuesto, no tenía la menor posibilidad de ganar. Pavageau se lo había advertido. La ley era muy explícita al respecto. La única cuestión estribaba en demostrar el vínculo del chico con la raza negra, que no fue ni mucho menos difícil, así que el caso se resolvió rápidamente, puesto que la abuela del niño lo acompañaba. El juez, sin embargo, estaba irritado. Era un día de calor y le indignaba que un asunto tan trivial consumiera su tiempo. Perdió la paciencia al mirar el reloj.

—No entiendo por qué esta gente quiere meter a sus hijos por la fuerza en las escuelas blancas —declaró—. Debería haber una inspección estricta que lo impidiera y sacara a todos los niños dudosos para que vayan donde les corresponde.

Pavageau también estaba irritado ese día. Levantó la vista de unos papeles que estaba doblando y lanzó a Grabért una mirada con un destello sagaz, frío y penetrante.

—Quizá Su Señoría[2] quiera dar ejemplo sacando a su hijo de esas escuelas.

Al instante, se hizo el silencio en la sala, cargado de una calma tensa. Todas las miradas se volvieron hacia el juez, que permanecía inmóvil, una figura esculpida en piedra con la cara lívida y los ojos llenos de temor. Después del primer destello en su mirada, Pavageau había seguido impasible ordenando los papeles.

La sala aguardó, aguardó a que el juez se levantara hecho una furia e impusiera una multa por desacato al temerario abogado negro. Pasó un minuto, que se hizo eterno. ¿Por qué Grabért no decía nada? La acusación implícita de Pavageau era demasiado absurda para negarla, pero merecía un castigo. ¿Su Señoría se encontraba mal, o simplemente despreciaba demasiado a aquel individuo para prestarle atención a él o a su comentario?

Finalmente, Grabért habló; se humedeció los labios, porque los tenía resecos y agrietados, y habló con una voz débil que sonó lejana a sus oídos.

—Mi hijo... no... va... a las escuelas públicas.

Alguien se rio en el fondo de la sala y la atmósfera se aligeró de inmediato. Evidentemente Pavageau era un idiota y Su Señoría estaba muy por encima de él; era demasiado caballero para prestarle atención. Grabért continuó hablando serenamente.

—El caballero —había un inequívoco desdén en esa palabra, aunque fuera solo por la fuerza de la costumbre, y ni siquiera el miedo lo pudo

---

2 Grabért ahora es juez. *[N. de la edición original.]*

contener—, el caballero sin duda pretendía hacer una pequeña broma, pero me veo obligado a multarlo por desacato al tribunal.

—Como quiera —contestó Pavageau, lanzando otra mirada a Grabért.

Era una mirada insolente de triunfo y escarnio. Su Señoría bajó la vista, apabullado.

—¿Qué quería decir ese hombre, padre, con eso de que deberías sacarme de la escuela? —preguntó Vannier en el camino de vuelta a casa.

—Estaba indignado, hijo mío, por haber perdido el caso, y cuando un hombre está indignado suele decir tonterías. Por cierto, Vannier, espero que no le cuentes a tu madre nada acerca del incidente. Se disgustaría.

El público olvidó el incidente en cuanto quedó zanjado, pero a Grabért se le grabó indeleblemente en la memoria; una escena que aullaba en su cabeza y se alzaba ante él a cada paso que daba. Una y otra vez mientras se revolvía insomne en la cama veía el frío destello de los ojos de Pavageau, y oía su acusación velada. ¿Cómo lo sabía? ¿Dónde se había enterado de sus antecedentes? Porque no hablaba como alguien que dispara al azar en un arrebato de rabia, sino como alguien que sabía lo que decía, que lo había sabido desde hacía mucho, y que traicionado por la indignación muestra el as que guarda en la manga antes de tiempo.

Pasó una semana calamitosa, como si lo acecharan, como si observaran y registraran cada uno de sus gestos. Imaginó que incluso Elise sospechaba de él. Cuando se subía al estrado cada mañana, sentía la mirada burlona de todos los presentes en la sala; todos los que hablaban solo parecían esperar el momento para repetir la vieja cantinela que le gritaban en las calles del pueblo y que lo había perseguido toda la vida: «¡Negro! ¡Negro! ¡Negro blanco!».

Al final no pudo soportarlo más y, con pies de plomo y lanzando miradas furtivas a diestro y siniestro por temor a que lo vieran, subió el tramo de escaleras polvorientas en un edificio de Exchange Alley que llevaba al despacho de Pavageau.

Este se quedó francamente sorprendido al verlo. Por educación trató de disimularlo, no obstante. Era la primera vez en su carrera jurídica que Grabért acudía a un negro, la primera vez que por voluntad propia entablaba conversación con uno de ellos.

Se secó la frente con nerviosismo mientras ocupaba la silla que Pavageau le ofrecía; echó una ojeada al despacho y con una franqueza repentina, casi brutal, se volvió hacia el abogado.

—Veamos, ¿qué quiso decir con aquel comentario en el juzgado el otro día?

—Quise decir sencillamente lo que dije —fue la fría contestación.

Grabért hizo una pausa.

—¿Por qué lo dijo? —preguntó despacio.

—Porque fui un estúpido. Debería haber mantenido la boca cerrada hasta otro momento, ¿no?

—Pavageau, no discutamos —dijo Grabért con suavidad—. ¿De dónde sacó esa información?

Pavageau aguardó un instante. Juntó las yemas de los dedos y cerró los ojos, como si meditara. Entonces, con una calma provocadora, dijo:

—Se le ve ansioso... Bueno, no me molesta que lo sepa. En realidad, no importa.

—Sí, sí —interrumpió Grabért, apremiante.

—¿Alguna vez ha oído nombrar a *madame* Guichard, de Hospital Street?

—Sí —contestó débilmente el juez, con la frente sudorosa.

—Bueno, pues yo soy su sobrino.

—¿Y ella...?

—Está muerta. Me habló de usted una vez... con orgullo, permítame decirle. Nadie más lo sabe.

Grabért se quedó consternado. Se había olvidado de *madame* Guichard. Nunca había entrado para nada en sus cálculos. Pavageau volvió a su mesa con un suspiro, como si deseara ver zanjada la entrevista. Grabért se levantó.

—Si... si mi... si mi esposa se enterara —dijo torpemente—, le haría muchísimo daño.

La cabeza le daba vueltas. Tenía que apelar a la compasión de aquel hombre, y para colmo en nombre de su esposa, a la que apenas mencionaba con otros hombres a quienes consideraba sus iguales en sociedad.

Pavageau levantó la vista en el acto.

—Resulta que a menudo tengo casos en su tribunal. —Hablaba con una serenidad deliberada—. Estoy dispuesto, si pierdo limpiamente, a renunciar; pero no me gusta que se dicte una sentencia en mi contra porque mi rival tiene la piel de un color distinto del mío o porque el veredicto complace a cierta clase de gente. Solo pido lo que usted nunca me ha concedido: juego limpio.

—Entiendo —asintió Grabért.

Admiraba a Pavageau más que nunca cuando salió de su despacho, si bien esa admiración quedaba empañada por el hecho de saber que aquel hombre era la única persona del mundo entero que conocía su secreto. Se sintió denigrado en aquella humillante situación; y, aun así, no pudo evitar sentir cierto alivio al ver que el temor vago y difuso que hasta entonces había perseguido y acosado su vida cobraba una forma definida. Ahora sabía dónde estaba; podía ponerse manos a la obra y combatirlo.

¿Pero con qué armas? No se le ofrecía ninguna, salvo retractarse de su postura en ciertas cuestiones, la postura que había sostenido tanto tiempo que casi era una seña de identidad. Porque en las deliberadas y serenas palabras de Pavageau interpretaba que debía abandonar toda la opresión, todas las pequeñas injusticias con que había tratado a sus clientes. Debía actuar ahora tal como le dictaran sus convicciones, sus simpatías íntimas y sus principios, no según los dictados de la prudencia, el miedo y la cobardía.

Entonces, ¿cuál sería el resultado?, se preguntó. ¿No levantaría las sospechas de la gente ese cambio repentino en su actitud? ¿No empezarían a hacerse preguntas y a dudar? ¿No se acordaría alguien del comentario de Pavageau aquella mañana, y sumando dos más dos, harían circular algún rumor? Se le encogió de nuevo el corazón solo de pensarlo.

Esa noche se daba un banquete en su honor y tendría que dar un discurso, y la idea le pareció detestable hasta decir basta. Sabía cómo iba a ser todo. Lo recibirían con gritos y aplausos como la flor y nata de la civilización. Lo escucharían deferentemente, y hombres más jóvenes lo recordarían con pasión como un modelo de verdadera dignidad. Cuando en el fondo...

Echó atrás la cabeza y se puso a reír. ¡Oh, qué gloriosa venganza contra aquellos chiquillos blancos del pueblo! Cómo desagraviaba a la raza por el insulto a Wilson en la sala de audiencias, por el hombre del restaurante de quien Ward se había burlado escandalosamente, por todas las afrentas que había presenciado y las que no infligidas a su gente, la gente de la que había renegado. Había obtenido un diploma de su universidad más exclusiva; había roto las barreras sociales de su mundo; había medrado entre ellos hasta alcanzar la posición más alta posible; e imitando sus propias maneras les había demostrado que también él podía despreciar a esa raza inferior a la que ellos despreciaban. Caray, había tomado por esposa a la mejor de sus mujeres y ella le había dado un hijo. ¡Ja, ja! ¡Cómo se había burlado de todos!

Y tampoco se había olvidado de los niños negros y amarillos. También lo apedrearon, y había vivido para desdeñarlos, para mirarlos con superioridad y aplastarlos cada vez que podía desde el estrado. A decir verdad, no había desperdiciado la vida.

Había vivido cuarenta y nueve años y todavía no había alcanzado la cima de su poder. Quedaba mucho más por hacer, mucho más, y pensaba hacerlo. Se lo debía a Elise y al chico. Por eso debía seguir adelante y morderse la lengua, doblegarse ante Pavageau y sufrir en soledad. Algún día, tal vez, tendría un nieto, que lo señalaría con orgullo y diría: «¡Mi abuelo, el famoso juez Grabért!». Ah, eso ya era una recompensa: haber fundado una dinastía, legar a los demás aquello que él nunca había tenido, una carencia que había convertido su vida en una desgracia.

Era un banquete de trascendencia política, que suponía un triunfo para el juez Grabért en el próximo concurso para juez del distrito. Sonrió al ver las caras entusiastas que se volvieron a mirarlo cuando se levantó para hablar. La salva de aplausos que recibió al ponerse en pie se había extinguido y un silencio expectante se hizo en el salón.

«Qué sensación podría causar ahora», pensó. Bastaba con que abriera la boca y gritara: «¡Ilusos! ¡Ilusos! Yo, a quien estáis honrando, soy uno de los menospreciados. Sí, soy negro... ¿Oís? ¡Negro!». Qué tentación era acabar con toda aquella triste farsa. Si estuviera solo en el mundo, si no fuera por Elise y el chico, lo haría, solo por ver sus caras de horror y asombro. ¡Cómo lo repudiarían! Aunque ¿qué podrían hacer? Tal vez le quitarían el cargo, pero su riqueza y sus anteriores éxitos y su conocimiento no podrían tocarlos. Bien, debía hablar, y debía recordar a Elise y al chico.

Todos los presentes lo observaban con ávida expectación. Se esperaba que el discurso del juez Grabért esbozara las políticas de su facción en la próxima campaña. Se volvió hacia el presidente en la cabecera de la mesa.

—Señor presidente —empezó, y volvió a guardar silencio.

Qué curioso era que en el lugar del presidente estuviese allí *grandmére* Grabért, tal como solía sentarse en los escalones de la choza destartalada en el pueblo. Lo miraba severamente y quería saber cómo le había ido desde que se despidió con un beso en el muelle antes de que partiera río abajo a Nueva Orleans. Se quedó sorprendido al verla, y no poco inquieto. Esperaba dirigirse al presidente, no a *grandmére* Grabért. Se aclaró la garganta y frunció el ceño.

—Señor presidente —dijo de nuevo.

Bueno, ¿de qué servía dirigirse a ella de ese modo? No le entendería. La llamaría *grandmére,* por supuesto. ¿No estaban solos otra vez en el porche de la choza al atardecer, escuchando las burlas salvajes de los chiquillos que resonaban en la distante plaza del pueblo?

—*Grandmére* —dijo con suavidad—, tú no lo entiendes...

Y se sentó de nuevo en la silla señalándola airadamente con un dedo, porque no le salían las otras palabras. Se le agolparon en la garganta, sintió que se ahogaba y empezó a dar manotazos al aire. Cuando los demás hombres acudieron a traerle agua y echarle aire con abanicos improvisados, los rechazó desesperadamente mientras furiosos improperios brotaban de sus labios ennegrecidos. ¿Acaso no eran los chicos que venían a tirarle piedras porque quería jugar con ellos? Huiría a refugiarse con *grandmére,* que lo tranquilizaría y le daría consuelo. Así que se levantó, y tambaleándose, chillando y apartándolos a golpes, echó a correr hasta el final del salón, y cayó justo en el umbral de la puerta.

El secreto murió con él, pues los labios de Pavageau permanecieron siempre sellados.

Virginia Woolf

LA MANCHA EN LA PARED

(1917)

Tal vez fue a mediados de enero de este año cuando levanté la mirada y vi por primera vez la mancha de la pared. Para fijar una fecha es necesario recordar las imágenes de lo que hemos visto. Así que ahora pienso en el fuego; la película de luz amarillenta que cubre la página de mi libro; los tres crisantemos en el cuenco redondo de vidrio sobre la repisa de la chimenea. Sí, debía de ser invierno, y acabábamos de tomar el té, porque recuerdo que estaba fumando un cigarrillo cuando levanté la mirada y vi por primera vez la mancha de la pared. Miré a través del humo del cigarrillo y mi ojo se detuvo un instante en la brasa encendida, y me vino a la cabeza aquella antigua fantasía de la bandera carmesí ondeando desde la torre del castillo, y pensé en el desfile de los caballeros rojos cabalgando por la ladera del peñasco negro. Afortunadamente ver la mancha me sacó de esa ensoñación, pues se trata de una fantasía antigua, una fantasía automática, quizá inventada de niña. Era una manchita redonda, negra sobre la pared blanca, apenas un palmo por encima de la repisa.

Con qué facilidad nuestros pensamientos pululan alrededor de un nuevo objeto, y tiran de él durante un rato, igual que las hormigas acarrean una brizna de paja con tanto afán, y luego la abandonan... Si aquella marca era de un clavo, no podía tratarse de un cuadro, debía de ser para colgar una miniatura: la miniatura de una dama con rizos blancos empolvados, mejillas empolvadas y labios como claveles rojos. Un engaño, sin duda, porque la gente que vivía antes en esta casa habría elegido así los cuadros: un cuadro antiguo para una habitación antigua. Era esa clase de gente, gente muy interesante; pienso en ellos muy a menudo, los imagino en lugares de lo más estrambóticos, porque ya no volveré a verlos, nunca sabré qué fue de ellos. Querían dejar esta casa porque querían cambiar el estilo de los muebles, según dijo él, y estaba contando que en su opinión detrás del arte tenía que haber ideas cuando nos apartaron bruscamente, igual que te apartas de la anciana a punto de servir el té y del joven a punto de golpear la pelota de tenis en el jardín de una villa de las afueras cuando pasas con el tren a toda velocidad.

Pero en cuanto a esa mancha, no estoy segura; no creo que sea la marca de un clavo, a fin de cuentas; es demasiado grande, demasiado redonda. Podría levantarme, pero si me levanto y voy a mirarla, con toda probabilidad no sería capaz de distinguirlo con certeza; porque una vez un hecho está consumado, nadie sabrá ya cómo ocurrió. ¡Ah, sí, el misterio de la vida! ¡La vaguedad del pensamiento! ¡La ignorancia del ser humano! Para demostrar cuán poco dominio tenemos sobre nuestras posesiones, cuán accidental es esto de vivir después de toda la civilización, permitid que cuente algunas de las cosas que se pierden en una sola vida, empezando por la pérdida que parece siempre la más misteriosa: ¿qué gato mordisquearía, qué rata roería tres latas celestes de herramientas para encuadernar libros? Luego estaban las jaulas de los pájaros, las argollas de hierro, los patines de acero, el balde para el carbón estilo reina Ana, el tablero de la bagatela, el acordeón...: todo desaparecido, y joyas, también. Ópalos y esmeraldas, diseminadas entre las raíces de los tubérculos. ¡Qué manera de soltar lastre, desde luego! El milagro es que tenga algo de ropa que echarme sobre los hombros, que me halle rodeada de muebles macizos en este momento. Si una quiere buscar un símil de la vida, sería como que te lanzaran al metro a cien por hora y aterrizaras en el otro extremo sin una sola horquilla en el pelo. ¡Arrojada a los pies de Dios completamente desnuda!

¡Dando volteretas en los campos de asfódelos como paquetes cayendo por el buzón! Con el pelo al viento como la cola de un caballo de carreras. Sí, eso parece expresar la rapidez de la vida, el perpetuo decaer y resurgir; todo tan casual, todo tan azaroso…

Pero después de la vida. La lenta tracción de los tallos verdes hasta que el cáliz de la flor, al volcar, te inunda con luz púrpura y roja. A fin de cuentas, ¿por qué no habríamos de nacer allí como nacemos aquí, indefensos, sin habla, incapaces de enfocar la mirada, tanteando las raíces de la hierba, los dedos de los pies de los Gigantes? Y sin poder discernir cuáles son árboles y cuáles son hombres y mujeres o si tales cosas existen hasta que pasen cincuenta años. No habrá nada más que espacios de luz y de oscuridad, atravesados por gruesos tallos, y más arriba tal vez, borrones en forma de rosa de un color impreciso, rosas y azules tenues, que con el tiempo se harán más nítidos, se harán… No lo sé…

Y sin embargo esa mancha en la pared no es un agujero ni mucho menos. Puede que incluso sea un rastro de una sustancia negra y redonda, como un pequeño pétalo de rosa que haya quedado ahí desde el verano, y yo, que no soy muy pulcra con la limpieza de la casa… Mira el polvo de la repisa, por ejemplo, el polvo que según dicen enterró Troya tres veces, solo fragmentos de loza resistieron la aniquilación total, como parece ser cierto.

El árbol al otro lado de la ventana golpea muy suavemente el vidrio… Quiero pensar en silencio, con calma, con desahogo, y que no me interrumpan nunca, no tener que levantarme nunca de la silla, deslizarme fácilmente de una cosa a la otra, sin sensación alguna de hostilidad o impedimento. Quiero hundirme más y más, alejarme de la superficie con sus hechos puros y duros. Para recuperar el equilibrio, deja que me agarre a la primera idea que pase… Shakespeare… Servirá tan bien como cualquiera. Un hombre que se aposentó con firmeza en una butaca, y contempló el fuego, de modo que… una lluvia de ideas caía perpetuamente de un altísimo cielo a través de su cabeza. Apoyaba la frente en la mano, y la gente, mirando por la puerta abierta, pues se supone que esta escena tiene lugar una noche de verano… pero ¡qué aburrido es esto, esta ficción histórica! No me interesa en absoluto. Desearía dar con una senda de pensamiento amena, una senda que indirectamente refleje mis méritos, porque esos son los pensamientos más amenos, y muy frecuentes incluso entre gente modesta y apocada, que de veras cree que no soportan oír sus propios elogios. No son pensamientos que elogien directamente a una misma, ahí reside su belleza; son pensamientos como este:

«Y entonces entré en la habitación. Estaban hablando de botánica. Mencioné que había visto una flor que crecía en un montón de polvo en el solar de una casa vieja en Kingsway. La semilla, dije, debió de sembrarse en el reinado de Carlos I. ¿Qué flores crecían en el reinado de Carlos I?», pregunté (aunque no recuerdo la respuesta). Flores altas con espiguillas púrpuras, quizá. Y así es como va. A todas horas embellezco mi propia figura con la imaginación, amorosa y furtivamente, no venerándola sin tapujos, pues si lo hiciera yo misma me atraparía, y alargaría la mano en el acto para buscar un libro con el que protegerme. De hecho, es curioso cómo instintivamente una protege su imagen de la idolatría o cualquier otra manipulación que la hiciera caer en el ridículo o resultara demasiado distinta de la original para seguir creyendo en ella. ¿O no es tan curioso, después de todo? Se trata de un asunto de gran importancia. Supongamos que el espejo se hace añicos, la imagen desaparece y la figura romántica envuelta en el verdor de las profundidades del bosque ya no está ahí, solo queda el caparazón de una persona expuesta a las miradas de los demás: ¡qué sofocante, superficial, ramplón y evidente se vuelve el mundo! Un mundo en el que no merece la pena vivir. Cuando nos miramos cara a cara en los autobuses y los ferrocarriles subterráneos, nos estamos contemplando en el espejo; eso explica la vaguedad, el destello vidrioso de nuestros ojos. Y los novelistas en el futuro comprenderán cada vez más la importancia de esas contemplaciones, pues por supuesto no existe uno solo sino prácticamente infinitos reflejos; esas son las profundidades que explorarán, esos los fantasmas que perseguirán, obviando cada vez más en sus historias la descripción de la realidad, dando por sentado que se conoce, tal como hicieron los griegos y quizá Shakespeare... Pero estas generalizaciones carecen de valor. La sonoridad militar de la palabra es suficiente. Trae a la memoria artículos de opinión, ministros del gabinete: toda una categoría de cosas, de hecho, que una de niña tomaba por la cosa en sí, la cosa corriente, la cosa real, de la que una no se podía apartar salvo a riesgo de una condena innombrable. Las generalizaciones, de algún modo, traen de vuelta los domingos en Londres, los paseos del domingo por la tarde, los almuerzos del domingo, y también formas de hablar de los muertos, vestimenta y costumbres, como la costumbre de sentarse todos juntos en una habitación hasta cierta hora, aunque a nadie le gustara. Había una regla para todo. La regla de los manteles en ese periodo concreto era que fuesen bordados, con ribetes amarillos, como los que se ven en las fotografías de las alfombras en los corredores de los palacios de la realeza. Los manteles de otro tipo no eran verdaderos manteles. Qué chocante, y sin embargo qué maravilloso era descubrir que esas cosas reales, los almuerzos del domingo, los paseos del domingo, las casas de campo y los manteles, no eran del todo verdaderas, que de hecho eran medio fantasmales, y la condena que recibía el incrédulo era solo una sensación de libertad ilegítima. ¿Qué ocupa ahora el lugar de esas cosas, me pregunto, esas cosas verdaderas convencionales? Los hombres, quizá, si eres mujer; el punto de vista masculino que gobierna nuestras vidas, que marca la convención, que establece la Tabla de Precedencia de Whitaker, que se ha convertido desde la guerra, supongo, en algo prácticamente fantasmal para muchos hombres y mujeres, que es de esperar que pronto acabe ridiculizada en el bidón de la basura donde van a parar los fantasmas, los aparadores de caoba y los grabados de Landseer, los Dioses y los Demonios, el Infierno y demás, dejándonos a todos con una embriagadora sensación de libertad ilegítima, si la libertad existe…

Bajo cierta luz esa mancha parece en realidad proyectarse de la pared. Tampoco es redonda del todo. No estoy segura, pero parece arrojar una sombra perceptible, sugiriendo que, si pasara el dedo por esa franja de la pared, en un momento dado subiría y descendería un pequeño túmulo, un suave túmulo como esos montículos en las dunas del sur que, según dicen, son antiguos sepulcros o vestigios de un campamento. De entre ambos prefiero que sean sepulcros, con ese gusto propio de los ingleses, a quienes nos parece natural al final de un paseo pensar en los huesos tendidos bajo la tierra... Seguro que hay algún libro sobre el tema. Algún anticuario debió de exhumar esos huesos y darles un nombre... ¿Qué clase de hombre es un anticuario, me pregunto? Forenses retirados en su mayoría, supongo, dirigiendo partidas de jornaleros curtidos a examinar amasijos de tierra y piedra allí arriba, y entablando correspondencia con el clero de las parroquias vecinas, que como se abre a la hora del desayuno les da una sensación de importancia, y para cotejar las puntas de flecha es preciso viajar campo a través por los pueblos del condado, una necesidad mutua tanto para ellos como para sus ancianas esposas, que quieren preparar mermelada de ciruela o limpiar a fondo el estudio, y tienen razones de peso para que el dilema crucial sobre el campamento o el recinto funerario siga en suspenso perpetuo, mientras que el forense se siente de lo más ecuánime acumulando evidencias en ambos sentidos. Es cierto que finalmente se inclina a pensar que se trata de un campamento, y, al encontrar oposición, compone un panfleto que se dispone a leer en el encuentro trimestral de la sociedad local cuando un síncope lo deja fuera de combate, y sus últimos pensamientos conscientes no los dedica a la esposa o el hijo, sino al campamento y la punta de flecha que halló ahí, expuesta ahora en la vitrina del museo local junto con el pie de la asesina china, un puñado de clavos isabelinos, un buen número de pipas de barro Tudor, una pieza de loza romana y la copa de vino en la que bebió Nelson, demostrando realmente no sé qué.

No, no, nada está demostrado, nada se conoce. Y si me levantara en este preciso momento y verificara lo que es en realidad esa mancha en la pared, ¿qué diríamos? La cabeza de un clavo antiguo enorme, clavado doscientos años atrás, que ahora, gracias a la paciente atrición de varias generaciones de sirvientas, ha asomado la cabeza por encima de la capa de pintura, y está echando un primer vistazo a la vida moderna en forma de una habitación de paredes blancas iluminada por el fuego, ¿qué ganaría yo? ¿Conocimiento? ¿Más especulaciones? Puedo pensar aquí sentada tanto como de pie. ¿Y qué es el conocimiento? ¿Qué son nuestros sabios sino los descendientes de brujas y ermitaños que se agazapaban en las cuevas y en los bosques elaborando pócimas de hierbas, hablando con las musarañas y escribiendo la lengua de las estrellas? Y cuanto menos los honramos, a medida que menguan nuestras supersticiones y nuestro respeto por la belleza y la salud del espíritu aumenta... Sí, cabe imaginar un mundo muy apacible. Un mundo tranquilo, espacioso, con flores sumamente rojas y azules en los campos. Un mundo sin profesores o especialistas o amas de llaves con perfil de policías, un mundo que pudiera cortarse con el pensamiento igual que un pez corta el agua con la aleta dorsal, rozando los tallos de los nenúfares, suspendido sobre nidos de huevos blancos marinos... Qué paz aquí abajo, enraizados en el centro del mundo y atisbando a través de las aguas turbias, con sus súbitos destellos de luz, y sus reflejos... ¡Si no fuera por el Almanaque de Whitaker, si no fuera por la Tabla de Precedencia!

Tengo que ponerme en pie de un salto y ver por mí misma lo que es realmente esa mancha en la pared: ¿un clavo, un pétalo de rosa, una grieta de la madera?

He aquí una vez más la naturaleza jugando con sus viejas armas de supervivencia: esta deriva de pensamiento, percibe, está presagiando un mero derroche de energía, incluso una colisión con la realidad, pues ¿quién se atreverá a levantar un dedo en contra de la Tabla de Precedencia de Whitaker? Al arzobispo de Canterbury le sigue el sumo canciller; al sumo canciller le sigue el arzobispo de York. Todo el mundo sigue a alguien, esa es la filosofía de Whitaker; y la gran cuestión es saber quién sigue a quién. Whitaker lo sabe, y deja que eso te consuele, aconseja la naturaleza, en lugar de enrabiarte; y si no te puede dar consuelo, si has de destrozar esta hora de paz, piensa en la mancha de la pared.

Entiendo el juego de la naturaleza: nos llama a actuar de modo que acabemos con cualquier pensamiento que amenace con exaltarnos o hacernos daño. De ahí, supongo, proviene nuestro ligero desprecio hacia los hombres de acción; hombres, damos por hecho, que no piensan. Aun así, no hace ningún daño poner punto final a los pensamientos desagradables contemplando una mancha en la pared.

De hecho, ahora que la miro con detenimiento siento como si me hubiera agarrado a una tabla en medio del mar; una gratificante sensación

de realidad inmediatamente convierte a los dos arzobispos y al sumo canciller en la sombra de una sombra. He aquí algo concreto, algo real. Por eso, cuando a medianoche nos despertamos de una pesadilla encendemos la luz enseguida y nos quedamos inmóviles, venerando la cómoda de madera, la solidez, la realidad, venerando el mundo impersonal que demuestra una existencia más allá de la nuestra. Eso es de lo que queremos cerciorarnos... Pensar en la madera reconforta. Proviene de un árbol; y los árboles crecen, y no sabemos cómo crecen. Crecen durante años y años, sin prestarnos ninguna atención, en los prados, en los bosques y en los márgenes de los ríos, todas esas cosas en las que nos gusta pensar. Dan sombra a las vacas que menean la cola debajo las tardes de calor; pintan los ríos tan verdes que cuando una gallineta se zambulle esperas que emerja con todo el plumaje verde. Me gusta pensar en los peces en equilibrio contra la corriente como banderas ondeantes; y en los escarabajos de agua levantando poco a poco bóvedas de barro sobre el lecho del río. Me gusta pensar en el propio árbol: sentir primero la conciencia íntima y seca de ser madera; después, el embate de la tormenta; después, el fluir lento y delicioso de la savia. Me gusta pensar en ello, también, las noches de invierno, de pie en el campo desierto con la hojarasca caída alrededor, sin asomo de ternura expuesta a las balas de plata de la luna, un mástil desnudo sobre una tierra que sigue girando, girando toda la noche. El canto de los pájaros debe sonar muy estridente y extraño en junio; y qué frías se deben de sentir las patas de los insectos encima, a medida que avanzan laboriosamente por las grietas de la corteza, o toman el sol bajo la fina cúpula verde de las hojas, y miran de frente con sus ojos rojos tallados como diamantes... Una por una las fibras se rompen bajo la inmensa fría presión de la tierra, y entonces llega la última tormenta y, al caer, las ramas más altas se hunden de nuevo en la tierra. Aun así, la vida no acaba; un millón de vidas pacientes aguardan todavía a un árbol, en el mundo entero, en dormitorios, en barcos, en el suelo, revistiendo las habitaciones donde hombres y mujeres se sientan después de tomar el té a fumar un cigarrillo. Está lleno de pensamientos apacibles, felices, este árbol. Me gustaría considerarlos uno a uno por separado, pero algo se está interponiendo...

¿Dónde estaba? ¿De qué iba todo esto? ¿Un árbol? ¿Un río? ¿Las dunas? ¿El Almanaque de Whitaker? ¿Los campos de asfódelos? No me acuerdo de nada. Todo se mueve, cae, resbala, se desvanece... Hay un gran vuelco. Alguien está de pie a mi lado.

—Salgo a comprar el periódico —dice.

—¿Sí?

—Aunque sirve de poco comprar periódicos... Nunca pasa nada. Maldita guerra, ¡maldita sea esta guerra! De todos modos, no entiendo cómo es que hay un caracol en la pared.

¡Ah, la mancha en la pared! Era un caracol.

FIESTA EN EL JARDÍN

(1922)

Y el cielo sin una nube. Tan solo velaba el azul una ligera bruma dorada, como a veces sucede a principios de verano. El jardinero llevaba en pie desde el amanecer, segando y rastrillando el césped hasta que la hierba y las rosetas oscuras y chatas donde habían estado las plantas de margaritas quedaron resplandecientes. Con las rosas, no podías evitar la sensación de que sabían que eran las únicas flores que impresionan a la gente cuando hay una fiesta en el jardín, las únicas flores que todo el mundo conoce. Cientos, sí, literalmente cientos de rosas habían brotado de la noche a la mañana; los tallos verdes se inclinaban como si los hubieran visitado los arcángeles.

Aún no habían acabado con el desayuno cuando vinieron los hombres a montar la carpa.

—¿Dónde quieres que pongan la carpa, mamá?

—Cariño mío, no te molestes en preguntarme nada. Este año estoy decidida a dejar todo en vuestras manos. Olvidaos de que soy vuestra madre. Tratadme como a una invitada de honor.

Pero era impensable que Meg fuera a supervisar a los hombres. Se había lavado el pelo antes de desayunar, y estaba tomándose el café con un turbante verde puesto y un rizo oscuro y húmedo estampado en cada mejilla. Jose, la mariposa, siempre bajaba con una combinación de seda y un kimono.

—Tendrás que ir tú, Laura; eres la artista.

Laura se fue volando, con un trozo de pan con mantequilla todavía en la mano. Es una delicia aprovechar una excusa para comer al aire libre, y, además, a ella le encantaba organizar; siempre creía que podía hacerlo mucho mejor que nadie.

Cuatro hombres en mangas de camisa aguardaban apiñados en el sendero del jardín. Llevaban listones de madera envueltos en rollos de lona y traían grandes bolsas de herramientas colgadas a la espalda. Impresionaban. Laura deseó no haber salido con el pan con mantequilla, pero ahora no tenía dónde ponerlo y tampoco iba a tirarlo. Se ruborizó y procuró parecer seria e incluso un poco corta de vista al acercarse a ellos.

—Buenos días —dijo, copiando la voz de su madre, pero le sonó tan espantosamente afectada que se avergonzó y empezó a tartamudear como una cría—. Oh... ah... han venido... ¿es por la carpa?

—Exacto, señorita —dijo el más alto, un tipo larguirucho y pecoso, y se cambió de hombro la bolsa de herramientas, se echó atrás el sombrero de paja y le sonrió—. Ni más ni menos.

Su sonrisa era tan fácil, tan simpática, que Laura recobró la compostura. Qué ojos tan bonitos tenía, pequeños, pero ¡de un azul tan intenso! Y entonces miró a los otros, que también sonreían. «¡Alegra esa cara, que no mordemos!», parecía decir su sonrisa. ¡Qué amables eran los peones! ¡Y qué preciosa mañana! No debía mencionar la mañana, debía parecer profesional. La carpa.

—Bueno, ¿qué tal junto a los lirios? ¿Allí estaría bien?

Y señaló el macizo de los lirios con la mano que no aguantaba el pan con mantequilla. Los hombres se volvieron a mirar en esa dirección. Un tipo regordete apretó el labio inferior, el alto frunció el ceño.

—No me convence —dijo—. Apenas se vería. Mire, con algo como una carpa —y se volvió hacia Laura con su desenvoltura característica—, lo que hay que hacer es ponerla en un sitio donde a uno le dé un puñetazo en el ojo, no sé si me entiende.

La educación que habían dado a Laura hizo que se preguntara por un momento si era de recibo que un peón le hablara de puñetazos en el ojo, pero lo entendió a la perfección.

—Un rincón de la pista de tenis —sugirió—. Pero la orquesta va a estar en otro rincón.

—Hmm, ¿así que van a tener orquesta? —preguntó otro de los peones. Era pálido. Parecía desencajado mientras escrutaba la pista de tenis con sus ojos oscuros. ¿Qué estaría pensando?

—Una orquesta muy pequeña —dijo Laura suavemente.

Quizá no le molestara tanto si era una orquesta pequeña, pero el tipo alto intervino.

—Mire, señorita, ese es el sitio. Contra aquellos árboles. Allí al fondo. Irá perfecto.

Contra las karakas. Entonces las karakas quedarían tapadas. Y eran unos árboles tan hermosos, con sus hojas anchas relucientes y sus racimos de frutos amarillos. Eran como imaginas los árboles que crecen en una isla desierta, soberbios y solitarios alzando sus hojas y sus frutos al sol en una especie de esplendor silencioso. ¿Y habían de quedar tapados por una carpa?

Pues sí. Los hombres ya habían cargado los listones al hombro y se encaminaban hacia allá. Solo quedaba el tipo alto. Se agachó, pellizcó una espiga de lavanda, se llevó el pulgar y el índice a la nariz y aspiró el aroma. Cuando Laura vio ese gesto se olvidó por completo de las karakas, asombrada de que a un hombre así le importaran cosas como esa, que le importara el aroma de la lavanda. ¿Cuántos de sus conocidos habrían hecho una cosa así? Qué majos eran los obreros, pensó. ¿Por qué no podía tener amigos así en vez de los chicos bobos con los que bailaba y que venían a cenar los domingos? Se llevaría mucho mejor con hombres como estos.

La culpa, decidió mientras el tipo alto hacía un croquis en el dorso de un sobre de algo que podría recogerse o dejar suelto, era de esas absurdas distinciones sociales. Bueno, pues para ella no existían. Ni pizca, ni por asomo... Y entonces empezó el toc-toc de las mazas de madera. Alguien silbaba, otro se puso a cantar.

—¿Todo bien por ahí, compadre?

¡Compadre! Qué camaradería, qué... Solo para demostrar lo contenta que estaba, para que el tipo alto viera lo cómoda que se sentía y cómo despreciaba las estúpidas convenciones, Laura dio un gran bocado al pan con mantequilla mientras observaba el croquis. Se sintió igual que una obrera.

—Laura, Laura, ¿dónde estás? ¡Al teléfono, Laura! —gritó una voz desde la casa.

—¡Voy!

Se alejó revoloteando por el césped, subió el sendero, subió los escalones, atravesó la galería y cruzó el portal. En el recibidor, su padre y Laurie estaban cepillando los sombreros listos para irse a la oficina.

—Pienso, Laura —le dijo Laurie a toda prisa—, que podrías echarle una ojeada a mi chaqueta antes de esta tarde. A ver si necesita un planchazo.

—Lo haré —dijo ella. De repente, no pudo contenerse. Corrió hasta Laurie y le dio un achuchón—. Oh, me encantan las fiestas, ¿a ti no? —dijo con la voz entrecortada.

—¡Claro! —dijo Laurie con su voz cálida, de muchacho, y abrazó a su hermana también, y luego la empujó suavemente—. Corre al teléfono, chicuela.

El teléfono.

—Sí, sí; ah, sí, ¿Kitty? Buenos días, querida. ¿Venir a almorzar? Claro, querida. Encantados, por supuesto. Será un tentempié nada más, las cortezas de los emparedados y los restos del merengue y lo que haya sobrado. Sí, ¿a que hace una mañana perfecta? ¿El blanco? Uy, desde luego yo me lo pondría. Un momento... No cuelgues. Mi madre me llama. —Y Laura se echó hacia atrás—. ¿Qué, mamá? No te oigo.

La voz de la señora Sheridan bajó flotando por las escaleras.

—Dile que se ponga ese precioso sombrero que llevaba el domingo.

—Mi madre dice que te pongas ese precioso sombrero que llevabas el domingo. Estupendo. A la una. Adiós.

Laura colgó el auricular, levantó los brazos por encima de la cabeza, respiró hondo, los estiró y los dejó caer. «Uf», suspiró, y tras el suspiro se puso inmediatamente en guardia. Se quedó quieta, escuchando. Todas las puertas de la casa parecían estar abiertas. Se oía un trajín constante de pasos y voces. La puerta de paño verde que separaba la zona de la cocina se abría y se cerraba con golpetazos amortiguados. Y de pronto se oyó una especie de carcajeo absurdo. Era el pesado piano arrastrado sobre los rígidos rodines. ¡Pero qué aire! Si te parabas a prestar atención, ¿era el aire siempre así? Pequeñas corrientes de viento jugaban a perseguirse, entraban por el quicio de las ventanas y salían por las puertas. Y había dos destellos de sol, uno en el tintero, otro en el marco de plata de una fotografía, jugando también. Destellos adorables. Especialmente el de la tapa del tintero. Daba calidez. Era una cálida estrellita plateada. Sintió el impulso de besarla.

Sonó el timbre de la puerta y se oyó el frufrú de la falda estampada de Sadie en las escaleras. Una voz de hombre habló en murmullos.

—Desde luego yo no lo sé —contestó Sadie, despreocupada—. Espere. Le preguntaré a la señora Sheridan.

—¿Qué hay, Sadie? —Laura fue al recibidor.

—Es el florista, señorita Laura.

En efecto. Allí, justo en el umbral de la puerta, había una bandeja ancha llena de macetas de lirios rosados. De ninguna otra clase. Lirios nada más: cañas de Indias, con grandes flores rosadas abiertas, radiantes, casi estremecedoramente vivas sobre unos brillantes tallos carmesíes.

—¡Oh... oh, Sadie! —exclamó Laura, y sonó como un débil gemido.

Se agachó como para calentarse en aquella llamarada de lirios; los sintió en los dedos, en los labios, creciendo de su pecho.

—Me temo que se ha equivocado —dijo débilmente—. Nadie ha podido encargar tantos. Sadie, ve a buscar a mi madre.

En ese momento, no obstante, apareció la señora Sheridan.

—Descuida —dijo tan tranquila—. Sí, yo los encargué. ¿No son una hermosura? —Le dio a Laura un apretón en el brazo—. Pasaba por delante de la floristería ayer y los vi en el escaparate. Y de repente pensé que por una vez en la vida tendría lirios a mansalva. La fiesta en el jardín será una buena excusa.

—Creía que habías dicho que no pensabas inmiscuirte —dijo Laura.

Sadie se había ido. El florista aún estaba fuera en la camioneta. Le pasó un brazo por el cuello a su madre y le mordió la oreja suavemente, muy suavemente.

—Cariño mío, no te gustaría tener una madre coherente, ¿verdad? No hagas eso. Aquí viene el señor.

Trajo más lirios aún, otra bandeja entera.

—Colóquelos aquí dentro, a ambos lados del portal, por favor —dijo la señora Sheridan—. ¿Te parece bien, Laura?

—Desde luego que sí, mamá.

En el salón, Meg, Jose y el bueno del pequeño Hans por fin habían conseguido mover el piano.

—Ahora, ¿qué os parece si ponemos este sofá contra la pared y sacamos todo menos las sillas?

—Estupendo.

—Hans, lleva estas mesas al gabinete, y trae un cepillo para quitar estas marcas de la alfombra y... Un momento, Hans... —A Jose le encantaba dar órdenes a los sirvientes, y a los sirvientes les encantaba obedecerla. Siempre les hacía sentir que participaban en algún drama—. Diles a mi madre y a la señorita Laura que vengan aquí enseguida.

—Muy bien, señorita Jose.

Se volvió hacia Meg.

—Quiero oír cómo suena el piano, solo por si esta tarde me piden que cante. Probemos con «Qué hastío de vida».

¡Pum! ¡Ta-ta-ta, tiii-ta! El piano se desató con tanta pasión que la cara de Jose cambió. Enlazó las manos. Miró melancólica y enigmáticamente a su madre y a Laura cuando entraron.

> *Qué hastío de vi-da,*
> *Una lágrima, un suspiro,*
> *Un amor que cam-bia.*
> *Qué hastío de vi-da.*
> *Una lágrima, un suspiro,*
> *Un amor que cam-bia.*
> *Y luego... ¡adiós!*

Pero en ese «adiós», y aunque el piano sonaba más desesperado que nunca, se le iluminó la cara con una sonrisa inconmovible.

—¿A que tengo buena voz, mamaíta? —dijo radiante.

Qué hastío de vi-da,
La esperanza muere.
Un sueño..., un des-per-tar.

De pronto Sadie las interrumpió.

—¿Qué hay, Sadie?

—Si hace el favor, señora, la cocinera pregunta si tiene las banderillas para los emparedados.

—¿Las banderillas para los emparedados, Sadie? —repitió la señora Sheridan distraídamente. Y sus hijas supieron por la cara que puso que no las había preparado—. Veamos. —Y le dijo a Sadie con firmeza—: Dile a la cocinera que las tendrá allí en diez minutos.

Sadie se marchó.

—Laura —dijo su madre enseguida—, ven conmigo al gabinete. Tengo los nombres en algún sitio, apuntados en el dorso de un sobre. Me los vas a tener que escribir. Meg, ve arriba ahora mismo y quítate ese trapo mojado de la cabeza. Jose, corre y acaba de vestirte inmediatamente. ¿Me oís, hijas, o tendré que contárselo a vuestro padre cuando venga esta noche? Y... y, Jose, apacigua a la cocinera si pasas por la cocina. Esta mañana me tiene aterrada.

El sobre apareció por fin detrás del reloj del comedor, aunque la señora Sheridan no podía imaginar cómo había ido a parar ahí.

—Una de vosotras debió de sacármelo del bolso, porque recuerdo vívidamente... Queso de untar y crema de limón. ¿Ya has anotado eso?

—Sí.

—Huevo con... —La señora Sheridan apartó el sobre para leerlo mejor—. Parece que ponga «ratones». No pueden ser ratones, ¿verdad?

—Aceitunas, cariñito —dijo Laura, mirando por encima del hombro.

—Sí, claro, aceitunas. Qué horrorosa suena la combinación. Huevo con aceitunas.

Acabaron por fin y Laura las llevó a la cocina. Encontró allí a Jose apaciguando a la cocinera, que no tenía nada de aterradora.

—Nunca he visto unos emparedados tan exquisitos —dijo Jose con arrobo en la voz—. ¿Cuántas variedades has dicho que había, cocinera? ¿Quince?

—Quince, señorita Jose.

—Pues te felicito, cocinera.

La cocinera barrió las cortezas con el cuchillo largo de los emparedados, y sonrió de oreja a oreja.

—Han venido de Godber —anunció Sadie, saliendo de la despensa. Había visto al repartidor por la ventana.

Eso significaba que habían llegado los profiteroles de nata. Godber era una pastelería famosa por sus profiteroles de nata. A nadie se le ocurría hacerlos en casa.

—Tráelos y ponlos en la mesa, mi chica —ordenó la cocinera.

Sadie los trajo y volvió hacia la puerta. Desde luego Laura y Jose estaban ya mayores para interesarse por esas cosas. Aun así, no podían dejar de reconocer que los profiteroles tenían muy buena pinta. Buenísima. La cocinera empezó a colocarlos, sacudiéndoles el exceso de azúcar en polvo.

—¿No te transportan a todas las fiestas del pasado? —dijo Laura.

—Supongo que sí —contestó la pragmática Jose, a quien no le gustaba que la transportaran al pasado—. Parecen ligeros como plumas, debo decir.

—Tomad uno cada una, queridas mías —dijo la cocinera con su voz reconfortante—. Vuestra madre no se enterará.

Oh, imposible. Imagínate tomar profiteroles de nata tan pronto después de desayunar. La mera idea daba escalofríos. Aun así, dos minutos más tarde Jose y Laura se estaban chupando los dedos con esa mirada absorta que solo pones con la nata montada.

—Salgamos al jardín por la puerta de atrás —sugirió Laura—. Quiero ver cómo van con la carpa. Son unos hombres majísimos.

Sin embargo, la puerta trasera estaba bloqueada por la cocinera, Sadie, el repartidor de Godber y Hans.

Había ocurrido algo.

«Co-co-co», cloqueaba la cocinera como una gallina inquieta. Sadie se apretaba una mejilla con la mano como si tuviera dolor de muelas. Hans arrugaba la cara en un esfuerzo de entender lo que decían. Solo el repartidor de Godber parecía disfrutar; era su historia.

—¿Qué es lo que pasa? ¿Qué ha ocurrido?

—Ha habido un terrible accidente —dijo Cook—. Un hombre ha muerto.

—¡Un hombre ha muerto! ¿Dónde? ¿Cómo? ¿Cuándo?

Pero el repartidor de Godber no iba a dejar que le arrebataran la historia delante de sus narices.

—¿Sabe ese arrabal justo por debajo de aquí, señorita? ¿Sabe dónde le digo? —Por supuesto que lo sabía—. Bueno, pues ahí vive un muchacho joven, se llama Scott, es carretero. Su caballo se desbocó con un tractor a vapor en la esquina de Hawke Street esta mañana, y al caer hacia atrás el muchacho se golpeó la cabeza. Se mató.

—¡Ha muerto! —Laura miró fijamente al hombre de Godber.

—Ya estaba muerto cuando lo recogieron —contestó él con avidez—. Viniendo hacia aquí he visto que traían el cuerpo a su casa. —Y le dijo a la cocinera—: Deja mujer y cinco críos pequeños.

—Jose, ven aquí.

Laura agarró a su hermana de la manga y cruzó la cocina hasta el otro lado de la puerta de paño verde. Allí se detuvo y se recostó en ella.

—¡Jose! —exclamó horrorizada—. ¿Cómo vamos a cancelarlo todo?

—¡Cancelarlo todo, Laura! —gritó Jose, perpleja—. ¿A qué te refieres?

—A cancelar la fiesta, por supuesto.

¿Por qué fingía? Sin embargo, Jose se quedó más perpleja todavía.

—¿Cancelar la fiesta? Laura, cariño, no seas ridícula. No podemos hacer nada de eso, desde luego. Nadie espera que lo hagamos. No seas tan exagerada.

—Pero no podemos dar una fiesta en el jardín con un muerto en nuestra misma puerta.

Eso sí era una exageración, porque el arrabal estaba apartado en un camino al pie de una cuesta empinada que subía hasta la casa. Una carretera ancha pasaba en medio. Cierto, estaban demasiado cerca. Herían tremendamente la vista y no tenían ningún derecho a estar en ese vecindario, desde luego. Eran unas casuchas pintadas de color chocolate. En las parcelas no había nada más que repollos, gallinas enfermas y latas de tomate vacías. Hasta el humo que salía por las chimeneas era mísero. Andrajos y jirones de humo, tan distinto de las grandes columnas plateadas que se alzaban desde las chimeneas de los Sheridan. Vivían lavanderas en el arrabal, barrenderos y un zapatero remendón, y un hombre que había colgado en su fachada diminutas jaulas para pájaros. Los niños pululaban. Cuando los Sheridan eran pequeños tenían prohibido poner un pie allí por el lenguaje soez y por lo que podían contagiarles, pero desde que se habían hecho mayores Laura y Laurie a veces pasaban andando en sus expediciones. Era un lugar desagradable y sórdido. Salían estremecidos, pero hay que ir a todas partes, hay que ver de todo. Así que pasaban.

—E imagina lo que sentirá esa pobre mujer al oír la orquesta —dijo Laura.

—¡Ay, Laura! —Jose empezaba a irritarse de veras—. Si vas a impedir que una orquesta toque cada vez que alguien tiene un accidente, tu vida será un suplicio. Lo lamento tanto como tú. Y los compadezco. —Sus ojos se endurecieron. Miró a su hermana igual que cuando eran pequeñas y se peleaban—. Pero no vas a devolverle la vida a un peón borracho por muy sentimental que te pongas —concluyó bajando la voz.

—¡Borracho! ¿Quién ha dicho que estuviera borracho? —Laura, furiosa, se encaró con Jose. Igual que había ocurrido en aquellas ocasiones, dijo—: Ahora mismo voy a contárselo a mamá.

—Hazlo, querida —murmuró Jose.

Laura giró el gran picaporte de vidrio.

—Mamá, ¿puedo pasar?

—Por supuesto, criatura. ¿Qué ocurre? ¿Por qué estás tan sulfurada?

Y la señora Sheridan se volvió del tocador. Estaba probándose un sombrero nuevo.

—Madre, un hombre ha muerto —empezó Laura.

—¿No habrá sido en el jardín? —la interrumpió su madre.

—¡No, no!

—¡Uf, qué susto me has dado! —La señora Sheridan suspiró aliviada, y luego se quitó el gran sombrero y lo puso sobre sus rodillas.

—Escucha, mamá —dijo Laura. Sin aliento, con la voz ahogada, le contó el espantoso suceso—. Está claro que no podemos dar la fiesta, ¿verdad? —rogó—. Con la orquesta y todo el mundo que va a venir. Nos oirían, mamá, ¡son prácticamente vecinos!

Para estupor de Laura, su madre reaccionó igual que Jose; fue más duro soportarlo porque parecía que le hiciera gracia. Se negaba a tomarse a Laura en serio.

—Cariño mío, usa el sentido común. Nos hemos enterado de casualidad. Si alguien hubiera muerto ahí en circunstancias normales, y te aseguro que me cuesta entender cómo se las arreglan para seguir vivos en esas covachas inmundas, daríamos la fiesta de todos modos, ¿a que sí?

Laura tuvo que darle la razón en eso, pero sintió que era un despropósito. Se sentó en el sillón de su madre y empezó a dar tironcitos al volante del cojín.

—Mamá, ¿no te parece terriblemente despiadado por nuestra parte? —preguntó.

—¡Tesoro! —La señora Sheridan se puso en pie y fue hacia ella, con el sombrero en la mano. Antes de que Laura pudiera impedírselo, se lo había puesto—. ¡Hija mía! —exclamó su madre—. La pamela es tuya. Está hecha para ti. Nunca te había visto tan preciosa, ¡mírate! —Y le acercó el espejo de mano.

—Pero, mamá... —empezó Laura de nuevo. No podía mirarse; volvió la cara.

Esta vez la señora Sheridan perdió la paciencia, igual que Jose.

—Me parece que tu actitud es absurda, Laura —dijo fríamente—. Esa gente no espera sacrificios de nosotros. Y no es muy compasivo estropear la diversión a todo el mundo como estás haciendo tú ahora.

—¡No lo entiendo! —dijo Laura, y salió apresurada de la habitación hasta su dormitorio.

Allí, casualmente, lo primero que vio fue a una chica encantadora en el espejo, con su pamela negra adornada con margaritas doradas y un largo lazo de terciopelo negro. Nunca habría imaginado que pudiera lucir así. «¿Tendrá razón mamá?», pensó. Y de pronto deseó que la tuviera. «¿Estaré exagerando?» Quizá exageraba. Por un instante la asaltó otra visión de aquella pobre mujer y aquellos chiquillos, y del difunto llevado a cuestas hasta la casa, pero era una imagen borrosa, irreal, como una fotografía del periódico. «Volveré a recordarla cuando termine la fiesta», decidió. Y de alguna manera ese parecía el mejor plan...

El almuerzo acabó hacia la una y media. A las dos y media estaban todos a punto para salir a la palestra. Los músicos vestidos con chaquetillas verdes habían llegado y habían instalado la orquesta en un rincón de la pista de tenis.

—¡Cielos! —gorjeó Kitty Maitland—. ¿A que tienen pinta de ranas a más no poder? Deberíais haberlos colocado alrededor del estanque, con el director en el medio encima de un nenúfar.

Laurie llegó y las saludó al pasar antes de ir a cambiarse de ropa. Al verlo, Laura volvió a recordar el accidente. Quiso contárselo. Si Laurie estaba de acuerdo con los demás, entonces seguro que era lo correcto. Y lo siguió hasta el recibidor.

—¡Laurie!

—¡Hola! —Iba por mitad de la escalera, pero cuando se volvió y vio a Laura, de pronto hinchó los mofletes y la miró con los ojos como platos—. ¡Palabra, Laura, estás deslumbrante! —exclamó—. ¡Qué sombrero tan espectacular!

Laura dijo débilmente «¿Sí?» y le sonrió a Laurie, y al final no se lo contó.

Poco después comenzó a llegar la gente en oleadas. La banda empezó a tocar; los camareros contratados iban y venían corriendo de la casa a la carpa. Allá donde miraras las parejas paseaban, se inclinaban sobre las flores, saludaban, seguían andando por el césped. Eran como pájaros radiantes que se hubieran posado en el jardín de los Sheridan durante esa única tarde, en su travesía hacia... ¿dónde? Ah, qué felicidad estar con gente feliz, estrecharse la mano, pellizcarse las mejillas, sonreír con la mirada.

—¡Laura, tesoro, estás estupenda!

—¡Qué sombrero tan favorecedor, chiquilla!

—Laura, si pareces una española. Nunca te he visto tan despampanante.

Y Laura, ruborizada, contestaba suavemente:

—¿Ha tomado té? ¿Le apetece un helado? Los helados de fruta de la pasión son realmente especiales.

Fue corriendo a suplicarle a su padre:

—Papaíto querido, ¿los músicos no podrían tomar algo de beber?

Y aquella tarde perfecta maduró, languideció y sus pétalos se cerraron lentamente.

«Nunca he ido a una fiesta en el jardín más deliciosa...» «Qué gran éxito...» «La mejor...»

Laura ayudó a su madre con las despedidas. Se quedaron una al lado de la otra en el portal hasta que todo acabó.

—Se acabó, se acabó, gracias a Dios —dijo la señora Sheridan—. Reúne a los demás, Laura. Vamos a tomar un café recién hecho. Estoy exhausta. Sí, ha sido todo un éxito, pero ¡ay, estas fiestas, estas fiestas! ¿Por qué insistís en dar fiestas, hijos míos?

Tomaron asiento en la carpa vacía.

—Prueba un emparedado, papaíto. He escrito yo las banderillas.

—Gracias. —El señor Sheridan se lo comió de un bocado. Tomó otro—. Supongo que no os habéis enterado del horrendo accidente de hoy —dijo.

—Querido —dijo la señora Sheridan, levantando la mano—, nos enteramos. Por poco arruina la fiesta. Laura insistía en que debíamos aplazarla.

—¡Oh, mamá! —Laura no quería que la ridiculizaran por eso.

—Fue espantoso, de todos modos —dijo el señor Sheridan—. El muchacho estaba casado, además. Vivía justo abajo, en el arrabal, y deja esposa y media docena de chiquillos, según dicen.

Se hizo un silencio incómodo. La señora Sheridan empezó a juguetear con la taza. La verdad, era una falta de tacto por parte de papá...

De repente levantó la vista. Allí encima de la mesa estaban todos aquellos emparedados, pasteles y profiteroles que habían sobrado, que se iban a echar a perder. Se le ocurrió una de sus brillantes ideas.

—Ya sé —dijo—. Preparemos una canasta. Mandemos a esa pobre criatura un poco de esta comida tan rica. Por lo menos será un deleite para los niños. ¿No estáis de acuerdo? Y seguro que tendrá vecinos de visita y demás.

Qué gran cosa tenerlo todo ya preparado. ¡Laura! —Se levantó de un salto—. Tráeme la canasta grande del armario de la escalera.

—Pero, mamá, ¿de verdad crees que es una buena idea? —dijo Laura.

Nuevamente, qué curioso, parecía pensar distinto de todos los demás. Comer las sobras de la fiesta, ¿seguro que a aquella pobre mujer le gustaría?

—¡Por supuesto! ¿A ti qué te ocurre hoy? Hace un par de horas insistías en que fuéramos compasivos, y ahora...

¡En fin! Laura corrió a por la canasta. Su madre la llenó, bien colmada.

—Llévala tú misma, cariño —le dijo—. Baja en una carrera tal como estás. No, espera, lleva los lirios de agua también. A la gente de esa clase le impresionan mucho los lirios de agua.

—Los tallos le estropearán el vestido de encaje —dijo la pragmática Jose. Cierto. Justo a tiempo.

—La canasta nada más, entonces. Y ¡Laura! —Su madre la siguió al salir de la carpa—. No se te ocurra bajo ningún concepto...

—¿Qué, mamá?

¡No, mejor no meterle esas ideas en la cabeza a la criatura!

—Nada, ¡anda, corre!

Empezaba a oscurecer cuando Laura cerró la verja del jardín. Un perro enorme pasó corriendo como una sombra. La carretera relucía blanquecina, y abajo en la hondonada las casitas estaban sumidas en la penumbra. Qué silencioso parecía todo después de la tarde. Iba bajando la cuesta hacia algún sitio donde yacía un hombre muerto y no podía comprenderlo. ¿Por qué no? Se detuvo unos instantes. Y le pareció que en cierto modo llevaba dentro los besos, las voces, las cucharillas tintineantes, la risa, el olor de la hierba pisada. No quedaba espacio para nada más. ¡Qué extraño! Miró el pálido cielo y lo único que pensó fue: «Sí, la fiesta ha sido todo un éxito».

Ya había cruzado la ancha carretera. Empezaba el camino, oscuro y lleno de humo. Mujeres con mantones y hombres con gorras bastas de paño pasaron apresuradamente. Había hombres asomados a la empalizada; los niños jugaban en las puertas de las casas. Un rumor grave salía de las casuchas miserables. En algunas se veía una luz parpadeante, y una sombra se apartaba de la ventana como un cangrejo. Laura agachó la cabeza y apuró el paso. Ahora se arrepentía de no haberse puesto un abrigo. ¡Cómo resplandecía su vestido! Y la pamela con la cinta de terciopelo, ¡ojalá fuera otro sombrero! ¿La gente la miraba? Seguro que sí. Ir había sido un error; desde el primer momento supo que era un error. ¿Aún estaba a tiempo de dar media vuelta?

No, demasiado tarde. Aquella era la casa. Debía de serlo. Había un sombrío montón de gente fuera. Al lado de la cancela, una mujer muy muy vieja con una muleta estaba sentada en una silla, observando. Tenía los pies encima de un periódico. Las voces callaron cuando Laura se acercó. El grupo se deshizo. Era como si la esperaran, como si hubieran sabido que iba a presentarse allí.

Laura estaba hecha un manojo de nervios. Echándose el lazo de terciopelo hacia atrás por encima del hombro, le preguntó a una mujer que estaba cerca:

—¿Esta es la casa de la señora Scott?

Y la mujer, sonriendo de un modo peculiar, contestó:

—Así es, muchacha.

¡Ay, cómo deseaba alejarse de allí a toda costa! «Dios mío, ayúdame», suplicó mientras enfilaba el senderillo y llamaba. Alejarse de todas las miradas o cubrirse de algún modo, aunque fuese con el mantón de alguna de aquellas mujeres. «Nada más dejaré la canasta y me iré —decidió—. Ni siquiera esperaré a que la vacíen.»

Entonces se abrió la puerta. Una mujer menuda de negro apareció en la penumbra.

—¿Es usted la señora Scott? —preguntó Laura.

Pero, para su consternación, la mujer dijo:

—Entre, por favor, señorita.

Y se quedó encerrada en el pasillo.

—No —dijo Laura—, no quiero entrar. Solo quiero dejar esta canasta. Mi madre mandó...

La menuda mujer en el pasillo tenebroso parecía no haberla oído.

—Pase por aquí, por favor, señorita —dijo con una voz obsequiosa, y Laura la siguió.

Se encontró en una mísera cocina de techo bajo, iluminada por una lámpara humeante. Había una mujer sentada delante del fuego.

—Em —dijo la criatura que la había dejado entrar—. ¡Em! Es una joven dama. —Se volvió hacia Laura. Con sentimiento, dijo—: Soy su hermana, señorita. Sabrá disculparla, ¿verdad?

—¡Oh, por supuesto que sí! —dijo Laura—. Por favor, por favor, no la moleste. Yo... yo solo quiero dejar...

Pero en ese momento la mujer junto al fuego se volvió de repente. La expresión de su cara, embotada, enrojecida, con los ojos y los labios hinchados, era horrible. Pareció como si no pudiera entender qué hacía Laura allí. ¿Qué significaba? ¿Por qué una extraña estaba en la cocina con una canasta? ¿Qué era todo aquello? Y la pobre contrajo de nuevo la cara.

—Tranquila, cariño —dijo la otra—. Yo le daré las gracias a la dama.

Y empezó otra vez.

—Usted sabrá disculparla, señorita, estoy segura. —Y, también con la cara hinchada, trató de esbozar una sonrisa obsequiosa.

Laura solo quería salir de allí, escapar. Estaba de nuevo en el pasillo. La puerta se abrió. Entró directamente al dormitorio, donde yacía el difunto.

—Le gustaría verlo, ¿verdad? —dijo la hermana de Em, y pasó rozando a Laura hacia la cama—. No tenga miedo, muchacha. —Y ahora su voz sonaba cariñosa y taimada, y retiró la sábana con cariño—. Parece un sol. No se le nota nada. Venga a ver, querida.

Laura fue.

Allí yacía un hombre joven, dormido; durmiendo tan bien, tan profundamente, que estaba lejos, muy lejos de ambas. Tan remoto, ay, tan en paz. Estaba soñando. Nunca más se despertaría. Tenía la cabeza hundida en la almohada, los ojos cerrados; estaban ciegos tras los párpados cerrados. Se había abandonado a su sueño. ¿Qué le importaban a él las fiestas en el jardín y los vestidos de encaje? Estaba lejos de todas esas cosas. Era maravilloso, bello. Mientras los demás reían y mientras tocaba la orquesta, ese prodigio había ocurrido en el arrabal. Qué dicha... qué dicha... Va todo bien, decía aquella cara dormida. Así es como debe ser. Estoy contento.

Pero al mismo tiempo daba ganas de llorar y ella no podía salir de la habitación sin decirle algo. Laura sollozó como una niña.

—Perdóneme por este sombrero —dijo.

Y esta vez no esperó a la hermana de Em. Buscó el camino hasta la puerta y salió, bajando el sendero, por entre toda aquella gente oscura. En la esquina del camino encontró a Laurie.

Apareció entre las sombras.

—¿Eres tú, Laura?

—Sí.

—Mamá se estaba angustiando. ¿Ha ido todo bien?

—Sí, sí... ¡Ay, Laurie! —Lo asió del brazo, se apretó contra él.

—Oye, no estarás llorando, ¿eh? —preguntó su hermano.

Laura negó con la cabeza. Sí que lloraba.

Laurie le pasó un brazo por los hombros.

—No llores —dijo con su voz cálida, cariñosa—. ¿Tan horrible ha sido?

—No —sollozó Laura—. Ha sido sencillamente prodigioso. Pero Laurie... —Se interrumpió, miró a su hermano—. ¿A que la vida es...? ¿A que la vida es...? —tartamudeaba, aunque no acertó a explicar lo que era la vida.

Laurie la entendió de todos modos.

—¿A que sí, cariño? —dijo.

ALFONSINA STORNI

CUCA

(1926)

PRIMER EPISODIO

Hace aproximadamente seis meses que conocí a Cuca.

Yo vivo en un barrio apartado y mi casa carece de balcón. Suelo asomarme, pocas veces, a ver la calle a través de una bonita ventana de chalet moderno.

En uno de mis raleados vistazos al arroyo, mis ojos chocaron por vez primera con la nuca de Cuca, una preciosa nuca, pincelada de una mezcla de polvos de luna, rosa coty y agua del río del cielo; adherida a aquella vi extenderse la curva de la más graciosa melena que haya contemplado en mi vida.

Vestía de rigurosa moda un traje verde jade que dejaba al descubierto sus brazos perfectos y sus imperfectas piernas. Los zapatos y medias, de un muerto amarillo paja seca, al afinarle las extremidades, hacían recordar las patas de los canarios.

Estábase callada en la acera, de espaldas a mi ventana, oyendo las razones de una vecina que le contaba un asunto de modistas y trapos.

De pronto me eché a reír como una loca; había escuchado la voz de Cuca, una voz humana como salida de una laringe de madera.

Cuando pude contenerme guardé silencio para paladear sus palabras: razonaba como una joven común de la clase media y de veinte años.

Salí de mi apostadero y, sin más ni más, acercándome a ella, la tomé por los hombros y, obligándola a girar sobre sí misma, la arrostré diciéndole:

—¡Quiero conocerle los ojos!

Ella dio un grito, un gritito de pájaro, y me clavó en las mías sus pupilas, unas pupilas algosas, arreptiladas, descoloridas, hechas de un vidrio lejano, de un vidrio rezumado por las más verdes y heladas estrellas de la noche.

SEGUNDO EPISODIO

De más está decir que hube de explicar a Cuca mi manía literaria y la anormalidad impulsiva de mi carácter, que me aparta un tanto de las maneras convenidas en el comercio social de los hombres. Fuimos, desde entonces, cordiales, si no íntimas amigas.

Ella venía a casa todos los días y su cháchara de viento ligero me curó más de una vez del pesado sedimento de angustias que está, horizontal, sobre mi vida.

Sin embargo, cierto reparo inexplicable me impedía ir a la suya; cierto no sé qué extraño me obligaba a evitarla a solas: en cuanto entraba, con un pretexto u otro, mi hermana Irene, por secreto pedido mío, se allegaba a acompañarnos.

Creo no haber mirado nunca tan detenidamente a otra mujer.

No; Cuca no era un ser humano igual a cualquier otro: debajo de su piel, lento, callado, silencioso como los pies de los fantasmas, rodaba, grisáceo, un misterio.

¿Por qué, si no, durante horas y horas, mis ojos, indiferentes otrora, habían de perseguirle tenazmente la fría azucena del cuello, la almendra roja de las uñas, la espuma de oro del cabello, la porcelana amarilla y cálida de la nariz y, sobre todo, el vidrio verde de los ojos?

¿Por qué hablando, como hablaba, lo que todas hablan, la voz nacíale como de una caja y al rebotar en las paredes de mi escritorio su opaco sonido me sobrecogía?

TERCER EPISODIO

Solamente dos meses después de tratarla me atreví a ir a su casa y eso sabiendo que habría baile y la vería acompañada de mucha gente.

Por mi hermana tenía ya noticias del arreglo de su mansión, casi pegada a la mía, de gris fachada y grandes balcones con persianas, desde los cuales, todas las tardes, miraba Cuca pasar a sus adoradores.

Serían aproximadamente las 22 cuando traspasé sus umbrales. Un largo corredor húmedo conducía al *hall* cuya lámpara caqui echaba su melancólica luz sobre muebles severos.

Al lado del *hall* la amplia sala se abría como una cueva de sangre: una velluda alfombra, color cuello de gallina degollada, al recubrirla totalmente se tragaba el rumor de los pasos humanos; grandes sillones, tapizados de terciopelo granate y negro —tulipanes en relieve—, alargaban sus brazos muertos en muda oferta generosa; en un ángulo el piano negro, lustroso, hierático, dejaba correr sobre su lomo el chorro púrpura de un mantón de Manila; la baja araña colgante, balanceaba de vez en cuando —por mandato de una fuerte ráfaga de aire del balcón venida— cinco lámparas carmesíes, iridiscentes en su llaga viva como párpados irritados.

Envolviendo, abrazando, amalgamando toda aquella arteria desbordada, lerdos cortinados, rojos también, colgaban, hoscos, sobre las anchas puertas.

Apretada contra mi hermana Irene me acurruqué en aquella habitación y desde allí, sin hablar palabra, vi moverse a Cuca.

Andaba de un lado para otro y cuando la perdía de vista su vocecita de madera delatábala, semiperdida en algún corrillo.

Alrededor de ella, inmaterial en su lánguido traje blanco, movíase una nube de hombres de negros vestidos.

¿Cuántas horas y con cuántos bailó? Eran uno, dos, tres, cuatro, cinco, seis, siete, ocho, nueve, diez, once…, infinitos hombres cambiantes alrededor de la misma cintura.

Más de una vez pasó rozándome, y pude ver de cerca el movimiento de huso de su cuerpo, empotrado en el movimiento de huso del joven que la conducía.

Pero fue recién a la madrugada, después de la centésima vez que pasaba a mi lado, cuando me asaltó la angustiosa sospecha que a poco más me altera el juicio.

Pensé de pronto: si tocara el brazo izquierdo de Cuca, ese, ese mismo que se apoya en este momento, rígido, sobre el hombro del compañero, la carne no se hundiría; y si la probara con el pulgar y el índice, como se hace con los cristales, estoy cierta de que sentiría, preciso, limpio, el claro sonido de la porcelana.

CUARTO EPISODIO

Dormí muy mal aquella noche; sueños extravagantes, visiones de terror, desfilaron en balumba por mi cerebro afiebrado.

Cuando abrí los ojos me abalancé hacia la cortina de mi ventana descorriéndola violentamente: no podía soportar la oscuridad de la habitación.

Tendí las manos al sol y me las dejé calentar largo rato. ¿Necesitaría médico?; ¿qué me ocurriría? ¿Era posible que mi sola imaginación, por desbordada que fuese, me llevara a esos excesos?

Después de tomar el desayuno, charlar un rato con los míos y ver mis aves, me tranquilicé un poco. Pero ¿por qué razón acerqué mi mano a un canario y lo mantuve en ella para comprobar si era, en realidad, un animal vivo, de sangre caliente, y apreté los alambres de la jaula para sentirlos, en cambio, inanimados y fríos?

¡Ah, soy incorregible! ¿De qué me sirvió mi tranquilidad de unas horas? Después de la siesta me sentí agitada de nuevo; una curiosidad, furiosa ya, me azogó entera. Sí, sí; era una necesidad imperiosa de tocar con este mi sensible índice de la mano derecha aquel su brazo izquierdo y ver, ver con mis abiertos, muy abiertos ojos, la carne de ese brazo hundirse, y luego, elástica, humana, viviente, retomar su natural tensión.

Por fin —que sí, que no— a la hora del crepúsculo, hora en que Cuca salía al balcón, resolví aproximármele.

Vacilé aún un momento al salir de casa, y observé el cielo: grandes nubes plúmbeas, pesadas, bajas, acercaban sus henchidas ubres a las chimeneas urbanas, mientras el horizonte, de un ocre sucio de mal pintor, amortajaba con su mezcla triste las casas alargadas en horizontales hileras.

No pocos esfuerzos me costó llegar hasta Cuca y situarme a su lado; esta, acompañada de una joven de su misma edad, charlaba su fácil charla cotidiana.

Estaba en actitud un tanto hierática, acodada sobre el balcón, y su brazo izquierdo, rígido también esta vez, sostenía el mentón. Desde mi atisbadero, pude observar largamente su brazo: no arraigaba allí un solo vello, ni la más delgada mancha lo ensombrecía, ni el más pequeño lunar le daba vida, ni el más ligero accidente epidérmico lo humanizaba.

Así, devorándolo al soslayo, vi morir en su piel el apagado color ocre de la tarde y resbalar por su forma perfecta la noche recién nacida.

Infinitas veces, mientras lo enfocaba, mi índice se adelantó para tocarlo, e infinitas, también, una fuerza desconocida me lo detuvo a mitad de camino.

Pero a medida que la sombra nocturna hacíase más espesa, me asaltaban las imágenes del sueño de la noche anterior y volvía a invadirme un miedo cada vez más intenso, tanto que, cuando impulsada por un supremo esfuerzo volitivo mi mano se decidió bruscamente a palpar su brazo, sentí, ascendente de la médula al cerebelo, un escalofrío que me erizó entera, y, a riesgo de pasar por loca, abandoné huyendo la casa.

QUINTO EPISODIO

No quise volver a verla más; proyectaba mudarme de donde vivo; salía a horas en que no pudiera encontrarla; clausuré la ventana de mi escritorio para no oír su piano y prohibí a todos que me la nombraran porque su solo nombre me alteraba.

Nadie en mi casa sospechó la razón verdadera de mi conducta. ¿Iba, acaso, a alarmar a mi gente con mis inconcebibles manías y mis disparatadas sensaciones?

Mi hermana Irene me desobedeció, y por ella me informé, a pesar mío, de lo que ocurría en casa de Cuca.

Supe, pues, que un poeta la amaba y le había regalado uno de sus libros con una elogiosa dedicatoria, y ella, criatura terrena, puso la dedicatoria en un lindo marco y abandonó el libro en el altillo; que en vez de ir a la peluquería cada quince días, iba ahora todas las semanas; que se estaba haciendo una preciosa ropa íntima del mismo color de sus ojos y leve como su pensamiento; que tomaba chocolate frío en las comidas para aumentar dos kilos, necesarios a la perfección de sus hombros; que había echado a uno de sus novios por haberle regalado una caja de bombones ordinarios; que se había quitado una nueva hilera de pestañas; que había cambiado de tipo de adoradores —antes apuestos mancebos hercúleos, ahora lánguidos rimadores elegantes—, y otras tantas cosas parecidas que, al oírlas a pesar de mi prohibición, me hacían bien, pues borraban un poco la impresión misteriosa, oscura, que la extraña criatura me produjo siempre.

SEXTO Y ÚLTIMO EPISODIO

Y ha sido esta mañana cuando ha ocurrido el hecho insólito.

Aún estoy horripilada; aún siento en mis propios oídos mi grito desgarrado y mi desgarrante silencio; aún veo la gente arremolinarse primero y huir luego, sin rumbo, por esas calles, entre los caballos encabritados.

Tres meses corrían que no veía a Cuca, y uno que descansaba de su recuerdo, y hete aquí que al cruzar la calle Corrientes, a la altura de Callao, hoy mismo, a las diez, ella se ha acercado a saludarme.

Venía de compras, el último figurín en la mano y la más preciosa cartera colgante de su brazo.

Hemos caminado dos o tres cuadras, hacia la avenida, y, por primera vez desde que la conozco, me ha producido la impresión de un ser humano como cualquier otro, envuelta como la recuerdo en su tapado negro, tocada de un fieltro oscuro que le escondía los ojos.

Y después de charlar sobre diversas cosas sin importancia, no sé cómo el hecho se ha producido.

Es el caso que Cuca, separándose de mí, ha intentado cruzar la calle y un auto la ha arrollado; sí, sí, la he visto rodar bajo las ruedas e instintivamente mis manos se han posado sobre mis ojos para ahorrarles la horrible visión. Pero, al instante, he avanzado hacia ella para auxiliarla y es entonces cuando he visto lo que aún estoy viendo, la cosa verdaderamente tremenda: no, no hay sangre; no hay en el suelo, ni en las ropas de Cuca una sola gota de sangre.

La cabeza, cortada a cercén por las ruedas del auto, ha saltado a dos metros del tronco, y la cara de porcelana conserva, sobre el negro asfalto, su belleza inalterada: los fríos ojos de cristal verdes miran tranquilos el cielo azul; la menuda boca pintada ríe su habitual risa feliz y del cuello destrozado, del cuello hecho un muñón atroz, brota amarillo, bullanguero, volátil, un grueso chorro de aserrín.

ROSARIO DE ACUÑA

EL PAÍS DEL SOL

(1929)

¡**H**asta la nieve cuaja en sus montañas! ¡Tiene todo cuanto la tierra puede dar para hacer feliz y hermosa la vida del hombre! Sus flores y sus frutos son los más bellos y exquisitos del mundo. Desde el cedro y la palmera hasta el pinabete y el roble crecen en sus bosques; por sus valles cruzan ríos de agua purísima filtrada de los hielos de sus cumbres. En sus mesetas se cimbrean las mieses ubérrimas de espigas, y desde el airoso faisán hasta la ovejuela merina de sedosa lana, desde el potro, de engallado cuello y finos remos, hasta el gran mastín, guardador y noble, sustenta todas las especies de animales útiles y benefactores del hombre... ¡Los humildes hermanos menores de la criatura racional pueblan de alegrías y bienestares las moradas de las almas selectas!...

Los senos de sus cordilleras, que lo cruzan en solanas y umbrías (ofreciéndole así flora y fauna de todos los climas), esconden veneros riquísimos de metales preciosos, tesoros por los cuales las civilizaciones se fundan y se engrandecen.

El mar lo baña por todos sus confines con sus corrientes más tibias y sus vientos más fecundantes y en guirnaldas de escollos sus costas, vierte a montones por sus abras, deltas y playas la cosecha pesquera, avanzando orgullosamente por el océano entre dos continentes, como una promesa de fraternidad para la ruta de las generaciones humanas.

Mas en el País del Sol se habían instalado tres monstruos, generados por concreciones de sucesivas conquistas. Los tres tenían tentáculos opresores de una potencia extrema y, con ventosas o garras, lo sujetaban furiosos.

El primero era un Sumo Sacerdote, selección fatídica de todo lo atrasado biológicamente. Corcovado y caduco a fuerza de llevar sobre sus lomos la escoria de todos los fanatismos; polvoriento y roñoso, con las extravagancias deístas que las infantilidades humanas amontonaron; de sensualidad rastrera con etiqueta de metafísicas inasimilables, aquel Sumo Sacerdote, seguido de innúmeros adeptos, esparcía por todas partes la sombra, el error, la ferocidad, ocultando, bajo una fórmula de fraternidades, su orgullo de monstruo pernicioso. Tenía muchas moradas, y en todas partes derramaba el veneno de su aniquilamiento. Empuñaba, con mano fuerte, al País del Sol, y era el murciélago representativo del crepúsculo de la inteligencia racional, pues vivía chupando la savia del pensamiento, los ímpetus del corazón y las energías de la voluntad, anestesiando a sus víctimas con el frescor de sus alas, movidas al compás de cantos litúrgicos y ceremonias rituales.

El monstruo que le seguía en poderío destructor era ambicioso y ensoberbecido tanto como el primero, pero mucho más bruto; sin otra habilidad de estrujamiento que la rudeza sanguinaria, cruel, y casi siempre inconsciente, como recibió a través de los siglos muchas palizas de los pueblos insubordinados, al agarrarse al del Sol, se apoya fieramente en la violencia.

«¡Quien manda, manda y chitón!», era su divisa, y lo mismo mataba a los hombres para inflarse de gloria que a los pollos para guisar un arroz.

Se ostentaba siempre en triunfo, y su mente, completamente vacía de conocimientos verdaderos, se llenaba de estridencias, de clarines, zambombazos de metralla y vahos vinosos de prostíbulos de ambos sexos, sin que le cruce nunca por la imaginación que todo aquello no era gloria y supremacía, sino detritus de animalidad.

La tercera alimaña del País del Sol era canijo y enmadrado, por madre fanática, que es el avechucho más dañino a la especie. Vástago podrido de una familia gotosa, sifilítica y vesánica, en que se dieron todos los casos típicos de degeneración humana, si acaso tenía algunas gotas de sangre sana, que le hacía vivir con apariencia normal, era la heredada (por entre el debilitamiento de su padre), de su abuelo, no real, sino natural, un caballerete burgués, metido a padre suyo por satiriasis de su abuela.

Centro de una legión de parásitos, imbéciles o pillos que se hinchaban de honores y doblones en los antros del monstruo, este, absorbido por el orgullo de su abolengo inherente a todos los déspotas del mundo, se inspiraba en la idea de ser escogido por Dios, para regir los destinos de su pueblo, y a esta idea le ayudaban, por interés combinado, el Sumo Sacerdote y el monstruo de la fuerza bruta.

En realidad era un cacaseno coronado, sin ninguno de los arranques brutales, pero grandiosos, de los déspotas medievales; con pujos de ser absoluto o absolutamente obedecido, pero sin enjundias para hacerse obedecer. Como todos los tontos fuertes era tirano con los débiles. Y junto con los miedos al fracaso las vilezas de los rufianes que saben ser muy corteses, graciosos y comedidos, cuando no pueden ser muy sanguinarios.

Desarrollados en el País del Sol, estos tres monstruos formaban una trinidad ante la cual las arcaicas-cimientes de todas las religiones se quedaban en mantillas. Lo que el uno no chupaba, lo devoraba el otro, y lo que no podían agarrar los dos, lo desgarraba el tercero. Los tres se repartían el contenido de la cazuela donde el trabajo de los solanos se cocía, y el uno con sus iconos chorreando de oro y pedrerías, y el otro con su fuerza y su espetera, y el último con sus fastuosidades sibaríticas y sus infinitos familiares, formaban unas cuadrillas tan esquilmadoras de su país que detrás de cada mata saltaba un ladrón, en el núcleo de cada empresa se incubaba una estafa, y sobre los pedestales más altos estaban los más facinerosos; habiendo conseguido, al fin, entre los tres, hacer de los hogares solanos nidos de miseria, de odio, de mentiras, de vicios; cuando no de vesanias y crímenes; y así se hacía posible que los enseñadores, impuestos por los monstruos, y escogidos entre sus más seniles, ni enseñasen ni corrigiesen, ni iniciasen ni impulsaran, atentos solo a sus pucheras, que les serían quitadas, o envenenadas, a poco que se desmandasen de las consignas.

Y marchando la cultura espiritual de los solanos por estos sucios caminos, se la sometía ovejunamente, a embuchar: unos mandatos sacerdotales retirados ya de la circulación humana, unas disciplinas del tiempo de Tamerlau. Y a todo esto, solo aceptable en estados semisalvajes, se sumaba el que la infancia berrease por pueblos y ciudades como tribus de pequeños zulúes, sin más actividades que las perniciosas; y la juventud, con fausto de señorío, o hábito de mendigo, sin un vislumbre de conocimiento y comprensión de la naturaleza, llenaba sus cuerpos de los estigmas del vicio y sus almas con todas las brutalidades de la envidia y el egoísmo. Y llegaban a la virilidad, y así doblaban al cabo de la vejez.

Y el País del Sol se quedaba sin bosques en sus montañas, sin florestas en sus vegas, sin mieses en sus campos, sin agua en sus ríos sumidos en estepas, sin labores en sus minas, sin sanidad en sus poblados; sin que las riquezas inmensas, de que era arca preciosa, pudiesen ser alumbradas por el santo trabajo humano, todo amor y alegría para el bien de la especie y gloria de la Suprema Voluntad, y que no pudiese ser fecundo ni bendito realizado bajo el dolor y las maldiciones, pues solo maldiciones y dolor flotaba en los ambientes del País del Sol.

Mas ¿y el pueblo?... ¿La masa confusa que era una verdadera mole homogénea para el avance humano? El pueblo solano estaba en parte subido a la higuera, y otra rascándose los piojos, pegándose en el ombligo estampitas de iconos, o dando volteretas mortales en los trampolines que le preparaban sus amos.

Los licurgos del pueblo (todo pueblo los tuvo y los tendrá siempre) andaban tirándose los trastos a la cabeza —con gran contentamiento de los tres monstruos consabidos—, escupiendo por el colmillo los mosquitos que se les meten en la boca, y tragándose sin fatigas elefantes e iniquidades. Haciendo pucheros de varias formas para dejarlos luego sin cocer; diciéndose unos a otros: «¡más eres tú!» y «¡peor eres tú», como mozas de fuente; y revolviéndose cual energúmenos todos en perjuicio de la masa, sobre si el porvenir había de ser para la comunidad o para los individuos, ¡o para los imbéciles!

El pueblo solano y sus obligados licurgos estaba empeñado en subir una alta escalera sin poner el pie en ningún peldaño, y sin pensar siquiera que todo porvenir tiene que decantarse al pozo estéril del pasado, y que la operación del decaimiento no se hizo en el pueblo solano, pues seguía con los pozos revueltos y pestíferos de un ayer negro y feroz casi milenario.

El pueblo del País del Sol hacía caso omiso de toda labor decantadora que, en el orden histórico de la humanidad, se verifica por medio de revoluciones más o menos asoladoras, tempestades purificantes para el mundo de las almas que saben hacer los pueblos que aún viven. Pero este pueblo chupado, desgarrado, aplastado por los tres monstruos que de él se nutrían iba metiéndose lentamente en un fangal sorbedor de sus esencias espirituales, y no preparaba ni cimentaba ningún porvenir claro, preciso, fecundo, como podría hacerse con el afán del presente, porque «A Dios rogando y con el mazo dando»...

¡Y bueno es soñar con lo remoto, pero también es bueno hacer lo inmediato, que tiempo habría de echar las ayudas a un lado si estorbaban para llegar al porvenir!...

¡Haciendo reverencias y trazando signos ante los fetiches que le presentaba el Sumo Sacerdote; vertiendo su sangre y perdiendo su vida para diversión y endiosamiento del monstruo de la fuerza, y siguiendo con la boca abierta y la baba caída las carrozas del monstruo canijo llegaría a un porvenir de penumbra apocalíptica, en que todas sus esperanzas, ideales y esfuerzos, se perderían en el olvido eterno, destinado a los pueblos que no supieron conquistar su progreso abrazados a la Razón, a la Libertad y a la Justicia!

La tribu solana caminaba a morir, perdida entre el polvo que la caravana de la humanidad levanta en su ascensión.

¡Ay de los solitarios, de los inadaptados, de los pocos solanos que hubo, y hay, y habrá en la vorágine catastrófica! La ira tiembla en sus almas; el dolor estruja sus corazones; todas sus energías vibran en oposición al poderío de los monstruos, pero cayeron y caerán en su noche de muerte, sin que ni uno solo de sus esfuerzos repercuta en su hermosa patria, y ¡harto podrían hacer si salvaran su individualidad, los efectos de sus hogares y su próxima descendencia de las salpicaduras de la ciénaga que los envolvía!

¡Todos, todos caerían en el olvido, asaeteados por los sicarios de los monstruos, y apretada en sus sienes la corona del martirio moral, y a veces físico, a que están condenados!...

¡Mas el destino será cumplido! Cuando quisiera acordar la manada de los solanos sería comida, hasta los rabos, por sus propios mentores.

Después empezarían los monstruos a devorarse unos a otros. Ya se barruntan sus rugidos de competencias. El más fuerte y ansioso será el sacerdotal, que tiene algunos tentáculos agarrados en otros países. El último que quede se comerá a sí mismo; porque es final de todo cuento de ogros el que terminen sucumbiendo.

Y pasarán los días; y la gloria de luz radiante y la abundancia de selectos dones, y la briosa alegría de las tierras y cielos en el País del Sol, quedarán, por una eternidad sin testigos que las revelen, sin poetas que las sublimen, sin inteligencias que las transmitan, porque toda la tribu solana yacerá revuelta con los últimos detritus de sus monstruos dominadores.